HEYNE

Das Buch

Jansen ist ein moderner Samurai – einer der ehrenvoll einem Kriegsherrn dient. Können, Elitedenken und gegenseitige Hilfe sind die Tugenden eines Samurai, und diese braucht Jansen, um seinen Auftrag zu erfüllen: Ein mexikanischer Drogenboss soll von ihm zur Strecke gebracht werden.

Der Autor erzählt in drei Teilen die Geschichte des Samurai Jansen: Der erste ist überschrieben mit »Bushido«, was so viel bedeutet wie »Der Weg des Krieges«. Es ist der Teil, in dem der Leser Wissen über den Weg und das Leben des Samurai Jansen erhält, der sich auf den Weg, »Musha-shygyo«, nach Mexiko macht. Der zweite Teil ist »Kyusen no Michi« (»Der Weg des Pfeil und Bogens«). Die zwei Hauptpersonen, Jansen und Ticia, driften aufeinander zu. Beide haben das Ziel, den Drogenboss Maravelli zu töten. Die Beiden repräsentieren die zusammengehörigen Teile Pfeil und Bogen.

»Ken jutsu«, oder die »Kunst des Schwertes« ist das letzte Segment über die tödliche Auseinandersetzung. In dieses eingeschlossen ist der rituelle Selbstmord (»Seppuku«) als Ende des Lebens.

Der Autor

Jürgen Dallüge hat auf beiden Seiten des Eisernen Vorhanges Erfahrungen gesammelt. Er arbeitete als Kraftwerksingenieur in Afrika und für verschiedene Firmen in Saudi-Arabien und dem fernen Osten. Dallüge ist verheiratet und lebt in Napa, Kalifornien. Das vorliegende Buch ist sein erster Roman.

Jürgen Dallüge

Die Rache des Samurai

Roman

Aus dem Englischen von
Thomas Ziegler

WILHELM HEYNE VERLAG
MÜNCHEN

HEYNE ALLGEMEINE REIHE
Nr. 01/13430

Umwelthinweis:
Dieses Buch wurde auf chlor- und säurefreiem Paper gedruckt.

Originalausgabe 01/2002

Printed in Germany 2002
Umschlagillustration: Richard Newton, Agentur Schlück
Umschlaggestaltung: Nele Schütz Design, München
Satz: Buch-Werkstatt GmbH, Bad Aibling
Druck und Bindung: Ebner, Ulm

ISBN: 3-453-19896-4
http://www.heyne.de

To Jan

Margarete und Betty, the good Spirits

There lies at the back of every creed something terrible and hard for which the worshiper may one day be required to suffer.

E. M. Foster

Der Autor ist allen, die bei der Entstehung dieses Buches geholfen haben, zu großem Dank verpflichtet. Insbesondere Father Pablo Barragan von der St. John Catholic Church, Napa, Kalifornien; Doktor Eric Isgreen, Neurologe am Queen of the Valley Hospital, Napa, Kalifornien; und R. N. Cathie Ovando. Boris, danke für deine Vorträge über diese Welt, wo immer du heute sein magst, um deinen Seelenfrieden zu finden. Bernd, danke für unsere Gespräche.

Samurai heißt wörtlich Dienender. Es bedeutet die Leistung ehrenvoller militärischer Dienste durch eine Elite für einen Oberherrn. Militärisches Können, Elitedenken und gegenseitige Hilfe sind die Schlüsselelemente im Selbstverständnis der ursprünglichen Samurai.

Prolog

Einst habe ich geglaubt, dass Männer dazu bestimmt oder sogar geboren sind, im Leben und im Kampf große Stärke zu zeigen. Dass sie dem fordernden Ruf des Krieges und Konfliktes folgen müssen, angelockt von den außergewöhnlichen Qualitäten der Kameradschaft und der Ermutigung durch andere und im Geiste der Partei.

Meine Erziehung und der Kurs meines Lebens hat mich in die Gemeinschaft von, wie ich einst glaubte, außergewöhnlichen Individuen geführt – Individuen, deren hervorstechende Eigenschaften damals Loyalität, Verlässlichkeit, Zähigkeit, Mut und dann abstoßender Egoismus waren.

Einst hielt ich es für ein besonderes Privileg, mit derartigen Männern in Angola oder Afghanistan zu dienen. Ihre Hingabe an das Vaterland, die Rodina, die Partei, und ihre Opfer waren nur jenen bekannt, die mit ihnen in der Schlacht kämpften und später ihr Leben teilten. Und ich gehörte dazu.

Später machte es mich nicht mehr stolz, sie gekannt zu haben. Nichtsdestotrotz waren sie auf seltsame Weise das Medium, das es mir ermöglichte, ihr zu begegnen.

Ticia. Aber sie ist nicht mehr. Für mich ist nichts geblieben, wofür es sich lohnt zu leben. Ich habe Ticia geholfen, ihr Leben zu beenden.

Der handgeschriebene Abschiedsbrief auf einfachem weißen DIN-A-4-Papier war in der rechten unteren Ecke mit einem Beinamen unterschrieben.

W. Jansen

Yuma County, Arizona, USA
Ein Streifenwagen der Highway Patrol.

Dunkel- und marineblau. Ein Camaro.

Flach und amphibiengleich, trug er das Wappen des Yuma County, Arizona, auf beiden Türen. Eine große dreistellige Ziffer, 848, auf seinem weißen Dach verriet jedem Polizeihubschrauber auf Kontrollflug, wer der Fahrer war und unter welchem Code man ihn erreichen konnte, sollte es erforderlich sein, in dieser gottverlassenen Gegend nach einem Kriminellen fahnden zu müssen.

Der Camaro fuhr mit einer selbst auferlegten Höchstgeschwindigkeit von 80 km/h über den Highway nach Süden Richtung Yuma. Eigentlich war nichts Besonderes an diesem Highway. Es war nur ein endlos langer Streifen aus dunklem Asphalt, geteilt durch eine gelbe Doppellinie unter einem fast obszön blauen Himmel. Diese Farbe verriet auch die Nähe eines anderen Landes.

Mexiko.

Eine der wesentlichen Aufgabe von Officer Chris Brooks war – neben der Verfolgung von Temposündern – die Suche nach »Illegalen«, die unter ihresgleichen auch »indocumentados« genannt wurden. Indocumentados überquerten ohne Papiere die Grenze. Eine Grenze, die 3.500 Kilometer lang ist. Und so sickerten sie auch über die südliche Grenze des Yuma Countys ein, die Mexiko berührte. Brooks musste sie abfangen.

Doch in Gedanken war er bereits beim morgigen Tag. Seinem freien Tag. Er war sicher, dass es einer jener wunderschönen sonnigen Tage sein würde, die es im Yuma County das ganze Jahr über gab. Er *würde* aufwachen und Ann umarmen, seine Frau, mit der er schon zehn Jahre verheiratet war. Er *würde* sich an sie kuscheln. Beide mochten Sex am Morgen. Kein Stress, keine Hast. Später *würde* er den Desert Hill Golf

Course spielen, um seine Handicapfähigkeit an den 18 Löchern und den Par 72 der Meisterschaftsanlage zu testen. Er *würde* die Qualität seines Spieles verbessern.

Oh, all diese wundervollen »würdes«, die er in die Tat umsetzen *würde*. Vor allem morgen, versprach er sich, *würde* er an seinen Schwüngen arbeiten. Noch immer zu unbeständig. Er wusste, dass er nicht genug Rückschwung hatte. Der Durchschwung – nun, er machte im Geist ein Fragezeichen. Sicher war, er brauchte eindeutig mehr Eleganz. Vielleicht *würde* er auch bis Mittag warten, wenn die Sonne die spärliche Feuchtigkeit vom Rasen gebrannt hatte und somit der Ball besser rollte.

Außerdem … er blickte nach unten auf seinen Bauch. Konnte kaum seinen Gürtel sehen. Setzte der Liste guter Vorsätze für morgen noch einen drauf. Von morgen an *würde* er nicht mehr diese zuckerglasierten Donuts essen.

So viel zu seinen Gedanken über morgen. Er bremste den Camaro ab und fuhr rechts ran. Die großen Räder knirschten über den feinen Kiesbelag der flachen Böschung und kamen zum Halt. Brooks wollte nur ein wenig die Gegend beobachten. Vielleicht konnte er einem Debilen am Steuer einen weiteren Strafzettel verpassen, Typen, die mit dem Handy am Ohr vorgaben, mit der Welt verbunden zu sein, ohne die Welt überhaupt zu verstehen.

Officer Brooks' Schicht war fast zu Ende.

Wie er zugeben musste, hatte er in den vergangenen acht Stunden nichts Spektakuläres vollbracht. Hatte einem liegen gebliebenen RV zum Abschleppdienst verholfen, wegen Überschreitung der Geschwindigkeit um 40 Kilometer sieben Strafzettel geschrieben, mehr nicht. Brooks drehte seinen Kopf nach links. Er liebte diese Zeit des Tages in der Wüste.

Es war inzwischen später Nachmittag mit einer neuartigen Makellosigkeit des Lichtes und einigen flauschigen Wolken weit oben am im Westen orange verfärbten Himmel. Seine Augen wanderten zum nahen schroffen Horizont. Dort hingen einige niedrige Wolken. Fett, fast wie Kumuli, regnerisches Wetter enthaltend. Boten aber nur leere Versprechungen, was den Regen anging. Klebten dicht über dem Trigo Mountain. Brooks nannte diese Zeit die frühe Morgenstunde der Nacht. Der Tag *würde* bald verdämmern.

Brooks hatte einen weiteren beruflichen Vorzug. Er besaß eine Art präzise funktionierende mentale Karte in seinem Kopf. Musste nie abschätzen, wo er war. Er wusste immer, wo er sich auf seinen Straßen (wie er sie nannte) befand, den staubigen Pässen zwischen den Cholakakteen und Bergen mit ihrer seidigen Purpurfarbe.

Highway 95.

Er blickte prüfend nach Süden. Leer. Nichts. Er hatte in den letzten fünf Minuten nicht einmal einen Sattelschlepper gesehen. Dann stieg er aus seinem Streifenwagen und schärfte sich erneut ein, beim nächsten Mal vorher in den Rückspiegel zu sehen, damit ihn niemand überfuhr.

Debile.

Alle Menschen mit der behördlichen Erlaubnis zum Autofahren waren debil. Das war Brooks unerschütterliche Überzeugung. Zwanzig Jahre Polizeidienst hatten ihn zu dieser Erkenntnis gelangen lassen. Vor allem die zwei Jahre in einem verstaubten texanischen Städtchen namens Coahuila. Nur zwei Kilometer entfernt von der mexikanischen Grenze. Die Stadt war nicht mal an einer Landstraße ausgeschildert gewesen. Leute, Leute. Brooks schüttelte den Kopf.

Brooks liebte das Wort ›Debiler‹. Für ihn klang es zivilisierter, mehr intellektuell, als Idiot oder Rindvieh. Er zog eine Schachtel Winston aus der Tasche. Als er die Zigarette anzündete, hörte er das Motorengeräusch. Blickte auf seinen Radarscanner. Siebzig. Brooks zuckte die Schultern, folgte aber mit den Augen dem vorbeifahrenden Wagen. Ein Ford Explorer. Blaugrau. Erhaschte einen Blick auf das Nummernschild. Gemietet. Mann und eine Frau im Innern. Teuer gekleidet. Sie ignorierten Brooks.

Anderthalb Kilometer weiter bog der Wagen auf einen dieser unbefestigten Wege ab, die in der Wüste gewöhnlich ins Nichts führen. Eine kurze Welle plötzlicher Nervosität durchfuhr Brooks. Teuer gekleidete Leute benutzten normalerweise nicht einen unbefestigten Weg in der Wüste von Arizona.

Fünf Minuten vergingen. Seine innere Alarmglocke begann

zunächst ganz leise zu schrillen. Eine böse Vorahnung machte sich in ihm breit.

Und dann hörte Brooks das Geräusch. Gedämpft und fern. Leise, aber deutlich. Nahe genug für Brooks, um keine Zweifel zu haben.

Es war ein Schuss. Zwanzig Sekunden später ein weiterer Schuss. Ein Knall, unidentifizierbar für einen Amateur, aber nicht für einen Profi. Er warf einen Blick auf seine Uhr. Noch immer eine volle Stunde, bis er sich auf der Wache zurückmelden *würde,* um seinen Tagesbericht zu schreiben. Danach *würde* er nach Hause gehen.

Die beiden Schüsse.

Besser, er überprüfte die Gegend, aus der das Geknalle gekommen war. Langsam und zeitschindend stieg er in den Camaro und rollte mit 40 km/h den Highway hinunter zu der unbefestigten Straße und bog rechts ab. Er wusste genau, wo er sich befand.

Brooks fingerte an seinem P-14-Revolver. Vielleicht ein Debiler mit einem Handy *und* einer Waffe. Er schmunzelte kurz über die Wortkombination, die er gerade erfunden hatte.

Der Camaro bewegte sich langsam über den holprigen Weg, gesäumt von Josuabäumen, Sand und einigen Kakteen. Passierte den parkenden Wagen in einem Abstand von fünfzehn Metern. Er rollte an dem Auto vorbei, betrachtete es aber prüfend im Rückspiegel, während er weiterfuhr.

Hielt an.

Irgendetwas stimmte nicht. Ganz und gar nicht.

Brooks schaltete das automatische Getriebe auf »1« herunter und machte eine große und vorsichtige Wende. Aktivierte mit dem rechten Mittelfinger das Blaulicht auf dem Dach seines Wagens. Es flackerte blau und rot. Vielleicht war es ein Debiler mit einem Handy, einer Waffe *und* farbenblind. Brooks schmunzelte erneut. Er stoppte den Camaro neben dem Ford Explorer. Vorgewarnt durch seinen professionellen Instinkt, umfasste seine rechte Hand den Knauf seiner Pistole.

Der Ford Explorer. Die linke Tür stand halb offen.

Der Mann und die Frau sahen nicht zu ihm hin.

Die Frau.

Hatte ihren Kopf an die Brust des Mannes gelehnt.

Geschmiegt.

Brooks konnte ihr Gesicht nicht erkennen, weil es von dem langen, vollen dunklen Haar verhüllt wurde. Es fiel wie ein Damastvorhang über ihr Gesicht.

Der Mann.

Zurückgelehnt.

Seinen rechten Arm hatte er um die Schulter der Frau gelegt. Fast besitzergreifend. Nein, eher beschützend. Officer Brooks drückte den kleinen Hebel, der das Seitenfenster des Camaro nach unten gleiten ließ.

»Sind Sie okay?«, rief Officer Brooks durch das offene Fenster.

Seltsamerweise erhielt er keine Antwort.

Da verstand er.

Plötzlich wünschte er sich, zu Hause bei seiner Frau zu sein, und bei einer Pizza und einem Bier mit seinem Jüngsten über Musik zu reden.

Die beiden Schüsse.

»Jesses«, murmelte er und stieg hastig aus dem Camaro. Es kostete ihn nur vier Schritte und zehn Sekunden, um mit seinen Augen aufzunehmen, was sein Verstand bereits erkannt hatte. Als Officer Brooks näher trat und seine Fähigkeit zum klaren Denken wieder voll nutzen konnte, sah er das DIN-A-4-Blatt auf dem Armaturenbrett liegen. Er sah die Handschrift darauf.

Nahm das Blatt und las.

Es war ein Abschiedsbrief. Nach der Lektüre markierte er den Rand des Papiers, wo er es angefasst hatte. Ohne irgendetwas zu berühren, beugte er sich in den Wagen und entdeckte eine mattblau glänzende Pistole auf dem Boden. Die linke Seite zeigte eingravierte Buchstaben und informierte Brooks, dass es sich um eine 9mm Millennium PT-111 handelte. Sehr durchschlagskräftig, gedrungen und kompakt genug, um sie den ganzen Tag in einer Hüfttasche zu tragen, ohne dass es unbequem wurde.

Brooks kehrte zu seinem Camaro zurück und schaltete das Funkgerät ein, um die Zentrale zu rufen.

»Hier ist 848. Ich habe einen möglichen 1056. Brauche dringend Unterstützung, Gerichtsmediziner und Mordkommission. Roger.«

Eine unbekannte Frauenstimme bestätigte. Wo er wäre? Brooks nannte aus dem Kopf die Koordinaten, wo man ihn und die Toten finden konnte. In der Zentrale wurde die »1056« als möglicher Mord-Selbstmord-Fall eingestuft.

Brooks wusste bereits, dass es morgen kein Golf geben *würde.* Mit einer gewissen Häme ließen ihn seine Sinne wissen, dass er später nach Hause kommen *würde* und sich ausschlafen müsste.

Er sicherte den Tatort mit gelbem Plastikband. Es war mit Großbuchstaben bedruckt – BETRETEN VERBOTEN. POLIZEIABSPERRUNG. Brooks schlang das Band um Josuabäume und Büsche. Und dann wartete er auf die Kollegen von der Mordkommission und die Männer mit den dunkelgrauen Leichensäcken. Sie würden sich um die beiden Toten und die PT-111-Pistole kümmern.

1. Teil

Bushido

Der Weg des Kriegers

Köln, Deutschland
Freitag.

Der TCR 238 aus Paris hatte eine knappe Minute Verspätung, als er kurz nach ein Uhr in den Kölner Hauptbahnhof einrollte. Der Zug hatte kaum gehalten, als schon die Türen aufsprangen und die Passagiere auf den Bahnsteig quollen. Einige wurden von Verwandten oder Freunden mit Umarmungen oder herzlichen Küssen begrüßt. Andere, von niemandem erwartet, blieben am Imbissstand stehen, um sich einen Hotdog zu kaufen, bevor sie weitergingen. Doch alle strömten schließlich die Treppe hinunter in die Haupthalle und nach draußen zum Taxistand.

Er war allein. Stellte sich nicht für eine Bratwurst an und erwartete auch keinen Willkommenskuss. Aus der wogenden Menge ragte er heraus, ein hoch gewachsener Mann, der mit kontrollierten Bewegungen daherschritt. In seinen dunklen Haaren waren eine Menge grauer Strähnen zu sehen, die zu tönen er offenbar nicht bereit war. Sie passten perfekt zu seiner Erscheinung und ließen ihn merkwürdigerweise jünger erscheinen, als er tatsächlich war. Die Last des Lebens und das zunehmende Alter hatten sein Aussehen verbessert. Die von Erfahrung in sein Gesicht gekerbten Linien, insbesondere das von der Zeit gewobene Spinnennetz um seine samtbraunen, von seidigen Brauen überwölbten Augen, gaben ihm die Attraktivität eines Mannes in der Blüte seiner Jahre. Die stahlgerahmte, unauffällige Fliegerbrille, die er trug, rundete das Bild eines überarbeiteten leitenden Angestellten eines kleinen, aber vermutlich prosperierenden mittelständischen Unternehmens ab. Er schien wie die Masse der anderen Pendler auf dem Weg nach Hause zu sein. Die Brille auf seiner geraden Nase hatte getönte Gläser, die seine Augen vor Blendung schützten.

Der Mann nahm kein Taxi. Der Verkehr kam nur stockend voran, und er hätte wie die anderen problemlos die Straße überqueren können. Dennoch wartete er, bis die Ampel auf Grün sprang. Vor vielen Jahren, als er noch ein Kind gewesen war, hatte ihm seine Mutter mit leiser Stimme eingeschärft, zuerst nach links und dann nach rechts zu sehen, ob Autos kamen. Einige Wochen zuvor hatte es ihn fast das Leben gekostet, weil er in die falsche Richtung geblickt hatte. Eigentlich war es nicht die falsche Richtung. Es war in Bangkok passiert, als er dort an einem Projekt, einem Kontrakt arbeitete. Im Verkehr starben nur die Engländer. Der Mann lachte leise.

Ging weiter Richtung City.

Er war Anfang Vierzig. Trug eine dunkelblaue Hose aus widerstandsfähigem, aber modischem Stoff. Sie passte zu dem silbergrauen Pullover, der sein gutes Aussehen unterstrich. Schuhe. Unauffällige Straßenschuhe mit Schnürsenkeln. Nicht zu alt, aber auch nicht zu neu. Leicht abgetragen, doch robust. Bis zu den Knöcheln reichend und leicht. Dicke Polyurethansohlen mit ausgeprägter Riffelung ermöglichten ihm stets einen festen Stand, wenn die Situation es verlangte. Über der Schulter trug er eine schlichte schwarze Reisetasche mit einem aufgenähten kleinen Markenzeichen aus dickem Leder. Es ließ jedermann wissen, dass sie ein »Western Pack Product« war. An der Tasche hing außerdem ein Schildchen mit dem Namen und dem Beruf des Mannes. Es verriet allen, die nahe genug waren, dass der Besitzer ein Architekt namens Peter Sussel war. Die Tasche schien nichts Schweres zu enthalten, denn er bewegte sich schnell und geschmeidig, frei von überflüssigem Ballast. In der Tasche befanden sich ein Notizblock (DIN-A-4-Format), einige Kugelschreiber, ein Lineal, ein leistungsstarker wissenschaftlicher Casio-Rechner, der zwanzigstellige Zahlen verarbeiten konnte, ein rundes Etui aus feinen massiven Leder und ein 3-Meter-Maßband, gelb, aufgerollt in einem silbernen Stahletui. Er trug außerdem eine Rolle Baupläne mit sich, die von starken Gummibändern zusammengehalten wurde. Dies verlieh ihm in seinem Beruf noch größere Glaubwürdigkeit.

Die Rücksichtnahme, mit der er sich durch die Menge bewegte, ließ ihn wie einen höflichen Mann mit guten Manieren erscheinen. Nur ein äußerst scharfer Beobachter hätte bemerkt, dass der Mann offenbar kein richtiges Ziel hatte. Er bog links ab in eine schmale Gasse mit dem Namen Domstraße. Gepflastert, von ein paar kleinen Hotels gesäumt. Dort blieb er stehen, wartete und winkte ein Taxi heran. Sechs Kilometer weiter fuhr er mit der U-Bahn nach Norden. Wanderte stundenlag in großen Kreisen durch die Stadt, um zu überprüfen, ob alles so war, wie es sein sollte. Es war so.

Der Architekt, Peter Sussel, sah nach links und rechts, ob ein Auto kam, bevor er über die Straße zum Euro-Hotel ging. Siebenundvierzig Stockwerke in bester Fünf-Sterne-Qualität. Eigentlich nur sechsundvierzig. Das Dach wurde gerade erneuert, und bei der Gelegenheit wurde auch eine neue, stärkere Klimaanlage eingebaut. Seit zwei Wochen schon lag der dröhnende Lärm des unvermeidlichen Dachumbaus im Konflikt mit dem teuren, exklusiven Komfort der Gästezimmer des Loftes. Nachdem es an der Rezeption zur Androhung nicht näher spezifizierter Klagen, Schadenersatzforderungen und hässlichen Wortwechseln gekommen war, hatte das Management den Gesamtteil des obersten Stockwerks geschlossen. Betreten verboten. Selbst für das Hotelpersonal. Vorübergehend. Peter Sussel kannte den Bauplan des Hotels auswendig, da er ihn zusammen mit den Anweisungen für den Auftrag bekommen hatte.

Peter Sussel betrat die Lobby. Zur Linken war eine Bar, an der ausgiebig getrunken wurde. Vertreter, die von ihrer Tour zurückgekommen waren, sich bei ihrem ersten Drink über den vertanen Tag beklagten und sich damit selbst ein Armutszeugnis ausstellten. Er trat an die Rezeption. In den letzten beiden Wochen hatte er sich mit dem Gebäude vertraut gemacht.

Peter Sussel hatte mit einem kleinen Sprachfehler zu kämpfen. Er lispelte ein wenig. Seine Zunge stieß gegen die beiden oberen Schneidezähne, wenn er beispielsweise den Buchstaben »s« aussprechen musste, und so konnte er ein Wort nicht mit der gewünschten Genauigkeit artikulieren. Zusätzlich litt er unter der Schwäche, dass er ins Stottern geriet, wenn ihn jemand scharf ansah.

»Ja?«, fragte die rothaarige Dame hinter dem Empfang.

Sie sah ihn scharf an.

Musterte ihn neugierig. Peter Sussel erklärte ihr, dass er noch einmal das Dach des Gebäudes begutachten musste. Erzählte ihr etwas von zusätzlichen Überprüfungen und Kontrollen, die durchzuführen waren.

»... issst notwendig, um die Arbbbeiten frü-früher abschiesssen zzzu können.«

Er entschuldigte sich für die Umstände, die er ihr machte, in einem Ton, der auch einen gewissen Verdruss über seinen Sprachfehler verriet. Bat sie freundlich um einen Hinweis, wie er aufs Dach kommen konnte.

Welchen Aufzug sollte er nehmen, bitte schön?

Seine Schüchternheit rührte sie. Warf einen Blick auf seinen in Plastik eingeschweißten Dienstausweis, der an einer dunklen Nylonschnur um seinen Hals hing. Name, Titel und Foto, das genügte ihr. Sie schickte ihn zum Aufzug ganz links. Der würde ihn in den sechsundvierzigsten Stock bringen. Er dankte ihr mit einem schüchternen Lächeln. Die Liftkabine kam. Peter Sussel stieg zusammen mit sechs anderen ein. Ahmte das Aufzugverhalten der anderen nach und blickte mit einem leicht unbehaglichen Nichts-Wie-Raus-Hier-Lächeln auf den Etagenanzeiger über der Tür, während er seine Rolle Baupläne von der rechten Hand in die linke wechselte. Als der Aufzug den vierzigsten Stock erreichte, war er allein. Ab dem sechsundvierzigsten war er sicher, dass der Rotschopf am Empfang den stotternden Mann bereits vergessen hatte.

Allein in der Liftkabine, erreichte Peter Sussel das gewünschte Stockwerk. Trat hinaus und ging die zehn Schritte zum Notausgang, wobei er die Türen mehrerer Suiten passierte. Staub lag auf ihnen. Er streifte sehr dünne schwarze Lederhandschuhe über. Peter Sussel hinterließ nie einen Fingerabdruck. Niemals. Am Ende des Flures befand sich eine andere Tür, eine feuersichere. Ein großes Schild mit roten Lettern erklärte, dass sie nur im Notfall benutzt werden durfte. Einmal geöffnet gab sie den Weg in ein Betontreppenhaus frei. Peter Sussel betrat es und stieg eine Treppe bis zum Ende hinauf. Alle seine Bewegungen waren sorgfältig kalkuliert und verrieten ein Minimum an Energieaufwand.

Eine weitere schwere Metalltür, die laut DIN einem Feuer mindestens zwei Stunden widerstehen konnte. Er hing an der Innenseite ein Schild auf, das jeden im Treppenhaus warnte: BETRETEN VERBOTEN – GEFAHR. Er lauschte für einen Moment nach. möglichen und unerwarteten Aktivitäten. Nichts. Öffnete die Tür. Versperrte sie hinter sich mit seinem Dietrich. Blockierte die Türklinke mit einem 5x5 Kantholz, das neben der Tür lag und ganz zufällig und präzise senkrecht zwischen Klinke und Boden passte.

Und Peter Sussel trat auf das Dach.

Er machte einen Rundgang, um das Dach zu überprüfen, vorbei an gestapelten Rollen Dachpappe und den riesigen Einzelteilen eines neuen Klimaanlage-Entlüftungssystems. Das alte System arbeitete noch immer. Ihm gefiel das Geräusch. Ein zusätzlicher Schutz. Er stieg über einige Winkeleisen und Kanthölzer. Kontrollierte jede dunkle Ecke des Baubereichs. Vergewisserte sich, dass er nicht gestört werden würde. Selbst wenn er die nächsten zwei Tage auf dem Dach blieb, was nicht seine Absicht war, lag die potenzielle Entdeckungsgefahr bei Null. Schließlich war es Freitag.

Er suchte.

Und fand ihn.

Ein gebrauchter Holzkasten. Ein Meter fünfzig lang. Fünfundzwanzig Zentimeter breit und hoch. Genau danach hatte er gesucht. Jemand hatte einen großen Stempel aufgedrückt, der vor der Zerbrechlichkeit des Inhaltes warnte und vorsichtige Behandlung verlangte.

Entfernte den leichten Holzdeckel. Nahm eine weiche, dicke Lage Baumwolle heraus. Griff nach dem eigentlichen Inhalt des Kastens.

Es war ein Gewehr.

Ein Robar QR2-F.

Ein bolt-action Repetiergewehr.

Das »F« stand für Folding – Zusammenklappbar.

Der Hersteller hatte das ganze Gewehr mit einer hauchdünnen aber stabilen Polymerschicht überzogen, um den Sulfitmetallfinish zu schützen und zu verhindern, dass es beim Einsatz im Dunkeln etwaiges Streulicht reflektierte.

Unter Waffenexperten galt das Robar als herausragendes Scharfschützengewehr, das für den militärischen Einsatz konstruiert war. Sussels linke Hand glitt über den Knauf, als würde er zärtlich die Haut einer schlafenden Frau streicheln.

Seine Hand fand den Knopf am abgeklappten Gewehrkolben und drückte ihn. Der Kolben klappte automatisch aus, rastete ein und verlängerte das Robar um zweiunddreißig Zentimeter. Peter Sussel stellte den Abzug auf empfindlich ein. Mit dieser Einstellung war er am vertrautesten. Brauchte den Abzug nur anzutippen. Peter Sussel klappte die Gabelstütze auseinander und stellte das Gewehr ab. Als Nächstes öffnete er die Kammer. Überprüfte sie, wie er es bei seinem lebenslangen Umgang mit Waffen so oft getan hatte. Sie war makellos.

Der richtige Name von Peter Sussel war Willi Jansen. Außerdem hatte er keinen Sprachfehler. Das war nur eine weitere Tarnung, um seine wahre Identität zu verbergen. Jansen inspizierte das Robar erneut. Es war eindeutig der Typ von Waffe, den er verlangt hatte. Keinen Schulterriemen. Seine Schulter, seine niemals zitternden Hände und die Gabelstütze mussten genügen. Seine Augen wanderten prüfend über die Kammer. Keine erkennbare Seriennummer. Jansen wusste, dass die Nummer an der Waffe trotzdem wieder sichtbar gemacht werden konnte, aber das war nicht sein Problem. Er hatte sowieso nicht vor, die Waffe mit nach Hause zu nehmen.

Das QR2 war an der Unterseite des vorderen Laufteils mit einer Arretierungsschiene versehen, an der diverses Zubehör wie Laser oder Entfernungsmesser angebracht werden konnte. Jansen öffnete seine Reisetasche und nahm das runde Lederetui heraus. Öffnete es, indem er den kleinen Verschluss anhob. Das Etui war innen mit feinem weichen dunklen Samt bezogen. Jansen brachte ein teures Redfield ESDTM Gewehrzielfernrohr zum Vorschein. Dieses Zielfernrohr hatte ein kompliziertes eingebautes elektronisches Rotpunkt-Zielerfassungssystem und war mit vier unterschiedlichen Fadenkreuzmustern versehen. Ein hoch empfindlicher Sensor an seiner linken Seite konnte das Messkreuzmuster binnen eines Augenblicks ändern und den jeweiligen Schießanforderungen angepasst werden. Er brauchte nur Sekunden, um das ESD an der Waffe zu befestigen. Jansen arbeitete grundsätzlich mit dem besten verfügbaren Equipment.

Nur dem besten.

Schließlich hingen sein Leben und sein Honorar davon ab. Er schraubte einen Schalldämpfer, der ein Mündungsfeuer nicht sichtbar werden ließ, an die Senkmündung. Sah auf seine Uhr. Überprüfte dann den Himmel im Westen. In etwa zwanzig Minuten würde das letzte Licht des Tages verblassen.

Boris A. Wladimirow und Sergej Semjonsk hatten ihr Treffen für acht Uhr dreißig angesetzt.

Dieses Wissen war nicht nur ein wesentlicher Teil der Logistik, das Willi Jansen mit diesem Auftrag erhalten hatte. Dieses Wissen war der Grund für ihn, hier auf dem Dach zu sein.

Jansen trug das Robar QR2-F zu der knapp einen Meter hohen Brüstung, die den Dachrand sicherte. Stellte die Gabelstütze auf die Brüstung und kniete nieder. Öffnete erneut die Kammer. Seine Hand glitt in eine Tasche seiner dunkelgrünen Windjacke und kam mit zwei Patronen wieder zum Vorschein. Die Patronenmaximalladung von 23,5 Gramm Speer-Nitrex 165 Grain würde das Projektil mit einer Geschwindigkeit von 1.021 Metern pro Sekunde aus dem Lauf treiben. Dies war sozusagen die Lieblingskost des Gewehrs. Nach einer Strecke von 400 Metern, wenn sie ihr Ziel traf, würde sie nur einen winzigen Bruchteil ihrer Geschwindigkeit eingebüßt haben.

Jansen führte die Patrone ein und lud durch.

Jansen hob das Gewehr.

Jansen drückte das Ende des Knaufs gegen seine Schulter.

Jansen zielte.

Zielte auf das 400 Meter entfernte Gebäude. Ein Apartmenthaus. Zielte auf die äußerste linke Ecke. Das Infrarotbild ließ das Gebäude in Grün erscheinen, mit dem roten Punkt des Lasersuchers im Fadenkreuzzentrum des Zielfernrohrs. Ein kleiner Schwenk, und einer der Domtürme rückte ins Fadenkreuz. Wieder das Apartmenthaus. Dann dunkler Himmel. Die Lichtreflexe auf dem Rhein. Wieder das Apartmenthaus.

Dann bewegte er das Gewehr langsam zur Seite, konzentriert zählend, vier Fenster nach rechts und drei nach unten. Dort würde sein Ziel sein, Boris A. Wladimirow. Hinter einem Schreibtisch sitzend, ihm, dem Scharfschützen, das Genick darbietend.

Willi Jansen sah auf seine Uhr. Noch acht Minuten. Er entspannte sich.

Jansen kniete nieder und stützte seinen linken Ellbogen auf die Brüstung.

Die rechte Hand bewegte sich langsam nach vorn. Berührte fast zart den Abzug. Er drückte das Ende des Knaufs gegen seine rechte Schulter und senkte seinen linken Ellbogen. Fuhr mit der linken Hand unter seine Schulter und formte mit dieser Hand ein »U« um das Ende des Knaufs. Beide Arme wirkten nun wie eine zusätzliche Gabelstütze.

Jansen hatte den Schreibtisch im Visier und das Gefühl, nur drei Meter von Boris entfernt zu sein. Der scharf umrissene rote Punkt des Lasers richtete sich auf den Stuhl. Dann auf Boris' Nacken. So nahe, dass Jansen die schlecht verheilten rötlichen Narben eines Furunkels erkennen konnte. Dort begann der zweite Wirbel der Wirbelsäule.

Er atmete langsam ein. Zwischen zwei Herzschlägen und dem Ende des Ausatmens würde er es tun. In diesem Sekundenbruchteil würde der Körper völlig entspannt sein.

Bewegungslos verharrte der rote Punkt an Boris' Genick. Boris machte eine fordernde Geste mit seiner linken Hand, als würde er einer anderen Person im Raum befehlen, näher zu treten.

Langsam und ruhig atmete Jansen aus.

Als er den Abzug antippen wollte, tauchte eine hoch gewachsene, schlanke Frau im Zielfernrohr auf. Wie eine neue Darstellerin, die unerwartet die Bühne betrat. Stellte sich direkt vor den Schreibtisch.

Sie hatte dunkle, schulterlange Haare. Klassische hohe Wangenknochen. Sie drehte ihren Kopf ein Stück, als würde sie direkt ins Zielfernrohr blicken und Jansen sehen. Unglaublich leuchtende, ausdrucksvolle Augen. Es war fast zu spät.

Jansen war für einen Moment abgelenkt und schwenkte dann den Lauf des Gewehres. Nur ein winziges Stück. Aber genug, um ihr das Leben zu retten.

Die Kugel überbrückte die 400 Meter in keiner spürbaren Zeit. 1.021 Meter pro Sekunde. Die elegant geformte Speer-Kugel zerschmetterte das Fenster nicht. Stanzte nur ein Loch hinein. Sie hatte keine signifikante Geschwindigkeit verloren, als sie in den zweiten Wirbel des Russen einschlug. Im Nu bohrte sie sich in Boris' Nacken, drang durch die dünne Knochenwand seines Schädels und, völlig deformiert, explodierte aus seinem Gesicht. Die Kugel schlug durch die handgeschnitzte Eichenholzbar des Wohnzimmers und riss nun als Querschläger ein fünf Zentimeter tiefes Loch in den Fußboden dahinter. Erst hier kam die enorme Energie zum Stillstand.

Eine Fontäne aus Blut, Gehirn und Knochensplittern spritzte auf die Frau und ruinierte ihren teuren Ellen-Tracy-Anzug. Ihre cremefarbene Jil-Sander-Seidenbluse mit dem tiefen Ausschnitt war plötzlich von einem roten Schleimfilm bedeckt. Durchsetzt von kleinen Klumpen.

Boris' Gehirn.

Jansen *sah* die Frau schreien.

Männerhände hielten ihr den Mund zu.

Der Attentäter sah alles in Grün, bevor er das Zielfernrohr ausschaltete.

Kalter Schweiß trat auf seine Stirn, und Übelkeit übermannte ihn. Er stöhnte.

Und übergab sich.

Später lehnte er sich im Fond des Taxis zurück und registrierte nur verschwommen den dahinfließenden Verkehr. Er war vollauf mit der üblichen geistigen Übelkeit beschäftigt, die sich nach jedem Job einstellte. Vor allem die Sache mit der Frau. Die hatte ihn kalt erwischt.

Lass es nicht an dich ran, mahnte er sich.

Es war wie in …

Nein, es war nicht …

Die Frau in …

Sie ist tot …

Ich habe sie erschossen …

Gedanken aus der Vergangenheit kollidierten mit der Gegenwart.

Erschöpft und deprimiert bat er den Fahrer anzuhalten. Bezahlte und stieg aus. Als das Taxi davongefahren war, machte er kehrt und legte den letzten Kilometer zu Fuß zurück. Der Dunst des späten Abends hatte eine schmutzige Nebelglocke erzeugt, die sich in das Durcheinander aus Neon und grellem Verkehrslärm mischte, es dämpfte, während noch immer ein dünner Strom aus Fußgängern heimwärts drängte. Gut gekleidete junge Frauen mit großen Mannequinschritten, die mageren Schultern in schlechter Haltung gebeugt, einige mit grünen oder purpurnen Lockenhaaren, andere mit glatten Strähnen. Neue Welt. Gingen daher, als würden sie sich in einem fortgeschrittenen Stadium mit Hämorriden bewegen. Die Füße nach außen gestellt, der Rücken krumm und die Knie gebeugt. Dazwischen sah er junge Frauen, die Kosmetika ablehnten und verlangten, so akzeptiert zu werden, wie sie in ihrem beschränkten TV-Wissen zu sein glaubten. Sie waren gegen einen beschissenen Krieg in Jugoslawien und gaben vor, sozial engagiert oder sexuell befreit zu sein. Nicht eine von ihnen wirkte richtig weiblich. Andere waren noch trostloser, mit schwarz lackierten Fingernägeln und schwarzem Lippenstift, das Leben verneinend. Dünn in Folge einer vitaminfreien Diät, hatten sie sich unter der Diktatur der Modeindustrie die Formen weggehungert. Neue Welt.

Bedrückend.

Im Bahnhof öffnete er Schließfach K-12 und nahm ein Päckchen an sich. Später im Zug nach Naumburg öffnete er es und zog den internationalen gedeckten Scheck über eine Summe von neunzigtausend Dollar heraus. Es war die letzte Zahlung; zwei Raten in gleicher Höhe hatte er bereits erhalten. Willi Jansen akzeptierte niemals Bargeld, denn er schätzte es nicht, mit Falschgeld entlohnt zu werden. Es war sein Honorar als Professioneller für einen Auftrag.

Sicher, man konnte heutzutage genug Killer in Polen oder Russland finden. Sie würden den Job für fünfhundert Dollar und ein Flugticket erledigen. Aber sie waren Schwachköpfe, die oft mit Falschgeld bezahlt wurden, den Job meistens vermasselten und dazu neigten, zu viel zu reden.

Jansen war der Beste auf seinem Gebiet. Er konnte nur durch geheime Empfehlung innerhalb eines elitären Zirkels engagiert werden. Er war kein Killer.

Willi Jansen war ein Attentäter.

Ein Mann mit der Mentalität eines Samurai.

Quil-Quala, Hindukusch-Gebirge, Afghanistan, März 1989

Sie waren vor dem Morgengrauen gekommen. Kurz vor Sonnenaufgang. Wenn die Nacht dunkler erscheint. Wenn der Schlaf am tiefsten ist und die Sinne am schwächsten sind.

Schlaf, der Bruder des Todes.

Vier gewaltige Explosionen.

Eine lange und quälende Salve aus einem Maschinengewehr endete abrupt. Jansen fuhr ruckartig von seinem Biwak hoch und wusste binnen eines Augenblicks, dass sie nun den Preis für ihre Nachlässigkeit bezahlen mussten.

Er hatte dem Frieden des vergangenen Abends ohnehin nicht getraut, als seine motorisierte Einheit aus sechs sowjetischen BRT-60PU-Truppentransportern in dieses gottverlassene Dorf eingerückt war und den Vormarsch gestoppt hatte.

Die Einheit. Jeder Transporter hatte sechzehn schwer bewaffnete Männer an Bord. Sechzehn Männer hatten einen Anführer, einen Feldwebel, erfahren und einzigartig bewandert in der Kunst des Krieges. Die Feldwebel, das wahre Rückgrat einer Armee. Der Ausgang eines Kampfes hing von ihnen ab. Es war eine starke und beeindruckende Kolonne mit all ihrem rollenden Stahl, den Antennen und den 12,7mm-Kanonen. Unbesiegbar und unerschütterlich. Die Männer im Innern waren jung, noch keine Zwanzig. Unerfahren und in ihrem ersten Einsatz. Ängstlich, einige mit nach Haschisch riechendem Atem.

Die Feldwebel stiegen aus den Transportern und nahmen dicht bei ihrem jeweiligen Fahrzeug eine Art lässige Parade-Rührteuchhaltung ein. Warteten. Der Verlauf dieses Bergkrieges hatte ihnen beigebracht, wann sie unruhig und extrem wachsam sein mussten, Und sie waren es.

Keine Menschenseele in diesem elenden Kaff. Nicht einmal ein Hund bellte, kein Huhn gackerte aufgeregt.

Jansen, der stellvertretende Kommandeur, verließ das schwere gepanzerte Fahrzeug. Der Lärm der leer laufenden GAZ-498-Motoren hallte von den steilen Wänden de schmalen Tales wider. Die zerklüfteten Wände des Felscanyons schwangen sich zu unirdisch aussehenden bis zu 5.000 Meter hohen Bergen auf. Schnee bedeckte ihre Gipfel. Es war bitterkalt.

Jansen gab den Befehl, die Motoren abzustellen. Sie waren knapp an Benzin. Sofort spürte Jansen körperlich die bleierne Schwere der irritierenden seltsamen Stille. Er ließ seine Blicke über den unbefestigten staubigen Weg wandern. Weiter vorn beschrieb die Straße eine Biegung. Nahm die grauen schmutzigen Wände der alten schiefen Hütten des kishlak, *des Dorfes, in sich auf. Gebilde aus verbogenem Gitterwerk, mit getrocknetem Lehm verputzt. Diese Hütten, die fast an den steilen Felsen lehnten und für einen Moment im Dunst des kalten, feuchten Nebels verschwanden, mussten näher untersucht werden. Wo Türen sein sollten, klafften schwarze, rechteckige Löcher.*

Bis auf eine.

Der Eingang zu dieser Hütte wurde durch eine massive hölzerne Doppeltür versperrt. Die Türblätter waren mit kunstvollen alten Holzschnitzereien geschmückt. Einige Blumenmuster der Paneele waren umrisshafte Ornamente, die einst von einem hoch begabten Künstler mit seinem Messer hineingeschnitzt worden waren. Hölzern Blumen und Sterne mit irgendwelchen arabischen Lettern verwoben. Niemand war mehr hier, um sie zu bewundern.

Jansen gefiel die Position der Kolonne nicht. Ihm gefiel die Stille nicht. Überhaupt nicht. Er spürte es in seinen Knochen, dass diese Stille trügerisch und einschüchternd war. Wie der Tod, der sich ihm gelassen zu nähern schien. Er fragte sich für einen Moment, wo der Kommandeur steckte. Ging zum Führungstransporter mit seinen großen Spezialantennen. Diese Antennen bedeuteten außerdem, dass sich im Innern ein Generator für die Versorgung des zusätzlichen Kommunikationssystems befand.

Als Jansen nahe genug war, um die Hand nach dem Griff auszustrecken, öffnete sich die Tür und der sowjetische Kommandeur schwankte für einen Moment, als sein rechter Stiefel den Boden berührte.

Oberst Boris A. Wladimirow.

Er nahm einen langen Zug von seinem Joint, inhalierte tief. Ließ den Rauch auf seinen Organismus einwirken.

»Charasho«, murmelte er. »guter Shit. Wirklich gut.«

Jansen blickte in blutunterlaufene, unstete Augen und registrierte den schweren Duft von Haschisch im Atem und in der Kleidung des Oberst. Der Gestank des Dopes verstärkte Jansens Unbehagen noch, intensiviert seine Wachsamkeit. Wladimirowitsch ging zur Mitte der Straße.

»Was halten Sie davon, Genosse Germansky?«, brüllte Sowjetoberst Boris A. Wladimirow.

»Es gefällt mir nicht, Towarisch Oberst«, sagte Jansen, »es ist eine Falle. Dürfte ich empfehlen, Towarisch Oberst dass wir sofort von hier verschwinden? Strategisch ist es ungeeignet. Haben Sie keine Angst vor Heckenschützen?«

Fügte noch hinzu, dass es sich nicht richtig anfühlte.

Oberst Wladimirow brach in lautes Gelächter aus.

In einem Krieg war der Tod viel zu prosaisch. Gewöhnlich wie das wenige Fleisch in einer Soldatenration.

»Zur Hölle mit ihnen – ich werde mich nicht ducken. Haben Sie Angst vor Viehtreibern? Oh, Genosse Germansky, haben wir ihnen nicht schon lange genug im ganzen Land in den Arsch getreten? Die Einheit braucht eine Ruhepause. Schlaf. Die Viehtreiber sind erledigt. Sehen Sie irgendjemand hier? Sehen Sie?«

Er nannte die Afghanen nur »Viehtreiber«. Es war Towarisch Oberst Wladimirows hörbare und verächtliche persönliche Meinung über die Einheimischen, die er und seine Rodina bald erledigt haben würden.

Nahm einen weiteren langen Zug. Hielt den Rauch in der Lunge.

Wiederholte seinen »Charasho guter Shit«-Satz.

Wladimirow entdeckte die Hütte mit der massiven Tür. Seine zittrige Hand deutete auf einige der Feldwebel.

»He Idy Sjuda. Du, du und du. Los. Öffnet diese Tür. Ist jemand drinnen – erschießt sie.«

Vier Feldwebel, unter ihnen ein Oberfeldwebel, marschierten zu dem Haus.

»Towarisch Oberst, ich glaube, wir …«

»Halt's Maul, Germansky. Du sagst mir nicht, was ich zu tun habe. Ist das klar?«

Diese blutunterlaufenen Augen.

Jansen hasste sie. Einer der Feldwebel drückte die Klinke. Die Tür bewegte sich ein Stück. Klemmte dann.

»Schießt sie auf, dawai. Beeilung«, brüllte Oberst Wladimirow.

Der Oberfeldwebel trat zurück, blieb aber nur anderthalb Meter von der Tür entfernt wieder stehen. Hob sein AK47-Special zur Hüfte. Stellte sich breitbeinig hin, drückte den Abzug. Zuerst splitterte das graue ehrwürdige alte Holz der Tür unter den Einschlägen der Kugeln und flog in kurzer, kreisförmiger Expansion nach außen. Nichts rührte sich. Die zweite Salve war wichtiger.

Hinter der dicken Tür.

Um den Rahmen angebracht.

Sechs Command M-18A1-Richtminen.

Jede wog nur 3,5 Pfund und enthielt 700 Metallkugeln. Auf tödliche Weise effizient. Die Minen waren miteinander durch ein Kabel verbunden, wie eine Nabelschnur, die einen Fötus nährte und am Leben erhielt. Sie wären hochgegangen, wenn jemand die Tür geöffnet hätte. Aber niemand tat es.

Es spielte keine Rolle. Ob die Tür nun geöffnet wurde oder nicht. Eine Kugel der zweiten Salve traf eine der Minen. Die in der linken oberen Ecke des Rahmens.

1,5 Pfund C-4-Sprengstoff detonierten und schufen eine Todeszone von 50 Metern in einem 60-Grad-Bogen. Die drei identischen anderen Minen folgten augenblicklich, als konnten sie es nicht erwarten ihre gemeinsame Zerstörungskraft zu demonstrieren.

Vier Männer.

Anderthalb Meter entfernt.

Sechs Personenminen explodierten.

Spuckten 4.200 fliegende Metallbälle aus.

Jansen nahm alles wie in Zeitlupe wahr.

Zuerst war es wie ein lautes kurzes simples Bumm und das Dach schien sich um einen halben Meter zu heben. Sackte dann wieder in einer gewaltigen Erschütterung nach unten. Einen Sekundenbruchteil später wölbte sich die Frontseite des Hauses in einem Feuerpilz nach außen und explodierte. Zwei der Männer verschwanden einfach. Der dritte wurde zurückgeschleudert und landete auf seinem Hintern. Stand auf und rannte weg. Hielt in seinen beiden Händen, wie ein Opfer an die Welt, seine gesamten grünlichen schräg nach unten sich schlingenden Gedärme, bevor er sie nach Sekunden wieder fein säuberlich in den Bauch stopfte. Der Darm rutschte heraus, und der Mann trat darauf. Gab nicht einen Laut von sich. Von zu vielen Metallbällen durchlöchert, war er tot, bevor er auf die Knie fiel und auf dem Boden aufschlug. Der vierte Mann. Sein linker Arm wurde aus dem Schultergelenk gerissen und landete sechs Meter weiter im Staub der Straße. Schrie sich in die Ewigkeit.

Kein Clausewitz, York oder Frunse. Kein heroischer Donner. Alles ungereimtes Zeug. Das war der wirkliche Krieg. Die Tränen des Todes. Ein aufgerissener Bauch, und du stolperst über deine eigenen Eingeweide. Siehst deinen Arm durch von Menschenhand entfesselte Kräfte davonfliegen. Krieg war der herzzerbrechende Schrei der Verstümmelten. Das stumme Stöhnen in den Augen jener, die nicht mehr schreien konnten. Der Geruch von Antiseptika und verbranntem Fleisch. Das zarte menschliche Gewebe, durchlöchert von Metallkugeln. Du schreist dich in den Tod. Das war die wirkliche Realität. Im langen Lauf der Geschichte hatte man das Sterben zu einer Kunstform verklärt. Lügen, damit eine Witwe stolz sein konnte. Nein, der verständliche Wunsch, den Sarg zu öffnen, musste abgelehnt werden. Der Leichnam eines Helden ohne Arme oder Gesicht? Bitte! Möglicherweise lag sowieso niemand drinnen. Ein Salut aus 21 Gewehren über einem leeren Sarg. Was wäre das für eine lächerliche Farce.

»Du Mistkerl«, schleuderte Jansen dem Oberst seine Gedanken entgegen, »wir haben in diesem beschissenen Bergland niemand siegreich in den Arsch getreten. Du hast gerade vier Männer getötet, du bekiffter Bastard.«

Krieg war bloß das Verstümmeln und Massakrieren von Stämmen durch politische Führer. So begann Jansen es zu sehen.

Und so fing es an.

Jansen war früher Hauptmann der Nationalen Volksarmee der Deutschen Demokratischen Republik gewesen. Kurz – Ostdeutschland.

Sofort nach dem sowjetischen Einmarsch über den Khyber-Pass in Afghanistan begann eine Politik der verbrannten Erde. Durchgeführt von kleinen Einheiten, die aus den Städten, wo sie ihre Garnisonen hatten, über das Umland herfielen. Sie besetzten und sicherten ein Gebiet und verbrannten und zerstörten dann systematisch alles, was sich darin befand. Nach der Verbrannte-Erde-Taktik zogen sie sich wieder in ihre Garnisonen zurück. Es war die normale Vorgehensweise. Und sehr effektiv. Dörfer, von denen nur vermutet wurde, dass sie das Netzwerk der Mudschahidin unterstützten, wurden mit Bomben und Napalm eingeäschert.

Jansen folgte dann mit seiner Kommunikationseinheit.

Da war zum Beispiel die Stadt Dasht-i-Rewat im Panjirtal. Eine Spetsnaz-Einheit verwandelte sie in einen Schutthaufen aus rußgeschwärzten Adobeziegeln. Verwüstete sie, beschoss sie mit Granaten, steckte sie in Brand, bis kein einziges Haus mehr stand. Die Bevölkerung von 15.000 Seelen verschwand einfach. Es war die totale und perfekte Zerstörung.

Jansen, der die Funkverbindung mit dem Hauptquartier aufrechterhielt, bekam alles mit. Und so folgte er mit seiner KOM-Einheit von kishlak *zu* kishlak*, von Schlucht zu Schlucht, ohne dass der Sieg in Sichtweite war, von dem man ihnen versprochen hatte, dass er mühelos zu erringen wäre, ein Kinderspiel. Alles für die Partei, dachte Jansen. Schließlich war er ein hervorragend ausgebildeter Offizier. Ein guter Funker. Ein fähiger Krieger.*

Dann dachten sich die Sowjetgeneräle im Hauptquartier der 40. Armee im sicheren Taschkent, Usbekistan, etwas anderes aus, das sie als neue Taktik bezeichneten.

Was zum Henker war daran neu?

Minen, zum Beispiel.

Hubschrauber warfen Minen ab. Verteilten sie über das ganze Land.

Millionen. Besonders geeignet für das Langzeitziel, den Weltimperialismus in die Knie zu zwingen. Getarnt als Kugelschreiber, Spielzeug oder Puppen.

Nicht zum Töten konstruiert, sondern zum Verstümmeln. Zum Verkrüppeln.

Da das Schlachten nicht in ihrem eigenen Hinterhof stattfand, ihre eigenen Familien nicht betraf, heulte der pseudointellektuelle Mob von Berkeley bis Göttingen seine ideologische Zustimmung hinaus. Das sowjetische Militär sah darin eher einen praktischen Weg, die Zukunft und die permanente Expansion des Moskauer Reiches zu den Weltölreserven im Süden zu sichern.

So sahen es die Generäle: In einem Krieg der gegenseitigen Vergeltungsschläge bedeutete das verkrüppelte Individuum eine Last für die Stammeskrieger, die im rauen Bergland operierten, und stellt deshalb für seine Freude, Familie und Nachbarn eine sichtbar Warnung dar, sich der Besatzungsmacht unterzuordnen.

Die als Spielzeug getarnten Minen zielten auf Kinder ab, die durch den Verlust ihrer Hände oder Beine zukünftige Generationen vielleicht davon abhalten würden, sich dem Kampf gegen die Ungläubigen aus dem Norden anzuschließen. So sagten es die ordengeschmückten Generäle. So sagten es die ordengeschmückten Männer in Moskau.

Jansen sah in einem Dorf ein Kind ohne Beine und mit nur einer Hand. Erst hielt er es für das Opfer eines Unfalls, wie er überall in einem Krieg vorkommen konnte. Hatte zwar davon gehört, glaubte aber nicht, dass die Partei so etwas zulassen würde. Man musste aufpassen, dass man nicht der Feindpropaganda zum Opfer fiel. Ein anderes Dorf. Eine andere KOM-Anlage (die zwei Tage später in die Luft gejagt wurde). Jansen beherrschte den Belutschen-Dialekt, die Sprache der Region recht gut. Plötzlich – und es lag an der neuen Taktik – begriff er, wieso viele Ziegen und Kühe Schienen aus drahtumwickelten Bambusstöcken trugen.

Ein alter Mann, den er um Auskunft bat, erklärte ihm, was passiert war. Diese Tiere waren auf Minen getreten und verletzt worden. Aber der größte Verlust, so sagte der Zahnlose, war nicht so sehr das Vieh mit den geschienten Beinen. Sehen Sie, unsere Tiere trinken das Wasser aus den Brunnen. Und sie sterben daran.

Der alte Mann blickte hinauf zu den Bergen. Schüttelte mit beiden Händen freundlich Jansens rechte Hand. Dann legte er seine rechte Hand aufs Herz. Noch immer traten Tiere auf Minen. In mehreren Regionen des Landes war der gesamte Viehbestand auf diese Weise ausgelöscht worden. Die Russen hatten außerdem die kerezzes *zerstört, das uralte Bewässerungssystem. Das Land begann auszutrocknen.*

Die Auswirkungen der Vernichtung der Nahrungsgrundlage der Stämme war klar. Jansen war erschüttert und beschwerte sich mündlich. Er erreichte nichts. Erntete nur einen milden, mit missbilligender Stimme ausgesprochenen Verweis eines Zampolit, eines Politoffiziers. Hörte sich seine Sprechblasen an, in denen Begriffe wie Feindpropaganda, Provokation gegen die Rodina und Opfer auftauchten. Das letzte Wort traf ihn tief – Opfer. Nein es waren Gräueltaten.

Hauptmann Jansen beschwerte sich schriftlich über seine Beobachtungen beim Hauptquartier. Berichtete von den verstümmelten Kindern, dem vergifteten Wasser und den Tieren an Krücken, die noch immer nach besten Kräften die Dorfbewohner mit Milch oder Fleisch versorgten. Ein KGB-Informant hatte den Händedruck beobachtet und schrieb in seinem Bericht an das Hauptquartier, dass dieser menschliche Kontakt als verbotener Kontakt zum Feind bewertet wurde. Nichts scheuchte die Parteisekretäre mehr auf als Berichte über Mitglieder, denen Illoyalität »nachgewiesen« wurde, über mögliche Infiltration durch den Klassenfeind (wer immer das auch sein mochte). Um dies zu verhindern, erklärten die Mandarins der Partei, die in ihrem ganzen Leben nicht einen Tag lang ehrlicher Arbeit nachgegangen waren, den Betreffenden ganz einfach zum Staatsfeind. Im Krieg bedeutete dies ein Erschießungskommando oder in Jansens Fall ein Parteigericht. Er wurde fast als Verräter abgestempelt. Im Lauf der Zeit wich seine Wut einem katatonischen Alltag. Um zwei Ränge degradiert und nun Leutnant, fand sich Jansen plötzlich als Funker in dem BRT-60PU wieder. Front- und Langstreckenoperationen hinter den feindlichen Linien. Es war der beste Weg für einen Unruhestifter, in einem Krieg zu sterben.

All dies versetzte die Bergbewohner nicht in Angst und Schrecken, wie es von den Invasoren eigentlich geplant war und erwartet wurde. Hier war er nun, Leutnant Jansen, gestrandet in dieser gottverlassenen, beschissenen Schlucht mit einem bekifften Kommandeur; zwei toten Feldwebeln (er zählte die beiden, die verschwunden waren, nicht mit) und verängstigten Teenagersoldaten. Er gab über Funk eine Meldung durch und hoffte, dass die Rettung bald zu ihnen auf dem Weg sein würde, sofern sie sie überhaupt finden konnte.

Aber diesmal war etwas anders.

Die Einheit war von den dukhis* *seit Tagen beobachtet und verfolgt worden.* Sie ließen nie die Augen von ihnen.

Niemals.

---

* Sprichwörtlich »Geister«. Es war der Sowjet-Slang für Afghanische Kämpfer.

Hezb-e-Islami-Kämpfer beobachteten sie von den hohen Bergen aus.

Marschierten am Darya-ye-Kamard-Fluss entlang. Sie wussten, wo die Kolonne stoppen würde, um einen Kontrollposten zu errichten. Und dann war der Tag gekommen, an dem Oberst Boris A. Wladimirow nun in diesem gottverlassenes Dorf ohne Namen angekommen war, umgeben von den unbezwingbaren, schneebedeckten Bergen des Hindukusch. Das verdammte Dorf war nicht einmal wichtig genug, um auf den Militärkarten zur Orientierung eingezeichnet zu sein.

Und während der endlosen Nacht waren sie gekommen.

Um Vergeltung zu üben.

Jetzt, nach der vierten Explosion, stürzte Jansen zur Tür. Eine Salve aus gut gezieltem Maschinengewehrfeuer stanzte Myriaden Splitter aus dem Boden. Für eine Sekunde wunderte er sich, warum er nicht getroffen wurde. Aus den Augenwinkeln entdeckte Jansen auf der anderen Straßenseite einige Mudschahidin, zwischen den Transportern positioniert. Drei Meter weiter ein toter Russe mit seinem Ruchnoi RPK-Maschinengewehr. Jansen wollte zu dem Gewehr rennen. Er wollte kämpfen. Kugeln trieben ihn in die Deckung zurück und ließen den Boden noch mehr splittern.

Auf beiden Seiten trat Stille ein, als hätten alle ihre Munition gleichzeitig verschossen und müssten nun neu laden. Plötzlich hatten sich alle Laute in der Dunkelheit des frühen Morgens aufgelöst. Aber die Stille war weder entspannend noch friedlich. Eine erschöpfende Stille, kräftezehrender als der Kampf.

Er sprang auf und rannte.

Kurz vor der Waffe musste er wieder in Deckung gehen. Doch es gab nirgendwo eine Deckung. Nur darauf hoffend, nicht getroffen zu werden, presste er sich gegen den Boden. Der erbitterte Kampf ging weiter. Schwere, hämmernde Salven von oben und aus der Umgebung hinter seiner und der Nachbarhütte zerrissen über ihm die Luft. Jede zweite Kugel war ein Leuchtspurgeschoss; sie schnitten die Nacht in Streifen wie straffgespannte rote und grüne Drähte. Es war der klassische und perfekte Hinterhalt. Wieder schweres Maschinengewehrfeuer von der anderen Seite, ohne dass er getroffen wurde. Die Ironie war, dass er noch keinen einzigen Schuss abgegeben hatte. Das dünne Mündungsfeuer der sich entladenden Gewehre und das Feuer von vier brennenden Transportern zeigten Jansen den schmalen Weg durch das Dorf und die Leichen, die überall lagen. Junge Gestalten in Uniformen. Verwundet oder tot. Er wusste es nicht. Verflucht, vier Transporter in Flammen. Die Spitzen der Feuerzungen leckten zum Nachthimmel hinauf. Jetzt verstand er die schweren Explosionen. Sie hatten sie mit Magnetminen in die Luft gejagt. Einfach so. Irgendwo im Widerschein der Flammen sah er weitere tote Sowjets. Mit durchgeschnittenen Kehlen.

»Mein Gott«, murmelte er.

Es war das Ende und hoffnungslos. Ein tierischer Schrei wurde von einer neuen lauten Salve übertönt. Er kroch zurück in die Hütte. Das schwere Maschinengewehrfeuer zerbrach in Stakkatos, als die russischen Soldaten und die Krieger weitere Salven wechselten. Dann Stille. Plötzliche, unwirkliche Stille. Der Geruch von Cordit trieb in Wolken zwischen den Hütten. Der Epilog der Schlacht. Der Tod klopfte an seiner, Jansens, Tür des Lebens.

He, du da? Willste mit mir kommen?

Jansen spürte, dass er ihn nicht daran hindern konnte, jetzt von hier zu verschwinden. Er wollte hier nicht sterben.

Die Mudschahidin begannen eine klassische Haus-zu-Haus-Suche. Er hoffte, dass sie all blind vom Feuerschein und taub von der Schießerei waren. Dass sie von draußen, wo die hellen Flammen loderten nicht sehen konnten, wie er im Dunkeln Deckung suchte. Jansen verließ die Hütte und kroch die ersten sechzig Meter. Überleben war nur eine Frage von wer wen zuerst entdeckte.

Dann bemerkte er, dass plötzlich das erste Tageslicht aufleuchtete. Und in der Stille des Morgens hörte Jansen einen anderen grausigen Schrei.

Er klang nicht wie der eines Menschen. Aber er stammte von einem Menschen. Jansen sprang auf und rannte in die Richtung, aus der die Kolonne am Vortag gekommen war. Lief am Rand des Kaffs entlang hinter den brennenden Transportern, hinter den Flanken der Mudschahidin und den Hütten. Stolperte über etwas. Ein toter So-

wjetsoldat mit aufgerissenen Augen, die verblüfft in den Himmel starrten, als könnte er die Antwort zu seinem plötzlichen Tod von dort erhalten. Ein Drogonew-Scharfschützengewehr in seiner linken Hand. Mit Zielfernrohr und eingebautem 40mm-Granatwerfer. Jansen nahm das Gewehr und rannte Richtung Berge, floh ins steinerne, kalte Vergessen. Dann war er außer Sichtweite.

Wieder folgte ihm ein qualvoller Schrei. Er verriet unendliche Pein. Jenseits allen Grauens endete er in einem tierähnlichen lauten Winseln.

Hundert Meter über dem Dorf erreichte Jansen einige der seltenen Büsche und duckte sich in ihre Deckung, ins sichere Versteck. Er löste das Zielfernrohr vom Gewehr und suchte das unter ihm liegende Dorf ab. Er konnte es fast berühren. Die brennenden Transporter. Die Leichenhaufen. Niemand schien mehr am Leben zu sein.

Bis auf diese Afghanen, die vor sieben nackten lebenden jungen Männern standen. Ihre Hände waren über ihren Köpfen an den massiven Antennensockel eines intakten Transporters gebunden. Gestreckte nackte Männerkörper auf Zehenspitzen. Nichts deutete darauf hin, dass sie noch vor einer Stunde Uniformen getragen hatten.

Das Zielfernrohr erlaubte es Jansens Sinnen, ganz nah bei ihnen zu sein. Was er sah, raubte ihm den letzten Rest innerer Ausgeglichenheit und Normalität, die er sich in diesem Krieg bewahrt hatte.

Der hoch gewachsene Anführer der afghanischen Krieger im traditionellen Gewand der Pathanen stand mit dem Rücken zu Jansen, der ihn durch das Zielfernrohr beobachtete. Er konnte die schönen Hände des Anführers deutlich erkennen. Schlank und feingliedrig. Hielten ein dünnes gebogenes schmales Messer, als wäre es ein Skalpell.

Der Anführer trat näher und setzte das Messer am rechten Schlüsselbein eines nackten Mannes an. Die feingliedrige Hand führte die Klinge in einem Bogen zum linken Schlüsselbein hinterließ eine dünne dunkle Linie. Winzige Tropfen einer dunklen Flüssigkeit quollen hervor.

Eine Perlenkette wie kleine gerundete Rubine.

Blut.

Der Anführer steckte das Messer wieder in den Gürtel. Die feinen, schmalen Finger glitten zwischen die Epidermis oder Oberhaut und die zweite Schicht, das Korium, des hilflosen nackten Gefangenen.

Zogen daran. Nicht einmal fest.

Zogen dem gefangenen Teenager die Haut ab. Jansen nahm die Häutung dieser unbekleideten Männer als etwas Normales wahr, plötzlich von seiner Seele getrennt.

Beobachtete zwei weitere Häutungen. Betäubt.

Anästhesiert.

Zu diesem Zeitpunkt waren alle sinnesfreudigen Emotionen, die er im Lauf seines ganzen Leben gesammelt hatte, ausgelöscht worden. In Sekunden verbrannt. Der Anführer nahm die Mütze ab, drehte sich und gab dem bewaffneten Gefolge einen Wink. Es war die herrische Geste einer Person, die die absolute Kontrolle hatte und über Stärke und Macht verfügte.

Das rassige Profil mit den hohen Wangenknochen.

Die unglaublichen smaragdgrünen Augen unter dunklen Brauen, die wie Adlerschwingen waren.

Die vollen, sinnlichen, feuchten Lippen.

Jetzt nahmen seine Augen die schulterlangen, kohlschwarzen, unter einem dünnen, schwarzen Schleier verborgenen Haare wahr. Der elegante Schwung der Nase verlieh den fein geschnittenen Zügen des Gesichts eine klassische Vollkommenheit.

Was für eine anmutige und betörende Schönheit.

Jansen erschoss die Frau.

Willi Jansen war in Gedanken versunken, als er die Tür zu seinem geräumigen Apartment aufschloss. Er öffnete die Tür und betrat den Flur. Dort blieb er für einen Moment stehen. Er fühlte sich irgendwie erschöpft. Nicht körperlich. Der einzige Grund, der ihm dafür einfiel, war der letzte Auftrag in Köln.

Die Sache mit der Frau hatte ihn seelisch ausgelaugt. Er sah sie immer noch. Sah sie in zweidimensionaler Form. Wie ein Foto. Das Bild hatte ihn seitdem nicht mehr verlassen. Warum drängte sich das Gesicht dieser unbekannten Frau so plötzlich und grundlos in seine Gedanken, vor allem hier zu Hause? Warum überfiel ihn ausgerechnet jetzt die Erinnerung? Es ergab für ihn keinen Sinn. Die Wohnung fühlte sich fremd an. Er hatte den Eindruck, dass das Apartment nicht zu ihm sprach. Auch wenn dies nicht das Heim seiner Kindheit war, so hatten die Wände hier ihn doch immer beschützt und ihm Behaglichkeit vermittelt. Diesmal vermisste Willi das warme Willkommen-daheim-Gefühl. Sein Domizil wirkte auf ihn jetzt nur wie eine kühle, funktionelle Einrichtung.

Bedeutete nur ein Dach über dem Kopf.

Wenn sein Heim nicht hier war – wo war es dann?

Der Mann schrieb seine Verwirrung den Ereignissen der letzten beiden Tage zu. Willi drehte sich nicht um, als er die Tür schloss. Gab ihr nur einen sachten Tritt mit dem Absatz, damit sie zufiel. Es war eine Angewohnheit aus seiner Kindheit. Er lachte in sich hinein. Hinterließ die schwarzen Gummiabdrücke seiner Absätze an der Tür, wenn er vom Spielen auf der Straße nach Hause kam. Das war die einzige Gelegenheit, bei der seine Mutter mit ihm schimpfte. Er verließ noch immer nicht den Flur. Hatte nichts zu tun. Aber seine Gedanken schweiften wieder ab.

Linda, seine Mutter – mit der exquisiten Figur einer Balletttänzerin und dem hellen Amateursopran. Sie konnte ein Zimmer mit ihrer Gegenwart in Licht tauchen. Als Kind hatte Jansen immer den Eindruck gehabt, dass selbst die Luft um sie herum zufrieden oder auch nur einfach von ihrer anmutigen Erscheinung beeindruckt war. Morgen würde er sie besuchen, und nicht nur als Formalität. Nein.

Er wusste nicht genau, um wie viel Uhr. Aber es würde am späten Morgen sein. Bedachte dabei, dass er bei seinem ersten Besuch ihr Grab nicht sofort gefunden hatte.

»… Ihnen bedauerlicherweise mitteilen, Genosse Jansen … Ihre Mutter Linda … in Folge … Verkehrsunfalls … ums Leben gekommen … tot … verstorben …«

Der Brief enthielt den Namen des Krankenhauses und den Namen des zuständigen Gerichtsmediziners. Für den Fall, dass er weitere Fragen hatte. Verdammte Behördensprache.

Willi fragte sich, *warum* er ausgerechnet in diesem Moment an ihren Tod denken musste. Er hatte nie erfahren, was wirklich passiert war. War dies der Preis, den er für seine ständige Abwesenheit vor zehn Jahren bezahlen musste? Er hatte in einem sinnlosen Krieg gekämpft und nicht darüber reden können, hatte nicht erzählen können, wie er sein Bestes getan hatte, um mit den fernen Feindseligkeiten zurechtzukommen.

Jedenfalls würde er morgen durch die mit weißem Kies belegte Allee gehen, zu beiden Seiten gesäumt von alten Eichen, und am zweiten Weg links abbiegen, wo der rötlich braune, symmetrisch geschnittene, einen Meter hohe Grabstein stand. Nur drei Zeilen waren in die glatte Oberfläche graviert. Ihr Name. Geburts- und Todestag. Ein ganzes Leben voller Liebe und Fürsorge, die Umarmungen und Küsse, die rührende Besorgnis, reduziert auf drei Zeilen. Willi sah sich selbst vor diesem polierten vertikalen Stein stehen, der die letzte Ruhestätte seiner Mutter kennzeichnete. Er versuchte sich auszumalen, wie schwer es für ihn, den Lebenden, wohl war, zu wissen, was die Toten von ihm erwarteten, vor allem, wenn der Lebende wusste, dass die Toten nichts erwarten sollten.

Willi ließ die Reisetasche auf den Boden fallen. Zog seine Jacke aus, die neben der Tasche landete. Sein rechter Fuß streifte den linken Schuh ab, der linke Schuh befreite den rechten Fuß. Das Gefühl, daheim zu sein, kehrte zurück. Wie immer nach einem Job verspürte er das unbändige Verlangen nach einer Dusche. Im Bad wiederholte sich der Vorgang. Ließ all seine Sachen fallen, wo er stand. Der Spiegel zeigte ihm, dass die Ereignisse der letzten Tage Linien der Erschöpfung in sein Gesicht gekerbt hatten. Die Anspannung würde fortgewaschen werden. Er trat in die Dusche. Wasser traf seinen Körper, und er stöhnte vor Vergnügen im heißen Regen. Dachte, es würde ewig währen. Trat hinaus, nahm ein großes Badetuch und trocknete seine Haare, dann seinen Körper. Er schlüpfte in seinen weißen, flauschigen Bademantel und ging ins Wohnzimmer. Schenkte sich ein großes Glas Jim Beam ein, stürzte die Hälfte in einem Zug hinunter und zündete eine Dunhill-Zigarette an. Warf einen Blick auf den Anrufbeantworter. Ein rotes flackerndes Lämpchen verlangte seine Aufmerksamkeit. Drückte den »Play«-Knopf. Hörte sich die Nachrichten an. Nicht viele, wenn man bedachte, dass er fünf Tage weg gewesen war. Von den drei Nachrichten stammten zwei von Margit. Sie wollte wissen, wann er wieder zurück war, damit sie ihm die neue Seidenwäsche vorführen konnte, die sie gekauft hatte, um noch attraktiver auszusehen. Beschrieb die hauchdünne Seide. Den Schrägschnitt, voll in den Beinen, um ihre Hüften zusammengehalten von einem Nichts von einer Schnur, an der er jederzeit ziehen konnte. Es würde sofort von ihr fallen. Jansen konnte schwerlich entgehen, wonach es sie verlangte. Margit mit ihrem fabelhaften Hintern und den wunderbaren Hüften. Margit, das Sachsenmädchen mit dem sonnigen Humor und den straffen Beinen. Vielleicht sollte er sie anrufen, um mit ihr zu schlafen. Jansen wusste, wie lustvoll Sex sein konnte, wenn man sich in diesem seltsamen Zustand der Übermüdung befand. Sie hatte ihm einmal verraten, dass es sie fast zum Orgasmus brachte (und einmal sogar gebracht hatte), wenn er ihr einen dieser feuchten Zungenküsse gab. Sie war stolz auf ihre hyperempfindliche Schleimhaut an den Lippen und der Innenseite ihrer Wangen beziehungsweise des oberen Alveolarbogens. Das Kitzeln brach ihren Widerstand und erregte sie gleichzeitig. Sie konnte nichts dagegen tun. Dies war ihre Linie der lächelnden Verteidigung. Jansen entschied sich, nicht anzurufen. Er brauchte eine Erholungspause von diesem Bild im Zielfernrohr.

Die Wohnung hatte vier Zimmer, und die hohe Decke des modernisierten Bürgerhauses trug zusätzlich zur geräumigen Atmosphäre bei. Vier hohe Doppelglasfenster verstärkten den Eindruck der Geräumigkeit und Helligkeit, und tagsüber spiegelte sich in ihnen die goldene Farbe des teuren Hartholzbodens wider. Alle Arbeiten an diesem Haus waren in der Vergangenheit von Handwerkern ausgeführt worden, die stolz auf ihr Können und ihren Sachverstand waren. Dies war vor der Zeit der Gewerkschaften gewesen – die nach dem Motto verfuhren, weder perfekt noch gut noch so schnell wie möglich zu arbeiten, dafür aber zu viel Geld zu kassieren.

Nun ja. In seinem Schlafzimmer hatte Willi das Bett mit dem Fußende an das zweite Fenster von rechts gestellt. So konnte er im Liegen nur den Himmel sehen. Schon als Heranwachsender hatte er es geliebt, die Wolken zu betrachten, wie sie vom Wind zu fliegenden Skulpturen geformt wurden. Jansen kuschelte sich unter seine dicke Daunenbettdecke und döste ein.

In der ersten Stunde war sein Schlaf unruhig. Die Albträume waren zurück und plagten ihn wieder. Sie waren wie Würmer in seinen Eingeweiden versteckt und nicht zu entfernen. Willi Jansen wusste sehr gut, dass ein erwachsener Soldatenveteran (er fühlte sich noch immer als Soldat) keine derartigen Albträume haben *sollte.*

ES terrorisierte ihn sofort. Im Traum durchlebte er es erneut.

Seit Jahren war *ES* immer wieder zurückgekehrt.

Kräfte hoben Jansen hoch. Weit hinauf. Das war immer der längste Teil des Traumes. Er endete vor einer Wand aus fremdartigem leuchtenden Material. Die Wand bewegte sich zur Seite, und er blickte aus großer Höhe nach unten. In seinem Albtraum musste Jansen gegen ein kurzes, aber übermächtiges Schwindelgefühl ankämpfen. Und dort waren sie. Die Schurken und die Dämonen, die ihn wie tanzende Derwische umwirbelten, ihn am Schlafen hinderten, als hätte seine Seele in ihrer Bedeutungslosigkeit doch eine große Bedeutung für sie.

Da waren Töne wie bizarre Musik, die mit dem Bild tanzten, das er in sich aufnahm. Über der Musik, dem grotesken Brummen, dem hypnotisierenden Ommmm, durch den Nebel des Nichts, konnte er wieder die Stimme in seinem Traumschlaf hören.

»Du hast nicht verstanden, was mit dir passiert ist. Nicht wahr? Du wurdest im Lauf der Jahre immer schwächer und schwächer. Oh, nicht dein Körper, nicht dein Organismus. Es ist schwer, eine Waffe zu halten … dein Zeigefinger konnte in Köln kaum den Abzug drücken, deine Hand kaum das Gewehr tragen. Ein Leben. Diesmal fiel dir das Töten nicht leicht. War es nicht so?«

In seinem Traum lag er jetzt auf einer Art grauem Tisch, niedergedrückt von einer unsichtbaren Kraft, gegen die er erneut nicht anzukämpfen wagte.

»Du hast ein ungewöhnliches Paradigma entwickelt: Du hast dich entschieden, dein erdrückendes Problem zu übergehen, um deinen zunehmend versagenden Verstand am Leben zu erhalten. Nur um zu leben … wie schade.«

ES lachte laut und zynisch mit einem Echo, das wie leiser, differenzierender Donner war.

»Warum erzählst du mir nicht, wer sie wirklich war?«

»Die Erste, die du getötet hast? Dies geschah aus Rache. Du warst das ausführende Werkzeug. Traurig, aber notwendig.«

»Warum?«, schrie Willi in seiner Albtraumvision.

»Um eines höheren Geheimnisses willen.«

»Verrate mir, wer sie wirklich war. Warum ist sie in Kriegszeiten in mein Leben getreten?«

ES kicherte.

»Du verstehst eine Sache nicht, Willi Jansen. Es gibt so etwas wie Kriegszeit nicht. Frieden ist die notwendige Unterbrechung des Krieges. Verstehst du? Es war eine Verpflichtung.«

Und *ES* kicherte leise. *»Sie wusste, dass sie eines Tages sterben würde. Bald. Aber grübelst du nicht auch über das Leben nach? Wusstest du nicht, dass deine Art, der Mensch, das einzige Tier ist, das über den Tod nachsinnt und nicht einen Zweifel an seiner Endgültigkeit hegt?«*

»Aber warum ich?«

»Du bist ein Mann, der von den Mächten des Lebens von der Liebe ausgeschlossen wurde.«

»Wer war sie?«

»Die im Hindukusch, die du erschossen hast? Oder die in Köln, die noch am Leben ist?«

»Wer war sie? Und warum sagst du noch?«

»Du wirst es schon bald erfahren.«

Ein Knistern, wie das statische Rauschen einer Radiostation, die nicht auf Sendung war, marterte seine Ohren.

Jansen konnte kaum atmen. Es schien, als würde seine Lunge, Garant seiner Existenz, den Dienst verweigern. Er schnappte nach Luft. Sah sich selbst im Dunkeln und hoffte, dass sein Herz nicht versagen würde. Er sah sie wieder durch das grüne Licht des Zielfernrohrs. Erinnerungen rasten am Himmel vorbei, glitzerten durch seinen Traum. Die Frau in Afghanistan war auf der Stelle gestorben, als die Kugel ihren Schädel zerschmettert hatte.

Die Frau drehte sich um. Sie riss beide Hände zu ihrem Kopf hoch, während sie nach vorne knickte. Grüne Augen füllten sich mit Staunen und Überraschung, bevor sie in tausend Stücke zerrissen wurden, zu viele, um sie zu zählen.

Da war dieses letzte schmerzhaft scharfe Bild der Agonie und Schuld, das ihn in den kommenden Jahren begleiten sollte. Er schickte den verschwindenden Bruchstücken des Schattens eine weitere ku-

gelerzeugte Explosion hinterher. Aber die Bruchstücke fügten sich wie ein Puzzle in einem rückwärts laufenden Film in Zeitlupe wieder zusammen, und der mädchenhafte Schatten wurde von den Beinen gerissen, ihr Körper verdrehte sich in einer obszönen Bewegung, die Beine gespreizt bevor sie in den wogenden Wolken verschwand.

Hier weckte ihn der Albtraum immer auf. Wenn er wach war, beunruhigte er ihn nicht mehr so sehr. Jansen fand keinen Schlaf mehr. Es war sehr seltsam, dass er sich nicht an den Traum erinnern konnte, denn er glaubte, dass man sich unmittelbar nach dem Erwachen alle Träume ins Gedächtnis zurückrufen konnte. Der Traum hatte ihn verstört, und er fragte sich für einen Moment, ob er der Angriff der Einsamkeit auf seine Sinne war. In der Hoffnung, dass die Verstörung nachlassen würde, stand er auf und ging in die Küche, um Tee aufzubrühen. Er schaltete das Licht nicht ein, denn der Vollmond tauchte den Raum in ein silbernes Licht von solcher Helligkeit, dass er perfekt sehen konnte. Ging ins Wohnzimmer, um eine CD in seine Stereoanlage zu schieben. Vivaldis *Concerto No. 1 in E-Dur* – das Allegro aus den *Vier Jahreszeiten.* Setzte sich mit der beigen Teetasse in der Hand auf die breite, bequeme Davenport-Couch. Trank leise schlürfend. Verbrannte sich die Oberlippe. Er war bereit für die Nacht und nur einfach zu müde, um wieder schlafen zu gehen. Die Musik passte zu dem Schattenriss des Domes, den er durch das Fenster sehen konnte. Stellte die Tasse auf den Teppich und schloss die Augen. Nur um der Musik zu lauschen. Legte sich längs auf die Couch, schwang seine Beine hoch und drehte sich auf die Seite. Zog die Knie an wie ein Fötus. Wie ruhig und friedlich es war.

Das Telefon klingelte.

Jansen sah auf die Uhr. Er hatte volle vier Stunden geschlafen. Vivaldi lief noch immer. Er nahm den Hörer ab und lauschte für einen kurzen Moment. Willi kannte die tiefe, kultivierte Stimme. General Pawel Mikhailowitsch Kyrilienkow. Ehemals KGB. Im Ruhestand.

»Rufen Sie an«, sagte die Stimme. Dann war die Leitung tot.

Es war der Mann, der bereits vor zwanzig Jahren vor einer Katastrophe gewarnt hatte, nachdem er die erste Synopsis über die erbitterte Opposition in Kabul gelesen hatte, die Gefahr einer Meuterei in der afghanischen Armee und den drohenden wirtschaftlichen Zusammenbruch. Als sich der Ausbruch des Konfliktes hinter dem Horizont der Politik abzeichnete, übernahm General Kyrilienkow die neue *Abteilung Acht im Direktorat S (Illegale).* Das Direktorat »S« war die ehemalige Abteilung V mit ihren »nassen Angelegenheiten« und »Spezialoperationen«, zu denen die Eliminierung und Exekution feindlicher Kräfte in anderen Ländern zählten. Sie hieß früher *Smersh.* Kyrilienkow verfügte über ein riesiges Netzwerk aus internationalen Agenten und hatte den Verstand eines Borgia. Jansen freute sich auf ein Wiedersehen mit ihm.

Inzwischen war es halb sieben. Er spritzte sich kaltes Wasser ins Gesicht und ging nach draußen. In seinem grauen Trainingsanzug rannte er die drei Blocks bis zur Wenzelskirche und wandte sich dann nach Süden zum Markt. Ein Beobachter, der ebenso früh auf den Beinen war, hätte ihn für einen Jogger beim Morgentraining gehalten. Willi blieb an einer öffentlichen Telefonzelle stehen und wählte eine Nummer in St. Petersburg. Ließ es vier Mal klingeln. Jemand nahm ab und legte sofort wieder auf. Jansen wählte erneut. Diesmal wurde sofort abgehoben.

»Da?«

»Ich bin's.«

»Ich brauche Sie hier. Nächsten Freitag.«

Im Klartext bedeutete dies, dass Willi Jansen am Mittwoch nächster Woche in St. Petersburg, Russland, sein musste.

St. Petersburg, Russland

St. Petersburg, das Venedig des Nordens, die Stadt der Brücken. St. Petersburg, die Stadt der achtundsechzig Bäche, Flüsse und Kanäle, die sie in alle Richtungen durchzogen. St. Petersburg, die Stadt, in zweiundvierzig große und kleine Inseln zerschnitten. St. Petersburg, die Stadt, wo der Fluss Neva nach Tausenden von Kilometern, in denen er kreuz und quer durch Russland zigeunert war, sein Wasser in das Baltische Meer ergießt. St. Petersburg, die Stadt der gewaltigen Kirchen und Festungen. St. Petersburg, die Stadt des »Weißen Lichtes«.

St. Petersburg, die Stadt der neuen Mafia.

General i. R. Kyrilienkow und Jansen fuhren im blendenden, warmen Sonnenlicht des Nachmittags über den Nevsky Prospekt. Als der Liteiny Prospekt auftauchte, bog Kyrilienkow rechts ein. Fünf Minuten später erreichten sie die Neva, und der Wagen kam am Nab Robespera zum Halt. Die Männer stiegen aus, steckten sich und spazierten in die Richtung, aus der sie gekommen waren, zum Kutuzowa.

Irgendwo entlang der Eremitage blieben sie stehen und blickten zum breiten Flussufer hinunter.

»Da ist der Hurensohn«, knurrte Kyrilienkow und deutete auf einen ungewaschenen Mann, der soeben eine Flasche an die Lippen hob. Der General wandte sich an einen alten Mann, der Blumen verkaufte, aber den General nur ausdruckslos ansah. Er war sichtbar älter als der General, und von ihm ging eine Aura aus, die deutlich verriet, dass er ein Mensch war, der die Tiefen und Untiefen des Lebens sehr genau kannte.

»Wie geht es unserem alten Freund?«, fragte Kyrilienkow.

»Oh, Pavel Mikailowitsch, tss, tss, tss«, sagte der Alte kopfschüttelnd. »Ich kann Ihnen garantieren, dass er sich umbringen wird, wenn wir diesen erbärmlichen Idioten noch einen Tag länger hier allein lassen.«

»Was macht sie dessen so sicher?«

Die Augen des Blumenverkäufers veränderten sich. Sein Gesichtsausdruck verlor alle Freundlichkeit und strahlte für einen kurzen Moment eisige Kälte aus.

»Wissen wir das nicht, Pawel Mikhailowitsch?«

Der General atmete tief ein, und während er laut ausatmete, bestätigte er mit hochgezogenen Brauen und einem knappen Nicken, dass er es tatsächlich wusste. Der Blumenverkäufer zuckte die Schultern.

»Sie sollten nicht länger warten. Auf die eine oder andere Art wird er sterben. Wenn nicht ... nun, Pawel Mikhailowitsch, der Wodka wird ihn umbringen. Was da jetzt als Wodka verkauft wird, ist eine Schande für Mütterchen Russland. Sie hat das nicht verdient.«

Der alte Mann lachte leise, und ein Teil seiner anfänglichen Freundlichkeit kehrte zurück. »Was ist nur aus dieser Welt geworden?«

»Ersparen Sie mir Ihr Gejammer, Arkadij Semjonowitsch. Was macht er so?«, fragte der General gereizt.

»Nur nicht so ungeduldig. Ist nicht gut für Ihre Gesundheit, alter Ganter. Was soll er schon machen? Sitzt, starrt und trinkt. Unternehmen Sie etwas, oder Sie werden ihn verlieren.«

Nahm seinen Karren mit den Blumen und zog ihn zu einem neuen Standort, zweihundert Meter näher am Winterpalast.

»Was meinen Sie, Wolodja?«, wandte sich Kyrilienkow an Willi.

Jansen gefiel es, von dem General Wolodja genannt zu werden.

»Sie werden ihn heute Nacht bekommen.« Fügte hinzu: »Komischer Vogel, dieser Blumenmann.« Der Wunsch, mehr zu erfahren, hing in der Luft.

»Er ist pensioniert. Tikonow. War General. Leitete das 7te* mit der Präzision eines Schweizer Uhrwerks. Er war außerdem mein Mentor auf der 101**.«

Jansen betrachtete für einen kurzen Moment den Himmel. Die heutige Nacht würde anders sein als die letzten Nächte in Deutschland, dachte er, um dann über den Fluss Neva zu blicken.

Kyrilienkows professionelle Instinkte verrieten ihm, dass Jansen jetzt allein sein wollte.

Sie hatten drei Wochen.

Dossier von Willi Jansen, Hauptmann der Nationalen Volksarmee/DDR/ die Akte nicht elektronisch gespeichert … Akteneinsicht nur durch Karlshorst … Hauptquartier KGB … aus Sicherheitsgründen DDR … aus Sicherheitsgründen kein Foto verfügbar …

---

* Direktorat für Beobachtung und damit verbundene Technik im Hauptquartier des KGB in Yasenevo bei Moskau

** Russischer Jargon für KGB Hochschule …

Jansen, Willi, geboren 08. März 1956, Torgau/DDR
Mitgliedschaft: Junge Pioniere 1959–1965, FDJ 1965–1972
Ausbildung: 12. Klasse Oberschule Torgau
Mitgliedschaft: Gesellschaft für Sport und Technik
Beruf: Verpflichtung bei der Volksarmee 1972
Interne Auswahl für zukünftige Führungsaufgaben durch Verteidigungsminister Heinz Hoffmann
Grundausbildung: Funkaufklärung, NVA-Hochschule Zwickau/DDR
Fallschirmspringerausbildung: NVA-Spezialtraining, Fallschirmjägerregiment 40, Prora, Rügen Fallschirmspringertechnik: HALO
Für High Altitude-Low Opening, Falschirmtyp: UT-15
Weiteres Training »Gruppe Hinterland« in Fürstenberg, ultrageheime Einrichtung unter sowj. Aufsicht Spezialkräfte Spetsnaz/GPU
Fortgeschrittenes Training (ausgewählt durch General Kyrilienkow unter sowj. Aufsicht/Abteilung V – wie Viktor) des KGB in Karlshorst, Schwerpunkt Aufklärung, Attentate (nasse Angelegenheiten – *mokrie dela)*
Grundausbildung zum Piloten für leichte Sportflugzeuge
Scharfschützenausbildung, Sabotage gegen ausländische öffentliche Einrichtungen (Sprengstoffe TNT und SEMTEX)
Brauner Gürtel, Tai Chi
Sprachschule der Nationalen Volksarmee Naumburg/Sachsen
Fließend Englisch, Russisch und Spanisch
Verweigerte die Annahme aller verliehenen Auszeichnungen, um nicht »moralisch korrumpiert« zu werden (eigene Formulierung des Subjekt)
1986–1989 unter strengster Geheimhaltung von

der DDR-Regierung in sowj. Aufklärungstrupp in Afghanistan stationiert

Wurde Zeuge des verheerenden Drogenmissbrauchs durch sowjetische Soldaten und Offiziere mit Todesfällen als Folge

Kehrte im Juni 1989 aus Afghanistan/Russland in die DDR zurück

Subjekt lehnte nach Auflösung der Volksarmee Angebot der Bundeswehr ab, mit seinen Kenntnissen in die neue Militärstruktur Deutschlands integriert zu werden

Subjekt lehnte mit dem Argument ab: ein Soldat kann nur einmal vereidigt werden

Ehrenhafte Entlassung

Seitdem selbstständig: Immobilienmakler

Scheidung von seiner Frau während Aufenthalt in Afghanistan 1987. Keine Kinder, leichter Raucher, Gesellschaftstrinker. Kein Drogenmissbrauch bekannt. Keine sexuellen Anomalien bekannt.

Familiärer Hintergrund des Subjekts ist militärisch. Vater des Subjekts, Claus Jansen, trat in den letzten Tagen des WWII mit 14 Jahren als Hitlerjugend-Werwolf in den deutschen Widerstand gegen die westlichen Alliierten ein, »Ardennen-Offensive«, Zeuge von Malmedy

Kurz nach Geburt des Subjekts verließ der Vater die Familie, ging nach Westdeutschland / lebte in Marburg, zog um. Aufenthaltsort unbekannt / vermutlich tot.

Mutter bei Autounfall 1988 getötet, Verursacher war betrunken und beging Fahrerflucht

Subjekt besitzt keine nennenswerten Erinnerungen an seinen Vater

Es wurde festgestellt, dass Subjekt in gefährlichen Situationen keine Gefühle zeigt. Freundlicher und extrovertierter Charakter

Kyrilienkow mochte diese Akte, weil sie nicht besonders dick war. Er hatte sie persönlich über die Jahre hinweg und durch so viele Abteilungen geführt, dass er sogar wusste, wie oft am Tag Jansen aufs Klo ging. Der General hatte in der Vergangenheit politische Einmischungsversuche abwehren müssen, die von den Parteibürokraten des Parteikomitees der *15ten Abteilung* lanciert worden waren. Die 15te führte alle Operationsakten und -archive des Ersten Hauptdirektorats, das einst so mächtig und für seine, Kyrilienkows, geheime Aktivitäten im Ausland verantwortlich gewesen war.

Warum wollen Sie einen deutschen »Illegalen« für die Rodina aufbauen, Pawel Mikhailowitsch? Sagen Sie, warum einen Deutschen?

Er hatte all diesen jüngeren Spitzenkräften einen kurzen Vortrag darüber halten müssen, wie weit das »Schwert und Schild« der Partei sich über den Rest der Welt ausgebreitet hatte. Dass die regulären Abteilungen allein für die Operationen in den jeweiligen geografischen oder linguistischen Gebieten zuständig waren. *Was wollt ihr, Genossen? Wollt ihr einen Sowjetbürger einsetzen, der als Illegaler* in Europa kein Deutsch spricht? Benutzt euren Verstand, Genossen.*

Kyrilienkow hatte wieder einmal seinen Willen durchgesetzt. Baute Jansen zu einem zukünftigen Agenten auf, ohne die Identität »seines« Kandidaten zu verraten. Was für eine Herausforderung. Er hatte es schon immer für Quatsch gehalten, einen Kandidaten für eine derart sensible Aufgabe wie den Einsatz als »Illegaler« nach ideologischer Linientreue und einwandfreiem Klassenbewusstsein auszuwählen. Was zählten, waren emotionale Stabilität sowie sprachliche und kulturelle Qualifikationen. Keine individuelle Ausbildung in isolierten Moskauer Wohnungen. Aber dann hatte die Geschichte die Sache selbst in die Hand genommen. Nach der Selbstzerstörung der Partei und der Schließung der Dscherschinsky-Behörde gab es keinen weiteren Bedarf mehr für groß angelegte Spionageoperationen. Aber jetzt war er hier, Jahre später, er,

---

* Direktorat S des KGB. Traf Auswahl und trainierte Agenten, die illegal und mit falschen Papieren im Ausland lebten.

der Veteran logistischer Intrigen, der eine Eliminierung plante, und sah den Mann an, den er so professionell aufgebaut hatte. Pjotr, sein geliebter Sohn, sein ganzer Stolz, war nur zwei Jahre jünger gewesen als Willi. Seine Tochter, sein geliebtes kleines Vögelchen, nur ein Jahr älter als Willi. Um seine Mundwinkel spielte der Hauch eines wehmütigen Lächelns. Er atmete tief ein und unterdrückte die Bitterkeit und den Hass, den er seit Jahren am Leben erhielt. Es war ein konstruktiver Hass, den er sorgfältig nährte. Es hatte viel Zeit und umsichtige Planung gekostet, dem Mann, den er vernichten wollte, so nahe zu kommen. In der ersten Phase war Kyrilienkow offen vorgegangen und hatte sich in Lima persönlich vorgestellt. Die Antwort des Mannes in Lima war positiv. Genau danach hatte er gesucht, als er den Plan entwickelt hatte. Nach einem mächtigen Mann, einem Mann und einer funktionierenden riesigen Organisation – das Konzept des zukunftsweisenden Geschäftes konnte nicht versagen. Kyrilienkow schauderte für einen Moment und rieb sich die Hände in der Wärme des Kamins.

»Ich kann sehen, dass Sie den dringenden Wunsch haben, mehr zu erfahren, Wolodja«, wandte sich der General an Jansen. »Seit unserem letzten Treffen hatten Sie genug Zeit zum Nachdenken. Wie sieht Ihre Entscheidung aus?«

»Pawel Mikhailowitsch, Sie und ich schulden dies Ihrer Tochter und Ihrem Sohn, den vier Feldwebeln und vielen anderen. Ein derartiger Mann muss beseitigt werden. Eine präventive Neutralisierungsmaßnahme.«

Willi begann die mit einem »M« gekennzeichnete Akte zu lesen.

St. Petersburg, Russland

Major Juri P. Naprawnik.

Hatte in Afghanistan als Kommandeur eines Luftlandetrupps gedient. »*Yup fujamat*«, dachte er, »zweiunddreißig Monate meines Lebens zwischen Tharikar und diesem beschissenen Salang-Tunnel. Und jetzt das.«

Juri saß auf einer glatten Granitbank und wollte sterben. Eigentlich hielt er sich bereits für einen toten Mann. Er hatte nur noch wenig im Leben, an dem er hing. Die Granitbank, auf der er saß, war rund zweihundert Jahre alt. Steinmetze, als Tagelöhner beschäftigt, hatten diese Bänke in die bräunlich gemaserten Granitblöcke der Uferböschungen der Neva gehauen, als Teil der Flaniermeile am Nab Kutusowa. Die mächtigen Steinblöcke waren aus Finnland importiert und mit Meißel, Hammer und menschlicher Fantasie in ihre perfekte Form gebracht worden.

Juri, von Gedanken an den Tod beseelt, blickte über den Fluss und betrachtete die Kirowsky-Troisky-Brücke. Richtete den starren Blick auf die schlanke goldene Turmspitze (Nave) der Peter-und-Paul-Festung. Das Sonnenlicht verfing sich in ihr und wurde vor dem saphirblauen Himmel wie ein Blitz reflektiert. Doch das Bild erreichte nur seine Augen. Denn da Juri einen Kater hatte, war er außerdem deprimiert. Die Götter hatten einige flauschige hohe Wolken ans blaue Firmament gemalt, ohne durch sie die Helligkeit der Sonne zu dämpfen. Juri konnte sich noch immer am grünen Strom der Neva erfreuen, die er in der Vergangenheit an seinen freien Tagen so oft aufgesucht hatte, um sich zu entspannen.

Der Geruch. Oh, der Geruch.

Eine Kleinigkeit, an der er noch immer hing, die er noch immer genoss. Selbst jetzt, dem Tod so nahe. Der Geruch des Flusses fand sechs Kilometer weiter nördlich sein Ende. Dort ergoss er sein Wasser, die Fische und all die anderen Segnungen in den Küstenstreifen des Baltischen Meeres, wie die Akkordeonmusik aus den Dörfern entlang seines nassen Laufes, gesammelt über Tausende von Kilometern hinweg. Naprawnik atmete tief ein und lächelte vor sich hin. Nur *er* konnte die Düfte des Meeres riechen. Die Mischung aus Salz und Wasser und etwas Einzigartigem, das er nicht in Worte fassen konnte.

Juri atmete tief durch und schüttelte den Kopf, wie er es so oft in den vergangenen Jahren getan hatte. Er fühlte sich noch immer betrogen, weil sie ihm vorgegaukelt hatten, er würde ihrem Land einen Dienst erweisen. Die Amerikaner im Hindukusch bekämpfen. Was für eine Farce. Seine Armee hatte die beeindruckende Schlagkraft ihrer Waffen bewiesen, die von den Genossen Arbeitern zunächst auf dem Papier entworfen und dann in den Fabriken gebaut worden waren, Furcht erregende Waffen, geschaffen durch das Biegen, Schweißen, Schneiden und Nieten neuartiger Metalllegierungen.

Juri seufzte. Die Tage der Uniform, des Ruhms, der Jugend und Befehle. Vorbei. Die Stechschrittparaden auf dem Roten Platz in Moskau, am Lenin-Mausoleum. Vorbei. Die Führer standen auf dem Grab und schwenkten Blumen wie altmodische Könige. Was Juri immer irritiert hatte, war ein analytischer Gedanke. Auf dem Grab zu stehen, in diesem Fall dem Mausoleum, war an sich schon eine gewisse Verhöhnung des Toten, der darunter lag. Aber auf dem Grab zu stehen und einen Hut zu tragen, sollte eigentlich als Beleidigung Lenins gewertet werden. Schon um der Ehre des toten Mannes im Innern willen.

Jene Tage. Vorbei.

Seine geliebte Rodina, sein Regiment, seine Partei. Verschwunden.

Seine Selbstachtung, obwohl noch immer intakt, löste sich allmählich auf.

Jetzt, Jahre später, verstand er. Die Zeiten hatten sich geändert, und er war ein zorniger Mann. So rachsüchtig, dass er nicht aufhören konnte, innerlich zu zittern, wenn er nur daran dachte, was sie ihm angetan hatten. Es war Verbitterung. Nicht die Art des Ärgers, die ein Magengeschwür heranzüchten würde.

Nein.

Im Lauf der letzten Jahre hatte Naprawnik einen produktiven Hass genährt. Jene Art organisierte Kreativität, die nach Vergeltung und Rache verlangte. Er wusste nicht, wie er seine Empörung in die Tat und seinen Einfallsreichtum in Zerstörung umsetzen konnte. Seit Jahren beobachtete er, wie das Geld von Millionen seiner Landsleute mehr und mehr an Wert verlor, während Schurken die Macht und das Land an sich rissen. Es war ein untergegangenes Königreich, nicht einmal hundert Jahre alt, am Rande des Zerfalls, mit verängstigten und mutlosen Bürgern. Er hatte gesehen, wie Menschen auf dem Izmailow, Moskaus größtem Flohmarkt, ihr letztes Paar Schuhe verscherbelt hatten, um sich von dem Geld, das sie dafür erhielten, etwas Fleisch zu kaufen. Juri weinte, wenn er seine aus dem Kriegsdienst entlassenen Kameraden sah, die nicht wussten, wohin sie gehen sollten. Armeekasernen, Panzer, einst Heimstätte seiner gefürchteten Truppen, verrotteten, wurden geplündert, ausgeschlachtet, als Schrott verhökert. Seine Armee war nicht länger die beherrschende, unüberwindliche Streitmacht, die noch vor wenigen Jahren die politischen Schwachköpfe in den Micky-Maus-Regierungen von Schanghai bis Madrid zum Erbleichen gebracht hatte.

Sachter, warmer Wind riss ihn aus seinen Gedanken. Blickte auf seine Sojus-Armbanduhr. Sie verriet ihm, dass es vierundzwanzig Minuten nach zwei war, doch das spielte keine Rolle, denn er hatte nicht den leisesten Schimmer, was er mit seiner Zeit anfangen sollte, die ihm so überreichlich zur Verfügung stand. Die wandernde Sonne blendete ihn, als ihre Strahlen vom Fluss in seine Augen gespiegelt wurden. Juri stand auf und trat unter die Weißbuche hinter ihm, um seine gedrückte Stimmung zu nähren, indem er seinen Rücken ihrem Schatten aussetzte.

Er war ein Mann Ende Dreißig, vielleicht Anfang Vierzig, hoch gewachsen, mit breiten Schultern. Streckte seinen kräftigen, schlanken Körper und trank einen weiteren Schluck aus der Flasche mit diesem wasserklaren, starken selbst gebrannten Wodkafusel, den er am Morgen von einem Straßenhändler gekauft hatte, in einer kopfsteingepflasterten Gasse mit dem fast unaussprechlichen Namen Konnogvardeslsky. Der Schnaps rann wie geschmolzenes Blei durch seine Kehle. Juri rieb sich mit der linken Hand das Gesicht und spürte die Stoppeln seines Zweitagebarts. Sein Haar war kräftig und sandfarben, ohne eine Spur von Silber. Er hatte eine dichte Mähne und nichts deutete daraufhin, dass er in der nahen Zukunft eine kahle Stelle bekommen würde. Die Pupillen seiner grauen Augen waren von schmalen schwarzen Ringen umgeben, die sie noch leuchtender erscheinen ließen. Da er nichts anderes zu tun hatte, als an der frischen Luft zu sein, hatte die Sonne seinem Gesicht die gesunde, permanente Bräune eines Mannes geschenkt, der sein Leben im Freien verbrachte. Er hob den Kopf und entdeckte einige Möwen, die nach Nordosten flogen. Zählte sie, eine Gewohnheit, die auf seine Kindheit zurückging.

Bekam kein genaues Ergebnis zu Stande. Aber er war ziemlich nahe dran. Acht oder so. Fünfzig Meter weiter saß ein alter Mann, der Blumen verkaufte. Hatte das Gesicht noch nie zuvor gesehen. Er schenkte Juri ein verständnisvolles Lächeln.

»Das ist sehr freundlich von ihm«, dachte Juri. Vielleicht war ihm Juris abgewetzte Tarnjacke aufgefallen. Sie half ihm, einen Teil seines Stolzes zu bewahren, trotz der Umstände, in denen er lebte. Er setzte sich wieder und fragte sich für einen Moment, wo er sterben würde, denn er hatte diese Entscheidung noch nicht getroffen. Daheim war vielleicht der beste Ort, war sein nächster Gedanke. Er beugte sich nach vorn, stemmte seine Ellbogen auf die Knie und stützte seinen Kopf mit den Händen. Legte beide Daumen unters Kinn, während die beiden Zeigefinger gegen seine Lippen drückten. Er fühlte sich schrecklich leer und wünschte sich, noch einmal mit Katja sprechen zu können. Juri hatte sie an diesem Morgen angerufen und sich vorgemacht, sie würde sich für seine persönliche Katastrophe interessieren. Aber ihre Stimme hatte eher angewidert geklungen. Und so hatte er aufgelegt. Er verstand sie. In all den Jahren beim Militär hatte er sie, die schöne und kluge Slawin, zu oft allein gelassen.

Afghanistan hatte schließlich das Fass zum Überlaufen gebracht. Eines Tages war er überraschend nach St. Petersburg zurückgekehrt, aus einer Stadt in Afghanistan namens Kulai Surkh in der Nähe des Salang-Passes.

Katja hatte einen anderen im Bett gehabt, als er nach Hause gekommen war. Damit war die Trennung vollzogen.

»Warum konntest du nicht auf mich warten, so wie ich auf dich gewartet habe? Sag?«, hatte Juri mit heiserer Stimme gefragt und den Mann neben ihr ignoriert. Ohne weiter zu überlegen hatte Juri, der Krieger, dann seine Pistole gezogen und den nackten Mann aus dem Bett und auf die Straße getrieben.

Er kicherte für einen Moment. Konnte nicht das nacktärschige Gesicht in der morgendlichen Hauptverkehrszeit vergessen. Katja reichte daraufhin die Scheidung ein.

Er trank einen weiteren Schluck und spürte, wie die Wirkung durch sein Gehirn schoss. Bevor er an diesem Morgen in St. Petersburg angekommen war, hatte er einige Tage in seiner heruntergekommenen Datscha vor den Toren Kronstadts (bei St. Petersburg) mit Nachdenken und Selbstvorwürfen verbracht. Und dort zwischen den Birken war er zwei Tage lang sinnlos betrunken gewesen. Seine Leber protestierte, sein Magen revoltierte, drohte mit Durchfall oder Erbrechen, vielleicht mit beidem gleichzeitig, konnte nicht länger den elend schlecht gebrannten Fusel vertragen. Er musste sich eingestehen, dass nichts Glamouröses daran war, in seinem eigenen säuerlich riechenden Erbrochenem aufzuwachen. Der verdammte Fusel hätte ihn umbringen oder blind machen können. Nachdem er den grauenhaften Kater überwunden hatte und wieder halbwegs vernünftig denken konnte, überwältigte ihn wieder das Gefühl, das er jahrelang unterdrückt hatte. Der Fusel bot keinen Ausweg aus dem Dilemma.

Jetzt war er hier, Juri P. Naprawnik. Aus dem Kriegsdienst entlassen. Saß an der Neva, unrasiert und mit dem ersten neuen, aber dumpfen Rausch eines untrinkbaren Wodkas im Gehirn, beherrscht von dem bedrückenden Gedanken, dass er nach zwanzig Jahren in der Armee etwas Besseres verdient hatte.

»Wie würde er sterben?«, fragte er sich. Indem er sich den Lauf seiner Makarow-Pistole an die linke Schläfe hielt? Tabletten mit Fusel gemixt? Oder sich einfach bis zur Besinnungslosigkeit betrinken und sterben?

Juri entschied, die Tabletten mit Schnaps hinunterzuspülen. Von plötzlicher Unrast gepackt, stand er auf. Nach den ersten Schritten bemerkte er den Mann, den er heute bereits zwei Mal gesehen hatte. So verhielt sich jemand, der wieder erkannt werden wollte, als wollte der Mann von Juri bemerkt werden. Der Verfolger war gut gekleidet. Trug eine burgunderrote italienische Windjacke, einen braunen, seidenen Stehkragenpullover, eine beigefarbene Hose aus feinem englischen Tuch. Von dem Verfolger ging eine bedrohliche Ruhe aus. Die Bewegungen verrieten auch noch etwas anderes. Selbst leicht betrunken war Juri kein Idiot.

Die Art, mit der dieser Jäger ausschritt, fand man nur bei jemand, der beim Militär gewesen war. Hielt seinen Körper senkrecht wie zum *Pas de deux* eines Flugzeugs kurz bevor es überzog, wenn die Soldaten mit ihren Fallschirmen bereit zum Sprung waren. Dieser gut gekleidete Mann, der das Selbstbewusstsein von jemand ausstrahlte, der sich seines körperlichen Durchhaltevermögens sicher war – wo hatte er ihn schon einmal gesehen? Zum Henker. Eigentlich war das ganz egal.

Juri nahm die letzte Fähre nach Kronstadt. Als er die Fähre bestieg, traf es ihn wie ein Blitz.

Afghanistan

Die MI-8-Helikopter schwebten unweit vom Kontrollposten bei Ouarabagh einen knappen Meter über dem Boden. Die Sowjets waren hoffnungslos eingekesselt. Die Bergkrieger auf der anderen Seite des Tales schossen sporadisch. Sie deckten den Posten von oben und von der Seite mit Granaten ein. Juri und sein Zug waren innerhalb des Ringes aus verzweifelt kämpfenden Männern gelandet. Der Tod hatte bereits reiche Ernte gehalten.

Sie feuerten aus allen Waffen, die sie mitgebracht hatten. Die 82mm-Mörser würgten und husteten. Von irgendwo hinter dem Horizont deckten die 122mm-Haubitzen den Bergpfad mit Trommelfeuer ein, um Lawinen auszulösen und die Bergkrieger so daran zu hindern, zum Posten vorzustoßen. Kliffs brachen unter Donnergrollen in sich zusammen und schickten Zehntausende Tonnen Felsen hinunter ins Tal.

Als die Abenddämmerung anbrach, war der Zug völlig erschöpft. Die Munition wurde knapp. Juri sorgte sich allmählich, was wohl die Nacht bringen würde. Er hing seine Hoffnungen nicht besonders hoch. Er verfluchte das Hauptquartier, das die Stärke und die Entschlossenheit der feindlichen Streitkräfte weit unterschätzt hatte. Und schlimmer noch, niemand hatte bemerkt, wie gut eingegraben und wie gut bewaffnet sie waren. Die Gegend stank nach Tod und verbranntem Fleisch. Da waren Geräusche, von denen man nicht einmal seinem schlimmsten Feind wünschte, dass er sie hörte, Kugeln, die in längst tote Körper einschlugen.

Das einzige CB-Funkgerät wurde zerstört.

Der Morgen kam.

SU-17-Kampfbomber warfen ihre Last ab und bombardierten fast ihre eigenen Truppen.

Juri erinnerte sich.

Der Germansky Jansen. Arbeitete die ganze Nacht, um das einzige Funkgerät zu reparieren, dass sie hatten. Als die erste Welle der Kampfjets über das Tal hinwegraste, hatte Jansen das Radio repariert und probierte die Boden-Luft-Frequenzen durch. Jansen schrie irgendetwas in das Funkgerät, musste dabei das Dröhnen der Bomber bei ihrem ersten Angriff und das Echo der explodierenden Bomben übertönen, das von den Bergen entlang des Tales widerhallte. Die sowjetischen Piloten, die nicht sorgfältig genug darauf achteten, wer und was unter ihnen war, wollten die Bomben schon abwerfen, als Jansen die ersten Worte zu dem Tod in der Luft brüllte. Sie heulten durch das Tal, um sich neu zu formieren.

Die zweite Angriffswelle. Eine Wand aus brennendem Napalm raste heulend durch die frische Morgenluft des Tales. Zu diesem Zeitpunkt an Major Juri Naprawnik neben dem winzigen Funkbunker bereit, um eine grüne Leuchtkugel für die Piloten als Markierung abzuschießen.

Der Abwurf erfolgte noch immer zu nahe. Die nächste Feuerwand raste auf Naprawniks Rücken zu und hätte ihn verschlungen. Jansen sprang nicht nur, sondern machte einen Satz wie eine große Katze und schleuderte den Major in den Graben. Öliges Feuer leckte über sie hinweg. Er bekam nur eine leichte Verbrennung ab.

»Sie sehen albern aus ohne Augenbrauen, Juri«, grinste der Deutsche.

Und so kam es, dass Juri P. Naprawnik Willi Jansen zumindest den Rest seines künftigen Lebens zu verdanken hatte.

Als der Abend über den Himmel wischte und der Welt ihre Farben nahm, erreichte Juri sein Haus. Auf der Rückfahrt hatte er die ganze Zeit im Geiste seinen Selbstmord durchgespielt. Aber wie jeder andere Betrunkene hatte er seine Selbstversprechen und seinen Plan wieder geändert. Zuerst brauchte er ein Nickerchen. Der Schnaps hatte ihn schläfrig gemacht, und er döste ein.

Irgendwann, durch den leichten Nebel des Halbschlafes hörte Juri ein Geräusch, ein leises Knacken. Als wäre jemand auf etwas getreten.

»Was zum Henker …«, murmelte er. Wollte aufstehen, wollte kämpfen. Aber der Fusel in seinem Körper … Schaffte es dann doch. Schwankend.

Naprawnik wusste, dass er schnell handeln musste. Er wich stolpernd zurück und brachte drei Armeslängen Distanz zwischen sich und den Fremden. Der Unbekannte näherte sich Juri mit zwei schnellen Drehungen und einem rechten Fuß, der in die Luft schoss und in einem *ke oroshi* auf Naprawnik niedersauste. Ein Karateexperte hätte daran erkannt, dass der Eindringling seinen Gegner nicht verletzen wollte. Der *ke oroshi* kollidierte fast mit Naprawniks Hüfte. In einem winzigen Zeitabschnitt änderte der Fuß seine tödliche Richtung und traf nur die untere Hüfte, was ihn vor einer Nierenquetschung bewahrte. Der Tritt brachte Naprawnik ins Wanken, aber nicht zu Fall. Naprawnik ging zum Gegenangriff über. Er wollte seinem dicht vor ihm stehenden Gegner einen Schwinger in die Magengrube verpassen. Seine rechte Faust wurde wie ein Vogel im Flug abgefangen. Zwei Hände legten sich um seine Handwurzel, wo alle Nerven und Muskeln zusammenliefen. Als Naprawnik spürte, wie er in eine Tanzbewegung gezogen wurde, sein Arm unten an der Hüfte seines Feindes, bekam er Angst.

»Omote-waza«, zischte der Feind.

Unerträglicher Schmerz zuckte durch seine Schulter, als der rechte Arm des Gegners hart gegen den *Olekranon* von Juris Ellbogen hämmerte. Seine Knie gaben nach und sein Oberkörper sackte nach vorn. Der Feind schlug mit seinem rechten Arm zu, und der muskulöseste Teil seines Unterarms traf Naprawnik mitten am Kinn. Der Körper kippte nach hinten, verlor völlig das Gleichgewicht. Sengender Schmerz und die Trunkenheit ließen Naprawnik hart auf seinem Hintern landen. Er saß für einen Moment da, schüttelte den Kopf.

Dann geschah es. Irrtum ausgeschlossen. Er spürte es deutlich. Kalt und rund hinter seinem rechten Ohr, kombiniert mit dem scharfen metallischen Klicken eines Hahns, der gespannt wurde. Es war die Mündung einer Pistole.

Juri entfloh ihr, indem er sich ruckartig nach links drehte und aufspringen wollte. Stolperte über den nach oben geknickten Rand des abgewetzten Teppichs. Zur Hölle mit dem Selbstmordplan. Er hatte plötzlich Angst vor dem Sterben und kam auf die Knie.

Wieder geschah es.

Fast spielerisch bohrte sich die Mündung wieder hinter sein Ohr.

Diesmal zwang ihn der Druck zu gehorchen, und sein Gesicht drückte mit der Seite schmerzhaft gegen den Teppich.

»Heilige Mutter Kasachstans. Was wollen Sie?«, zischte Juri.

»Jemand will dich sprechen. Steh auf«, antwortete der Eindringling mit ruhiger Stimme und verringerte den Druck der Mündung. Gerade genug, dass Juri sich aufrichten konnte.

Juris trunkener Verstand wollte nicht gehorchen, und er gab sein Bestes, um herumzuwirbeln. Etwas wie Staunen war auf seinem Gesicht, als er es kommen sah. Eigentlich wusste er durch sein Training, wie er darauf reagieren musste.

Scheiß Schnaps.

Es war zu spät, um den Oberkörper nach hinten zu beugen. Der Schatten riss das rechte Bein zu einem perfekt platzierten *snap kick* hoch. Ein Augenöffner. Registrierte jetzt, fast neugierig, das Funkeln der Metallkappe an einem Schuh vor seinem Gesicht. Donner dröhnte über seiner rechten Schläfe. Juri brach zusammen, aber er wollte noch nicht aufgeben. Er war benommen, doch nicht bewusstlos. Ehe er reagieren konnte, bohrte sie sich brutal durch den Stoff seiner Jacke.

Die Kanüle einer Injektionsspritze.

In seinen Oberarm.

Naprawnik keuchte, spürte den Stich und hatte plötzlich ein dumpfes Gefühl, das er nicht einordnen konnte, glaubte ins Bodenlose zu stürzen und hielt es für Realität. Ein tröstendes Gefühl der Verlorenheit und der Auflösung. Naprawnik wusste nicht, dass er soeben eine Dosis Natriumpentothal verpasst bekommen hatte – bekannt als »Wahrheitsserum«. Die Droge erzeugte binnen Sekunden ein angenehmes Gefühl des Nichts und der Gleichgültigkeit. Bei Verhörspezialisten war Pentothal äußerst beliebt. Nach der Injektion war Naprawnik wach *und* hatte weder ein Bewusstsein dafür, wo noch mit wem er redete oder worüber er redete. Das Faszinierende an der Droge war, dass die Person nur die Wahrheit sagen konnte, verborgene Wahrheiten eingeschlossen. Mit anderen Worten, die Person konnte nicht lügen. Man könnte die Wirkung als eine psychologische Nacktheit ohne Erinnerung bezeichnen.

Die Dosis, die Naprawnik bekommen hatte, war klein und würde binnen Minuten aus seinem Blutkreislauf verschwinden und nur eine leere Stelle in seinem Gedächtnis hinterlassen.

Er war sehr belustigt darüber, dass er von einem Moment zum anderen in einem fahrenden Auto saß. Zur Hölle damit.

Seine Kleidung war voller Schmutz und Blut, und er versuchte sich auf die Männer in seiner Nähe zu konzentrieren. Sie hatten ihn unter Drogen gesetzt, um ihn ruhig zu stellen. Es war ihnen gelungen. Ein Schild mit der Aufschrift M18 huschte draußen vorbei. Demnach befand sich Naprawnik auf der Autobahn östlich von St. Petersburg, ohne dass irgendetwas darauf hindeutete, dass der schnell fahrende Wagen langsamer werden oder bald anhalten würde.

Er sang seine Beobachtungen leise vor sich hin: »… Scheinwerfer … draußen … Wälder … Bäume ziehen links und rechts am Auto vorbei … dahinjagende Bäume …«

Seine Augen nahmen nur Bruchstücke wahr. Es war einfach lächerlich. Komisch. Zum ersten Mal wandte er seine Aufmerksamkeit dem Mann auf seiner rechten Seite zu. Ein breites Grinsen teilte sein Gesicht.

»Na, wen haben wir denn hier? Den Jansen. *Chherr Chrrauptmann* Jansen. Der Germansky.«

»Sie können noch immer nicht ein ›H‹ aussprechen, Juri, und Sie haben mir einen armseligen Kampf geliefert«, sagte Jansen kopfschüttelnd.

»Aber …« Naprawnik erstarrte.

Licht flammte auf und machte einen sich gerade umdrehenden Mann für Juris verschwommene Wahrnehmung sichtbar.

General Pawel Mikhailowitsch Kyrilienkow.

KGB. Im Ruhestand.

»Werd' bloß nicht zu selbstgefällig, Juri Alexejewitsch Naprawnik. Im Moment bist du völlig unbedeutend und eine Schande für dein Land. Von der Ehre deiner Familie ganz zu schweigen. Du siehst scheußlich aus, du riechst scheußlich, dein Atem stinkt wie alte Schweinescheiße und du hast verlernt, wie ein richtiger Mann zu kämpfen. Am schlimmsten – du trinkst.«

Der General machte eine nachdenkliche Pause.

»Aber«, fuhr er fort, leicht mit dem Kopf nickend und jedes Wort mit der Eindringlichkeit seiner leisen, dröhnenden Stimme unterstreichend, »ich werde dich wieder aufrichten. Das habe ich deinem Vater versprochen, vor seinem Tod.«

Pause.

»Vergiss nicht, du solltest eigentlich noch immer in Sibirien sein. Nach Kohle graben, du verkommene kleine Ratte.«

Der General fing an zu lachen, lauter und lauter. Er erstickte fast an seinem Gelächter, und Tränen des Glücks rannen über seine Wangen. Dann fing Naprawnik an zu grinsen, und das Grinsen ging in ein fröhliches Kichern über, dann in laute Heiterkeit, die der des Generals gleichkam. Es klang, als würde ihr Lachen aufeinander prallen, verschmelzen und sich zu etwas vereinigen, das den Wagen mit einer Art Glanz erfüllte.

Willi Jansen kam sich töricht vor. Verdaute die Neuigkeit.

Major Juri Naprawnik, Sohn des Vizeadmirals der Nordmeerflotte von Russland, wurde mit seinem Patenonkel konfrontiert. Das Gelächter hielt die nächsten vierzig Kilometer an, während sich die Geschichte entfaltete.

Männer tranken georgischen Brandy und besangen den weit entfernten Baikalsee. Saßen unter blühenden Kirschbäumen, hatten die Stiefel und Uniformen abgelegt, die Orden, wackelten mit den befreiten Zehen vergnügt im kühlen Gras und erzählten sich Kriegsgeschichten (Politik war verboten). Ihre Frauen schwatzten über Windeln, und es war Mai.

Juri, der an diesem Tag zwölf Jahre alt geworden war und

sich langweilte, füllte General Kyrilienkows (zu diesem Zeitpunkt Major beim KGB) hohe lederne Schaftstiefel mit dem feinsten Ruß, den ein Holzofen liefern konnte. Jeder Stiefel bekam etwas von dem Ruß ab. Nur einen Teelöffel voll. Nicht viel für Größe Sechsundvierzig. Aber die Konsequenzen, lieber Gott. Die Konsequenzen wären für den KGB-Major verheerend.

Als er seine Füße in das polierte schwarze Leder steckte (es war feinstes Kalbsleder), spürte er kein Fremdobjekt. Stieß auf kein Hindernis. Eine Sache widersteht dem Gesetz der Schwerkraft garantiert, und das ist Ruß in Militärstiefeln. Wenn sich alle Körperteile bewegen, hatte der junge Juri gehört, wandert Ruß von den Zehen geradewegs hinauf zum Hals und an den Schultern hinunter zu den Handgelenken. Hände und Gesicht bleiben weiß. Der junge Juri glaubte es nicht. Was der Junge gehört hatte, erwies sich als richtig, als das Telefon klingelte.

»Warum hast du das getan?«, fragte der zukünftige Vizeadmiral der sowjetischen Nordmeerflotte seinen Sprössling, nachdem er aufgelegt hatte. Gab seinem Jungen zwei harte Schläge auf das Hinterteil. Dann setzte er sich auf seinen Stuhl und barg sein Gesicht in den Händen, während er am ganzen Körper bebte. Der Schmerz, seinen geliebten Vater weinen zu sehen, stürzte den Jungen in unermessliche Qualen. Fand schnell heraus, dass die Tränen seines Vaters von nur mühsam unterdrücktem Lachen stammten. Dreißig Jahre später, nun hier in diesem Wagen, erfuhr Juri den Rest der Geschichte. Der General hatte zugegeben, dass sogar sein Hintern und sein Schwanz schwarz waren.

Noch immer?

Wieder eine Salve der Heiterkeit.

Und seine Frau? Der ehemalige Angehörige des KGB bekreuzigte sich. Gott möge ihrer Seele Frieden schenken, fuhr er fort, sie hatte sich prächtig amüsiert. Erklärte ihm, dass sein Anblick überaus verführerisch und erregend auf sie wirkte. Träumte schon davon, seit sie ein Teenager war – mit einem schwarzen Mann zu kopulieren, der ein weißes Gesicht und weiße Hände hatte.

Der Wagen bog links ab in den dunklen Wald. Eine unbefestigte Straße. Nachdenkliche Stille trat ein.

Das Auto hatte weitere sechs Kilometer zurückgelegt, als der Fahrer erneut scharf rechts abbog. Kies knirschte unter den Rädern, und sie hielten vor einer zweistöckigen Datscha. Die »Weiße Nacht« mit ihrem Lichtnebel erhellte die Umgebung. Die Datscha, aus massiven Blöcken erbaut, war von einem Meer aus alten Weißbirken umgeben, deren Äste auf das Dach herabhingen. Die Frühjahrsschmelze hatte auf ihrer Nordseite einige Flecken des verkrusteten, staubbedeckten Schnees übersehen. Eine Wache trat aus den Schatten und richtete ihr AK-42-Special auf den Wagen.

Alle stiegen aus.

»Es ist in Ordnung, Feldwebel«, sagte der General.

Juri fühlte sich benommen, und sein Mund war trocken. Eine andere Wache führte Juri von den drei Männern weg.

»Hier entlang«, sagte die Wache und deutete auf eine holzgetäfelte Treppe. Die Männer waren verschwunden, und Juri fand sich in einem warmen, rustikalen, makellos sauberen Schlafzimmer wieder. Ein heimeliges Feuer, das im Kamin knisterte, verstärkte die gemütliche Atmosphäre des Raumes.

»Ja, aber …«, begann er mit Zorn in der Stimme.

Juri las die erste und zweifellos einzige Warnung in den Augen des Bewaffneten. Er war Soldat genug, um zu gehorchen.

»Legen Sie Ihre Kleidung ab«, wies ihn die Wache an, »Sie stinken wie ein Kosak zwischen den Beinen.«

Seine Würde litt, und er gab sich arrogant.

»Feldwebel, ich bin …«

»Soll ich es tun? Legen Sie Ihre Kleidung ab, Naprawnik.«

Der dünne Firnis seiner Selbstachtung bröckelte.

Juri zögerte, aber dann legte er seine Kleidung ab. Bekam zum ersten Mal einen wirklichen Eindruck davon, wie schmutzig seine Kleidung war. Mann, die Jacke konnte von allein hinter einer Tür stehen. Er war dreckig. Behielt seine einst weiße Unterwäsche an.

»Unterwäsche«, beharrte die Wache und hielt ihm einen offenen schwarzen Wäschesack hin. Die schwere Eichentür fiel zu, ein Schlüssel drehte sich, gefolgt von dem schnappenden Geräusch eines zufallenden Riegels. Splitterfasernackt wie er war, fühlte er sich entblößt und verwundbar. Überprüfte das Fenster. Er hätte es wissen müssen. Ein Fenstergitter. Juris Sinne signalisierten, dass er erschöpft und für niemand von Nutzen war. Trat mit müden Schritten ans Bett. Als er unter die weiche Decke kroch, zitterte er unkontrolliert. Seine Gedanken wurden mehr und mehr von der Erschöpfung besiegt. Der Schlaf trug ihn fort.

Zuerst glaubte Juri, er wäre tot, als er versuchte, die Augen zu öffnen und es nicht konnte. Es fühlte sich an, als hingen Betongewichte an seinen Lidern. Er wartete ein paar Minuten, bis die Schlaftrunkenheit von ihm abfiel und er hellwach war. Blind tastete er nach seiner Stirn. Setzte mit geschlossenen Augen das irrationale Tasten fort. Zog die Decke wieder übers Gesicht. Probierte wieder die Augen aus. Licht kroch in ihn hinein und folgte seinen Nervenbahnen. Er öffnete seine Lider langsam wie Vorhänge. Dort drüben war das Fenster. Sein Blick führte ihn zum Licht eines strahlenden Tages mit üppigen grünen Birken vor einem blauen Himmel. Langsam schälten sich Objekte heraus. Das Tageslicht flackerte, und er fragte sich warum. Es war bloß der Wind, der vor dem Fenster die Bäume tanzen ließ. Naprawnik schloss erneut die Augen, kniff die Lider fest zusammen, um das Gefühl der Übelkeit zu überwinden, das für einen Moment in ihm hochstieg. Er wusste, dass man ihn unter Drogen gesetzt hatte, aber … wie lange war es her? Seine Seele war nackt. Er wollte irgendwelche obszönen Banalitäten hinausschreien, als er die Leere in seinem Magen spürte und das protestierende Knurren hörte. Jetzt fühlte er sich wie ausgehungert. Er glaubte, dass sein Mund mit alter, trockener Baumwolle gefüllt war. Der Geschmack war unerträglich ranzig und säuerlich. Aber seine Gedanken wurden klarer und artikulierter. Sein Körper fühlte sich ausgeruht und tatendurstig an. Wunderte sich darüber, dass er plötzlich so wach und konzentriert war. Sein Verstand arbeitete scharf, und auch darüber wunderte er sich.

Dass er mit dem Gedanken an Selbstmord gespielt hatte, kam ihm jetzt lächerlich und absurd vor. Seine Blase signalisierte starken Druck, und er ging ins Bad. Dort konnte er nicht den wandhohen Spiegel ignorieren, als er vor der Schüssel stand und den Blasendruck verringerte. Ein kurzer Blick hinein. Dort stand er, pinkelnd, unrasiert, schmutzig, seine Nase mit seinem eigenen üblen Geruch beleidigend. Der Spiegel konnte nur eins tun, und zwar ehrlich sein. Er bestätigte seine Selbsteinschätzung und zeigte ihm, dass Juri Naprawnik ein Wrack war. Scham kroch durch sein Nervensystem. Scham über sich selbst. Scham, dass er sich so hatte verkommen lassen, dass er so weit herabgesunken war, dass er sogar an Selbstmord gedacht hatte, um dem zu entfliehen. Er zog ab und trat unter die Dusche.

Fast unerträglich heißes Wasser traf seinen Kopf und seine Haut. Seife. Es war, als hätte ihn das wohlriechende Stück erwartet. Er nahm sie in überraschender Gier aus der großzügigen Marmornische. Melancholie und Bedrücktheit wurden fortgewaschen und verschwanden zusammen mit dem seifigen Wasser im Abfluss. Schamponierte seine Haare zwei Mal ein und sang fast vor Behagen. Trocknete seinen Körper mit einem weichen, flauschigen Baumwollhandtuch ab. Putzte sich die Zähne und genoss den frischen Geschmack in seinem Mund. Rasierte sich. Er konnte es kaum erwarten, das Schaben der Klinge zu hören.

Alles in allem war er überrascht, wie schnell ihn allein die Körperpflege stabilisierte. Ging zurück ins Schlafzimmer. Er sah zum ersten Mal, dass jemand vorausschauend neue Kleidung auf einen Stuhl gelegt hatte. Nicht die steife Moskauer Standardmode. Solche Sachen hatte er noch nie in seinem Leben gesehen. Neugierig studierte er die Etiketten. Die Hemden waren aus London. Italienische Hosen und Sportjacken mit Etiketten, deren Namen er noch nie zuvor gehört hatte. Jeans (gebraucht) von Levi. Alle möglichen Sorten Schuhe. Er verliebte sich sofort in die zweireihige Sportjacke mit den vergoldeten Knöpfen. Als er sich angezogen hatte, war er von seiner eigenen Erscheinung überwältigt (und begeistert). Setzte sich ans Fenster und betrachtete das Grün hinter der Scheibe.

Wartete. Eine schweigsame Wache kam und führte ihn nach unten.

Als zweifach dekorierter *Held der Sowjetunion* galt General Kyrilienkow bei allen im EHD*, die ihn kannten, als das, was man im Westen als »cool« bezeichnet hätte. Er galt bei der Erfüllung seiner Pflichten für sein *Mutterland,* die Rodina, als entschlussfreudig und unkonventionell. In all diesen Jahren war die Elite, zu der er zweifellos gehörte, extrem misstrauisch in allen Sicherheitsfragen, und nach dem Standard der Partei hätte er eigentlich nicht toleriert werden dürfen. Kyrilienkow kam mit allem durch, was er zu ihrem Schutz und dem der Rodina unternahm. So gut war er. Perfekt organisierte Geheimdienstoperationen waren bereits in jungen Jahren seine Domäne. In den Kreisen der Veteranen war es noch immer ein Rätsel, wieso ein junger Mann von gerade einmal achtzehn Jahren schon Hauptmann der Sicherheitskräfte gewesen und an der Seite von General Schukow 1945 in Berlin einmarschiert war. Der junge Major fühlte sich damals nicht wohl hinter den hohen Eisenzäunen, dem Stacheldraht und den Wachhunden des riesigen Geländes von Karlshorst, das als größte Basis außerhalb der Rodina für Spionage gegen den Westen Ruhm erlangen sollte. Abkommandiert zum »Frontdienst«, baute er 1956 in Leipzig eine weitere NKGB/MGB-Basis auf, um nur mit *Illegalen* zu arbeiten.

Der Kalte Krieg.

Die Kunststücke, die er in Europa und Südamerika (einschließlich Mexiko) vollbracht hatte, genossen einen fast mythischen Ruf. Sein ganzes Leben war dem Land und den Mitgliedern des Zentralkomitees gewidmet. Sicher und unantastbar. Und jetzt?

Er erinnerte sich an den Anruf. Towarisch General, wir haben ihre Tochter gefunden, erklärte eine unbekannte Frauenstimme.

»Mein kleines Vögelchen, was ist passiert?«, hatte General Kyrilienkow gefragt, als er an ihrem Bett stand. Er sah sie an

* Erster Direktor Auslandsspionage. Direktorat des ehemaligen KGBs.

und fragte sich, wie ein Mensch mit so vielen Schläuchen in der Nase und im Hals und jenem, der eine gelbliche Flüssigkeit aus ihrem Innern ableitete, am Leben bleiben konnte. In seiner Uniform kniete er an der Seite seiner Tochter nieder und nahm ihre zierlichen, schmalen Hände in seine große, starke. Als sie ihren Vater ansah, leuchtete ihr Gesicht in kindlicher Zuneigung auf. Aber sie erkannte ihn nicht. Er küsste einige Schweißperlen von ihrer Stirn, stand auf und sah den Arzt an.

»Der Doktor verbirgt etwas vor mir«, dachte der KGB-General.

»Wissen Sie, wer ich bin?«

»Ja«, antwortete der Arzt ohne Furcht in der Stimme.

»Ich sehe keine Verletzungen.«

Stille verlangte eine Antwort.

»Ihre Tochter hat Drogen genommen. Wirklich üblen Stoff. Kokain mit irgendetwas gestreckt. Das Labor arbeitet noch daran.«

»Und?«

»Es gibt nichts, das wir … es liegt jetzt in …«

»Gottes Hand?!«, unterbrach Kyrilienkow leise.

»Ich weiß es nicht«, sagte der Arzt nervös.

Er nahm seine Brille ab und putzte sie mit seinem Taschentuch. »Ich weiß es wirklich nicht.« Ein Schulterzucken, das vielleicht sagte.

Eine Stunde später war Olga Fedorowa Kyrilienkow tot.

Drogen.

Kyrilienkow hatte niemandem den Grund für die plötzlichen Verhaftungen erklärt, zu denen es in der Schattenwelt der Straßenkriminalität kam. Um zwei Uhr am folgenden Tag waren zweihundertsiebenundfünfzig Männer und Frauen, die jemals in Kontakt mit Drogen gekommen waren, verhaftet worden. Alle wurden zum Dscherschinsky Platz gebracht. Dort war immer noch die Lubjanka, diesem ehemaligen Tummelplatz der Grausamkeit.

Die eigentlichen Verhöre würden im Lefortowo-Gefängnis stattfinden. Es war dort viel sauberer und netter. Vornehmer sozusagen. Lubjanka – ein Name, der nur geraunt wurde. Er bedeutete größere Bedrohung, größere Gefahr des Verschwindens. Die Moskowiter hatten mit den Einschüchterungen seit den Zeiten der Okhrana (Geheimpolizei des Zaren) gelebt. Obwohl es nicht im Verantwortungsbereich seines Direktorats lag, legte er die Gefahr für die Öffentlichkeit in einem ausführlichen Bericht an den Vorsitzenden des neuen Sicherheitsapparates vor. Sie mussten sie beseitigen, bevor sie zu einem ernsten Problem wurde. Er bekam grünes Licht, sein internationales Netzwerk von Informanten, Agenten und Personen mit den unterschiedlichsten Fähigkeiten bei den Ermittlungen über diese Schattenwirtschaft einzusetzen. Der Armeegeheimdienst GRU unterstützte dieses Vorhaben und bot seine Hilfe an, hatte man doch in einigen Armee-Einheiten bereits mit dem Drogenproblem zu kämpfen. Kyrilienkow rief seinen Freund General Tikonow von der *7ten* an. Hatte er irgendetwas über Drogen? Was war über Kokain in der Rodina bekannt? Fast nichts. Sehr wenig. Das Thema war von den Göttern verboten. Sie meinen ... Das ist richtig, unterbrach Tikonow. Dieses Phänomen des Imperialismus darf nicht existieren und existiert deshalb auch nicht. *Ty ponymaesch, Pawel Mikhailowitsch?*

Kyrilienkow konnte nicht glauben, was er soeben gehört hatte. Schwor sich, dass die Drogen von jetzt an Teil seines Direktorats sein würden, des EHD.

Kyrilienkow war bei allen Verhören zugegen.

»Wo wohnst du?«

»Manchmal hier und manchmal da.«

»Dein *propusk* sagt mir, dass du in Nowinsk lebst. Du hast keine Genehmigung, in Moskau zu wohnen.«

»Na und?«

»Von wem hast du die Drogen?«

»Gestohlen.«

»Wo???«

»Bin in eine Arztpraxis eingebrochen.«

Die Geständigen wollten nur die berüchtigte Lubjanka so schnell wie möglich wieder verlassen. Sie kooperierten schneller, redeten mehr. So ging es eine Woche lang. Aber selbst wenn sie einen neuen Namen nannten, retteten sie trotzdem nicht ihren Hals. Das, was sie aussagten, qualifizierte sie für die Verlegung in Lager mit Namen wie Kotlas, Rjasan oder Beresniki. Die *7te* setzte die Verhöre unermüdlich fort. Es war eine anstrengende Arbeit.

Aber sie trug Früchte. Junge Ausländer, die immer noch in der Lomonosow-Universität wohnten und studierten, wurden vorgeführt. Zunächst ohne Ergebnis. Sofern sie nicht geraucht oder geschnupft hatten. Sie waren verängstigt, und das bedeutete noch mehr neue Namen.

Weitere wurden vorgeführt. Schnell, in großer Zahl und diskret.

Die erste Hälfte der zweiten Woche. Gegen sieben Uhr abends.

Das Telefon klingelte. Es war Tikonow mit Neuigkeiten. Er sagte, die Limousine wäre unterwegs. Verhörte gerade einen Kerl persönlich. Nur ein kleines Licht, aber interessant genug. Pawel Mikhailowitsch sollte von da an weitermachen. Der Pass ist definitiv echt. Südamerikaner. Manager einer Band aus Peru. Spielt Flöte für die Freundschaft zwischen den beiden Ländern. Aber er würde die Person ihm überlassen.

Südamerikaner lieben und respektieren den Glanz ordengeschmückter Uniformen. Pawel Mikhailowitsch wusste, wie man sie beeindruckte. Er trug an der Brust seiner Uniformjacke ein ganzes Arsenal an Orden. Im Moment stand Kyrilienkow zusammen mit dem Gefängnisarzt hinter einem Zwei-Wege-Spiegel und beobachtete prüfend den Südamerikaner, sein Gesicht, seine Hände. Man hatte ihm nur seine Armbanduhr abgenommen, damit der Mann aus den Anden jedes Zeitgefühl verlor. Der Mann hinter dem Zwei-Wege-Spiegel wirkte extrem besorgt.

»Doktor, sag, wie lange ist er jetzt allein?«

»Fast fünf Stunden.«

»Gut. Was meinen Sie?«

»Er zeigt Entzugssymptome.«

»Von was?«

»Kokain. Er schnupft Kokain.«

»Wie kommen Sie auf – äh, Kokain?«

»Das ist ganz einfach. Er hat keine Erkältung, aber seine Nase tropft wie ein Wasserfall.«

Der Südamerikaner hatte kein Rückgrat und würde schnell zusammenbrechen. Der General öffnete die Tür und betrat den schalldichten Verhörraum mit einer Dolmetscherin. Kyrilienkow sah äußerst beeindruckend aus. Er ging um den Tisch und ignorierte den Mann vollständig, setzte sich, und nach zehn Minuten sah er den Südamerikaner zum ersten Mal ohne jedes Interesse an.

Sah ihn an, als wäre er irgendein fremdartiges Insekt, das er jederzeit zertreten konnte.

Er war groß, braun gebrannt und auf konventionelle Latin-lover-Art gut aussehend. Mit leeren Augen, ein typischer Latino-Macho-Schwachkopf, der glaubte, dass sein gutes Aussehen das intellektuelle Unvermögen wettmachte, keinen vollständigen Satz hervorbringen zu können. Glaubte, dass ein gutes Aussehen genügte, um im Leben ein richtiger Mann zu sein. Seine offene weiße Sportjacke mit dem Seidentaschentuch in der Brusttasche wies einige graue Flecken auf. Schmutz. Vor allem am Kragen. Er hatte bei der Verhaftung Widerstand geleistet. Er hatte noch nie gehört, dass man bei einer Verhaftung, vor allem durch den KGB, besser keine Probleme machte. Sein schwarzes Hemd war bis zum Nabel offen und entblößte ein goldenes Medaillon irgendeiner Heiligen auf seiner dunklen behaarten Brust. Eine dicke, silberne Namenskette am Handgelenk lenkte den Blick auf abgekaute Fingernägel. Seine linke Hand musste mit vier massiven, grellen Silberringen fertig werden. Wütend wie ein unreifes Kind, beschwerte er sich sofort beim General, dass jemand seine dunkle Porsche-Sonnenbrille konfisziert hatte. Dann behauptete er, der Executive Vice President eines Medienunternehmens zu sein. Weitere fünf Minuten Stille. Der General starrte ihn an.

Ohne auf die Beschwerde zu reagieren, wusste Kyrilienkow sofort, dass dies ein leichter Fall sein würde. Nach dreißig Jahren im seinem Geschäft konnte er es erkennen. Er legte dem Mann das Foto seiner Tochter vor. Olga *und* der Südamerikaner.

»Kennst du sie?«, fragte der General, nachdem ein paar Sekunden verstrichen waren. Minuten vergingen.

In einem harten, aber nüchternen Tonfall fuhr er fort: »Du fragst dich vielleicht, woher wir dieses Foto von dir mit ihr haben. Nun, wir sind eine sehr einfallsreiche Organisation, wenn du mir diese Bemerkung gestattest.«

Kyrilienkow war ein begnadeter Vernehmungsexperte und bei seinen Kollegen berühmt für seinen höflichen Zynismus, wenn sein Sachverstand bei einem Verhör benötigt wurde. Dies konnte zermürbend wirken. Er fuhr fort: »Vielleicht hast du es in deinem Hinterwäldlerland noch nicht gehört. Wir repräsentieren den Staat. Wir schützen den Staat und seine Bürger. Und wir tun dies auf systematische, entschlossene und rücksichtslose Weise. Nun, ich lege hier bestimmte Verhaltensregeln fest und werde sie ohne Rücksicht auf deine Motive durchsetzen. Habe ich mich klar genug ausgedrückt? Du bist bloß ein bedeutungsloses Stück Schmutz unter meinen Fingernägeln. Also, du hast nur eine einzige Möglichkeit, und zwar die Wahrheit zu sagen. Du hast in diesem Land ein Verbrechen begangen. Du kannst es dir sehr leicht machen oder du kannst es dir sehr schwer machen. Du siehst nicht aus wie jemand, der in einem unserer Gulags zu Tode gevögelt werden möchte.«

Die Dolmetscherin zuckte zusammen.

»Ich will, dass du mir alles erzählst, was du über dieses weiße Pulver weißt und von wem du es bekommst.«

»Ich weiß nichts über irgendein weißes Pulver.«

»Hör zu – hör genau zu. Wir haben nichts übrig für Leute, die unser Volk vergiften. Du wirst sterben, wenn du nicht redest. Wenn du es mir heute sagst, jetzt, dann werde ich dir erlauben, weiterzuleben und mein Land zu verlassen. Wir haben hinter dem Polarkreis einige sehr harte Arbeitslager, und du siehst auch nicht aus, als wärest du aus dem Holz geschnitzt, dort die nächsten zwanzig Jahre zu überleben.«

Kyrilienkow schwieg und betrachtete den menschlichen Müll. Er zeigte wieder auf das Foto.

Der Südamerikaner zuckte die Schultern und versuchte, dem prüfenden Blick des Generals standzuhalten, als ihn ein

Kinnhaken von seinem Stuhl hob und quer durch den Raum schleuderte. Spürte, wie er vom Boden hochgerissen wurde und ein weiterer Schlag ihn über den Tisch fliegen ließ.

»Rede«, sagte Kyrilienkow ruhig. »Du hast das Pulver meiner Tochter gegeben. Es hat sie umgebracht. *Du* hast sie umgebracht.«

Es war das erste Mal, dass echte Furcht den Südamerikaner durchzuckte.

»Was wollen Sie von mir? Ich bin peruanischer Staatsbürger.«

»Bist du ein Diplomat? Nein. Genießt du Immunität? Nein. Du bist hier allein. In diesem Raum klären wir die Dinge ohne Rechtsanwälte. Ist das klar?«

Diesmal war die Pause extrem lang.

»Es macht mir keinen Spaß, anderen Schmerzen zuzufügen, sie zu verletzen. Aber wenn du nicht redest, werde ich für Schmerzen sorgen. Und was wir dir antun können … tsss, tsss, du wirst nicht lange durchhalten. Vielleicht eine Stunde, vielleicht zwei. Also, von wem kommt das Pulver? Hast du es mitgebracht?«

»Nein.«

»Wie ist es in mein Land gekommen?«

Der Mann aus Peru weigerte sich zu reden.

General Kyrilienkow drückte einen Knopf. Zwei bullige Männer kamen herein.

»Ziehen Sie ihn bitte vollständig aus«, sagte der General höflich. Sie brachten den Peruaner in eine andere Zelle. Die beiden Männer verfügten über hervorragende Kenntnisse der menschlichen Anatomie und wie man bestimmte Stellen behandeln musste, um Schmerzen und Qualen zu erzeugen. Überraschenderweise hielt der Peruaner zwei Stunden durch. Aber als er zusammenbrach, redete er wie ein Wasserfall. Verriet sogar die Details.

Aus den Schreien filterte Kyrilienkow drei Namen heraus.

Boris A. Wladimirow, ein ehemaliger Oberst der früheren Roten Armee. Einst stationiert in Afghanistan, Mohngroßhändler.

Ein Bulgare namens Fabian Butow.

Zarro Maravelli, ein märchenhaft reicher Peruaner.

Lebte in Mexiko.

»*Au naturel* hat eine ungeheure psychologische Wirkung in einem Verhör. Niemand ist tapfer, wenn er sich nackt und entblößt fühlt«, lehrte der General seinen Schülern auf der KGB-Akademie 101.

Der Peruaner saß mit auf dem Rücken gefesselten Händen auf einem schweren Stuhl, der an den Betonboden geschraubt war. Er war nackt. Konnte sich nicht bewegen, da seine Schenkel abstoßend weit gespreizt waren. Seine Fußknöchel waren an den Boden gekettet. Er bettelte um ein Glas Wasser und eine Zigarette. Sie sahen Kyrilienkow an. Er nickte zustimmend. Sie banden seine Hände los und zündeten für ihn eine Zigarette an. Der weiße Rauch kräuselte sich wie eine Kapitulationsfahne im unbarmherzigen Licht einer 200-Watt-Glühbirne, die von der unsichtbaren Decke des schwarz gestrichenen Raumes hing.

Als der General allein war, weinte er zum ersten Mal.

Drei Tage waren vergangen. Juri nutzte einen Teil der Zeit, die er totschlagen musste, zum Laufen und Trainieren. Er lief sechs Kilometer, machte ein paar Lockerungsübungen und lief weiter, bis er erkannte, dass es eine Art Flucht vor der Kompliziertheit des Problems war. Ihm war klar, dass Willi Jansen es nicht allein schaffen konnte. Sicher, er konnte hingehen und den Kerl einfach töten, um dann selbst getötet zu werden. Das hatte keinen Sinn.

Willi Jansen würde ohne Rückendeckung nicht die leiseste Chance haben, lebend aus der Sache herauszukommen. Trainierte vor der Datscha, als er hörte, wie die Tür geöffnet wurde. Kyrilienkow redete Klartext.

»Nun, was meinst du, Juri?«

»Ich denke, es ist machbar.«

»Dann lass uns die Details noch einmal durchgehen. Schließlich ist das keine Sache, die wir schriftlich niederlegen können.«

2. Teil

Kyoba no michi

Der Weg des Pfeil und Bogen

Mexico City, 8. Mai
Downtown.

Exakt zu dem Zeitpunkt, als die Alaska Airline 653 zum Landeanflug auf die Runway D-3 des Benito Juárez International Airport ansetzte, betrat eine Frau den zwanzigstöckigen Gebäudekomplex an der Ecke Santa Veracruz und Avenida Lazaro in Mexico City.

Das Gebäude.

Supermodern. Ein riesiger Würfel. Vom Boden bis zum Dach grünliche Quadrate aus Thermoglas. Stockwerk für Stockwerk präsentierte an Sonnentagen matt wirkende Spiegelungen. Wer sich dem Eingang näherte, hatte den Eindruck, ein Hotel zu betreten, das in den Reiseführern als Fünf-Sterne-Haus eingetragen war. Um dieses Bild abzurunden, fehlte nur ein Portier, der Fendi- oder Morabito-Koffer voller Belanglosigkeiten schleppte. Vielleicht eine Vitton-Aktentasche, die neben einem Schreibblock im DIN-A-4-Format die Reste eines Flugzeugmenüs enthielt und die Tatsache verbarg, dass die Besitzer bei den Reisekosten sparen mussten.

Ihr Name war Ticia. Ticia A. Velosos. Der Anfangsbuchstabe in der Mitte stand für Anabella.

Sie ging durch den Haupteingang des Krankenhauses. Leicht benommen bemerkte sie, dass die nachmittäglichen Besuchsstunden längst begonnen hatten. In der Lobby herrschte reger Betrieb, was zum großen Teil auf das Gedränge vor den sechs Aufzügen zurückzuführen war, die Menschen aufnahmen und ausspuckten, Besucher, die mit oder ohne Blumen zu den verschiedenen Stockwerken fuhren oder von den Stationen kamen.

Ticia trat an die Rezeption. Sie wurde mit respektvoller Höflichkeit behandelt und auf Anweisung von Doktor Miguel Ovando, so wurde erklärt, zum Labor weitergeschickt.

Dort wurde sie an einen futuristischen Elektrokardiografen

angeschlossen und mit einem Monitor verbunden, der angeblich ihren Blutdruck ermitteln sollte. Für Ticia war es die reinste Folter.

Der Blutdruck wurde gemessen. Der systolische Druck bei zusammengezogenem Herzen und der diastolische bei voll erweitertem.

Das Ergebnis war 142 zu 85.

Etwas zu hoch für sie. Besorgnis erregend.

Die Atemfrequenz war ein anderer Fall.

Eine Frequenz von 24.

Eine Spur zu niedrig.

Die Werte wurden als vertikale und horizontale Linien auf ein Blatt übertragen, das sie mit zu Doktor Ovando nahm.

Ovando war Spezialist für das Eingangszentrum sensibler Nervenbahnen, zuständig für die Verarbeitung aller vom Körper empfangenen und an ihn gesendeten Reize. Für ihn klang dies zutiefst banal, da er fest an höhere spirituelle Mächte glaubte, die alle Geschicke lenkten.

Aber nun ja.

Doktor Ovando war ein Experte auf seinem Gebiet und genoss bei seinen Kollegen in London, Berlin und Kapstadt einen hervorragenden Ruf.

Charmant wie er war, küsste er respektvoll die rechte Hand seiner Patientin und bat sie, in einem seiner riesigen, bequemen Ledersessel Platz zu nehmen.

Bot ihr Kaffee an und goss ihn persönlich in dünne Porzellantassen mit aztekisch wirkenden Ornamenten.

Sie tranken.

Plauderten in nervöser Höflichkeit und vermieden jeden Blickkontakt, würde der sie doch mit der Realität konfrontieren.

Er machte ihr Komplimente über ihre gold-schwarzen Yamao-Ohrringe und -Armbänder. Vertiefte sich erneut kurz in ihre Unterlagen, die er vor wenigen Minuten angefordert und auf den Schreibtisch bekommen hatte. Er kannte sie zu gut und gestand sich ein, dass er in ihnen keine Antwort finden würde. Er hatte die Anamnese seiner Patientin wieder und wieder gelesen. Blickte auf und sah, dass Ticias Augen auf ihm ruhten und Antworten forderten.

Doktor Ovando litt, als er es enthüllen musste … sagte, ihr blieben noch etwa zwei Monate, vielleicht drei. Plus oder minus zehn Tage.

Die letzten Tage, und er konnte ihr wirklich nicht sagen, wie viele, würden extrem schmerzhaft sein. Ja, noch schmerzhafter als die Meningitis, die sie durchgestanden hatte.

Er konnte nichts dagegen tun.

Warum nicht?

Weil es sich ausbreitete.

Er zeigte ihr eine Infrarotaufnahme und erklärte: es würde bald gegen das Schmerzzentrum des Gehirns drücken. Konnte man nicht eine weitere Operation durchführen und *alles* herausschneiden?

Er schüttelte den Kopf. Absolut sinnlos. Er entschuldigte sich. Versuchte sie zu trösten.

Blanco verde, der weiße Stoff. Er würde ihr sehr gut helfen.

Natürlich *nicht* in den letzten Tagen. Denn, um es noch einmal zu sagen, der Schmerz würde stärker sein als alle Anästhetika.

War er sich dessen völlig sicher?

Die Bestätigung erfolgte in Form eines Nickens mit nach oben gerichteten Augen, als hoffte er, die Antworten an der Deckentäfelung zu finden.

Er berichtete ihr außerdem von den Gesprächen, die er mit Spezialisten aus anderen Ländern geführt hatte. Ticia wusste nicht genau, ob er damit die Länder oder die dort lebenden Spezialisten meinte.

Sah, dass er auf eine Reaktion wartete.

Gab es noch etwas, dass er für sie tun konnte? Der Tonfall war verräterisch. Er wiederholte, dass kein Zweifel bestand.

Es war ein Meningiom.

Es trat bei Frauen etwas häufiger auf als bei Männern. Diese Krankheit löste Veränderungen im ZNS (Zentralnervensystem) aus, indem es lebenswichtige Bereiche abschnürte und auf die Kranialnerven und das Cerebrum drückte. Doktor Ovando wies außerdem auf den unvermeidlichen Anstieg des intrakraniellen Drucks (IKD) hin. Bis heute war die Ursache für diese Erkrankung unbekannt.

Ovandos Kollegen und er selbst hatten nach der Diagnose alles getan, was nur möglich war. Röntgenbilder des Schädels, gefolgt von Szintigrammen. Computertomogramme und Kernspinresonanzaufnahmen hatten sowohl Gewebeschäden als auch tief sitzende Ödeme gezeigt. Die Biopsie hatte die Bestimmung des histologischen Typs, der Schwere des Krankheitsgrades und der seltenen bösartigen Natur der Wucherung erlaubt. Grad 1 war ein ungefährliches Stadium. Grad 2 ein relativ ungefährliches Stadium usw. Grad 4 war extrem gefährlich. Je höher also der Grad, desto schlechter die Prognose. Und? Unglücklicherweise, räumte er mit einem Schulterzucken ein, war sie jetzt bereits 4.

Vor zwei Jahren und nach einer zwölfstündigen Operation hatte Ticia weitere Spezialbehandlungen verweigert. Zu diesen potenziellen Behandlungsmethoden hätten weitere Operationen gehört und der Versuch, den ansteigenden IKD mit Steroiden und diuretischen Medikamenten zu kontrollieren oder die CSF mit einer Ventrikeldränage abzuleiten. Doktor Ovando erinnerte daran, dass sie sich in den letzten sechs Monaten einer Lumbalpunktion unterzogen hatte. Sie hatte einen Anstieg des Cerebrospinalflüssigkeitdrucks (CSF), einen erhöhten Proteinspiegel, einen zu niedrigen Blutzuckerspiegel und eine Verringerung der areasional diagnostic cells ergeben. Ein zweites Meningiom wie ihres ließ sich allerdings nur durch das Entfernen der Wucherung behandeln … aber, wie gesagt, es würde sinnlos sein.

Ticia unterbrach. Sie legte lächelnd für einen Moment ihre Hand auf seine und erklärte Doktor Ovando mit aristokratischem Charme, dass sie nicht das Geringste von dem verstanden hatte, was er erzählte – und was er ihr damit eigentlich sagen wollte. Doktor Ovando schmunzelte, während sich sein Gesicht leicht rötete und seine Augen an ihr vorbei zur Wand blickten, an dem ein gerahmtes Schwarzweißposter des Mondragone Antinous hing, das er vor einem Jahr im Louvre in Paris gekauft hatte.

Konnte er ihr auf *irgendeine* Weise helfen?

Hatte er sie bereits abgeschrieben?

Dr. Ovando war Spezialist für krankhafte Schwellungen

und Wucherungen im menschlichen Körpergewebe. Ein Neurologe.

Sein Fachgebiet waren Gehirntumore. Doktor Ovando kannte aber auch seine Grenzen.

So viel dazu.

Das Leben hatte die Umstände und den Zeitpunkt ihres Todes bestimmt, dachte sie. Ticia war überrascht, wie ruhig sie die plötzliche, unumstößliche Gewissheit des Todes hinnahm, diese Endgültigkeit. Das Leben hatte ihr die Blankovollmacht erteilt, sich der ultimativen Trennung von Körper und Seele zu stellen. Wie würde sie damit zurechtkommen?

Ihre Gedanken trieben mit dem endlosen Verkehrsstrom auf dem Paeso de Reforma dahin. Zum Spaß fuhr sie zweimal um das Monumento a la Independencia. Es war wie ein riesiges Karussell. Ließ sich weiter zum Paseo de la Reforma tragen und bog rechts ab. Die Avenida Juarez brachte sie zum Bolivar Allende. Nach sieben Blocks lenkte sie den silberblauen Jaguar S in die Belisario Dominguez, dann nach rechts in die Toro de Lazarin und hielt an. Stieg aus. Schloss den Wagen ab und ging zwei Blocks zu Fuß. Sie kannte die Kirche noch aus ihrer Kindheit; sie hatte dort immer zusammen mit ihrem Vater gebetet.

Ticia griff nach ihrem schwarzen Schleier und ließ das seidige Material über ihre schwarzen, glänzenden Haare fließen. Sie trat in das kühle Schweigen der Iglesia de San Lorenzo.

Während die Frau durch die feierliche Stille der Kirche schritt, zupfte sie an dem schwarzen Schleier, bis er mehr von ihrer Stirn bedeckte. Durch hoch aufragende Buntglasfenster in den hohen, ehrwürdigen Wänden flutete ein Spektakel aus farbenprächtigem Licht wie Samt in die kleine Kirche. War dies der richtige Ort, um eine Billigung für den Mord zu finden, den sie plante?

Sie hatte keine Antwort dafür.

Ticia teilte den dunklen Vorhang und trat geräuschlos in den Beichtstuhl. Sie kniete nieder und wartete mit gesenktem Haupt. Ihr Herz klopfte leise, und sie fühlte sich wohl, in Frieden mit sich selbst, ohne dass ihre Empfindungen von der

Endgültigkeit des Todes verdüstert wurden. Ticia freute sich, als sie hinter dem hölzernen Gitterwerk das Profil des attraktiven Gesichtes des Priesters sah. Ihre Augen betrachteten dieses hübsche Gesicht ungestört. Ticia spürte den Drang zum Reden.

Und sie sagte:

»Angelus Domini.«

»Angelus Domini, Kind Gottes«, antwortete die angenehm klingende Stimme des Priesters, »wie geht es dir in diesen Tagen, meine geliebte Schwester?«

»Sie nähert sich dem Ende, aber Gott macht sie unbeschwert. Ich bitte um deinen Segen und um ein Gebet für das Seelenheil von Armando, meinem geliebten Sohn. Heute ist sein Geburtstag. Er ist siebzehn geworden. Ich habe nicht die Erlaubnis bekommen, ihn zu besuchen.«

Jemand spielte auf der Orgel die ersten Takte von Schuberts *Ave Maria.* Die Töne der Orgel erstarben.

»Die G-Moll-Pfeife muss gestimmt werden«, sagte er mit einem Lächeln, das sie nicht sehen, aber aus seiner Stimme heraushören konnte.

»Segne mich, Vater, denn *ich werde sündigen.* Vater, ich bitte um die Absolution des Heiligen Geistes, denn ich *werde* einen bösen Mann töten. Aber ich kann es nicht allein tun. Ich *werde* beten, dass mir Hilfe geschickt *wird,* damit ich mein Ziel erreichen kann. Ist es eine Sünde, um eine derartige Hilfe zu bitten?«

Dominum vobiscum et cum spiritu tuo sancti. Amen.

Deo gratias, sagte sie.

Und so sprach sie flüsternd eine Stunde lang zu dem Mann Gottes.

Die trauernde Seele des Priesterbruders gewährte ihr im Voraus Absolution.

»Gehe in Frieden, und möge der Heilige Geist mit dir sein. Werde ich dich wieder sehen, Schwester?«

»Vielleicht. Aber so Gott will, nein.«

»Geh jetzt, Schwester, und bete für deine Buße.«

Ticia stand auf und ging. Kniete vor dem Altar nieder und tat, was von ihr verlangt wurde – betete das Apostolische

Glaubensbekenntnis, dass sie nach ihren eigenen Bedürfnissen geändert hatte.

»Oh, mein Gott, es tut mir schrecklich Leid, denn *ich werde gegen Dich sündigen …*«

Später, als sie fast die altehrwürdige Holztür erreicht hatte, drehte sie sich ein letztes Mal um. Auf beiden Seiten des Altars brannten Hunderte von flackernden Kerzen und tauchten die heilige Stätte von Iglesia de Lorenzo in ein weiches, friedliches Licht. Sah auch ihren Bruder in dem seidigen Licht, wie er zum Abschied nickte und mit der Hand das Kreuz schlug. Sie war zu weit entfernt, um seine Tränen zu sehen. Sie war jetzt entschlossen, diesen menschlichen Dämon, diesen brutalen Ignoranten, diesen aufgeplusterten Narziss, der da in Ihrem noch verbleibenden Leben war, zu töten. Ticia trat hinaus ins grelle Tageslicht und überquerte zwischen den langsam fahrenden Autos vorsichtig die Straße.

Es war inzwischen später Nachmittag. In dieser Art von Verkehr schienen die Probleme der Welt unlösbar zu sein, sinnierte Willi. Was sich da abspielte, konnte nicht einfach als Verkehrsproblem abgetan werden. Nicht nur, dass sein Flug von San Francisco nach Mexico City wegen dichtem Flugverkehr eine Verspätung von fünfundvierzig Minuten gehabt hatte. Nein, in seinem Beruf *musste* er in der Touristenklasse fliegen, und das auf den billigen Plätzen. Um verschwinden zu können, ohne dass sich jemand an ihn erinnerte. Hotels waren ein anderer Fall. Hier war er direkt verpflichtet, in den Besten absteigen. Wer würde die Seriosität eines First-Class-Gastes anzweifeln?

Willi Jansen war auf dem Weg zu einem Luxushotel. Er war am Flughafen von einem Taxi in eine Art Geiselhaft genommen worden und saß jetzt in einem 1974 Chevrolet Hatchback fest, unterwegs in die Stadt. Seit dreißig Minuten bewegte sich der Verkehr auf allen sechs Spuren nur im Schneckentempo voran. Das Taxi, das all seine fünf Sinne beleidigte, war wie die anderen Autos um ihn herum sechs Kilometer vor den beiden brennenden Wagen zum Stillstand gekommen. Wie jemand in diesem Verkehr über die Mittellinie fahren und geradewegs in ein entgegenkommendes Fahrzeug rasen konnte, war ihm ein Rätsel.

Jungs liefen und tänzelten zwischen den Autos. Sie verkauften Rosen, Zeitungen, Lotterielose. Sie machten eine Show daraus, als würden sie für den nächsten großen Verkehrsstau proben. Jansen fragte sich, woher sie ihr Lächeln nahmen. Er blickte hinauf zum Himmel. Die Hitze hatte den Großteil der Farbe weggebrannt. Die Abgasschwaden des Verkehrs trugen zur rötlichen Tönung der Sonne bei. Ein neues Angebot tauchte an Jansens Fenster auf. Ein kleines Mädchen, das lauwarme Pepsi aus einem Karton verkaufte, den es geschickt, ohne Hilfe der Hände, auf seinem Kopf balancierte. Willi vermied es, ihr in die Augen zu sehen, indem er den Kopf zur anderen Seite drehte. Dort bettelten traurige, durstige Blumen in kleinen, schmutzigen Händen darum, gegen ein Lösegeld befreit zu werden.

Der Verkehr rollte zehn Schritte weiter und kam wieder zum Stillstand. Der Fahrer grinste in den Rückspiegel und zeigte, dass er nicht mehr im Besitz seiner beiden oberen Schneidezähne war. Sein gutherziges Grinsen traf Jansens müde Augen.

»No problema, Boss. No problema.«

»Darf ich Mister Problema zu Ihnen sagen?«, fragte Jansen in dem Versuch, originell zu wirken. Wies auf den Rauch, die tiefrote Temperaturanzeige. Das ist also alles, was wir erreicht haben, dachte Jansen. Spielzeuge auf dem Mars und eine Welt, die im Verkehrschaos versinkt. Wie konnten sie aus diesem Schlamassel nur wieder herauskommen? Jansen war noch nie ein Anhänger des weit verbreiteten Glaubens gewesen, dass die Technologie es schon richten würde. Denn ein technologischer Fortschritt, der einer Hausfrau einen Dosenöffner zur Verfügung stellte, der gleichzeitig eine Melodie pfeifen konnte, trug nicht wesentlich zum Bequemlichkeitsfaktor einer Gesellschaft bei. Er saß in der Falle, gefangen in einem über fünfundzwanzig Jahre alten, überhitzten, säuerlich riechenden Chevy, der in einem chaotischen Verkehrsstau feststeckte, und all dies im neuen Jahrtausend. Die beschissenen Politiker verließen sich bereits darauf und machten große Versprechungen, dass nun alles viel besser werden würde, natürlich nur, wenn das 2YK-Problem nicht zuschlug.

O ja, das wird helfen, dachte er spöttisch. Der Fahrer sollte eins von diesen Navigationsdisplays am staubigen, rissigen Armaturenbrett haben. Ein Knopfdruck genügte, und der Computer würde sofort ausspucken, in welche Seitenstraße er entkommen und die Meute hinter sich lassen konnte. Es würde vielleicht sogar funktionieren, sofern man nicht auf der 190 nach Mexico City im Stau steckte und der Fahrer gebildet genug war, um mit dem Spielzeug umgehen zu können, sinnierte Willi. Alle Computer der Welt würden nicht verhindern, dass irgendwann der Aktienmarkt zusammenbrechen würde. Paradoxerweise würden nicht einmal die Führer dieser mächtigen Finanzhäuser davor bewahrt, ihr letztes Hemd zu verlieren. Jansen hatte das Gefühl, als wären all die Hektik und das Chaos auf dieser Straße ein Teil des Anfangs vom Ende, ein Wind, der ihn zum Rendezvous mit seinem eigenen Schicksal trug.

Erneut sah Willi wieder das mitfühlende Grinsen im Rückspiegel. Der Fahrer hatte Besorgnis in Jansens Gesicht gelesen.

»No problema, Boss. No problema.«

Das Taxameter tickte sowieso weiter. Fünfzehn Kilometer modernen Stillstandes hatten ihn bereits fünfundvierzig Minuten seines Lebens gekostet. Es wurde noch heißer. Er öffnete die Fenster auf beiden Seiten. Das rechte ließ sich nur in ruckartigen Vierteldrehungen nach unten kurbeln, weil die Hälfte des verchromten Plastikgriffs fehlte. Jansen hoffte auf frische Luft. Schloss die Fenster wieder, weil ein heißer Wind die Abgasschwaden des stehenden Verkehrs in den Chevy blies. Der volle Aschenbecher an seiner Seite war vielleicht das letzte Mal geleert worden, als der Chevy vor acht Jahren in einer Stadt namens Venta de Carpio dem Schrottplatz unter der Nase weggekauft worden war. Verschüttete Pepsi, Kaugummi und wer weiß was sonst noch alles hatten den Inhalt zu einem Klumpen verklebt, der sich nicht mehr entfernen ließ. Kurzum, das Taxi stank.

Willi hörte auf, sich innerlich zu beschweren. Er konnte ohnehin nichts daran ändern. Bevor er die Augen schloss, rollte der Verkehr wieder an. Sah im Rückspiegel die Augen des Fahrers, der lächelnd erklärte, dass der Verkehr wieder in Bewegung sei. Vor ihnen tauchte eine Ausfahrt auf. Er hatte Schwierigkeiten, dorthin zu gelangen. Sie nahmen sie, und die Dinge wurden zivilisierter. Aber sie kamen noch immer nur kriechend voran, Straße für Straße, Block für Block, wie die Projektion auf einer schmutzigen Kinoleinwand. Der Jetlag war dabei, seinen Tribut von Jansen zu fordern und seinen Organismus zu schwächen.

Da war eine Kirche auf der linken Seite.

»Iglesia de San Lorenzo«, lächelte der Fahrer zu Jansen.

Das Gebäude verschwand hinter einem klapperigen Laster mit Vierradantrieb und einer Menge Beulen an seinen blaugestrichenen Kotflügeln. Überladen mit Obstkisten. Der Fahrer bremste ab.

Genau in diesem Moment verließ Ticia A. Velosos die Kirche.

Jansens Taxi wollte ein paar weitere Zentimeter aus dem Verkehr herauspressen. Der Fahrer trat auf die Bremse und hoffte, dass sie funktionierte. Sie tat es. Eine Frau brachte sich mit einem Sprung in Sicherheit und starrte wütend in den Wagen. Ihre und Jansens Augen trafen sich. Willi glaubte für einen Moment an eine Halluzination. Vielleicht musste sein Organismus jetzt den Preis für den Langstreckenflug zahlen. Aber sein Stolz erlaubte ihm nicht, ernsthaft die Möglichkeit in Erwägung zu ziehen, dass sein überlasteter Körper mit der Visualisierung von nichtexistenten Dingen reagieren würde.

Willi starrte zurück und hatte nicht den geringsten Zweifel. Der kleine Leberfleck unter ihrem linken Augenwinkel. Das Haar und das Profil. Jansen kniff die Augen zu und öffnete sie wieder. Sie war verschwunden.

»Scheiß drauf«, brummte Jansen. Vor ihnen tauchte die Avenida Victor Hugo mit dem Camino Real Mexico Hotel auf. Kein Hotel in Mexiko bot größeren Komfort. Gut betuchte Langstreckenflieger, die noch nicht über einen Privatjet verfügten, stiegen hier ab. Das Taxi hielt an. Willi spürte den abschätzenden Blick des Portiers und des übrigen weißbehandschuhten Personals. Selbst das Taxi stieß bei ihnen auf wenig

Gegenliebe. Unrasiert und verschwitzt drängte Jansen sich durch elegant gekleidete Menschen, die vermutlich auf dem Weg zum Abendessen waren.

Der tadellos frisierte Empfangschef deutete mit einem kurzen Blick sein Missfallen über Willi Jansens desolate Erscheinung an.

»Ich bin Holke Stroelund«, sagte Jansen ungerührt, »und ich habe eine Reservierung für zwei Nächte.« Er präsentierte einen norwegischen Pass.

Der Empfangschef blätterte in seinen Unterlagen. Fand das Fax. Danach spielte er mit dem Keyboard.

»Dies wäre dann für zwei Nächte, Señor? Und möchten Sie mit Ihrer Kreditkarte bezahlen?«

»Nein, bar.«

»Das macht fünfhundertneunzig Dollar. Plus Steuern. Ich hoffe, Sie haben einen angenehmen Aufenthalt.«

Sobald er sich in seinem Zimmer eingerichtet und eine Dusche genommen hatte, zerriss Willi Jansen den Pass und spülte ihn in der Toilette hinunter. Willi Jansen hatte im Hotel unter dem Namen eingecheckt, unter dem er in Mexiko eingereist war. Zwei Tage später nahm Willi Jansen ein Zimmer im Hotel Sevilla Palace, unter dem Namen Kurt Scheeringer, auf den sein zweiter, nun österreichischer, Pass ausgestellt war. Checkte zwei Tage später wieder aus. Wenn irgendjemand in Mexiko Verdacht geschöpft hatte, würde man über eine männliche Person Informationen einziehen, die sich soeben in Luft aufgelöst zu haben schien. Er konnte das Land noch immer jederzeit unter dem Namen verlassen, unter dem er von Kalifornien aus eingereist war. Seinem eigenen. Jansen aß früh zu Abend und schlief gut.

Matazlan, Mexiko

Der Airbus 310 der Mexican Airline korrigierte seinen Landeanflug nach links, um die von einem leichten Scherwind erzeugte Seitendrift zu kompensieren. Pfiff durch die einzige lichtdurchflutete Wolke am Himmel, wackelte erneut mit der

Tragfläche, und näherte sich mit eingeschalteten Landeleuchten dem schnurgeraden grauen Band der Runway. Folgte mit gleichmäßig heulenden Zwillingstriebwerken der blauen Lichterkette der Landehilfe. Gummi quietschte, als der Airbus auf dem Rafael Buelno International aufsetzte. Begleitet vom Donnern der Schubumkehr, wurde er langsamer und rollte zum Terminal, dockte behutsam an dem kleinen Gebäude mit der Aussichtsplattform auf dem Flachdach an. Wie jedes Jahr im Winter herrschte beständig schönes Wetter mit hohen Temperaturen. Heute, zum Beispiel, beschenkte die Sonne ihre Nachbarschaft mit dem besten Licht, das sie über eine Entfernung von rund 150 Millionen Kilometern durch den Weltraum schicken konnte. Stur klebte die eine einsame Wolke bewegungslos am blauen Himmel und verhinderte, dass die Sonne ihr volles Strahlungspotenzial ausspielen konnte.

Die Aussichtsplattform.

Sie krönte das Terminal und war von vielen Einheimischen besucht, die das aufregende Schauspiel der landenden Flugzeuge und der Ankunft der Nebensaisontouristen genossen.

In der Menge stand ein Mann, der den Airbus beobachtete, seit er als winziger Fleck weit draußen über dem Meer aufgetaucht war und zwei Mal mit den beiden Landeleuchten geblinkt hatte. Er war nervös. Nun ja, etwas verängstigt, wie er sich selbst eingestand. Der Mann war hier, um die Ankunft zu beobachten und nach dem Aufsetzen einige Dinge zu organisieren.

Vor einer Woche hatte man ihm erlaubt, für zwei Minuten das Foto der Person zu betrachten, und er wünschte sich nun sehnlichst, dass das Flugzeug beim Landeanflug abstürzen würde.

Im Moment war Geduld eine notwendige Tugend, bei dieser letzten, wie ihm versprochen worden war, Bewährungsprobe seiner bislang unsicheren Existenz. Äußerlich fiel der Mann zwischen den Einheimischen nicht auf. Schwarze Haare, Schnauzbart. Ein sonnenverbranntes Gesicht mit einem Zweitagebart. Seine Augen. Dunkel. Stechend. Scharf und wachsam. Sie waren von mehr Falten umgeben, als ein Mann seines Alters haben sollte. Die tiefen Falten in seinem Gesicht waren nicht nur das Ergebnis von zu viel Sonne und Schnee in hohen Bergen, Wüsten und anderen Regionen, in denen er gelebt hatte, sondern auch die sichtbaren Folgen der Tätigkeit, die er ausgeübt hatte, bevor er sich an der Playa de La Cuesta mit Blick auf das nur wenige Kilometer entfernte Acapulco zur Ruhe gesetzt hatte.

Seine Kleidung konnte nicht als modisch bezeichnet werden, was dem Träger durchaus Recht war. Seine Hose, zum Beispiel, war offensichtlich zwei Nummern zu groß, und der schwarze Stoff wurde von einem abgewetzten, einst schwarzen, inzwischen von Alter und Abnutzung gezeichneten Ledergürtel um seine Hüften zusammengehalten und vor dem Rutschen bewahrt. Die beiden obersten Knöpfe seines weißen Hemdes waren offen und entblößten einen kräftigen Hals; darüber trug er eine schlichte graue Lederjacke, denn der Grund, aus dem er hier war und den nur er kannte, ließ ihn frösteln.

Er sah wie ein Einheimischer aus, verhielt sich wie ein Einheimischer, selbst seine Erscheinung war die eines Einheimischen, und er sprach fließend Spanisch. Seine Name aber war Rasit. Rasit Demisar.

Unter seinem linken Arm verborgen war ein Holster aus teurem dünnen, aber zähem italienischen Leder, das eine 7,62mm Walther-Pistole und zwei Reservemagazine enthielt. Er trug den tödlichen *apparatus belli* nicht, um anzugeben. Nein, er würde ihn, wenn nötig, mit Präzision einsetzen. Rasit Demisar hatte sich geschworen, die letzte Kugel gegen sich selbst zu richten, sollte es notwendig werden. Dass er jetzt in Mexiko lebte, war eine Folge der Tatsache, dass er nicht mehr in der Lage war (vielleicht nie gewesen war), die körperlichen Schmerzen auszuhalten, die ihm in einem fremden Gefängnis von den Angehörigen einer Staatspolizei zugefügt wurden, die Fragen über Dinge stellten, die er vielleicht wusste, vielleicht aber auch nicht.

Ein genauer Blick auf seine linke Hand verriet, dass irgendwann Umstände in seinem Leben Rasit Demisar von seinem linken Daumen befreit hatte. Dies war das Ergebnis eines Verhörs durch die Mukhabarat, die syrische Geheimpolizei, in Damaskus unter Aufsicht des ostdeutschen Stasi und eines PLO-Geheimdienstlers, der fünfzehn Jahre zuvor in Fürstenfeldbruck ausgebildet worden war, um Leute wie ihn zum Reden zu bringen. Der ostdeutsche Verhörspezialist, der einem Gesetz unterlag, hatte den Daumen an der Wurzel einfach mit einer Kneifzange abgezwackt und gedroht, am nächsten Tag dasselbe mit dem rechten Daumen zu machen, sollte sich Rasit Demisar entschließen, *nicht* zu reden. Den Daumen abzuschneiden, war kein Akt der Sicherheit und des Schutzes in einem Land, in dem die PLO nur als inoffizieller Gast geduldet wurde. Ein Wächter, abgestoßen von dem, was seinem drusischen Nahostbruder angetan worden war, hatte ihn in der Nacht laufen lassen.

Zu jenem unangenehmen Zwischenfall war es damals eigentlich nur gekommen, weil Rasit Demisar als Händler in einem zuweilen mörderischen Geschäftszweig aktiv war. Es war die Welt der tödlichen Waffen, das lukrativste aller Geschäfte; nach den Drogen. Rasit Demisar hatte nie mit dem Kinderkram aus militärischen Überschussbeständen gehandelt, etwa blechernem Kochgeschirr oder Koppelgurten en Gros. Er verkaufte weit anspruchsvollere Waffen. Seine Waffengeschäfte waren in der Tat auf anderem Niveau angesiedelt: Flugzeuge, elektronische Lenkwaffen und deren Ersatzteile im Wert von Millionen Dollar. Auf seiner Angebotsliste standen sogar Kampfhubschrauber, Ersatzteile für den Stealth-Bomber, 80mm-Granatwerfer. M-1-Panzer und ähnliche Kinkerlitzchen, die dem Ego der Politiker dienten. Oder dem von selbst ernannten Freiheitskämpfern (Rasit Demisar hatte für ein derartiges Akronym nur ein Lächeln übrig).

Nach den letzten zwei Geschäften an den Küsten des Mittelmeers war es für ihn an der Zeit für einen Ortswechsel gewesen. Arafat persönlich, unrasiert wie immer, war an Rasit Demisar herangetreten und hatte erklärt, dass sein Volk (wessen?) Waffen brauchte. Arafat präsentierte ihm eine beeindruckende Wunschliste.

Rasit las.

Bot ihm zwanzig Katjuscha-Raketen an, die er zufällig auf Lager hatte und die eine Reichweite von rund achtzehn Kilometer besaßen. Erklärte Arafat, dass er sie nicht ständig im Angebot hatte.

Sie kauften ihm das Zerstörungswerkzeug ab.

Er lieferte. Und sie setzten sie ein. Er wurde mit PLO-Geld und dem Besuch einiger nicht gerade erfreuter Agenten des AMMAN (Israels Militärgeheimdienst) entlohnt.

Und der Besuch war Furcht erregend gewesen, denn sie hatten ihm gedroht, dass er auch noch seinen rechten Daumen verlieren würde, wenn er noch ein einziges Mal Kriegsspielzeug an die falsche Seite verkaufte. Er schiss sich fast in die Hose. Versprach, es nie wieder zu tun, und ließ sich von ihnen als Agent verpflichten. Nun, welches größere, diskriminierende historische Bild wurde Rasit in diesem Geschäft enthüllt? Ein Labyrinth aus seltsamen Bettgenossen der Macht oder hoher Funktionäre. Als wäre ihm sozusagen das »kleine schwarze Notizbuch« einer Hure in die Hände gefallen.

Das Waffengeschäft lief gut.

Rasit mochte diese schmutzigen kleinen Kriege. Die Kriege ohne Medienberichterstattung. Kriege, von denen im Grunde niemand etwas wusste. Kriege zwischen Ländern, deren Namen fast unaussprechlich waren und die fast keines der Kriterien für eine Erwähnung auf den Weltkarten erfüllten.

Zum Beispiel.

Rasit lieferte Waffen für einen kleinen miserablen Krieg zwischen Armenien und Aserbaidschan. Diese beiden Länder konnten auf einer Karte gefunden werden. Aber dass sie sich eine Art widerlichen Schießwettbewerb um eine Region namens Berg-Karabach lieferten …

Schon je davon gehört?

Eine andere Sache. Rasit verschwendete nie einen Gedanken daran, wer ihn bezahlte. Wie all seine Kollegen im Waffenhandel betrieb er mit Sicherheit keine Wohltätigkeitsorganisation und lieferte nur, wenn das Geld auf seinen Konten in Liechtenstein, Andorra, den Cayman-Inseln und Österreich eingezahlt wurde. Die Schweiz schied aus. Heutzutage verrieten sie einen, wenn man ihr beschauliches Dasein in den Tälern gefährdete. Nur die Österreicher konnten wirklich den Mund halten.

Wer bezahlte für die Waffen, die er verkaufte? Kunden mit Namen wie Liberia, Ruanda oder Angola, wo die Kubaner gegen dringend benötigte harte Devisen die amerikanischen Offshore-Ölbohrinseln bewachten.

O ja, nicht zu vergessen Albanien. Die besaßen nicht mal einen Topf, in den man hineinpinkeln konnte. Den letzten Deal hatte er auf dem Balkan gemacht. Dort gab es eine weitere dieser idiotischen so genannten Armeen – die Kosovo-Befreiungsarmee. Dort träumte man von einem albanischen Großreich. Rasit Demisar hatte den Albanern im Kosovo persönlich die Waffen auf Maultieren geliefert. Er kannte all ihre geheimen Pfade über die schneebedeckten Berge. Sie wollten ihn mit Geld aus einem anderen Kompensationsgeschäft bezahlen.

Drogen. Rasit lehnte solche Ansinnen ab.

Nachdem er einen riesigen russischen M-8-Helikopter der russischen Regierung quasi unter dem Hintern weg verkauft hatte, war Rasit Demisar zu der Erkenntnis gelangt, dass es Zeit wurde, das Land zu wechseln.

Jemand im KGB kannte jemand im Mossad, der jemand im AMMAN kannte, der Rasit riet, aus dem Geschäft auszusteigen, oder ein KGB-General namens Kyrilienkow würde ihm den Arsch aufreißen. Es war nicht nur Zeit, das Land zu wechseln.

Nein. Ein viel drastischerer Schritt war erforderlich.

Rasit entschloss sich vollkommen zu verschwinden, den Kontinent zu wechseln. Er hatte eine Menge Gutes über Mexiko gehört. Mexiko würde gut für (und zu) ihm sein. Nachdem Rasit einen hübschen Batzen seiner Millionen nach dort transferiert hatte, heiratete er in der Iglesia de Santa Prisca in Taxco und fühlte sich von da an mit seiner mexikanischen Frau aus der soliden oberen Mittelschicht sicher und unantastbar. Ließ sich in Dirango nieder und eröffnete einen Laden für Silberwaren. Frieden kehrte in sein Leben ein.

Bis zu dem Tag, an dem er einen unerwarteten Besuch bekam.

Rasit hatte seinen Silberladen verlassen und sich entschlossen, an diesem Tag früher nach Hause zu gehen. Mit den Gedanken bei seiner sinnlichen Frau und ihrem kurzen Familienbesuch in Taxco, wollte er nur noch ein heißes Bad nehmen und sich anschließend einen Whisky Soda gönnen.

Er war gerade in den trockenen Bademantel geschlüpft, als es an der Tür klopfte, gefolgt vom Schellen der Türklingel. Rasit verknotete den Gürtel seines Bademantels und öffnete in Erwartung eines Lieferanten oder der Putzfrau. Sie sahen für Rasit nicht wie Putzfrauen oder Lieferanten aus.

Zwei Männer.

Einer von ihnen sagte: »Mister Rasit«, wobei er das n »R« rollte, so dass es wie »Rrrasit« klang. Es klang für Rasit sehr russisch.

»Ja?«

Spürte, das irgendetwas nicht in Ordnung war, und hielt es zuerst für einen Überfall. Verfluchte sich selbst für seine Nachlässigkeit. Er wollte die Tür zuschlagen, aber es war zu spät. Es war auch zu spät, dem Knie zu entgehen, das sich in seinen Unterleib bohrte. Obwohl Rasit noch nie in seinem Leben Schlittschuhlaufen gewesen war, hatte er das Gefühl, einen »doppelten Rittberger« hinzulegen.

Er landete mit dem Gesicht nach unten auf seinem echten Axminsterteppich und blieb liegen, ohne noch etwas anderes als den Schmerz wahrzunehmen. Dann registrierte sein Körper drei weitere Treffer: einen Tritt zwischen die Schulterblätter; einen zweiten in den Unterleib; und als er zurückzuckte, erhielt er einen dritten in den Ansatz seiner Wirbelsäule.

Dann war alles vorbei und dunkel.

Alles hatte nur ein paar Sekunden gedauert. Der Schmerz reduzierte sich schließlich auf ein erträgliches Maß, mit dem er problemlos zurechtkam. Brechreiz stieg in ihm hoch, aber er beherrschte sich, während er auf seinem Teppich lag und keuchte, nicht so sehr vor Schmerzen, sondern vielmehr wegen des Schocks.

Nach einer weiteren Minute Geduld war er in der Lage, auf die Knie und dann auf die Beine zu kommen, und wurde in Augenhöhe mit der Mündung einer .45er ACP konfrontiert. Rasit gab seinem Verstand die Erlaubnis, etwas zu begreifen – dass ihn die Vergangenheit eingeholt hatte.

Einer von ihnen nannte sich Paul.

Paul D. Corvin.

Paul entschuldigte sich wortreich für die unangenehmen

Umstände ihres Besuchs. Er sprach in einem vorsichtigen Tonfall, als würde er darauf warten, dass sich Rasit von den Schmerzen erholte. Paul tat so, als hätte er ihm nicht in die Eier getreten.

Der zweite Mann.

Der mit der Pistole hatte offensichtlich nicht die leiseste Absicht, seinen Namen zu nennen. Sein Kopf war derart glatt rasiert, dass er das Tageslicht reflektierte. Sechs kleine Silberringe und einer in Gold an seinem rechten Ohr, ein unechter Diamant im linken Flügel seiner Nase. Rasit bezweifelte ernsthaft, dass der Mann überhaupt sprechen konnte. Es war ein Riese von einem Mann. Sein einziges Interesse und Vergnügen im Leben schien aus Gewichtheben bestanden zu haben, denn die Trapezmuskeln standen hervor und gaben seinen Schultern vom Halsansatz an ein stufenförmiges Aussehen. Ihre Größe verriet einen Mann, der in extremster Weise seine Muskeln aufbaute, indem er unterschiedlich schwere Eisengewichte stemmte. Er hatte derart viele Muskeln, dass seine Arme auffällig abstanden, wie halb ausgestreckte Flügel. Es sah aus, als hätte der Mann früher an muskulärer Dystrophie gelitten und alles getan, um das Manko auszugleichen. Aber dies war offensichtlich nicht der Fall. Kein kranker Mann hätte es geschafft, Rasit eine Pistole unter die Nase zu halten.

Corvin erklärte in sorgfältig gewählten Worten und in einem Ton, als wolle er Rasit nicht weiter ängstigen. Sehen sie, zu viel Steroide hatten dem Glatzköpfigen seine Erektionsfähigkeit gekostet. Genauer gesagt, er bekam keinen mehr hoch und rein. Die daraus resultierende Wut führte oft zu gewalttätigem Verhalten. Und dann schlug er jeden zusammen, der ihm vor die Fäuste kam. Vor allem, wenn er keine strafrechtlichen Konsequenzen für sein widerwärtiges Verhalten befürchten musste. Corvins Augen baten freundlich um Verständnis.

Die Hände des großen Mannes waren überraschend klein. Die Pistole im Anschlag zu halten, verlieh ihm eine gewisse Anmut, wie sie übergewichtigen Menschen manchmal zu Eigen ist. Der Riese sah sich um und schien Gefallen an der Einrichtung zu finden. Er trug ein T-Shirt mit der Aufschrift »University of Vasser – New York«, ein Ort, den er nie betreten hatte; wahrscheinlich wusste er nicht einmal, wo dieses reine Frauencollege lag.

Rasit hatte früher schon manchmal in einem derartigen Schlamassel gesteckt (bedroht ja, aber eine Pistole vor Augen, mit der möglicherweise auf ihn geschossen wurde, nein). Er besaß ein fast unfehlbares Radar in Sachen Menschenkenntnis. Und es verriet ihm, dass sie ihm nichts zu Leide tun wollten. Noch nicht.

Zwischen dem An- und Abflauen der Schmerzwellen schätzte er sie ein.

Corvin würde das weitere Reden übernehmen, die Vorschläge machen, die Erklärungen geben, vielleicht sogar Überzeugungsarbeit leisten. Der Riese genoss es, anderen Menschen Schmerzen zuzufügen. Er verstand sich bestens darauf, systematisch extreme Leiden und Schmerzen zu erzeugen. Vor allem den Händen würde er seine volle Aufmerksamkeit widmen. Sehr unangenehm, erklärte Paul.

Die beiden Besucher saßen ein paar Minuten schweigend da. Schlugen die Beine übereinander. Wieder auseinander. Sahen Rasit an. Warteten.

Corvin stand ruckartig auf.

»Also …«, begann Rasit in der Annahme, dass sie Geld und keine weitere Zeit verlieren wollten.

»Maulhalten, Mister«, bellte Corvin, »und hinsetzen.«

Rasit gehorchte.

Dass Rasit zuerst gesprochen hatte, schien Corvin innerlich aus dem Gleichgewicht zu bringen. Er beruhigte sich schließlich wieder. »Ich komme aus Russland. Mein Boss schickt Ihnen seine besten Wünsche. Er lässt fragen, wie es Ihrem rechten Daumen geht.«

Sein kühler, freundlicher Blick hatte auf Rasit eine eher bedrohliche Wirkung. Rasit fing an zu schwitzen.

Corvin zog mit seinem rechten Fuß einen eleganten Fünfhundert-Dollar-Rosenholzstuhl unter dem Esstisch hervor, der aus demselben Material bestand. Dies hinterließ dabei auf Tisch und Stuhl hässliche tiefe Kratzer mit dem stahlgeränderten Absatz seines Schuhs. Er drehte den Stuhl, so dass er seine Unterarme auf die Rücklehne stützen konnte. Es verlieh der ohnehin gespannten und gereizten Atmosphäre augenblicklich eine Art verhörtechnische Eleganz.

Corvin setzte sich mit einem verdächtig geringen Maß an sichtbarer Intoleranz. Als er sich niederließ, klaffte seine Windjacke auf und enthüllte eine Mamba-Pistole in einem weichen, sandfarbenen Lederholster. Paul Corvin hatte das Rasit-Dossier gelesen. Es enthielt so banale Dinge wie den Vermerk, dass der Druse in seinem Laden oder Haus nicht den süßen Geruch von brennenden Zigarren ertragen konnte. Ihm wurde übel und schwindlig davon.

Eine dicke Phillips-Zigarre tauchte in Corvins rechter Hand auf. Er rollte sie zwischen den Fingern, befeuchtete seine Lippen und steckte sie in den Mund. Sie machte sich gut in Corvins Gesicht, bis er ein rosa Plastikfeuerzeug aus der Tasche zog, um sie anzuzünden.

Der Kerl hat das extra gemacht, dachte Rasit.

»Ich nehme an, es geht ihnen gut, Mister?«, fragte Corvin mit sanfter Stimme in akzentfreiem Spanisch. Er blies den Zigarrenrauch gezielt in Rasits Gesicht, als wäre er ein weiterer Schlag.

Paul Corvin musterte den Mann, der in seinem Bademantel auf der Stuhlkante saß, mit steifem Rücken und zusammengedrückten Knien. Die Beine begannen zu zittern. Rasit biss die Zähne zusammen.

»Mein Boss hat mich geschickt, um mit Ihnen zu reden. Nichts Besonderes.«

»Wer?«

»Mein Boss. General Boris Kyrilienkow schickt Ihnen seine besten Wünsche. Und er bittet Sie um einen kleinen Gefallen.«

»Meine Frau wird jede Minute nach Hause kommen«, probierte es Rasit.

»Mit Sicherheit erst morgen«, lächelte Corvin kühl.

Corvin, dessen richtiger Name Juri Naprawnik war, betrachtete mit einer Art ungeteiltem Interesse die Spitze seiner brennenden Zigarre.

Wartete.

»Was wollen Sie?«

»Wir brauchen Ihre Hilfe. Dagegen ist doch nichts einzuwenden, oder?«

Juri ließ die Worte in Rasits Bewusstsein sickern.

»Wie?«

Juri krümmte die Finger seiner linken Hand und begutachtete seine Nägel.

Als würde er zu sich sprechen und Rasit überhaupt nicht existieren, bemerkte Juri beiläufig: »Vor zwei Tagen ist ein Mann in Mexiko eingetroffen.«

»Und?«

»Morgen wird dieser Mann nach Mazatlan fliegen.«

»Und?«

»Sie haben dafür zu sorgen, dass ihm nichts zustößt.«

»Wie soll ich das anstellen?«

Juri ließ das Schweigen eskalieren, bis man das Gefühl hatte, als wäre die Luft von Feindseligkeit geschwängert. Aus einer Tasche zog Juri einen Umschlag und nahm drei Fotos heraus. Sie wirkten wie Bilder aus der Verbrecherkartei. Ein Gesicht von vorn, von rechts und von links. Er breitete sie vor Rasit aus.

»Kennen Sie den Mann?«, fragte Juri.

Rasit schüttelte den Kopf und erntete einen durchdringenden Blick von Juri.

»Das ist der Mann, auf den Sie aufpassen müssen. Sehen Sie sich deshalb die Bilder genau an.«

Vor Rasits Augen tauchte eine Liste mit Nummern auf. Sieben verschiedene Telefonnummern.

»Lassen Sie mich jetzt erklären, was wir tun werden. Von morgen an werden Sie die erste Nummer anrufen. Jemand nimmt ab, Sie sagen: Heute ist Montag. Am nächsten Tag die nächste Nummer. Jemand nimmt ab, Sie sagen: Heute ist Dienstag. Und so weiter. Vielleicht gebe ich Ihnen Anweisungen. Vielleicht auch nicht. Aber Sie rufen an. Nichts Überwältigendes, eine kleine, aber notwendige Sache. Sie werden dann die Anweisungen ausführen. Haben Sie verstanden?«

Rasit nickte. Juri stand auf und sammelte die Fotos ein.

»Gut. Etwas Wichtiges sollten Sie beachten. Benutzen Sie nicht Ihr Handy, auch nicht das Telefon in Ihrem Laden oder

Haus. Nur öffentliche Telefonzellen. Und dort benutzen Sie keine Telefonkarte. Verstanden?«

Eine Eisenklammer legte sich plötzlich um Rasits linkes Handgelenk und zwang die Hand in Augenhöhe, so dass er das feine Narbengewebe über dem Daumenstumpf sehen konnte.

»Da ist noch etwas anderes«, hörte er. »Wenn Sie mit irgendjemand darüber reden, komme ich zurück und töte Ihre Frau. Und er« – Juri deutete auf seinen kahlköpfigen Begleiter – »wird Ihnen die Finger abhacken. Jede Stunde ein Glied. Wenn kein Glied mehr übrig ist, schicken wir Sie nach Hause. Sie wollen vermutlich nicht wissen, wie lange es dauern wird. Aber ich sage es Ihnen trotzdem. Achtundzwanzig Stunden.«

Rasit glaubte ihm.

Cabo San Lucas, Mexiko

Es war als »die Ranch« bekannt.

Auf den Karten der örtlichen Hotels war die Ranch *(La Hacienda)* in drei Sprachen als Privatbesitz gekennzeichnet, um erlebnishungrige Touristen abzuschrecken. Ein Vergrößerungsglas, wie es normalerweise bei einer amerikanischen Verkehrskarte benötigt wurde, war hier, um Cabo San Lucas und seine Umgebung zu finden, nicht erforderlich. Das Anwesen *La Hacienda* war einfach zu groß, um übersehen zu werden.

Die Stadt, die schönen Strände, einsam und unberührt, hatten die Jahre verdöst, bis die ersten Privatyachten der Reichen in den stahlblauen Gewässern der Cabo Bay vor Anker gingen. Nach Jahrhunderten des Dämmerschlafs verwandelte sich das Land plötzlich zum Reiseziel attraktiv gebräunter, modisch unrasierter Trottel, die – im Gegensatz zu den Yuppies mit ihrem keimfreien ClubMed-Geschmack – nach Süden in das einstmals touristenfreie Ambiente strömten.

Doch diese Stille wich sehr schnell und abrupt geschäftiger Gier. Fast menschenleere Strände fielen vielstöckigen Hotels, Apartmenthäusern, Boutiquen und der Fragwürdigkeit der Timesharing-Branche zum Opfer. Was einst *Finis terra* (Landende) genannt worden war, wo die Brandung des Golfs und die Meereswogen atemberaubende Felsformationen geformt hatte, wo das Cortezmeer und der Pazifische Ozean aufeinander prallten, hatte seine Unschuld verloren.

Jansen war nach Mazatlan geflogen.

Er mietete ein Auto und verschwand für die nächsten achtzehn Stunden in der Menge der Touristen *und* Schnellstraßen. Von Matzatlan nahm er die Mex 15D Richtung Norden nach Culiacan. Er machte an der ersten Tankstelle Halt und öffnete die Kühlerhaube. Überprüfte zwei Mal den Ölstand. Er öffnete außerdem die rechte Wagentür und ließ sie offen. Jansen spürte den Drang, auf seine Armbanduhr zu schauen, gab diesem Drang aber nicht nach, um nicht in Eile zu erscheinen. Ihm war ein alter brauner Wagen auf der anderen Straßenseite aufgefallen. Wartend. Dann fuhr ein klappriger Kleintransporter in die Tankstelle ein und hielt an, Tür an offener Tür. Juri Naprawnik warf eine Aktentasche in Jansens Mietwagen und fuhr weiter. Jansen fütterte den Mietwagen mit einem dringend benötigten Liter 10-40 Penzoil.

Ein strahlend schöner Tag.

Er setzte die Fahrt fort und justierte unterwegs den Rückspiegel. In diesem Moment bemerkte er wieder das Auto, das ihm schon vorhin an der Tankstelle aufgefallen war. Etwa zweihundert Meter hinter ihm. Mit seiner bräunlich-grauen Lackierung hob es sich kaum von der Umgebung ab. Es war eigentlich nicht auffällig. In Jansen stieg das Gefühl hoch, unter Beobachtung zu sein. Nach weiteren fünfzehn Kilometern fuhr er an den Straßenrand und wartete. Das andere Auto tat es ihm nach. Willi Jansen fuhr weiter. Das andere Auto auch. Links tauchte eine Nebenstraße auf. Jansen bog ab und brauste durch ein staubverkrustetes Kaff ohne Namen und ohne Menschen auf der Straße. Nichts zu sehen. In Staub und Hitze kochend. Siesta. Ein paar Kilometer weiter verlor Jansen die Lust an dem Katz- und Mausspiel und fuhr plötzlich an den Straßenrand. Ein Profi wäre an Jansen vorbeigefahren. Nicht so die Männer in dem Auto. Sie hatten nicht mit dem plötzlichen Halt gerechnet. Nur fünfzig Meter hinter ihm stoppten sie. Jansen stieg aus und ging zurück, um die Männer unter die Lupe zu nehmen. Die Verfolger waren zu dritt. Ohne den Fahrer – zwei. Vergesst die Fahrer. Sie sind niemals Kämpfer. Irgendwo trillerte ein Vogel in der brütenden, trockenen Hitze. Ihre Klimaanlage waren die offenen Fenster.

Neben dem Fahrer saß der Kerl, der offensichtlich das Sagen hatte. Er hatte eine fast horizontale Narbe im Gesicht, mehr eine tiefe Kerbe, die von der rechten Wange entlang seiner Oberlippe zur linken verlief. Die schlecht verheilte Wunde zog sich wie eine rote Schnur über sein Gesicht. Sie erweckte den Eindruck, als wären zwei verschiedene Gesichtshälften vor nicht allzu langer Zeit hastig zusammengenäht worden. Narbengesicht hatte ein Handy auf dem Armaturenbrett liegen.

»Con su permisso, señor«, sagte Jansen und ließ sein bestes Lächeln aufblitzen.

Griff hinein und schnappte sich das Handy. Zog ein Messer aus seiner Tasche und drückte den Griff. Eine fünfzehn Zentimeter lange Klinge von bester Qualität sprang aus seiner Hand. In die Scheu der drei Männer mischte sich plötzlich eine Spur Angst.

»Verzeihen Sie, Gentlemen«, sagte Jansen entschuldigend, als er den ersten Reifen aufschlitzte. Er wiederholte die Entschuldigung nicht, als sich die Klinge in die drei anderen bohrte. Als er fertig war, waren die drei Männer wie vom Donner gerührt. Er ging zurück zu seinem Wagen und fuhr davon. Eine Stunde später überquerte Jansen die Stahlrampe am Fährenpier von Topolobambo (Los Mochis) und stach mit der Fähre in das Cortezmeer (Golf von Kalifornien).

Als er den Wagen auf dem Oberdeck parkte, lag die Landestelle auch schon anderthalb Kilometer hinter ihm. Weitere neunzehn Stunden vergingen. Am westlichen Horizont kam Land in Sicht. Vierzig Minuten später erreichte das Flachboot die Landestelle an der Westküste von Baja California, La Paz. Jansen steuerte seinen Wagen von der Fähre und als er wieder festen Straßenboden unter den Rädern hatte, drängte er sich an den nur zögerlich rollenden Fahrzeugen vorbei und fuhr durch die Lücken zwischen den Pkws und Lastern, bis er freie Fahrt hatte. Jansen befand sich jetzt auf der Mex 1, eine zweispurige Schnellstraße, die schnurgerade nach Süden führte.

Links tauchte ein grünes Schild auf und riet Jansen, hinter Todos Santos auf die Schnellstraße Mex 19 zu wechseln.

Ein Letztes blieb noch zu tun.

Er hielt und öffnete die Aktentasche. Kroch unter den starken Wagen. Befestigte das kleine Päckchen mit starkem Klebeband am Rahmen. Es enthielt eine Waffe. Eine Pistole, eine neue Millenium PT 9mm und drei Schnellllademagazine. Das Meer zu seiner Rechten leistete ihm Gesellschaft. Der gewundene Lauf der Mex 19 präsentierte seinen Augen zerklüftete Kliffs mit stahlblauem Wasser, gerändert von weißsandigen Stränden. Einsame Schönheit. Zur Rechten tauchte der berühmte Rasen des Einhundertfünfundzwanzig-Morgen-Golfplatzes auf, der die Südgrenze von *La Hacienda* bildete. Das Land mit seinem sorgfältig gepflegten Rasen war ein Ort der Großartigkeit, ein Hort der pompösen Muße.

General Kyrilienkow war in einem Punkt sehr bestimmt gewesen und hatte ein perfektes Informationspaket geliefert, das Jansen studieren sollte. Die Skizzen enthielten sogar bis auf den Dezimeter genaue Maße, wo eine derartige Präzision unter Umständen gebraucht werden konnte. Lassen Sie nicht in Ihrer Wachsamkeit nach, Jansen. Die Gefährlichkeit dieses Ortes sollten Sie nicht auf die leichte Schulter nehmen und keinesfalls unterschätzen. Auf einem Hochplateau gelegen, mit Blick über die große Lagune von Cabos und dem Ozean dahinter, waren die Sicherheitsmaßnahmen rund um das Anwesen von der Schnellstraße aus nicht sichtbar – Zäune, Wachen, Hunde und so weiter. Sogar eine Landebahn war vorhanden.

Stattliche Tiacopalmen mit geraden Stämmen, über zwanzig Meter hoch, hatten Weitwinkelkameras in den Kronen. Hochmoderne Sicherheitssysteme und die Tüchtigkeit einer Gruppe hervorragend ausgebildeter Spezialisten lieferten, zu allen Tageszeiten, klare Bilder des gesamten Anwesens.

Nichtsdestotrotz waren zur zusätzlichen Sicherheit des Besitzers die sechshundert Morgen von einem Infrarotvorhang umgeben, der vierundzwanzig Stunden, Tag und Nacht, aktiviert war und jegliches unbemerkte Eindringen von draußen unmöglich machte. Der horizontal verlaufende Infrarotstrahl würde, wenn unterbrochen, einen stummen Alarm auslösen.

Der gesamte Rasen im nördlichen und westlichen Teil von *La Hacienda* war in einer Tiefe von zwölf Zentimetern mit druckempfindlichen Sensoren ausgestattet. Die Geräte reagierten, wenn irgendetwas, das schwerer war als fünf Pfund, das Erdreich zwischen der Oberfläche und dem Sensornetz belastete. Die Datenimpulse aller Alarmanlagen wurden per Kabel oder Funk zu einem zentralen Kontrollraum übertragen. Und dort sorgten stets mindestens vier Sicherheitsexperten dafür, dass die Ordnung und private Ruhe aufrechterhalten und von niemandem gestört wurde. Verstöße wurden mit dem Tod bestraft, eine Maßnahme, die ohne weitere Untersuchung des Vorfalls getroffen wurde. Das Sicherheitspersonal war einem intensiven Training unterzogen worden und in ausgezeichneter Verfassung. Doch aufgrund des von ihnen entwickelten elitären Selbstverständnisses litten sie Mangel an konstanter innerer Wachsamkeit. Dass sie ständig automatische Gewehre, Maschinengewehre und Handgranaten in Griffweite hatten, ohne dass je etwas passierte, führte zwangsläufig zu einem Nachlassen der Wachsamkeit.

Interessanterweise gab es kein ähnliches Anwesen in der Nähe. Normalerweise hätten die sechshundert Morgen an die Grundstücke ähnlich reicher Nachbarn gegrenzt, die im selben Stil residierten. Es hätte eine Art klassengebundene Gemeinschaft geben müssen. Aber nein, nichts dergleichen.

Ein Kilometer hinter der Grenze des Anwesens versperrte ein massives, über drei Meter hohes Stahltor mit komplizierten Schnörkeln und graziös geschwungenen Blumenmustern die mit feinem Kies belegte Straße. Schöpfung einer Metallhandwerkskunst mit überlegener Visualisierungsgabe. Eingearbeitet in die Rahmenplatte war ein kunstvoll implementiertes, versilbertes Shelley-volante M-Monogramm, das für Maravelli stand. Das Tor trennte permanent das gewöhnliche Volk von der mondänen Welt von *La Hacienda*. Das Tor schwang automatisch auf und gab Jansens Wagen den Weg in das dahinter liegende Land frei. Es schloss sich auch wieder ohne Verzögerung hinter ihm. Zu seiner Linken stand ein kleines Haus, geschmackvoll aus gebrauchten Ziegelsteinen für den Wachhabenden gebaut.

Eine Wache näherte sich dem Auto. Jansen kniff ein Auge zusammen, um sich zu vergewissern, dass er richtig sah. Es war eine Frau. Sie machte sich nicht Mühe, die HP53-Maschinenpistole zu verbergen, die mit vierzig 5,56mm-Patronen geladen war. Das *La Hacienda*-Sicherheitspersonal schien es nicht ungewöhnlich zu finden, für diesen Waffentyp normale Pistolenmunition zu verwenden. Tödlich in ihrer Wirkung, stand die Durchschlagskraft dieser Waffe im umgekehrten Verhältnis zu ihrer Größe. Eine Kugelgarbe aus dieser Heckler-und-Koch-Waffe hatte natürlich eine verheerende Wirkung, und da die anderen Gewehre, Pistolen und Maschinenpistolen aller Wachen mit derselben Munition funktionierten, erleichterte dies die Logistik.

Der erste Besitzer von *La Hacienda* war 1971 nach Cabo gekommen.

Er war ein früh in den Ruhestand getretener Ölmagnat, der dreißig Jahre lang den Sieben Schwestern gute Dienste geleistet hatte, bis er mit einer goldenen Uhr abgefunden worden war, nur um fünf Jahre später an einer Überdosis Wodka, Valium und Einsamkeit zu sterben. Er nahm an, er hätte das Paradies gefunden. Seine fünfte Frau, ein berühmtes Model, hatte ihn und seine Nullerektion verlassen. Man konnte nicht alles haben.

Oder doch?

Schließlich hatte sich sein Ego gegen das Weiterleben entschieden. Seine Existenz widerrufen.

Ohne neuen Besitzer und die notwendige Pflege wurde *La Hacienda* rasch ein Opfer des üblen Geruchs und des Verfalls, wie er für zu nahe am Wasser liegende Landgüter typisch ist. *La Hacienda* korrodierte bis auf die Grundfesten.

Niemand wusste, woher *er* kam. Aber es spielte auch keine Rolle.

Sein Name war Zarro Maravelli, und er schien ein bescheidener Mann zu sein. Er eröffnete bei der einzigen Lokalbank mit ein paar Dollar ein einfaches Girokonto. Nach Ansicht des arroganten Bankmanagements (Maravelli merkte sich für die Zukunft, wie man ihn behandelte) war er nur ein weiterer Habenichts von einem Kunden. Er verschwand wieder, nur um ein Jahr später erneut aufzutauchen.

Es war das Jahr 1978, und Zarro Maravelli erwarb *La Hacienda*.

Kaufte das umliegende Land. Maravelli zahlte mit dem Barinhalt zweier Samsonite-Handkoffer voller Einhundert- und Fünfzigdollarscheine. Den Immobilienmakler interessierte es nicht im Geringsten, woher die bargeldgefüllten Koffer kamen. Die Koffer waren die Anzahlung. Der Preis von *La Hacienda* betrug beeindruckende 35 Millionen.

Nicht Pesos. Dollar.

Die Bank rollte für Maravelli den roten Teppich aus. Er kaufte außerdem einen riesigen Block von Anteilscheinen an dem Institut und sorgte dafür, dass das Management gefeuert wurde. Von da an gehörte ihm praktisch die Bank. Es war außerdem der erste Schritt zur Übernahme der Stadt.

Jansen hielt hinter dem Tor an und wartete.

Schob seine Sonnenbrille hoch zur Stirn. Die Wache richtete beiläufig ihre HK auf Jansen und kommunizierte wortlos mit ihm. Die Frau machte sich mühelos mit Zeichen verständlich. Eine kurze, nach oben gerichtete Kopfbewegung wies ihn an, den Wagen zu verlassen. Jansen gehorchte und stieg aus. Eine weitere nach oben gerichtete Bewegung. Er legte seine Hände auf das Autodach und spürte Hände über seinen Körper tasten. Sie verharrten länger bei seiner Lendengegend und strichen über seine Beine auf der Suche nach etwaigen Waffen, die an einer seiner Waden befestigt waren. Keine Waffen. Er drehte sich um und blickte in ihr kaltes, ausdrucksloses Gesicht. Dann durchsuchte sie mit extremer Sorgfalt den Kofferraum. Keine Waffe.

Die MPi-Frau überprüfte kurz das Innere des Wagens. Sah nur eine offene Aktentasche mit einigen Notizblöcken, einem Rechner und einem teuren Kugelschreiber. Sie nickte ihr Okay. Nachdem er für sauber befunden worden war, fuhr er weitere anderthalb Kilometer und kam auf dem feinen weißen Kiesel vor dem Hauptgebäude knirschend zum Halt. Auf dem Parkplatz standen eine ganze Reihe Autos.

Darunter zwei Bentleys. Ein Hummer und ein Rolls Royce Silver Shadow. Sie sahen aus, als wären sie erst am Vortag gekauft worden. Kein Körnchen Staub auf ihrem Lack. Ein Diener mit einem halb erfrorenen Lächeln tauchte auf, als hätte er nur den ganzen Tag darauf gewartet, Jansens Leben zu übernehmen.

»Haben Sie Gepäck dabei, Sir?«

Das weiße Jackett saß etwas zu eng, um die Waffe zu verbergen. Er wollte sicherstellen, dass Jansen ihn nicht für einen Diener hielt.

»Im Kofferraum«, sagte Jansen und schlang seine kleine Reisetasche über die Schulter.

»Darf ich, Sir?«, sagte der Diener und streckte die Hand aus. Der gekrümmte Zeigefinger forderte die Tasche. Jansen gab sie ihm. Als er sich zum Kofferraum wandte, kreuzte er Jansens ersten Schritt und prallte mit ihm zusammen. Für einen Sekundenbruchteil huschten Hände über Jansens Rücken und Hinterteil. Es war Absicht. Eine gut inszenierte Durchsuchung. Die letzte Kontrolle, ob er ein Waffenholster trug oder nicht. Das weiße Jackett winkte ungeduldig mit den Fingern und nahm die kleine Tasche an sich. Jansen stand plötzlich ohne Papiere da und hatte das Gefühl, in der Falle zu sitzen.

Das Haus war von der rebenüberwucherten Arkaden umgeben. Als Jansen das Hauptgebäude betrat, sprang ihm wieder die atemberaubende Aussicht auf die Cabo-Lagune mit dem dahinter liegenden Meer ins Auge. Es war, als würde man in ein Gemälde hineingehen. Die Haupthalle zierten fast acht Meter hohe Bögen aus lachsfarbenen alten Ziegeln, die sich perfekt ins Mauerwerk einfügten. Der Boden bestand aus San-Thomas-Marmor, von grünen Adern durchzogen, ansonsten hellgrün, senfgelb und rostrosa getönt.

Bis jetzt hatte Jansen sechs prächtige Wohnzimmer mit der Atmosphäre von Galerien gezählt. Eingerichtet mit französischen Möbeln aus dem achtzehnten Jahrhundert – eine verschwenderische Fülle an Marketerien und Porzellanintarsien. In einem von ihnen entdeckte er eine Gauguin-Kopie von Manets *Olympia.* Zwei Van Goghs hingen unauffällig gegenüber von einem Vuillard und einem Toulouse-Lautrec. Da waren Savonnerie-Teppiche, die einst für Louis XIX. geknüpft worden waren, auf denen ein riesiger handgeschnitzter Zederntisch stand. Eine massive 24-Karat-Fabergé-Bonbondose hatte es aus dem vorrevolutionärem St. Petersburg auf diesen mächtigen Zederntisch nach Mexiko verschlagen.

Die Wände.

Bedeckt von kunstvoll gewobenen Blumengobelins, deren Muster sich auf den verschiedenen Sofas und Sesseln im Raum wiederholte. Niemand hatte auf ihnen gesessen, seit sie geliefert worden waren. Mit der einzigen Ausnahme eines Möbelpackers, der sich vor elf Jahren in seiner Mittagspause darauf niedergelassen und seine Tortillas verzehrt hatte. An der Wand stand ein fünf Meter langer Miguel-Cabrera-Wandschirm aus dem Jahr 1748. Neun einzelne Schirme, durch kleine Silberangeln miteinander verbunden. Jedes der auf verschnörkelten Barockrollen ruhenden Paneele war mit einer der Musen geschmückt, eingefügt in eine dunkelgrüne, bewaldete Landschaft.

Eins war sicher. Selbst mit viel Geld konnte man sich nicht die Fähigkeiten eines Innenarchitekten kaufen. Der Besitzer protzte vielmehr mit seinem Reichtum. Es wirkte alles überladen. Bücher mit der Aura und dem Geruch der Weisheit fehlten völlig.

Während sie dem langen Korridor folgten, entdeckte Jansen eine Frau.

Sie hatte sich auf der rechten Kante eines geschnitzten Holzstuhls niedergelassen, um die Schnalle ihrer linken, hochhackigen Sandale aus weißen Lederriemen zu schließen, die sich in einem Kreuzmuster um ihren zierlichen Fuß und den zarten Knöchel wanden. Auf der Kante balancierend, beugte sie sich nach unten, um diese komplizierte Prozedur durchzuführen.

Ihr Haar hatte die Farbe von feuchter Steinkohle. Schulterlang fiel es nach vorn und entblößte ihren gebeugten Hals und makellos gebräunte Haut.

Aber es gab nicht ihr Gesicht preis.

Um leichter an die Sandale zu gelangen und sie zu schließen, hatte sie ihre unbestrumpften Beine gespreizt. Dies war der Grund, warum ihr cremefarbenes, schlicht geschnittenes Leinenkleid auf der rechten Seite bis auf zehn Zentimeter unter ihrer Hüfte nach oben gerutscht war. Nur eine selbstsichere Frau, die wusste, dass sie lange und fantastische Beine hatte, wagte es, so zu posieren. Der weiche Stoff ihres Kleides schmiegte sich um weiche Rundungen. Hüfte, flacher Bauch und Brüste. Ein breiter, modischer Gürtel aus schwarzem Leder betonte die Form ihres Körpers. An ihrer linken Seite lag ein riesiger schwarzer Hund.

Ein Rottweiler.

Etwa einhundertzwanzig Pfund schwer. Das Tier drehte langsam den Kopf, um den Fremden abzuschätzen. Atmete aus und legte den mächtigen Kopf wieder auf die Pfoten.

Das weiße Jackett dirigierte Jansen mit einem »Nach links, Sir« oder »Nach rechts, Sir« oder »Geben Sie Acht, Sir« durch das Haus. Jansen nahm alle Einzelheiten in sich auf, konnten sie doch für sein Überleben wichtig sein.

Die Fenster.

Sie alle hatten schmiedeeiserne *rejas,* mit split bars, herzförmig variiertes Gitterwerk in Blättermustern, zu kleinen Tiermotiven verlängert oder komprimiert. Sieben nach unten führende Stufen brachten sie in eine Loggia mit niedriger Decke, von der aus sie auf eine Terrasse traten, umgeben von makellos gepflegtem Rasen.

Er saß in einem großen *butaca,* dem klassischen großen mexikanischen Lehnsessel. Wie auf einer Bühne. Die Sonne im Rücken.

Zarro.

Zarro Maravelli.

Eigentlich hatte alles viel früher begonnen, vor fünfhundert Jahren. Vielleicht noch früher. Noch vor der zufälligen Entdeckung Amerikas durch eines der unproduktivsten und verschwendungssüchtigsten Königreiche Europas in jener Zeit. Spanien.

Bis dahin war Coca hauptsächlich im Hochland der Anden angebaut und traditionell zu Rauschzwecken, zur Bekämpfung von Hunger und Durst oder zur Stärkung der Arbeitskraft gekaut worden. Eine Tradition, die zu keiner Zeit in der peruanischen Geschichte von den Indio-Herrschern kontrolliert worden war. Es war einfach verfügbar und prägte die Kultur und Wirtschaft des Landes. Cocablätter waren ein Teil des Lebens. Die Wirtschaft, die zu allen Zeiten die nationale Regierung mit Steuern versorgte, funktionierte rund um das Coca. Punkt.

Vor dem Siegeszug der modernen Kommunikationsmittel beförderte ein Berufsstand, dessen Angehörige sich die Anden-*monteñeros* nannten, die Cocablätter innerhalb Perus zu jedem Ort, wo sie gebraucht wurden und wo sie wegen geografischer oder klimatischer Besonderheiten nicht angebaut werden konnten. Der Transport der Cocablätter von einem Ort zum anderen, wo Nachfrage nach ihnen bestand, war ein tief verwurzeltes Erbe der Peruaner. In der neuen »Zivilisation« wurden neue Mittel und Methoden des Transports und des Handels entwickelt, die mit dem steilen Anstieg der Cocaproduktion in Form von Kokain einhergingen, um fünfhundert Jahre nach der Entdeckung des Cocastrauches die plötzliche internationale Nachfrage zu befriedigen.

Die *monteñeros.*

Vor dem unvorhersehbaren Kokainboom gab es im Hochland von Peru zwei Typen von ihnen: die reisenden Händler, die auf Maultieren Kaffeebohnen und sonnengetrocknete Früchte in die Dörfer und Städte des Andenhochlands brachten und die lokalen Einzelhändler belieferten, die *bodegueros.* Nach der Transaktion verließen die *monteñeros* die Stadt mit ihren Maultieren wieder, die nun mit vielen hundert Pfund Cocablätter beladen waren. Sie bevorzugten Maultiere. Maultiere waren kräftiger als Esel. Und dann waren da die Bauern, die hin und wieder zu den nächstgelegenen Cocafeldern wanderten, etwa Ober-Huallaga, um ein oder zwei Pfund Cocablätter zu kaufen, hauptsächlich für den Eigenbedarf. Es war alles in allem ein bescheidener traditioneller Handel. Die Dinge des täglichen Bedarfs wurden fast überall mit Cocablättern bezahlt. Das System funktionierte auch bei der Entlohnung der Bauern, ob sie nun auf dem Bau, auf Farmen oder in anderen Gewerben tätig waren. Die Leute arbeiteten für Cocablätter. Die Gerechtigkeit des althergebrachten Systems gab dem Arbeiter die Chance, seine »Coca-Entschädigung« mit einem unter Umständen höheren Profit zu verkaufen, als er erzielt hätte, wenn er mit Geld bezahlt worden wäre. Coca wurde hauptsächlich erzeugt, um auf traditionelle Weise gekaut zu werden. Und dann kam die Zeit, in der die Regierung Geld brauchte.

Im Lauf der Jahre richtete die peruanische Regierung eine offizielle Behörde ein, die den Coca-Anbau kontrollierte und den Cocahandel plötzlich besteuerte. Natürlich wagte niemand, die Weisheit der Regierung im fernen Lima anzuzweifeln. Die neue Behörde, die *Eastanco de la Coca*, war (wie sollte es auch anders sein) eine Unterabteilung des Finanzministeriums und unterstand damit der direkten Kontrolle durch die Regierung. Wie zog die Regierung die Steuern ein? Niemand konnte von den *monteñeros* erwarten, dass sie nach Lima kamen, um ihren Obolus zu entrichten. Nun, der nächste Schritt war die Einsetzung von *recaudadores* (Steuereintreibern) in Städten und an strategischen Punkten entlang der neu gebauten Schnell- und Landstraßen, wo die Bewegungen der *monteñeros* (und damit der transportierten Cocablätter) wirksamer kontrolliert werden konnten. Im Jahr 1938 erstanden die legalen Cocahändler in den Dschungeln ein *arroba* (etwa 3,5 Kilo) Coca für rund 4 Soles. Der Steuersatz betrug 48,75 Prozent oder 1,95 Soles pro *arroba* Cocablätter. Die *Eastanco de la Coca* verkaufte dann ein *arroba* Cocablätter in den Städten und Dörfern für 10 Soles. Eine ordentliche Gewinnspanne von 250 Prozent vor Steuern.

In den frühen siebziger Jahren starben die alten und fairen Traditionen immer mehr aus und Skrupel bezüglich des Handels nahmen mehr und mehr ab. Jedes *arroba* wurde mit 25 bis 54 Soles besteuert. Dann wurden sogar erfahrene, respektierte *monteñeros*, die nebenbei noch ihre Steuern bezahlen mussten, mit vorgehaltener Waffe gezwungen, für die Steuereintreiber im Feld zu arbeiten. Um sich selbst zu verteidigen, begannen sich die *monteñeros* zu bewaffnen. Zur Selbstverteidigung. Weil die Steuereintreiber erbärmlich schlecht entlohnt wurden, stiegen sie ins Geschäft mit dem Coca-Anbau ein.

Eine andere Sache kam hinzu. Sie empörte die Leute. Wenn ein Einzelhändler das Coca von einem *monteñero* gekauft hatte, musste er eine weitere Verbrauchssteuer (wie sie jetzt genannt wurde) an die Potentaten in Lima zahlen. Sie erhöhte die Preise erneut. Und, wie bei Regierungen üblich, wusste niemand, wohin das Geld floss. Ende 1972 schaffte man die *Eastanco de la Coca* ganz einfach ab. Inzwischen war die Regierung zu der Ansicht gelangt, dass das Geld von Experten verwaltet werden sollte, und so bekam die Nationalbank *(Banco de la Natioñ)* Zugriff auf den Honigtopf der Regierungsgelder, indem sie die Eintreibung der Cocasteuern übernahm. Oh, was für eine Quelle plötzlichen Reichtums. Wieder hatte niemand irgendeine Ahnung, auf welch verschlungenen Wegen und wohin das Geld *diesmal* floss. Die *Banco de la Natioñ* verlor plötzlich ihre Zuständigkeit, denn die Hüter der Weisheit in Lima erfanden etwas Neues. Sie hatten etwas Größeres vor und wollten alles haben. Etwas Neues erschien. *Empressa Natioñal de la Coca* (ENOCA) verkündete, dass der Vertrieb und Verkauf von Cocablättern nun steuerfrei und deshalb zweifellos legal war. Dann folgte das »Aber«. Der legale Vertrieb war jetzt die ausschließliche Domäne der ENOCA.

Der Regierung.

Somit mussten Gemeinden, die in früheren Jahren ihren bescheidenen Bedarf an Cocablättern direkt von den privaten Cocabauern entlang des Cocagürtels bezogen hatten, nun die Ware von den ENOCA-Büros kaufen. Es sah wie ein großer Sieg aus, denn die Regierung schien die totale Kontrolle darüber errungen zu haben, wer wo wie viele Cocabüsche anpflanzen konnte.

Es hätte funktionieren können. Es hätte.

Bis sich herumsprach, wie chic Coca im Westen war und *wie viel* die Westler bereitwillig zahlten, um sich ihre Nase zu ruinieren und sich in die Verblödung zu schnupfen. Angeblich fühlten sie sich sogar gut dabei. Eins war sicher. Die Westler würden keine Cocablätter kauen. Das war eine Tatsache und stand völlig außer Frage. Die Yuppie-Generation wollte das Pulver, das »weiße Gold«, von dem Hermann Hesse so geschwärmt hatte.

Kokain. Der weiße Stoff. *Blanca verde.*

Die Substanz zerstörte das Gehirn und verwandelte die Nase in eine niemals versiegende Quelle des Rotzes. Diese Neuigkeiten veränderten den Cocamarkt in Peru grundlegend und schnell.

Es veränderte den Cocamarkt zu einem erbarmungslosen Geschäft.

In den frühen Siebzigern betrug die legale Jahresernte auf den 100.000 Hektar Coca-Anbaufläche in Peru *160.000 Tonnen* Cocablätter. Laut der *Unidad de Estadistica Agricola* kauten schätzungsweise 1,5 Millionen Menschen Coca. Bei dieser Tradition mochte es sich um eine schlechte Gewohnheit handeln, aber Tatsache war, dass das Land mit dieser Tradition lebte. Da von den Einheimischen und den Indios pro Jahr 5.410 Tonnen Cocablätter konsumiert wurden, schien die Annahme nicht weit hergeholt, dass 154.590 Tonnen pro Jahr einfach in einer Schattenwirtschaft verschwanden. Die fehlenden 154.590 Tonnen hatten einen geschätzten Wert von *1 Milliarde Dollar.*

Eine Milliarde Dollar fehlten im Staatshaushalt eines Landes wie Peru. Jedes Jahr. Wohin gingen sie, diese fast zweihunderttausend Tonnen Cocablätter? Sie konnten nicht einfach von der Oberfläche des Planeten verschwinden. Sich in Nichts auflösen. Es handelte sich dabei reale Substanz. Jedes Jahr eine Milliarde. Einfach verschwunden.

Irgendwo wartete reales Geld darauf, entdeckt zu werden, wie ein wunderschöner Diamant in Transvaal.

Zarro Maravelli (der immer damit prahlte, dass der Name wie Machiavelli klang) war der Besitzer einer der letzten großen pharmazeutischen Privatfirmen.

Die Basis für Maravellis Reichtum war in den späten dreißiger Jahren von einem Mann namens Tibor Marobody gelegt worden, Zarros Vater, einem Einwanderer aus Ungarn. Damals in Europa hatte er gespürt, dass die Gefahr eines Krieges drohte. Er hatte sein Vermögen flüssig gemacht, erfolgreich spekuliert, seine ererbten Ländereien um Budapest verkauft und beträchtliche Summen nach Peru transferiert. Nicht nach Liechtenstein, Andorra oder in die Schweiz. Er vertraute der Schweiz nicht. Sie lag zu nahe bei Deutschland, um sicher zu sein. Er brachte seine Familie so weit weg wie möglich (nach Peru), um dem zu entgehen, was sich politisch am Horizont Europas zusammenbraute. Skrupellos, intelligent und mit einem Doktorgrad in Chemie versehen, erkannte Tibor Marobody sofort, woran es dem neuen Land mangelte. Chemie. Mit seinem eigenen Geld gründete er erfolgreich die Andean Chemicals Ltd. Investierte über und mit Amerika in Deutschlands BASF. Vor allem während des Krieges verkaufte Marabody an jeden, der Chemikalien für die Kriegsführung brauchte. Die Deutschen eingeschlossen. Nach dem Krieg in Europa half er mit die Schäden zu beseitigen, die mit Hilfe seiner Produkte einst angerichtet worden waren. Die Geschäfte gingen gut. Stellte er doch viele Produkte in seinen Werken her, die knapp sechs Kilometer nördlich von Lima lagen.

Manchmal wusste er nicht einmal mehr, wie reich er wirklich war. Die Männer in der Bankenwelt, die dafür bekannt waren, sich nicht dafür zu interessieren, welches Geld schmutzig und welches sauber war, taten fast alles für ihn, ihm das Geld anderer Leute in den Hintern zu schieben. Sein Profit nahm noch größere Dimensionen an, als Marabody begann, in Exklusivlizenz Kopfschmerztabletten für ein großes europäisches Unternehmen herzustellen, gefolgt von riesigen Mengen an Düngemitteln für die Landwirtschaft und bestimmte Kunststoffe.

Der alte Tibor war außerdem der Inhaber einer weiteren Exklusivlizenz, die ihm von seiner Regierung in Lima erteilt worden war. Sie erlaubte ihm, *legal* das Endprodukt aus den Cocablättern für medizinische Zwecke herzustellen. Er verkaufte den reinen Stoff im Ausland an das große Netzwerk des internationalen medizinischen Establishments.

Kokain.

Aber dies war nur der erste Schritt. Er stellte auch Derivate dieser Substanz her, zum Beispiel Novocain und Lignocain.

Und dann geschah etwas. Es war während der Zeit, als noch keine Leibwächter gebraucht wurden und Flugreisende keine Metalldetektoren passieren mussten. Eines Morgens holten ihn drei Genossen einer maoistischen *rebeldes*-Gruppe namens *Sendero Luminoso* (Leuchtender Pfad) mit vorgehaltener Waffe aus seinem Haus in Mira Flores. Der Leuchtende Pfad hinterließ eine Nachricht mit einer Lösegeldforderung und der Erklärung, dass Tibor ein selbstsüchtiger Feind der Arbeiterklasse war. *Jefe* Abimal Guzman hatte zwar das kleine rote

Buch von Mao Tse Tung gelesen, in dem stand, dass ein wahrer Kommunist bescheiden und ein Diener des Volkes sein sollte. Es hielt Guzman nicht davon ab, zwölf Millionen zu fordern.

Dollar.

Die Forderung wurde abgelehnt.

Tibor Marobody hätte sich niemals träumen lassen, dass die peruanische *Securidad* ihn eines Tages in einem Zustand fortgeschrittener Verwesung finden würde. Er hätte sich nie träumen lassen, dass er einmal im Kofferraum eines alten, klapperigen 1942 Chevy südlich von Arequipa mit zwei Kugeln im Kopf enden würde. Hohe Luftfeuchtigkeit und Temperaturen verformten Tibor sehr schnell in einen derart unansehnlichen Zustand, dass man ihn nicht in seinem offenen, auf Hochglanz polierten Messingsarg aufbahren konnte, damit die Hinterbliebenen von ihm Abschied nahmen. Allerdings wäre er sehr zufrieden gewesen, hätte er im entkörperlichten Zustand einen Blick auf sich selbst werfen können. Denn von oben sah sein Sarg wie ein Block aus massivem Gold in einem Meer aus dunkelroten Rosen aus.

Magda, seine Frau, empfing nur einmal lieblos. Gefüllt mit starkem Heimweh, Nationalbewusstsein, und dem Stolz der Magyaren; Magda, und schwanger wie sie war, kehrte bereits 1945 nach Ungarn zurück. Hier, und nur hier war sie willig ihr einziges Kind zur Welt zu bringen.

Einen Sohn. Ihn. Zarro.

Aber von dem Tag an, als Zarro ihren Bauch verließ, war er allein.

Zarro lebte in der Nähe von Transsylvanien mit seinen Volkssagen über Dracula, Gespenstererscheinungen und der mitternächtlichen Geisterstunde im emotionalen Hinterstübchen abergläubischer Naturen. Die Geschichte von Dracula blieb Zarro deshalb nicht verborgen. Hoch gewachsen und hager, in einen schwarzen Umhang gehüllt, ging die Kreatur des Nachts auf die Jagd nach frischem Menschenblut. Dort, wo Zarro aufwuchs, in Osteuropa, wurden diese Blutsauger Vampire genannt, nach dem ungarischen Begriff *vampire.* Eigentlich war es kein ungarisches Wort. Sie (die Ungarn) hatten während der jahrhundertelangen Besetzung durch die Türken deren Wort für *Hexe* in die eigene Sprache übernommen und daraus »Vampir« gemacht. Der kleine Zarro liebte diese Schauergeschichten und stellte sich in der Fantasie vor, dass er Graf Dracula begegnete, während die sanften Hände eines sehr jungen Kindermädchens namens Jenny dabei halfen, seine Bettlaken mit seinen zarten Ejakulationen zu beflecken. Er war von diesen Geschichten gleichzeitig fasziniert und verängstigt. Und er glaubte nicht, dass es Vampire wirklich gab.

Und dann kam es eines Nachts zu einem äußerst ungewöhnlichen Zwischenfall.

Selten. Aber es passierte.

Es war eine *Desmondus rotondus.*

Eine Fledermaus.

Eine Vampirfledermaus.

Sie war eine Einzelgängerin. Verteufelt und verfolgt, verflucht und grundlos gefürchtet, konnte die Kreatur nicht die Schrecken erfüllen, die man ihr zuschrieb. Sicher, diese kleinen, unschuldigen Geschöpfe waren blutdürstig. Sie holten sich ihr Blut des Nachts von rassigen Pferden oder Kühen auf der Weide, wenn die Tiere still standen oder schliefen. Manchmal auch von Menschen.

Der kleine Zarro. Allein in seinem Zimmer. Reglos schlafend.

Die Fledermaus, die nur knapp dreißig Gramm wog, hatte ziemlich große Schneidezähne und eine Körperlänge von nicht einmal zehn Zentimetern. Sie war durch den Abzug des Kamins hereingekommen und landete auf dem Boden. Wartete. Die Kreatur kauerte für eine Weile nur da. Roch das warmblütige Geschöpf im Zimmer. Wartete. Pferd, Kuh … oder hier, so nahe und still, ein Mensch … es machte keinen Unterschied. Sprang und segelte mit ausgebreiteten Schwingen lautlos zum Kinderbett. Verharrte wieder in absoluter Stille. Kroch dann langsam auf die schlafende Beute zu. Kroch über die Bettdecke und erreichte schließlich die Halsbeuge des Kindes, spürte die behagliche Temperatur des Warmblüters. Wärme bedeutete auch Nahrung. Blut. Die Fledermaus folgte ihrem

Instinkt, bohrte sacht ihre Zähne in den Trapezmuskel und saugte.

Es hieß, dass das Kind Zarro hinterher noch tage- und nächtelang geschrien hatte.

Das Grauen wurde von einem boshaften Kindermädchen noch verstärkt, das die einzelgängerische Fledermaus als Werkzeug des Teufels bezeichnete, bevor sie in ihr gottverlassenes Heimatdorf zurückkehrte, um den bereits existierenden Schauergeschichten ihre eigene hinzuzufügen. Die Lampe auf seinem Nachttisch wurde seit diesem Zwischenfall nie mehr ausgeschaltet.

Sein ganzes Leben lang schlief Zarro nie mehr im Dunkeln. Es war das Jahr 1948, als Magda klar sah, dass ihr geliebtes Ungarn nicht mehr dasselbe sein würde. Sie entschied schweren Herzens dorthin zurückzukehren, wo sie nicht sein wollte. Lima. Wohin hätte sie denn sonst mit dem Kind gehen können? Es stellte sich sehr bald heraus, dass Zarros junges Leben in den Jahren des Heranwachsens von Dienstmädchen, Tutoren und höheren Privatschulen geprägt wurde. Seine Mutter schickte ihn auf Internate, um sich nicht mit ihm zu belasten. Das ungewollte Kind störte ihre Pläne, den Atlantik auf dem Passagierschiff Ihrer Majestät QE 1 zu überqueren und wieder Europa zu bereisen. Sie war ruhelos und die Zahl ihrer Liebhaber endlos. Magda fand es sehr amüsant, die verschiedensten peruanischen Liebesstellungen mit verschiedenen Liebhabern unter verschiedenen Decken über ihrem Kopf zu studieren. So kam es, dass Zarro an Orten mit Namen wie Gstaad, Zürich oder Baden aufwuchs. Einige britische Orte folgten. Dazwischen ein viktorianisches Gymnasium, das für seinen Bildungsauftrag überhöhte Preise verlangte und seit Jahren den Lehrplan nicht geändert hatte. Gedankenloses Tätscheln des Kopfes war die einzige mütterliche Zuwendung, die er erfuhr.

Ihr Leben war ein gesellschaftlicher Höhenflug. Magda verbrachte ihr Dasein auf den Skipisten von Aspen, Cortino d'Ampezzo, Garmisch und den Stränden von Monte Carlo und Lignano. Als klassenbewusste Dame vom Balkan (ihr Vater hatte dem österreichischen Kaiser Franz Josef im ersten Weltkrieg als Sekretär gedient), hasste sie das öde Lima. Sie verabscheute die langweiligen Menschen ihrer Klasse, die ihr Land an der pazifischen Küste für eine riesige Insel der lange vergangenen spanischen Grandeur hielten.

Der junge Zarro konnte nie den Erwartungen seiner Mutter genügen. Er fühlte sich aber dadurch nicht einsam, weil er sie nur sehr selten zu sehen bekam.

Aber er war einsam. Er sehnte sich immer nach Jenny. Die Neunzehnjährige aus dem Dorf. Und nach ihren Händen. Zarro hatte niemals eine Chance eine normale Beziehung zu Menschen in seiner Umgebung zu entwickeln.

Zum Beispiel. Zarro hatte nur Kindermädchen, die ihn, ermutigt durch seine Mutter, masturbierten, um ihn ruhig zu stellen (was zu jener Zeit üblich war). Die Einsamkeit übermannte ihn in Situationen, wenn er eigentlich frei von ihr sein sollte. Ein Einkaufstrip nach Hongkong war für den Tod seiner Mutter verantwortlich. Sie hatte das »Kokain des armen Mannes« genommen, Crack. Das Zimmermädchen fand sie im weißen, marmorgekachelten, mit vergoldeten Armaturen ausgestatteten Bad ihrer Suite im Peninsula Hotel. Magda umarmte die Toilettenschüssel wie einen letzten Geliebten und war an ihrem eigenen schaumigen Erbrochenen erstickt. Was für ein Abgang. Und plötzlich gehörte Zarro alles. Er übernahm den Besitz. Im Jahr 1978 war Zarro, Peruvian Chemicals, der führende legale Hersteller des weißen Pulvers auf dem internationalen Medikamentenmarkt. Aber zuerst änderte er seinen Namen in Maravelli.

Von da an zweigte Zarro stets einen Teil der Produktion ab.

Es war überraschend einfach. Er hatte immer mehr als nötig produziert. Er modifizierte die Produktionspläne, indem er persönlich die Menge von, zum Beispiel, 1.000 Kilo Kokain auf 1.500 heraufsetzte und hinterher die Änderungen wieder rückgängig machte. Es tauchte nie in den Büchern auf, aber das hatte nichts zu bedeuten.

Die Zahlen des *Census Nationale* regten seine Instinkte und Fantasie an, auf weitere Expansion zu setzen. Maravelli brauchte keine Expansion. Aber er dachte groß. Sehr groß. Überwältigend groß.

Sein Ego lechzte nach mehr. Obwohl er eine jetzt unbegrenzte Macht hatte, war es immer noch nicht genug. Und all das nur wegen der Westler mit all ihren hübschen Dingen, den allradgetriebenen Fahrzeugen und den gedankenlosen, gelangweilten jungen Müttern in den Fitnessstudios. Da war dieser Drang und die Illusion, dringend eine Nase Koks schnupfen zu müssen. Was für Chemikalien wurden zur Herstellung von Kokain benötigt? Das waren Äther, Schwefelsäure, Kerosin, Kalk, Natriumkarbonat und Wasser.

Aber dennoch – in seinem Schlafzimmer brannte immer Licht.

Zarro stand auf und stellte sich in Positur. Er trug einen Anzug aus hellgrauer Seide. Der feingewebte Stoff schien das goldene Licht der Sonne einzufangen und festzuhalten, so dass er aussah, als wäre er goldgefleckt. Jansen war sicher, dass Maravelli diesen Effekt bewusst einsetzte, um sein Gegenüber zu beeindrucken. Er wartete auf Jansen wie ein Potentat, der den Abgesandten eines weit entfernten Landes empfing. Maravelli posierte mit dem linken Fuß ein paar Zentimeter hinter dem rechten. Das vordere Knie leicht gebeugt, eine Aura der Vollkommenheit ausstrahlend. Maravelli hatte diese Pose stundenlang vor einem wandhohen Spiegel in der Abgeschiedenheit seines mit schwarzem Marmor gekachelten Badezimmers einstudiert. Es war *die* Pose, die Maravelli stets einnahm, wenn er jemand zum ersten Mal traf.

Während Jansen diagonal die Terrasse überquerte, bemerkte er an der Seite, in den Schatten des Hauses, einen Mann. Groß, schlank und braun gebrannt, trug er einen marineblauen, zweireihigen Blazer mit einem seidenen Taschentuch in der Brusttasche, graue Hose und ein weißes Hemd mit einer locker gebundenen Krawatte. Er sah wie ein Mann aus, der es nicht nötig hatte, seine Anwesenheit auch nur ansatzweise zu rechtfertigen. Maravelli war, was Jansen erwartet hatte.

»Ah, *mein* Emissär. Was für ein Vergnügen, Sie kennen zu lernen«, sagte Maravelli mit solcher Aufrichtigkeit, dass es fast schmerzhaft war.

Er wartete die Antwort nicht ab.

»*Ich* bin wirklich entzückt, dass *mein* General in der Lage war, Sie dazu zu bewegen, *mich* in *meinem* bescheidenen Haus zu besuchen.«

Der Händedruck war von einer matten Festigkeit und dauerte etwas länger als üblich. Es war eine kalte, leicht verschwitzte Hand.

»Wie geht es *meinem* Freund in Moskau? Sie müssen *mir* alles über ihn erzählen. Möchten Sie vielleicht einen Drink?«

Seine Stimme war tief und hatte die Kultiviertheit eines Diplomaten. Maravelli war nicht nur präsent. Nein, Maravelli dominierte. Er dominierte mit seinen Augen. Wie die durchdringenden Augen eines Medici mit vorgetäuschter Verwunderung. Jansen brauchte nur einen Blick in dieses Gesicht zu werfen, um zu wissen, mit wem er es zu tun hatte. Der Mann brauchte nur mit dem Finger zu schnippen, und Jansen wäre tot, erledigt von diesen beiden verdammten Leibwächtern, die in der Nähe ihres Herrn warteten. Beide Leibwächter mussten gut über zweihundert Pfund wiegen. Jeder. Enorme Schultern und schmale Hüften. Alles an ihnen war überdimensioniert. Männer dieses Kalibers machten sich wahrscheinlich selten die Mühe, eine Waffe zu benutzen.

Maravellis durchdringende graue Augen blickten aus einem unwirklich glattem Gesicht. Jansen hatte irgendwo gelesen, dass sich die Zukunft eines Menschen aus den Linien seines Gesichts herauslesen ließ. Maravellis Gesicht war auf eine Weise so glatt und faltenlos, dass es nicht freundlich war. Es ließ ihn alterslos erscheinen. Es war ein Gesicht, das nichts verriet. Die aschfarbenen, runden Augen mit ihrem stechenden grauen Blick waren klar, funkelnd und undurchdringlich. Sie enthielten einen Hauch künstlicher ruhiger Freundlichkeit. Jansen konnte in ihnen nichts erkennen, was man als Seelenleben bezeichnen konnte. Während Jansen nach einem Zeichen von Charisma suchte, nach einer sichtbaren Klugheit, musste er einräumen, dass er auf eine glatte, klassische kalte Art gut aussehend war. Das Spiel von Licht und Schatten auf seiner linken Seite, wo der Großteil des Tageslichts in Kaskaden über sein Gesicht floss, erzeugte ein nicht uninteressantes geometrisches Muster, wie die schlichte Lösung eines Malers für ein Chiaroscuro-Problem. Ja, für sein Alter hatte er ein sehr gut aussehendes Gesicht. Aber er war sicherlich nicht so attraktiv, wie Kyrilienkow behauptet hatte. Maravellis Gesicht fehlte der augenfällige Charme der Individualität; nichts deutete auf gegenwärtige oder vergangene Sorgen hin, keine Denkerfalten an seiner Stirn, nicht einmal einnehmende Lachfältchen. Sogar die runden, fahlen Augen waren klar und zeigten keine Gefühle. Da war nur die Farbe. Der Ansatz seines silbrigen Haars war an der breiten Stirn ein wenig zurückgewichen, aber das Haar war voll, kräftig und an den Seiten lang, wo es in backenbartähnliche Koteletten überging. Er wirkte wie Gott in einem Armani-Anzug.

Maravelli verschränkte die Arme, ein Auftakt zum Smalltalk, Jansens Worte erwartend.

Jansen sagte nichts.

Stattdessen blickte er in die Richtung, wo der Mann in dem Zweireiher stand, und sah dann wieder Maravelli an. Gab mit den Augen zu verstehen, dass nichts folgen würde, bis Jansen wusste, wer *er* war. Er erntete ein kurzes verärgertes Aufblitzen in Maravellis Augen. Das war es, was Jansen brauchte. Der Patzer. Er war dankbar, dass es so schnell passiert war. Er beobachtete mit höflicher Neugierde die winzige Lücke in Maravellis rigoroser Selbstbeherrschung. Es war die Andeutung eines körperlichen Verrats, die erste winzige Selbstentblößung, die das Gegenteil von dem besagte, was er darzustellen versuchte.

Maravelli tat so, als würde er nicht verstehen, und wechselte das Thema.

»Übrigens. Was hatte das Ganze zu bedeuten … dieser respektlose Umgang mit jenen drei Männern?« Maravelli deutete nach Osten und wartete auch diesmal die Antwort nicht ab. »Ich vermute, dass Sie es manchmal vorziehen, die Dinge auf Ihre eigene Art zu regeln.« Legte eine Kunstpause ein. »Habe ich Recht?«

»Mr Maravelli, ich wusste nicht, dass es Ihre Leute waren. Denn ich konnte keinen Grund erkennen, warum man mir folgen sollte, und deshalb geschah das, was ich tat, auch in Ihrem, in unserem Interesse. Ich lasse niemals zu, dass ich von einer Bande Amateure verfolgt werde. Da ich aber jetzt weiß, dass sie in Ihrem Auftrag handelten, bin ich zutiefst betrübt, denn Ihre Leute sind unfähig«, konterte Jansen.

»Oh? Warum?«

Jansen seufzte tief.

»Nur Neulinge bringen es fertig, Verdacht zu erregen. Hätte ich gewusst, dass mich diese Schwachköpfe verfolgen würden, hätte ich eine Spur aus weißer Farbe auf der Straße hinterlassen. Ich hoffe, es stört Sie nicht, dass ich zweifelhafte Situationen auf meine Art bereinige. Und es ist auch der Wunsch des Generals, dass für Ihre Sicherheit gesorgt wird.«

Maravelli lächelte andeutungsweise.

»Ihr Urteil beweist einen scharfen Verstand, Mister Jansen. Sie sind offensichtlich ein Mann von guter Bildung. Möchten Sie jetzt vielleicht einen Drink?«

»Ich hätte gern ein Perrier.«

Maravellis Fingerschnippen ließ sofort einen Diener herbeistürzen.

Edles österreichisches Kristallglas. Das Perrier darin glänzte. Maravelli stellte sein Glas auf den Zwanzigtausend-Dollar-Tisch aus reinem böhmischen Kristall. Es machte den Tisch unsichtbar und erweckte den Eindruck, als würden die Gläser in der Luft schweben. Er verschränkte wieder die Arme hinter dem Rücken (eine Pose, die er aus einer Fernsehdokumentation über Mussolini kopiert hatte). Neigte den Kopf und dachte offenbar einen Moment nach. Hob abrupt den Kopf, als wären seine Gedanken an den Himmel geschrieben, und nickte dem Mann in dem blauen Blazer wie ein Despot zu. Er kam.

»Ja. Mr Maravelli?«

»Manfred, es schmerzt mich immer, wenn ein Gast den Komfort vermisst, den er verdient. Sie hätten mich davon informieren sollen, dass sie vorhatten, Mister Jansen überwachen zu lassen. Wie peinlich.«

Hör um Gottes willen mit dem Scheiß auf, dachte Jansen.

»Oh, nebenbei …« Maravelli wandte sich an Jansen und beantwortete auf umständliche Art Jansens unausgesprochene Wer-ist-das-Frage.

Manfred Rossbund war verantwortlich für Maravellis persönliche Sicherheit und Chef des Sicherheitsdienstes der Andean Chemicals. Ein Mann Anfang Fünfzig, hoch gewachsen und durchtrainiert. Im zarten Alter von neunzehn Jahren hatte er angefangen für die Hauptverwaltung IV (Auslandsspionage) in Ostberlin unter der Leitung von General Markus Wolf zu arbeiten. In den frühen Sechzigern machte Rossbund Karriere als junger Angehöriger des ostdeutschen Staatssicherheitsdienstes, der Stasi. Ging nach Westdeutschland und startete seine Karriere als Maulwurf für den Osten. Er war kein ideologischer Fanatiker, aber er mochte seinen Job. Rossbund hatte nie Probleme mit dem, was er tat und was er tun musste. Er sammelte Informationen im Westen, musste aber nie jemanden umbringen. Rossbund hatte Zugang zu einem außergewöhnlich tüchtigen Netzwerk von Informanten in der ganzen Welt, und dazu gehörten sogar Agenten des KGB. Er war liebenswürdig und überaus kultiviert. Jahrelang leistete er für seinen Spionagechef in Ostdeutschland hervorragende Arbeit. In jüngster Geschichte unbewandert, erkannte er nicht, dass da hinter dem Eisernen Vorhang das Unvorstellbare passierte.

Er erfuhr nachts, in elftausend Metern Höhe, auf dem Rückflug von Havanna nach Mexico City, dass seine Deutsche Demokratische Republik, sein Brotkorb, soeben den Betrieb eingestellt hatte und nicht mehr existierte. Er war plötzlich ein gestrandeter Geheimdienstagent mit einer Mission, für die sich niemand mehr interessierte. Ein Geheimdienstagent ohne Land und ohne Ziel. Rossbund konnte nicht einmal mehr einen seiner vier verschiedenen Pässe benutzen, die er so kunstvoll in das Futter seiner kleinen Reisetasche eingenäht hatte. Rossbund war aber auch ein schneller Denker. Er trug seine kleine Reisetasche in die Toilette und spülte die sieben Pässe hinunter. Sein deutscher Pass war seine wahre Identität. Aber dennoch – er war hinter den unsichtbaren Frontlinien des Kalten Krieges gestrandet. Glücklicherweise hatte er Zugriff auf eine dezente Summe Geldes, die es ihm erlaubte, sich für ein paar Monate zurückzuziehen und über seine nächsten Schritte nachzudenken. Um sich neu zu orientieren. Er stellte fest, dass er schon seit Jahren keinen richtigen Urlaub mehr gehabt hatte. Und so endete er in Cabo San Lucas, wo niemand die Besucher fragte, warum sie nach *Finis terra* gekommen waren.

Rossbund wusste von Maravelli und ließ verlauten, dass er zur Verfügung stand. Maravelli kannte Rossbund nicht, hatte aber von einem Deutschen gehört, der einen Job in einem der Sicherheitsdienste des aufstrebenden Hotelgewerbes suchte.

Maravelli liebte Sicherheitsdienste, vor allem wenn sie mit deutscher Gründlichkeit verbunden waren. Maravelli bekam *seinen* Mann.

»... so kam es, dass *ich* und Manfred ... ooh, *ich* möchte Ihnen noch jemand vorstellen«, erklärte Maravelli in einem großzügigen Tonfall, während er über die Terrasse sah. Ein weiterer erratischer Sprung.

Ein Fingerschnippen, gefolgt von einem ungeduldigen Zeichen mit der linken Hand.

»Das ist *mein* Hund. *Mein* Ruler. Ich nehme an, sie wissen was Ruler heißt. Herrscher«, erklärte Maravelli und tätschelte gedankenlos den Kopf des Rottweilers. Das Tier drehte den Kopf und blickte zu der Frau zurück, die die lange Leine hielt. Kein Wort über *sie* von Maravelli.

Das riesige Tier drehte den Kopf langsam in Rossbunds Richtung, starrte ihn an und gab ein langes, leises Grollen von sich. Rossbund trat zurück, merklich nervös in der Gegenwart des Hundes.

Jansens Sinne waren für einen Moment verwirrt, teils geschärft, teils wie betäubt. Nur seine Augen waren scharf und hielten ihm nicht vor, was sie in dem hellen Tageslicht sahen.

Die Frau war schön. Fast verstörend attraktiv.

Sie war noch immer mit dem riesigen Rottweiler beschäftigt, der gerade hart genug an der Leine zog, um sie zwischen seinem Lederhalsband und der schmalen Hand mit den dunkelrot lackierten Fingernägeln bei ausgestrecktem Arm gespannt zu halten. Das Tier drehte den Kopf und blickte zu ihr zurück.

Die Frau aus Köln.

Die Frau aus der Iglesia de San Lopez.

Die Frau aus dem Korridor.

Als Jansen sie jetzt zum ersten Mal richtig sah, kehrten schockartig die Erinnerungen und Gedanken zurück, die er vergessen hatte. Jansen erlebte einen klassischen Fall von Apokatastase.

Es *muss* die Frau sein, die er in Afghanistan erschossen hatte. Jene, die junge nackte Männer gehäutet hatte.

Nein sie ist es nicht. Du hast gesehen,
wie sie starb. Du, Jansen hast sie
erschossen. Sie ist tot.
Ja, aber sie …
Vergiss sie. Sie ist tot.

Das rationale Denken wollte zurückkehren. Jansen spürte ein paar Schweißperlen auf seiner Stirn. Er versuchte das Gefühl abzuschütteln, nicht mehr ganz er selbst zu sein. Aber überraschenderweise war es eine angenehme Empfindung. Es war eine kurzfristige Anpassung, die er nicht verstehen konnte.

Das klare, helle Tageslicht bestätigte Jansen, dass sie die Frau aus Köln *war.* Dieselben hohen Wangenknochen und leicht schräg gestellten Augen. Ihr Gesicht verriet nicht den Hauch eines Gefühls, als sie Jansen ansah. Kein Zweifel, sie war auf einschüchternde Weise schön. Fast aristokratisch groß und schlank. Ihre langen schwarzen Haare waren in der Mitte gescheitelt und glatt, reichten ihr bis zum Schlüsselbein.

Ruhig. Ihre Augen trafen sich. Nicht intensiv. Vielmehr suchend. Sie sah ihn für eine Sekunde an, um dann die Lider ein wenig über ihre grünen Augen zu senken. Jansen hatte keine Erklärung dafür, warum er sich plötzlich dieser Frau so nahe fühlte. Es hatte mit etwas aus der Vergangenheit zu tun. Ihrer Vergangenheit? Seiner Vergangenheit? Sein Geist narrte ihn mit verschwommenen Reflexionen. Als würde er gleichzeitig aus verschiedenen Winkeln in einen Kristallspiegel schauen. Es kam zu einer mentalen Verständigung. Einer Übertragung. Kurz und schnell.

»Ich wusste, dass du eines Tages in mein Leben treten würdest, Liebster. All die Jahre wusste ich es«, hörte er ihre Stimme.

Wessen Stimme war es? Er wollte mit reden. Sich vorstellen. Aber seine Stimmbänder brachten keinen Laut hervor. Es war, als wäre eine fremde Präsenz in ihm.

»Warum ich?«, erwiderte er.

»Du kennst keine Angst. Nur Stolz.«

»Was willst du von mir?«

»Nichts, mein Geliebter, ich bin nur dankbar, dass deine Seele am Leben geblieben ist. Was diesen Ort betrifft – wo immer du auch hingehst, wird es unbekannte Faktoren geben, die du nicht kontrollieren kannst. Wir gehören zusammen. Ich habe auf dich gewartet.«

»Ticia wird Ihnen alle Wünsche erfüllen, solange Sie mein Gast sind«, sagte Maravelli und drehte sich halb zu der Frau um. »Ticia, ich möchte, dass du dich um Mr Jansen kümmerst.«

Keine Vorstellung. Nichts.

Junge, Junge, der Mann ist voller Scheiße, dachte Jansen. Maravelli entließ sie mit einer knappen Handbewegung. Stolz und ohne ein Wort, ohne einen Gruß oder eine Geste des Abschieds, verschwand sie so leise wie sie mit dem schwarzen Rottweiler gekommen war, der ihr hinterherlief, bis er an ihrer Seite war. Bei seiner Herrin. Jansen warf einen Blick auf seine Armbanduhr und stellte erstaunt fest, dass nur ein paar Sekunden vergangen waren.

»Ich muss mich entschuldigen«, sagte Maravelli voller Bigotterie und Dünkel. »Es braucht seine Zeit, bis eine Person … aah, wie soll ich es ausdrücken … vollständig domestiziert ist. Habe ich da ein gewisses libidinöses Interesse bemerkt? Wie bezaubernd. Sie wird sich darum kümmern.«

Maravelli deutete Applaus an, indem er zwei Mal in die Hände klatschte.

Jansens Widerwillen über Maravellis theatralische Inszenierung wuchs.

»Sie ist wirklich eine außergewöhnliche Schönheit«, sagte Jansen.

Plötzlich wusste er, warum diese Augen eine derart verstörende Wirkung auf ihn hatten. Maravelli sah seinen Mitmenschen nie in die Augen, sondern nur in die Augenwinkel. Er übertrug keine Energie, was ihn emotionslos erscheinen ließ. Mit dieser unerwarteten Erkenntnis war Jansen plötzlich in der Lage, Maravelli real einzuschätzen.

»Morgen findet ein kleiner Umtrunk statt. Werde ich Sie dort begrüßen können? Ehe wir über Geschäfte reden, sollten wir uns etwas Erholung gönnen. Sagen Sie mir eins, Mr Jansen.« Wieder war da dieser unerwartete Wechsel zum nächsten Thema. »Was ist, um Gottes willen, diesem Andrej Wladimirow zugestoßen?«

Jansen war für eine Sekunde aus dem Konzept gebracht, obwohl er diese Frage erwartet hatte und darauf vorbereitet war. Aber er hatte nicht so schnell, nicht in dieser Situation mit ihr gerechnet.

»Mein General ist ein Ehrenmann und gestattet keine Nebengeschäfte. Sie gefährden seine und damit auch Ihre zukünftigen Aktivitäten. Wir wissen, das Wladimirow dasselbe mit uns allen versucht hätte, sobald wir angefangen hätten, Ihren unvergleichlichen Plan in die Tat umzusetzen.«

Maravelli lächelte und nickte.

»Und dieser Sergej Semjonsk? Dasselbe?«

Dieses Mal nickte Jansen.

»Ja, Loyalität ist ein zerbrechliches Ding. Nicht wahr? Verzeihen Sie mir, aber ich muss annehmen, dass Sie die … aah … Arbeit erledigt haben?«

»Nur Semjonsk in Paris«, lächelte Jansen.

»Oh?«

Maravelli zog einen dünnen Zigarillo aus der Tasche und drehte sich um. Die Wache zündete sie augenblicklich an. Er bedachte Jansen mit einem nachdenklichen Blick.

Es war das einzige Mal gewesen, dass Jansen einen Drink zu sich genommen hatte, einen Pernod, während er einen Job erledigte. Semjonsk hatte Jansen viel sagend angelächelt. Jansen schürzte die Lippen und warf dem Russen eine Art symbolischen Kuss zu. Von Jansens verführerischem Lächeln angelockt, kam Semjonsk herüber und setzte sich zu dem unbekannten Mann an den Tisch. Jansen streckte die rechte Hand aus und log einen Namen. Semjonsk konnte kein Französisch, aber es spielte keine Rolle, denn er war der Meinung dass Männer mit demselben Verlangen nicht sprechen mussten. Er berührte Jansens Schenkel und spürte einen leichten Schauder über seinen Rücken laufen, als er die harten Muskeln ertastete. Er würde noch weit stärker reagieren, wenn es zu direkteren Zärtlichkeiten kam. Semjonsk dachte an die geile Überraschung, die er dem muskulösen Neuen in seinem Leben bereiten würde, wenn er ihm seinen nackten Körper präsentierte. Hatte sich an diesem Nach-

mittag sämtliche Haare im Schoß und am Hintern entfernt. Er war glatt wie Babyhaut. Sie verließen die Bar zusammen in dem gegenseitigen Eindruck, dass sie sich an ihren männlichen Körpern erfreuen würden. Beide Männer bogen in eine schmale Seitenstraße mit einer weit entfernten Laterne.

Jansen trug zwischen den Schulterblättern ein Holster, in dem ein Messer steckte. Er tat so, als würde er sich im Nacken kratzen und zog das 23 Zentimeter lange Messer heraus. Die gerade Klinge war scharf geschliffen, gezackt und bestand aus rostfreiem 410A-Stahl. Der schwarze, rutschfeste Kevlargriff lag fest in Jansens Hand.

Jansens gestreckter Körper war zu viel, zu verführerisch für Semjonsk. Er trat zu Jansen, bot sich ihm an, legte ihm den rechten Arm um den Hals und zog ihn nach unten zu seinem Gesicht, erwartete Jansens starken Kuss. Seit Jansen ihn fast zum Erguss gebracht hatte, hatte Semjonsk seine Zurückhaltung verloren. Er hatte dieses wundervolle Gefühl in der Lendengegend, als sich jenes 23cm-Messer in ihn schob. Als sich die Klinge in Semjonsk bohrte, hatte er sich für einen Moment auf die Zehenspitzen gestellt, ganz steif und mit einem gepressten, erstaunten Laut. Es drang durch Semjonsk Niere, ohne dass die scharfe gezackte Klinge auf nennenswerten Widerstand traf. Das Messer verschwand bis zum Ansatz in seinem Körper. Jansen drehte die Klinge in einem Neunziggradwinkel. Das trennte die Nierenpforte von der Nierenschlagader. Semjonsk war schon ein toter Mann, als er auf dem Kopfsteinpflaster von Paris aufschlug. Als die Müllabfuhr den toten Russen fand, mit dem Messer in seinem Rücken, war Jansen bereits auf dem Weg nach Köln.

»Und was war mit diesem – aah, Wladimirow? Ich hörte, er wurde in Köln erschossen. In seinem Apartment. Von einem Scharfschützen? Wissen Sie vielleicht Näheres?«

»Wladimirow hatte sich eine Menge Feinde gemacht. Ich bin sicher, dass der General sein Ableben arrangiert hat. Ich glaube nicht, dass der General verpflichtet ist, mich über die genauen Umstände zu informieren. Jedenfalls erwies sich Wladimirow unglücklicherweise als gieriger und betrügerischer Mann. Auch in seinem Fall wollte der General von Anfang an kein Risiko eingehen. Wladimirow hätte der geplanten Allianz sonst ernsthaft geschadet.«

»Wie steht es mit *Ihrer* Loyalität, Mr Jansen?«

»Wie Sie sehr wohl wissen, haben wir Deutschen ein besonders komisches Verhältnis zur Loyalität. Vor allem, wenn sie in einen Ehrendolch graviert ist.«

»Sind Sie sich dessen *so* sicher?«, fragte Maravelli so leise, dass seine Worte kaum zu verstehen waren.

»Nun gut. Sind Sie – jetzt zufrieden?«, fragte Jansen. Der Mann langweilte ihn allmählich.

»Ich nehme an, das dürfte alles erklären«, sagte Maravelli. Er beendete das Gespräch mit einem Wink seines rechten Handrückens und wandte sich ab, weiter in seine Pose vertieft. Er schien Jansen völlig vergessen zu haben. Maravellis beide Leibwächter folgten ihm wie Roboter, hielten sich niemals weiter als anderthalb Meter von ihrem Herrn entfernt. Sie behielten Jansen dabei immer im Auge. Einer hatte beiläufig seine rechte Hand am Griff einer durchschlagkräftigen Ruger P89-Pistole, die in einem beigefarbenen Gürtelholster steckte. Jansen konnte riechen, dass das Ding mit 9mm-Dumdum-Geschossen geladen war. Die Sorte, die einem Mann schon den Kopf wegblies, wenn sie nur an ihm vorbeipfiff. Der andere stand mit herabhängenden Armen da, die Hände halb zu Fäusten geschlossen. Es war unmöglich. Jansen würde tot sein, noch bevor er überhaupt daran denken konnte, eine Waffe zu ziehen. Und dann bemerkte er zum ersten Mal den Scharfschützen auf dem Dach.

»Noch etwas, Mr Jansen. Ich habe einen recht ungehobelten Mann mit schlechten Manieren eingeladen. In der Vergangenheit hat er sich als recht nützlich erwiesen, wie ich Ihnen versichern kann. Allerdings haben mir meine Informanten mitgeteilt, dass er bei seinem Rückflug aus Europa über Havanna Kontakt mit dem DGI* aufgenommen hat. Soweit ich weiß, hat er ein ausführliches Gespräch mit einem Colonel George Sánchez geführt, bevor er in mein Haus kam. Ihr General und ich sind übereingekommen, dass wir über ihn beunruhigt sein sollten.«

---

* Dirección General de Inteligencia, Cubanischer Geheimdienst. Zuvor genannt G2, gegründet unter Che Guevara

»Über wen?«

»Sein Name ist Burow, Fabian Burow. Er wird morgen auf der Party sein. Der General überlässt Ihnen die Vorgehensweise. Aber es muss umgehend erledigt werden. Manfred wird Ihnen einige Fotos zeigen.«

»Wer bezahlt?«, fragte Jansen kalt.

»Manfred kümmert sich um die Details.«

Maravelli schnippte mit den Fingern und schritt wie ein Herrscher davon, gefolgt von seinen Wächtern. Rossbund trat auf Jansen zu.

»*Herr* Jansen, ich möchte Sie bitten, hier nicht Deutsch zu sprechen, denn Mr Maravelli wünscht, alles jederzeit verstehen zu können.«

»Ist der Kerl ein Psychopath oder was?«, fragte Jansen. Rossbund ließ mit leicht geschürzten Lippen ein gezwungenes Lächeln aufblitzen, das aussah, als hätte er plötzlich einen sauren Geschmack im Mund. Wortlos öffnete Rossbund einen Umschlag und präsentierte drei Fotos.

»Dies ist der Gast, von dem Mr Maravelli gesprochen hat.«

»Lassen Sie mich Ihnen eine Frage stellen, Herr Rossbund. Warum zum Teufel erledigen das nicht Ihre Leute?«

»Sie haben es bereits richtig erkannt. Für diese Art Arbeit sind diese Leute hier nicht kompetent genug. Mr Maravelli gefiel es, wie Sie es ausgedrückt haben. Ein Job wie dieser erfordert Verstand. Soweit ich weiß, bevorzugen Sie gedeckte Schecks. Wie viel verlangen Sie diesmal?«

»Ich bin sicher, dass sie meinen Tarif gut kennen. Der Scheck muss bis morgen früh in meinem Zimmer liegen. Sagen Sie Mr Maravelli, dass es andernfalls kein Geschäft gibt.«

Jansen hatte ein Hotel erwartet, das etwas oberhalb der *Luxus*-Kategorie lag. *Dies* war mehr, als er vorhergesehen hatte.

Wie kleine Federn sah der Schaum der Wellen aus, die träge an den Strand brandeten, der die Grenze des Hotels auf den sanft abfallenden Dünen bildete. Lauer Wind blies weiche, feuchte Luft vom dunklen Himmel. Das Gebäude war vielleicht eine Art mexikanischer Pueblostil, aber das ließ sich in der Dunkelheit nur schwer feststellen.

In dem Gebäude gab es sechs Bars und vier Nachtclubs. Hier hatten Männer und Frauen, die in Selbstbewunderung schwelgten, bereits mit den Augen leidenschaftliche Verbindungen geknüpft. Waren zur Lust bereit. Gefühlsgeladene Intensität zwischen Männern und Frauen, die sprachen, um zu dominieren, um später zu fordern: Einige waren rechte Langweiler, die nur ihre körperlichen Vorzüge ins Licht rücken konnten. Es herrschte eine Atmosphäre der Bisexualität, die ihr Vergnügen auf beiden Seiten suchte. Jeder taxierte den anderen im Bruchteil einer Sekunde.

Dazwischen die Groupies der Band. Hingen herum, warfen mit den Namen der Reichen und Berühmten um sich, als würden sie selbst zu dieser Gesellschaftsschicht gehören. Wenn sie einen berühmten Filmstar aus einer Entfernung von dreißig Metern sahen, glaubten sie schon, dies würde sie berechtigen, sich als Freund oder Freundin dieser berühmten Filmgröße zu bezeichnen. Intime Gespräche, laut genug geführt, geistreiches Geplauder, das mitgehört und zitiert werden wollte, zusammen mit dem Namen desjenigen, von dem es stammte. Der große Freiluftballsaal.

Überfüllt.

Willi bereute sofort, dass er gekommen war, als er den ersten Fuß in den Wahnsinn setzte. Aber es musste sein. Willi Jansen tanzte sehr selten. Hier war der tanzende Mob sein bester Verbündeter. Und natürlich der ohrenbetäubende Lärm, der Rap genannt wurde.

Während er sich durch die Menge drängte, hierhin und dorthin in leere Augen nickte, als würde er sie kennen, suchte er nach einer bestimmten Person. Wurde von Fremden aufgefordert, sich zu ihnen zu setzen, aber er wollte nicht an einem Tisch sitzen müssen. Mit Perrier in seinem Champagnerglas blieb er am Rand der herumhüpfenden Menge stehen. In all den Lärm mischte sich auch das Geschwätz amerikanischer und deutscher Politehrgeizlinge, die über hohle Trivialitäten palaverten. Die Tanzfläche war überfüllt.

Kurz und gut, es war eine Party mit drei- oder vierhundert Gästen. *Das* war es also, was Maravelli unter einem kleinen Umtrunk verstand. Die Leute tanzten und rockten zum Sound einer New-Wave-Combo. Die zwölfköpfige Salsaband (sie hatte angesichts *dieses* Publikums nicht richtig ausgesehen und nicht richtig geklungen) hatte gerade die Bühne geräumt.

Schwitzende Körper bewegten sich vorbei, inspiriert vom treibenden Rhythmus und den roten und blauen Lichtstrahlen, die von der schwarzen Decke zuckten. Tanzende Frauen verirrten sich im Sound und gingen ihren Partnern auf der Tanzfläche verloren. Schweiß perlte von Stirnen auf kaum verhüllte Brüste. Schweißperlen benetzten Brustwarzen, wurden von Blusenstoffen aufgesaugt, machten das Material transparent und ließen Brüste durchschimmern. Schweißperlen auf dem Weg zum Bauchnabel und weiter zum gestutzten Schamhaar und zwischen die Schenkel. Sinnliches Herrera-Parfüm mischte sich mit dem Geruch erhitzter Körper, von denen einige bereit waren, genommen zu werden. Rotierende, schwitzende Rümpfe. Tausend Dollar teure Kleidungsfetzen, deren Trägerinnen erkundet werden wollten; einige fleckig von vergossenem Schweiß oder der vorzeitigen Ejakulation eines eiligen Gastes.

Es war eine Instantwelt. Instantkaffee. Instanterektion. Instantsex. Instantliebe. Instantalles. Keine Zeit für irgendetwas.

Ein Sänger, vielleicht ein Transvestit, stand auf einem schwarzgestrichenen Podest. Das Podest stand auf einer schwarzen Bühne. Scheinwerferlicht hüllte ihn ein. Umarmte ihn/sie. Wie ein durchscheinender Rahmen. Kreischend klagte er irgendeine Unbekannte in der Menge an, ihn nicht genug zu lieben, was ihn in seiner Liebe zu ihr nur noch mehr bestärkte.

Das behauptete er jedenfalls.

Zeigte mit ausgestrecktem rechten Arm über die Menge, als wollte er den Führer grüßen, die Finger über den Köpfen gespreizt, dann zu einem Friedenszeichen geformt. Er starrte einen Moment seine leicht gekrümmten Finger mit den gepflegten, schwarz lackierten Fingernägeln an, weil da schon seit einigen Jahren die Arthritis an seinen Gelenken nagte. Seine Augen irrten für einen Moment von dem Textmonitor ab. Geriet ins Stottern, weil der nächste Satz seines Textes nur bruchstückhaft über den Bildschirm flimmerte, von der er seinen angestrengt auf Weisheit getrimmten Text ablas. Legte seinen Kopf nach hinten, um das Image zu ändern. Das Gesicht behielt die weiße wächserne Maskenstarre und das gefrorene Lächeln. Die weit aufgerissenen Augen vervollständigten die Abwesenheit jeden Ausdrucks. Er stemmte eine Faust in die rechte Hüfte und stolzierte auf der Bühne vor und zurück, als wäre er ein Harlekin im italienischen Straßenkarneval. Seine Augen waren wild, blutunterlaufen und wirkten bekifft – die Augen waren in den Winkeln mit grüner Mascara geschminkt. Seine schwarze, mit blauem Aluminiumpulver bestäubte Perücke blitzte. Glitzerte im konzentrierten Scheinwerferlicht und unterstrich seine schmalen, aufgemalten Brauen und das clownweiße Gesicht. All die Gesichtsstraffungen, denen er sich unterzogen hatte, konnten die Tatsache nicht verleugnen, dass er in den Vierzigern war und inständig hoffte, dass niemand es merkte. So viel zur ewigen Jugend, dieser kürzesten Strecke im Leben. Zwei Tonnen Soundequipment schenkten ihm, was er nicht hatte.

Eine Stimme.

Dünn und brüchig klang seine Stimme, die fast ein Sopran war, und sich mit der Musik vermischte. Er beugte mechanisch die Knie – wie ein Hampelmann. Kreischte ein weiteres »Sieee«, stand bewegungslos da und schüttelte mit der Hand seinen Schwanz im Takt des Drummers, ließ sein Becken rotieren, als würde er die Luft vögeln. Der Sänger trug schwarze, glänzende Leggings und darüber ein rosa Unterkleid, das – aus welchen Gründen auch immer – seine viel versprechenden Genitalien für die kreischende Menge noch auffälliger machte. Hinter vorgehaltener Hand wurde geflüstert, dass dieser Star eine Kaninchenpfote in den Leggings trug, um das sichtbar zu machen, was ihm die Natur nur in der Größe eines Drittels Kaninchenpfote geschenkt hatte.

Eine andere Herde Groupies.

Mädchen mit fettigem Haar, geringer Selbstachtung und aknereichen Gesichtern, die einen hohen Preis gezahlt hatten, um den Sänger hören zu können.

»Du lieber Gott«, dachte Jansen, »sie sehen alle gleich aus.«

Er fischte die Limonenscheibe mit der Zunge aus seinem

Perrier und kaute sie, während er einen weiteren Schluck trank. Schlenderte weiter. Blickte über die Köpfe der wimmelnden Masse hinweg. Jansen gingen all diese lauten und betrunkenen Idioten, die sich unermüdlich drehten, allmählich auf die Nerven. Sie hatten Gesichter, als wäre das Funktionieren der Welt von ihnen abhängig. Einige blickten drein, als wäre die Welt es ihnen schuldig, für ihren Lebensunterhalt zu sorgen, nur weil sie da waren. Willis Augen wanderten durch die parfümierten Horden. Er suchte einen bestimmten Mann.

Jansen erreichte das Büfett. Der Beluga-Kaviar und der Alaska-Lachs waren bereits geplündert worden. Von anderen Köstlichkeiten war nur noch wenig übrig. Die Sandwich- und Kuchenplatten waren fast leergeräumt. Da waren die Krümel auf dem zerknitterten Damasttischtuch, verwelkte und labberige Salatblätter verstreut zwischen welken Blumen, die längst nicht mehr als Dekoration dienten. Zwei Pelikane, von Meisterhand aus großen Eisblöcken geschnitzt, schmolzen inmitten des Durcheinanders dahin.

Und dort war er.

Fabian Butow.

Der Mann, den Jansen gesucht hatte, war in ein Gespräch mit einem hoch gewachsenen Mann vertieft und nebenbei damit beschäftigt, sich ein neues Glas Taittinger Champagner zu besorgen. Ein Kellner in weißer Jacke und weißen Handschuhen hielt ihm ein rechteckiges Silbertablett mit Kristallgläsern voller Blubberstoff hin. Butow trug einen Smoking (er war der Einzige auf dieser Party, der einen trug), der nicht ganz zu seinem prosaischen und plebejischen Gesicht zu passen schien. Mit seiner lauten und recht rau klingenden Stimme nahm er die Unterhaltung wieder auf. Wies den Kellner aber an, nicht wegzugehen. Er drehte sich halb und hob den Kopf zu dem Mann, der viel größer war als er. Fabian redete laut über den Handel mit zwölfjährigen Mädchen und Jungs aus Thailand, die als Sexsklaven verkauft wurden. Betonte, dass ein Mädchen dieses Alters, das als Jungfrau von einem südamerikanischen Mittelsmann gekauft wurde, für den dreifachen Preis weiterverkauft werden konnte. Natürlich intakt. Aber nach mehreren Monaten Gebrauch war es ratsam, sie zu ersetzen.

Was meinte er mit »ersetzen«? Fabian zuckte die Schultern. Sie mit ein paar Päckchen Kokain im Bauch zurückschicken. Tot wäre sogar noch besser. Dann nahm man die Eingeweide heraus und füllte sie mit dem weißen Pulver, fügte Fabian hinzu.* Warum Geld für das Flugticket verschwenden, lachte er. Das Adoptionsgeschäft mit rumänischen Kindern war ihm zu emotional. Natürlich hatte er ein paar der armen Waisen zwei oder drei Mal an verschiedene Möchtegern-Eltern verkauft. Hatte sogar einen Auftritt in *Sixty Minutes* gehabt, wo man über seine selbstlosen Bemühungen entzückt gewesen war. Sogar die Deutschen fielen darauf herein, lachte er. Es lief gut. Zog erneut an seiner Zigarette und warf die Kippe in eins der vollen Gläser auf dem Tablett. Er nahm sich ein anderes Glas und stürzte es hinunter. Eigentlich verkaufte er Kokain. Jetzt lief alles über Container. Eine sichere Sache. Ledher, dieses kolumbianische Arschloch mit seinem Norman's-Cay-Unternehmen auf den Bahamas. Was für eine Farce. Drängte den Mann, mit ihm zu reden, sollte er Bedarf haben.

Fabian Butow. Der Bulgare. In den siebziger Jahren war er der Erste, der im Ostblock die Segnungen der Geldwäsche erkannte. Er war der gerissene Geschäftemacher, der für seinen kommunistischen Meister Todor Schiwkow, im Auftrag seiner Regierung, eine staatliche Firma namens *Kintex* gründete. Kintex arbeitete unter ausschließlicher Kontrolle des KDS (Bulgarischer Sicherheitsdienst). Fabian Butow verkaufte auf Geheiß seiner Herren in Bukarest Heroin- und Morphinbase in die Türkei. Mit diesem Gewinn wurden anschließend Waffengeschäfte finanziert. Fabian erwies sich bei der Konvertierung von Drogen in Waffen als so tüchtig, dass er die christliche Miliz in Beirut mit Kriegsspielzeug versorgen konnte, was 1975 zur Eskalation des Bürgerkriegs im Libanon führte. Dank Fabian rafften die Bulgaren jährlich bis zu 2 Milliarden Dollar an harten Devisen zusammen. Dies war für den Führer Schiwkow allerdings eine eher enttäuschende Zahl, sah er doch in all diesen großartigen kleinen Kriegen von Biafra bis Timor einen lukrati-

* Dies war eine übliche Methode, um Dope in den Siebzigern nach Europa zu schmuggeln!

ven Markt. Fabians Erklärung klang plausibel. Der Wettbewerb war hart und musste mit Bestechungsgeldern geschmiert werden. Stellen Sie sich vor, Genosse Schiwkow, wie viele Zollbeamte bezahlt, wie viele wichtige Dokumente wie zum Beispiel das Endbenutzerzertifikat gekauft werden müssen.

Was sollte denn das für ein Dokument sein, wurde Fabian von Schiwkow mit hochgezogenen Brauen gefragt. Es war ein Dokument, das bestätigte, dass der Waffenkauf im Auftrag der souveränen Regierung des Landes erfolgte, in das die Waffen verschifft werden sollten. Es war ein *Muss,* ohne Ausnahmen. Sozusagen ein internationales Gesetz. Und wie bringen Sie die Waffen dann zu den Genossen, die in ihren Ländern eben jene souveränen Regierungen bekämpfen, die dieses Zertifikat ausstellen?

Sie wissen schon, Genosse Generalsekretär.

Schiwkow tat so, als würde er verstehen.

Fabian durfte weitermachen.

Fabian zweigte auch für sich Einiges ab. Hatte beide Hände im Honigtopf der Regierungsmacht. Es war nicht wenig. Es war eine Menge. Die Bank auf den Caymans kannte die Zahlen auf seinem Konto.

Aber in seiner Gier machte Fabian einen Fehler. Mitte der achtziger Jahre hob die italienische Polizei ein Drogenlabor in der Provinz Trapani an der Westspitze Siziliens aus, das mit Maschinen aus Bulgarien und einer beträchtlichen Menge bulgarischer Morphinbase ausgestattet war. Eine dieser bulgarischen Maschinen konnte pro Monat *4,5 Tonnen* Kokain herstellen.

Das war ein atemberaubender Straßenverkaufswert von 1,125 Milliarden Dollar von nur einer Anlage.

Im Lauf der nächsten Jahre wurden weitere fünfzehn Produktionsstätten auf Sizilien und in Italien entdeckt und zerstört. Alle waren mit Fabians bulgarischen Geräten und Laborausrüstungen ausgestattet. Es war alarmierend, und der Mob benutzte sein eigenes Netzwerk an Informanten, um die Sache aufzuklären. Die Russen, der KGB, intervenierte auf Sizilien.

Hier kam der gute alte CIA ins Spiel. Er hatte jede Menge Beweise, die belegten, dass Kintex und Fabian, der Bulgare, eine wichtige Rolle in der Welt des Drogenhandels spielten. Die Regierung protestierte offiziell, und Schiwkow gehorchte aus Furcht, von der »so sinnlosen westlichen Hilfe« abgeschnitten zu werden. Verhaftete jeden dilettantischen Drogendealer in dem Balkanland und beschlagnahmte tonnenweise Marihuana. Der KGB in Jasenewo (dem neuen KGB-Hauptquartier) versicherten den Amerikanern, dass sie dafür gesorgt hatten, dass Kintex geschlossen worden war.

Um seinen Hintern zu retten, gab Fabian der italienischen Polizei einige Tipps gegen Bezahlung. Er wollte allem ein Ende machen, da ihm die riesigen Summen, die *er* unterschlagen hatte, Angst machten. Das Geld hatte ein Eigenleben entwickelt. Seine Geschäfte hatten die Kontrolle über ihn übernommen. Das Geld, das er gebunkert hatte, gehörte ihm nicht mehr. Er war nicht klug genug gewesen, die Beute über die ganze Welt zu verteilen, und die Summe war für eine einzige Person und ein einziges Konto, selbst für eine Cayman-Bank zu hoch. Wie üblich.

Jemand in der italienischen Polizei kannte jemanden in der Straße, der jemanden in Sizilien kannte, der jemanden kannte, dem die aufgeflogenen Labors gehörten.

Die Cosa Nostra *und* etwas KGB. Und all das landete schließlich auf einem Schreibtisch in Moskau, wo es als »Geheime Verschlusssache« behandelt wurde. Die Cosa Nostra entschied, dass ein letztes delikates Urteil gefällt werden musste.

Ihr Urteil lautete auf – Tod.

Sie kannten kein Vergessen und kein Vergeben. Fabian, in dessen Vokabular das Wort Loyalität fehlte, hätte wissen müssen, dass er sich mit den falschen Leuten anlegt hatte. Jemand wurde beauftragt, Fabian darüber zu informieren, dass seine Tage gezählt waren und dass die Information über seinen Tod Teil seiner Strafe war. Aber er wollte leben. Der einzige Schutz, den er jetzt hatte, war, daheim im trüben Bulgarien zu bleiben.

Der KGB stellte den Sizilianern nur eine Bedingung.

Nicht auf unserem Boden, sagten sie. Nicht auf dem Gebiet ihres roten Arbeiterparadieses. Sechs Jahre nach seiner Selbstisolierung, ohne Kommunisten in seinem Heimatland und nach dem Zusammenbruch glaubte er, dass alle seinen Betrug und seine Doppelspiele vergessen hatten und die Sanktionen gegen ihn zweifellos aufgehoben waren.

Dankte Maravelli für die Einladung und wagte seine erste Reise nach Mexiko.

Fabian glaubte ernsthaft, dass Maravelli Männer wie ihn brauchte.

Nach wie vor von seinem Marktwert unter seinen Verbrecherkomplizen überzeugt, war Butow auch eitel genug, anzunehmen, dass auch die Kubaner ihn noch immer benötigten. Er machte den nächsten Fehler, in Havanna einen Zwischenstopp einzulegen.

Er hatte dieses ausführliche Gespräch, in dem er anbot, probeweise indischen Hanf und vielleicht etwas Mohn aus Afghanistan anzubauen. Es würde zwar ein paar Monate dauern. Aber er war überaus optimistisch. Wie üblich. Jemand im kubanischen DGI kannte jemanden beim mexikanischen Zoll, der jemanden kannte, der Maravelli kannte.

Mohn.

Der APC fuhr an der schwer bewachten Landebahn entlang und raste nach Westen. Rechts und links huschten rubinrote Streifen vorbei. Die Blumen sahen so harmlos aus. Dennoch enthielten sie die verborgenen Geister der Träume. Sie würden sterben, wenn man sie auf das weiße Pulver reduzierte. Das Phantom würde später irgendwo in Moskau, Berlin oder Vancouver zu neuem Leben erwachen, in der Halluzination eines Süchtigen. Die menschliche Ader würde die Endstation für diese liebliche Blume sein. Die »Einwanderung« der Blume in andere Länder füllte die Taschen von Figuren ohne Skrupel. Solche wie Fabian.

Fabian Butows schwitzendes rotes Gesicht. Er erklärte laut, dass er scheißen gehen musste. Lachte eingebildet und stürzte einen weiteren Champagner hinunter. Rülpste laut und lange. Auch dies hielt er für amüsant und erklärte den Gästen, dass man daraus einen Song machen sollte. Der hoch gewachsene Mann murmelte sein War-nett-mit-Ihnen-zu-reden und ging so schnell er konnte davon, mit einem Ausdruck der Erleichterung auf seinem Gesicht, dass er sich das Geschwätz dieses Bulgaren nicht länger anhören musste.

Halb nackte Jungs tollten durch das Mohnfeld. Willi bat seinen Freund Pjort, nichts zu kaufen. Pjotr lachte verlegen. Im selben Moment hielten sie ihm eine Hand voll Pollen entgegen. Das Kind rollte die Pollen zu einer dunklen klebrigen Kugel und bot sie Leutnant Pjotr Kyrilienkow an, dem Sohn von KGB-General Kyrilienkow.

»Genosse, kaif, kaif«, rief das afghanische Kind in fast perfektem Russisch, »nur fünfzig Afghanis.«

Vielleicht sollte er an seine Verantwortung für seine Männer erinnert werden, sagte sich Jansen. Als sie die Außenbezirke von Kabul erreichten, erbrach sich Lt. Pjotr Kyrilienkow bereits. Schaumiges Blut quoll aus seinem Mund. Er hatte Schmerzen. Seine Atmung versagte. Jansen massierte fieberhaft sein Herz. Pjotr hatte die Augen geöffnet, aber er war nicht mehr bei Bewusstsein. Hauptmann Jansen fühlte verzweifelte Hilflosigkeit. Auf diese Weise sollte das Leben eines Soldaten nicht enden. Der APC fuhr so schnell, wie es das Terrain erlaubte. Und Pjotr Kyrilienkow starb. Jansen fuhr zurück zu dem Mohnfeld. Die Jungs waren noch immer da. »Kaif, kaif, Genosse«, riefen sie, »nur fünfzehn Afghanis.«

Jansen richtete das schwere Maschinengewehr auf sie.

Fabian Butow erreichte schwankend die Toilette und ging in die letzte Kabine. Er hing sein Jackett an den Messinghaken, verriegelte die Tür und ließ seine Hose bis zu den Knien herunter. Setzte sich mit einem erleichterten Ächzen. Jemand betrat die Toilette, schloss die Tür und rüttelte an Butows Klinke. Fabian hörte eine gemurmelte Entschuldigung.

Ein Kamel stand an der Straßenseite und sah Hauptmann Jansen in seinem APC an. Mit fast beleidigender Abneigung. Das Kamel hatte die Augen eines Gurus. Was hatte ein einfaches Kamel mit dem Drogenhandel zu tun?

Eine Menge.

Knapp fünf Kilometer vor der Grenze legte der Händler ein Dutzend kleiner in Plastik verschweißter Päckchen mit weißem Pulver auf die Zunge des Tieres. Das Tier schluckte sie ohne zu kauen. Spä-

ter, wenn die Grenze weit hinter ihnen lag, würde das Kamel die Päckchen wieder erbrechen. Der Händler würde sie verkaufen. An Leute wie Fabian und seine Hintermänner. Jansen schwenkte das schwere Maschinengewehr herum und richtete den Lauf auf das Kamel.

Dann betrat jemand die Kabine zu seiner Linken. Fabian hörte die Wasserspülung und dann ein Schaben an der Wand.

Du kleiner verdammter Spanner, dachte Fabian und hatte das Gefühl, dass jemand von oben auf ihn heruntersah. Von fern hörte er das Kreischen der Menge, die die Rockband und die elektronische Anarchie bejubelte. Aus dem Deckenlautsprecher über Fabians Kabine drangen Fetzen von Mariachi-Musik. Für einen Moment dachte er, was für ein grauenhafter Soundmischmasch es war.

Jansen öffnete den Wasserkasten und nahm das wasserdicht versiegelte Päckchen heraus. Brachte den Deckel wieder an und öffnete das Paket. Fand darin die Nachricht »Anrufen«. Der Inhalt war trocken. Spülte die Notiz hinunter und stieg auf den Toilettensitz.

Fabian hörte die Toilettenspülung in der Nachbarkabine. Er konzentrierte sich auf den ersten Defäkationsdruck. Über ihm zielte Jansen mit der Pistole nach unten. Aus kürzester Entfernung durchschlug eine Neunmillimeterkugel die Schädeldecke des rotgesichtigen Mannes, pflügte durch das Gehirn und blieb in der Wirbelsäule stecken. Fabian blieb keine Zeit mehr für einen weiteren Atemzug. Er verkörperte plötzlich seinen Lieblingsausdruck. Tote Scheiße.

Kein Hauswart würde es wagen, einen VIP auf dem Klo zu stören. Und jener, der in dieser Nacht Dienst gehabt hatte, ein Mann namens Mario, war schon zu Hause. Hauswart Mario war acht Stunden später wieder da. Er war der Einzige, der bemerkte, dass unter der Tür derselben Kabine dieselben Fußknöchel und schwarzen Schuhe in derselben Position wie in der Nacht zu sehen waren. Da der Gestank inzwischen ein unerträgliches Maß erreicht hatte, kam Mario fluchend seiner Pflicht nach und schloss die Tür auf. Sah den Mann auf dem

Klo. Er entdeckte einen Revolver im Schoß des Mannes zwischen heruntergelassenen Hosen. Es war ein .45er Modell (1911) der Fabrica de Armas in Mexico City mit einem angeschraubten Schalldämpfer. Es war eine altmodische .45er Pistole, die schon viele Jahre auf dem Buckel hatte und zu niemand zurückverfolgt werden konnte. Auch der Hersteller, Fabrica de Armas in Mexico City, war keine besondere Hilfe. Der Sprecher zeigte sich überrascht, dass ein Exemplar dieses Modells überhaupt noch im Umlauf war. Zuletzt war damit vielleicht im Jahr 1912 während der Revolution gegen den österreichischen König Maximilian geschossen worden. Die .45er endete in einem historischen Schaukasten aus edlem Teakholz in der Fabrica de Armas.

Jansen befand sich inzwischen wieder im Ballsaal und blieb dort auch. Es gab keinen Grund zu gehen. Warum auch? Zwischen dem Verlassen des Büfetts und der Rückkehr in die Menge waren nur drei Minuten verstrichen. Genug Zeit, um zu töten, aber nicht genug Zeit, dass sein Verschwinden aufgefallen war.

Niemand vermisste hier irgendjemand.

Sein Herz machte einen Sprung, als er das Gesicht erkannte.

Das Haar.

Er kannte noch immer nicht ihren vollen Namen.

Jansen hatte ihr schreiendes Gesicht in der grünen Farbe des Zielfernrohrs in Köln gesehen. Sie *war* es, die die Iglesia de San Lorenzo in Mexico City verlassen hatte. Sie war eindeutig die Frau mit dem Rottweiler in *La Hacienda*. Maravellis Gespielin.

Afghanistan. Sein Verstand weigerte sich, es zu akzeptieren. Die Ähnlichkeit war zu verblüffend.

Musik setzte ein, dann die Stimme eines jamaikanischen Sängers.

»Smooth operator,
Smooth operator.
across the north
and south to Key
Largo, Love for
Sale.«

Als die Frau Jansen entdeckte, tanzte sie direkt auf ihn zu. Sie näherte sich ihm mit dem denkbar prosaischsten Gesichtsausdruck, als hätte sie jede Erinnerung an ernsthaft gesprochene Worte verloren, die sie vor ein paar Momenten noch von sich gegeben haben mochte. Sie trug eine lange hellblaue, dünne Baumwollhose zu einer silbergrauen Drawstringbluse, die auf dem Rücken einen tiefen Ausschnitt hatte, der von ihren zart gebräunten Schultern bis zur Gürtellinie reichte. Zwei kreuzförmig verlaufende dünne Schnüre aus demselben Material verhinderten, dass die Bluse von ihren nackten Schultern fiel. Sie tanzte allein, gekonnt und anmutig. Ganz in sich vertieft. Als sie den Kopf zur Seite legte, fiel ihr die atemberaubende Haarmähne auf die Schulter. Tanzte näher und näher auf Jansen zu. Sah ihn an. Tanzte davon, nur um zurückzukehren. Lächelte. Sie streckte ihre Hand aus und forderte ihn mit einer einladenden Handbewegung auf, mit ihr zu tanzen.

Tanzte vor ihm.

Sie blieb stehen. Auge in Auge.

In Reichweite.

Die Musik wechselte, das »Girl from Ipanema« wurde gespielt, jenes vibrierend traurige Musikstück. Die Frau nahm seine Hand. Der melancholische Sound dieses puren Sambas umfing sie sanft. Die Berührung ihrer Hand kam Jansen ohnehin schon unwirklich vor. Er trat näher und sank in ihre Arme.

Oder sank sie in seine Arme? Jansen bemerkte erst jetzt, wie groß die Frau in ihren Sandalen mit den Zehn-Zentimeter-Absätzen war, so groß wie er. Sie konnten sich umarmen, ohne dass die unterschiedliche Körpergröße zu einem Problem wurde. Bauch drückte an Bauch, Schenkel an Schenkel. Venushügel an Tunica Vaginalis.

»Hallo, Geliebter«, sagte eine Stimme.

Ihre Stimme.

Dennoch zögerte sie, als er das sanfte und warme Lächeln sah, bevor sie ihn näher an sich heranließ. Dann legte er nur seine Arme um sie. Als wäre es völlig normal, als wären sie ein Liebespaar, das sich schon lange kannte, ließ er seinen Kopf auf ihre Schulter sinken, schmiegte sich an ihr volles Haar. Jansen konnte sich das *Warum* nicht erklären. Haare wie ein fließender See im Sonnenuntergang. Glänzende Haare, die einen gesunden Körper symbolisierten. Sie, die ihn hielt, war das Verlangen nach Leben. Die Berührung und die wortlose Nähe hatten jetzt, inmitten einer Umgebung aus Zorn, für sie beide eine lebenswichtige Bedeutung. Jansen hatte das Gefühl, dass es bei dieser Umarmung nicht nur um Anziehungskraft oder Sinnlichkeit ging. Er spürte, wie sie ihn seelisch gesunden ließ. In ihrer Nähe spürte er, welche Albträume sie beide durchlebt hatten. Während er sie im Takt des Songs hielt, summte er, um sie zu trösten.

»Ich bin Ticia«, sagte sie in seine Schulter. »Du hast eine angenehme Stimme.«

»Ich bin Jansen. Willi Jansen.«

»Und du bist …?«

»Deutscher.«

»Oh? Wer hätte das gedacht.«

Sie murmelte etwas Unverbindliches, das er nicht verstand.

Minuten später änderte sich die Musik. Die Töne waren jetzt zu grell, als dass er sie mit ihr genießen konnte. Sie stimmte zu, ohne ein Wort zu sagen.

»Warum gehen wir nicht nach draußen«, schlug Ticia vor.

»Ja … aber … Ich meine, Maravelli?«

»Ich soll dir zu Diensten sein. Das ist sozusagen Mr Maravellis letzte Anweisung. Es vereinfacht die Dinge. Meinst du nicht auch?«

»Was meinst du damit – mir zu Diensten sein?«

»Dich unterhalten. Du verstehst?«

Etwas in ihrer Stimme klang für einen Moment steif und hart.

»Sicher möchtest du ein Glas Champagner«, sagte sie.

Ohne seine Antwort abzuwarten, nahm sie zwei Gläser Champagner von einem Tablett, das auf der Hand eines Kellners vorbeischwebte, und reichte es Jansen. Er folgte ihr auf die Terrasse.

Der Mond stand voll am Himmel und durchflutete die Nacht mit seinem Silberstaub, dem geborgten Licht der Sonne, die längst zur anderen Seite der Erde gewandert war. Und der Mond beschien ihr Gesicht. Vor dem nachtblauen Firmament wirkte die zarte Schönheit ihres Gesichtes unwirklich wie der Raytracing-Effekt eines Computerbildes. *Jetzt* nahm Jansen wieder das Bild von Afghanistan wahr. Er trat einen Schritt näher zu ihr und bemerkte, dass sie einen Schritt zurückwich, um dieselbe Distanz zwischen ihnen aufrechtzuerhalten.

Sie trank einen Schluck und stellte das volle Glas auf einen nahen Tisch. Aus einer unsichtbaren Hosentasche zog sie eine Packung Zigaretten.

»Rauchst du?«, fragte sie mit einem Lächeln in der Stimme.

»Manchmal«, sagte Jansen und nahm die angebotene Zigarette.

»Wir sollten es eigentlich nicht tun. Das hört man überall.« Sie klang nicht ernst dabei.

»Ich kann gut auf mich selbst aufpassen. Wie ist es mit dir?«

Sie nickte, ohne die Augen von seinem Gesicht zu wenden.

»Ziemlich gut, würde ich sagen.«

»Komm, lass uns spazieren gehen.«

»Nun, du bist hier, um …?«

»Im Auftrag einer russischen Gesellschaft.«

»Was tust du?«

»Nun ja, ich prüfe einige Timesharing- und Immobilienprojekte.«

Er fragte sich für einen Moment, ob sie ihm diese Erklärung abkaufte oder nicht. Er sah sie an und spürte sofort den Wunsch, alles über sie zu erfahren, *sie* kennen zu lernen. Jansen spürte außerdem das Verlangen, all ihre Fragen über ihn zu beantworten. Damit sie *ihn* kennen lernte.

Sie setzten sich auf eine weiße, mit dicken, flauschigen Kissen gepolsterte schmiedeeiserne Bank. Blickten hinaus auf die vom Mond versilberte Bucht. Das Geschrei und der blubbernde Lärm der Party, das Stimmengewirr der feiernden Menge, schienen aus weiter Ferne zu kommen.

Er wollte dem, was das Leben ihm geschenkt hatte, nicht gleich mit einer Lüge begegnen. Sie würde nur einen endlosen Strom weiterer Lügen nach sich ziehen, die sich gegenseitig bedingten. Aber wie lange konnte dies gut gehen?

Andererseits. Wie zum Teufel konnte er *ihr* sagen, dass er ein Attentäter war?

Wie!?

Plötzlich hielten sie sich leidenschaftlich an den Händen. Keiner wusste, wer zuerst die des anderen ergriffen hatte. Dann küsste Jansen ihren Augenwinkel. Ein Kuss so sacht, dass er dachte, sie hätte ihn nicht gespürt. Aber sie hatte. Sie legte leicht, in einer trägen Bewegung, den Kopf zurück. Ticia sah ihm lange Zeit prüfend in die Augen. Zwei Minuten vergingen. Jansen hielt ihrem langen, abschätzenden Blick stand.

»Ich mag deine Art«, sagte sie ruhig.

Ticia zog ein 24-Karat-Gold-Dupont-Feuerzeug aus der Tasche. Schirmte mit der Hand die Flamme vor dem milden Nachtwind ab, berührte dabei seine.

»Du bist hier, um ihn zu töten«, flüsterte sie über die Flamme, ohne ihn anzusehen.

Die kleine Flamme gab ihrem Gesicht etwas Hexenhaftes. Sie lehnte sich zurück und nahm den ersten Zug. Ticia stieß den Rauch mit elegant geschürzten Lippen aus. Ihm gefiel die Art, wie sie rauchte. Sie rauchte nicht wie die anderen, eine Zigarette zwischen den dünnen Lippen, lang und gierig daran ziehend, dann mit aufgeblähten Wangen und hochgezogener Oberlippe den Rauch durch die Nase ausstoßend.

Es war halb eine Frage und halb eine Feststellung gewesen. Was hatte sie gerade gesagt?

Du bist hier, um ihn zu töten.

Es war von ihr gekommen.

Ticia A. Cortez hoffte, dass Jansen *nicht* antworten würde, dass er nicht etwas anderes war, etwas Harmloses, das seinen Besuch hier erklärte. Stille senkte sich, und beide waren in ihre eigenen Gedanken vertieft. Sie warteten darauf, dass der andere etwas sagte. Nachdem einige Zeit verstrichen war, siegte der Drang zu sprechen.

»Habe ich Recht damit, dass du hier bist, um ihn zu töten?«

Jansen war bereit zu reden. Der Lackmustest war jetzt auf seiner Seite.

»Wen?« Er.

»Zarro Maravelli.« Sie.

Pause.

»So ist es doch?!« Sie.

Jansen war zu seinem Erstaunen nicht überrascht, diese Worte von ihr zu hören. Es befreite ihn von der Verpflichtung zu lügen. Seine Lippen bewegten sich wie von selbst. Artikulierten das Wort.

»*Ja.*«

Er betonte jeden einzelnen Buchstaben.

»Du wirst tot sein, bevor *du* den Abzug drücken kannst«, sagte sie mit einem zweifelnden Unterton.

»Ist das so?« Fast unhörbar.

»Eines kannst du mir glauben. Du wirst es *nicht* allein schaffen.«

Da war eine Warum-Frage in seinen unbewegten Augen. Dennoch verblüffte ihn, dass er hörte, was er bereits geahnt hatte.

»Für diesen *coup de grace* brauchst du mich. Ich weiß mehr über ihn als du und die Männer, die dich geschickt haben.«

Langes Schweigen kehrte zwischen ihnen ein, und der stille Vollmond hing über Cabo San Lucas.

»Ich will ihn tot sehen. Dafür brauche ich *dich*«, sagte sie.

Er blickte auf sie hinunter, und zum ersten Mal bemerkte er, dass ihre Pupillen plötzlich von einem Ausdruck der Leblosigkeit und Schmerzen getrübt waren. Aber nur einen kurzen Moment. Sie stand auf.

»Würdest du mich entschuldigen? Mir ist kalt.«

Als Jansen ihr folgte, wurde ihr eleganter, fester Schritt für einen kurzen Moment unsicher, als würde sie für einen Sekundenbruchteil um ihr Gleichgewicht kämpfen. Er war an ihrer Seite, als sie stehen blieb. Sie drehte sich um und sah ihn an.

»Muss ich dich fragen, ob wir einen Deal haben oder nicht?«

»Nein, das musst du nicht.«

Ticia ging langsam weiter Richtung Ballsaal und gab ihm wortlos zu verstehen, dass er sich von ihr fern halten sollte. Die Tür zum Ballsaal schwang elektronisch gesteuert auf. Licht fiel durch die offene Tür, und der Sound umfing sie. Nach ein paar Schritten war Ticias Silhouette verschwunden. Wie ein Halbschatten, der von jetzt an dem Tod diente.

Jansen bemerkte, dass Maravelli den ganzen Abend über nicht da gewesen war.

Ticia A. Velosos starrte auf den Fernsehschirm, ohne bewusst wahrzunehmen, was in der Welt passierte. In Kalifornien war es an den öffentlichen Schulen zu einem Streik der Lehrer gekommen. Der Grund: mehr Geld wurde verlangt. Dann folgte ein Interview mit Gewerkschaftsexperten und einigen Gewerkschaftsfunktionären der Automobilindustrie, die mit Streik drohten. Der Grund: mehr Geld wurde verlangt. Mit aufgeregter Stimme meldete der Nachrichtenleser, dass die Albaner ihre von den europäischen Steuerzahlern finanzierten Zelte verlassen hatten und in das Kosovo zurückgekehrt waren. Sie hatten umgehend die Häuser von Serben niedergebrannt, weil es doch der Fehler der Serben war, dort seit achthundert Jahren zu leben. Andererseits, sagte der Vorleser am Bildschirm, sei das U. S. State Department beunruhigt über eine Schießerei zwischen einer albanischen und einer russischen Gang in Brighton, New York, mit vier Toten. Wahrscheinlich die Opfer eines fehlgeschlagenen Drogendeals. Ein Zukunftsexperte sprach über die Zukunft elendes ungereimtes Zeug. Die Zukunft beginnt morgen. Die Zukunft habe heute begonnen. Die wahre Zukunft ist natürlich China. Die Zukunft ist jetzt. Die Zukunft sind Satelliten. Die Zukunft ist interaktives Fernsehen. Die Zukunft sind Glasfaserkabel. Die Zukunft ist CD-ROM. Wie kam es, dass in diesem Zeitalter der Information niemand irgendetwas wusste?

Für eine lange Zeit saß sie da, in ihre Gedanken vertieft, blicklos starrend. Ihre linke Hand wanderte zu Rulers Kopf. Das muskulöse Tier blickte auf und legte seinen Kopf wieder auf die Pfoten. Atmete aus. Ticia spürte ein leeres Gefühl der Erleichterung. Sie sah die zerstörerischen Effekte ihres Lebens und wünschte sich, bei dem Mann zu sein, den sie gerade kennen gelernt hatte. Sie dachte an Maravelli und wie er sie seit Jahren benutzt hatte, um ihren Sohn am Leben zu halten. Er repräsentierte in gewisser Hinsicht den Vater, den sie nie gehabt hatte, und mehr noch, die Macht, die Maravelli über sie und ihren Sohn Armando hatte, den sie nicht sehen durfte.

Oder vielleicht symbolisierte sie für Maravelli die Mutter, die er noch immer so sehr hasste. Eine Mutter, die er schon vor Jahren umgebracht hätte, wäre es ihm möglich gewesen. Ticia erinnerte sich an die Schläge, die ihr seine Peitsche zugefügt hatte. Jeder Hieb hatte ihren hilflosen Hass verstärkt. Maravelli genoss es, sie an die Gäste auf seinem Anwesen zu verleihen. Sie mussten dafür bezahlen. Das Geld zu kassieren, war für ihn eine der wenigen Möglichkeiten zur ultimativen sexuellen Befriedigung. Sie musste seine Geschäftspartner in einem Raum empfangen, den er mit einer Kamera beobachten konnte, reserviert für sexuelle Transaktionen, bei denen sie sich reichen Fremden hingab, ohne selbst Vergnügen an der Situation zu finden. Sie brachte die Partner dieser eiligen, freudlosen sexuellen Begegnungen dazu, mehr und mehr für die teure Liturgie der schnellen Kopulation zu zahlen. Sie erfüllte verzweifelt jeden Wunsch, den ein Mann in seinen sexuellen Fantasien hegte. Vergaß nie, von ihm die Summe zu verlangen, auf die sie sich unter Berücksichtigung der in Maravellis Haus geltenden Tarife geeinigt hatten. So musste sie jedes Mal ihren Status als Hure bestätigen, um Maravellis labilen Charakter zu befriedigen. Ständig schwebte die Drohung über ihr, dass er ihrem Sohn etwas zu Leide tun würde. Maravellis zynisches und entscheidendes Argument war immer, dass doch jemand für die Ausbildung des Kindes bezahlen musste. Das und nur das, die Liebe zu ihrem Kind, zu ihrem einzigen Sohn, gab ihr die Kraft. Aber es würde ihr schwer fallen, ihn in ihren letzten Monaten zu beschützen. Lieber Gott, was sollte nur aus ihm werden? Ihr blieben nur noch knapp zwei Monate zu leben.

Armando, ihr Sohn, war so weit weg.

Dies kompensierte nicht den ungeheuren Luxus, der ihr zur Verfügung stand.

Die Gulfstreams, die Autos, die American Express-Platinkarte, die Visa-Gold. Shopping at Tiffany. Sie konnte Maravellis Apartments in Mexico City, Paris und Köln benutzen (Maravelli hielt nicht allzu viel von dem lärmenden, schmutzigen New York). War sie hier glücklich? Gewiss nicht.

Sie stand auf.

Jansen konnte nicht schlafen. Er öffnete weit die hohen französischen Fenster. In das verblassende Licht des Morgenmondes mischten sich das Summen und leise Sirren der Grillen und anderen Nachtinsekten, die mit ihrem Gesang einen Partner anlocken wollten, der vielleicht nur drei Grashalme entfernt war. Da war das kaum wahrnehmbare Geräusch einer sich öffnenden Tür. Willi Jansen empfing diesen Klang wie eine Warnung.

Ticia trug einen Trainingsanzug.

Sie sah mit einem langen, durchdringenden Blick auf Jansen hinunter. Wie eine letzte Prüfung vor der endgültigen Entscheidung. Sie schlüpfte unter seine Bettdecke.

»Halt mich fest«, flüsterte sie, »halt mich nur einfach fest.«

Sie schmiegten sich aneinander, versanken in der Umarmung.

Sie küssten sich nicht, während jeder sein Gesicht an die Schulter des anderen legte. Er atmete den süßen Duft ihres Halses. Ein weiterer Annäherungsversuch hätte alles zerstört.

Am Sonntag, den 24. Dezember 1961, um vier Uhr morgens wurde in der Stadt Merida, Yucatan, ein Kind geboren. Ein Mädchen. Man taufte sie auf den Namen Ticia A. Velosos. Sie war die Schwester eines drei Jahre älteren Jungen namens Claude Santos.

Ihre Geburt vergrößerte das Glück der Familie. Der stolze Papa des neuen Sprösslings war zu dieser Zeit ein Oberstaatsanwalt namens Jaimee Velosos. Von allen wurde er respektvoll Don Jaimee genannt. Es war eine Familie, in der das Blut blau und das Geld alt war. Jaimee hatte für das Amt des Gouverneurs des Staates Yucatan kandidiert (und die Wahl gewonnen) und verfügte über beste Verbindungen zu seiner Regierung in Mexico City. Er hatte die lange Zeit umstrittene Schnellstraße 26 zur Stadt Progreso am Golf von Mexiko gebaut und für die Verlegung der ersten Ölpipeline vorbei an Merida und die Errichtung einer Raffinerie gesorgt, die viele Arbeitsplätze zur Verfügung stellte. Er baute außerdem die Schnellstraße 180D nach Puerto Juarez. Einige Schulen in abgelegenen Gebieten folgten.

Don Jaimee bewarb sich für eine zweite Amtszeit. Er bemerkte eine Zunahme betrügerischen Verhaltens auf Seiten der aufstrebenden Spitzenkräfte mit einem Diplom in der Tasche. Das edel gerahmte Hochglanzzertifikat teilte dem Leser mit, dass sein Besitzer seinen akademischen Grad in Politikwissenschaft oder anderen dubiosen Studiengängen an Universitäten wie Yale, Harvard oder Georgetown erworben hatte. Die meisten von ihnen hatten ihr ganzes Leben lang keinen Tag ehrlich gearbeitet. Es war außerdem die Zeit, in der Gerüchte über eine Verwicklung der Regierung in Drogengeschäfte die Schlagzeilen der Zeitungen beherrschten. Jaimee, gewissenhaft und ehrlich wie er war, klagte an, beschuldigte. Schlimmer noch, er zeigte mit Fingern auf bestimmte Senatoren und nannte Namen und Titel, gegen die handfeste Beweise vorlagen.

Er wollte ein sauberes Mexiko.

Es war klar, dass ein Mann wie Don Jaimee Velosos von den Männern, die er anklagte, keine Vergebung zu erwarten hatte. Jaimee war sicher, dass er sie nie brauchen würde. Don Jaimees Familienstammbaum reichte bis zur Zeit von Vasco da Gama zurück. 1495 war ein Velosos bei der Aushandlung des Vertrags von Tordesillas beteiligt, der die Welt in zwei Einflusssphären teilte. Alle neu entdeckten Länder östlich des Längengrads 46° 37′ sollten den Portugiesen gehören. Alle westlich davon den Spaniern.

Ticia lachte leise.

So einfach war das.

Zu dieser Zeit konnte niemand einen Längengrad genau bestimmen. Um zukünftige Ansprüche der Spanier zu unterlaufen, veränderten die Portugiesen zum Beispiel absichtlich die Position einiger asiatischer Inseln auf den Karten, die *sie* erstellt hatten. Als die Spanier es herausfanden, kam es zu einer wütenden Auseinandersetzung. Der Streit wurde auf gute alte Weise mit Geld beigelegt. Wieder war es ein Velosos, der die Ehre hatte, den Vertrag auszuhandeln, da er die Umstände kannte und die Kompliziertheit der Situation verstand. Der Heilige Römische Kaiser und König von Spanien Karl V. benötigte ungeheure Geldmengen, um sein Königreich zusammen und seine Bauern in Schach zu halten. Der König verkaufte seinen vertraglich abgesicherten Anspruch in Asien an seinen portugiesischen Rivalen für 350.000 Golddukaten. Damit blieben dem spanischen Souverän ganz Südamerika, Mexiko, Peru und die nördliche Region von Kap Horn.

Zu dieser Zeit ein ansehnlicher Batzen Land. Fast der gesamte südamerikanische Kontinent. Natürlich fiel Brasilien heraus, da die offizielle Sprache dort bereits Portugiesisch war.

Die Spanier breiteten sich über Mexiko und Südamerika aus und setzten nie wieder einen Fuß auf asiatischen Boden. Die Suche nach El Dorado hatte begonnen.

Die edle und hochgeborene Familie der Velosos verließ ihre Burgen in Kastilien und zog nach Mexiko, wo ihre Angehörigen generationenlang als Gouverneure und direkte Emissäre ihres Königs in Spanien dienten.

Unberührbar.

Jansen warf ein »Was-wurde-aus-den-Burgen-in-Spanien?« ein.

Verkauft.

An wen?

Ticia zuckte die Schultern.

Jansen bemerkte erst jetzt, dass sie zärtlich sein Gesicht streichelte, während sie erzählte. Es war ihre ganz eigene Art, mit ihm zu kommunizieren. Jedenfalls war das Haus der Velosos Jahrhunderte lang ein Fels des Reichtums und des Wohlstands im stürmischen Meer der Zeiten. Das erste Mal, dass die Oberfläche ihres Wohlstands angekratzt wurde, war im Jahr 1929, als die Finanzmanager der Velosos in New York einen Großteil ihres Vermögens in den Sand setzten. Es war der erste Schritt von *La Familia* auf dem Weg ins gesellschaftliche Nichts. Es war auch die Zeit, in der reiche Männer ihren Rolls Royce an der Ecke Wall Street und 57th Street für einhundert Dollar verkaufen oder sich zum Sprung vom Empire State Building entschließen mussten, um ihre finanziellen Probleme ein für alle Mal zu lösen. Die Männer, die die Konten der Velosos verwalteten, hatten sogar die Frechheit, eine Rechnung für die Vernichtung des Vermögens zu schicken.

La Familia entging nur mit knapper Not dem völligen finanziellen Ruin und kam in den siebziger Jahren wieder zu Geld. Mexiko prosperierte. Das neue Zauberwort war – Öl.

College. Sie hatte es mit einem Magistergrad in Literatur und Kunst verlassen. Ticia nahm Tanzunterricht im Studio von Juego de los Suneñtés, der ihr bescheinigte, sie wäre sehr begabt. Aber daraus wurde nichts Ernstes. Als Frau wurde von ihrer konservativen katholischen Familie erwartet, dass sie einen passenden konservativen Mann heiratete. Natürlich einen katholischen. Sie musste einfach voller Gottvertrauen darauf warten, dass der richtige Mann vielleicht an ihre Tür klopfte.

Im Lauf der nächsten Monate verlor die Velosos-Familie bei Spekulationen mit der schwarzen öligen Substanz ihr letztes Geld. Aus irgendwelchen Gründen wurde der Ölpreis derart manipuliert, dass es fast zum Zusammenbruch des Marktes kam.

Big Oil missfiel Mexikos neue Emanzipation. Man fürchtete, dass es sich dem vom IWF bestimmten Status eines »Dritte-Welt-Landes« entziehen würde.

Um sie herum brach alles zusammen. Jaimee schwor, versprach, bettelte. Er konnte die auf Hunderttausenden Quadratmetern gelagerten Vorräte an Chemikalien und Ölförderausrüstung nicht zu Geld machen. Sie waren plötzlich nichts mehr wert. Schließlich musste er sein Haus und einen Teil des ihm verbliebenen Landes als zusätzliche Sicherheit verpfänden. Er erinnerte die Leute seiner Gesellschaftsschicht an das, was er in Yucatan als Gouverneur geleistet hatte. Es zählte nicht. Sie hatten nicht vergessen, dass er im Parlament mit dem Finger auf sie gezeigt hatte.

Sie ließen ihn fallen.

Ticia sah ihn wegfahren, gut gekleidet und mit einem Lächeln. Seine spanische Würde und Selbstachtung erlaubten es ihm nicht, über eine solche Niederlage hinwegzukommen. Ticia wusste, was Jaimee mit der .38er Pistole in seinem Handschuhfach vorhatte.

Nach Don Jaimees Tod begann der letzte Count-down des Velosos-Hauses.

Was war mit dem Bruder?

Er ist Priester, ein Diener des Glaubens in der Iglesia de San Lorenzo in Mexico City. Dort kümmert er sich um die verlorenen Schafe, Gottes Kinder, jene, die die Sicherheit ihrer Heimatstädte und -dörfer verlassen haben, um den Verlockungen der großen Metropole zu folgen.

Bis auf ein paar kurze Fragen hatte Jansen in den letzten zwei Stunden kaum etwas zu Ticia gesagt. Jedes Mal, wenn sie zu reden aufhörte, brachten der Frieden und die Ruhe zwischen ihnen sie dazu, weiter zu reden.

»Ich habe bis jetzt noch keinem anderen Menschen davon erzählt«, sagte Ticia.

»Ich fühle mich wirklich sehr geehrt«, sagte Jansen.

Sie lächelte und setzte sich unerwartet.

»Ich muss jetzt gehen. Normalerweise bleibe ich nie so lange weg. Wie sehe ich aus?« Sie drehte ihm ihr Gesicht zu.

»Etwas blass, aber wundervoll. Es liegt vielleicht am Mondlicht.«

Sie lächelte und schmiegte sich an ihn. Erst jetzt dämmerte ihm, dass das, was er für blass gehalten hatte, die innere Anspannung auf ihrem Gesicht war.

Eine dünne Linie aus mattem orangefarbenen Licht tauchte am Horizont auf. Die Morgenröte trug den ersten Hauch von Helligkeit nach Cabo.

»Vielleicht solltest du jetzt etwas schlafen.«

Sie stand hastig auf und stellte den linken Fuß seitwärts, als würde sie für einen Moment leicht taumelnd um ihr Gleichgewicht kämpfen. Ticia verzog das Gesicht. Er sah sie fragend an. Ihre Blicke trafen sich wieder in der Stille. Die Bewegungen ihrer Augen waren wie eine letzte Umarmung. Würde er sie je wieder so nahe sehen? Sie berühren? Er hatte keine Ahnung, wo er in zwei Wochen sein würde. Alles, was er in seinem Leben getan hatte, kam ihm jetzt unbedeutend vor. Er hatte Menschen erschossen und war von ihnen beschossen worden. Er hatte getötet, aber nur den Abschaum, den sein Mentor sorgfältig ausgewählt hatte. Den Müll, der es nicht wert war, vom Gesetz geschützt zu werden. Ja, seine »Kunden« waren Verbrecher in Tausenddollaranzügen, und wenn sie tot waren, weinte ihnen kein Richter eine Träne nach. Es war ein lukratives Geschäft, das mit den Immobilien und das andere. In diesem Moment entschied er, dass der Auftragsmord hier in Cabo San Lucas sein letzter sein würde. Mit ihr, Ticia, standen ihm alle Möglichkeiten des Lebens immer noch offen. Würde er Ticia heiraten? Und wenn ja, würden sie in Europa leben? In seinem kleinen Naumburg mit dem weiten Tal der Saale? Willi fand diese Unsicherheiten erregend, wie ein Kind, das sich fragte, was es wohl zum Geburtstag bekommen würde. Jansen hatte plötzlich für einen Moment Angst, dass er sie vielleicht nie wieder sehen würde.

Wenn ich das hier überlebe, dachte er plötzlich. Unvermittelt stand so viel auf dem Spiel. Bis jetzt hatte er dem Tod geschickt ein Schnippchen geschlagen, denn nur eine Niederlage bedeutete, dass er ein Verlierer im Turnier des Auftragsmordes war. Jetzt wollte er unbedingt leben, mit Ticia zusammen sein, in einem gemeinsamen Heim, alles über sie erfahren, ihre Hobbys und Marotten, ihre Gewohnheiten, die Bücher, die sie mochte (vielleicht las sie aber auch gar nicht), und was sie von Andrea Bocelli hielt und ob er wirklich eine göttliche Stimme hatte. Um dieses Leben führen zu können, musste er diese letzte Schlacht gewinnen.

»Hättest du vielleicht Lust, heute Nachmittag mit mir einen kleinen Ausflug zu machen?«, hörte er sie fragen. »Ich möchte dir etwas zeigen. Magst du Tiere?«

Ihm fiel ein, dass er als Kind ein Kaninchen gehabt hatte. Das war aber auch alles.

»Um wie viel Uhr?«

»Gegen halbdrei.«

»Zieh Jeans an. Ich glaube nicht, dass du richtig sichere Schuhe mitgebracht hast. Wir werden dir welche besorgen.«

Sie hauchte einen Kuss auf seine Wange und verließ ihn.

Morgen.

Jansen wartete auf das Frühstück. Im klaren Morgenlicht wanderte er um die Terrasse mit ihrem Blick auf den kilometerbreiten Rasen. Sie waren gestern nicht dort gewesen.

Die Flugzeuge.

Zwei. Eine Piper Cherokee 140B. Das andere konnte Jansen nicht klassifizieren. Ihre zwei Motoren waren an der Oberseite der Innenbordflügel montiert. Sie waren leicht zu übersehen. Die nahe Landebahn ließ ihn noch stärker den Mangel an Heimeligkeit empfinden, an dem dieses gesamte Anwesen litt. Diese seltsame Umgebung strahlte nicht jene Wärme aus, in der man sich zurücklehnen und zu Hause fühlen konnte. Er musste an Ticia denken. Wusste er genug über sie? Es spielte keine Rolle, wie lange er sie kannte. Es war einfach richtig. Punkt.

Zwanzig Minuten vergingen. Aus den Schatten der Arkade tauchte Maravelli auf, mit seinen beiden Leibwächtern im Schlepptau. An diesem Morgen trugen die zwei Wächter elegante cremefarbene Anzüge, die für ihre Größe maßgeschneidert waren. Eine Gruppe von Orientalen folgte ihnen. Es waren die Asiaten, die Maravelli ihm gegenüber kurz erwähnt hatte. Vier Hokiens von der Triade Hongkong, drei Yakuzis aus der Stadt Sumanoto in Japan. Die vier Südamerikaner, man konnte es ihnen ansehen, fühlten sich nicht besonders wohl in deren Nähe.

Da war Gilberto Rodriguez, inzwischen sichtlich gealtert. Es war der Mann, der 1988 den »Nationalkongress der Cocabauern« in Cochabamaba in Bolivien organisiert hatte. Er hatte erfolgreich ein von den USA finanziertes Cocastrauch-Vernichtungsprogramm durchkreuzt. Der zweite Mann war ein ehemaliger Gouverneur der Huanaco-Region in Peru, Huerto Milla. Milla hatte die peruanische Regierung beschuldigt, den Cocabauern große Ungerechtigkeit angetan zu haben.

Wie auch immer. Maravelli ging einfach davon aus, dass ihm alle folgten. Er entdeckte Jansen sofort und winkte ihm freundlich zu, als wollte er ihn auffordern, näher zu treten, zu ihm zu kommen, ihn zu begrüßen.

Jansen rührte sich nicht von der Stelle.

Maravelli schritt über die riesige Terrasse. Erreichte den Tisch und setzte sich. Er trug einen hellgrauen dreiteiligen Anzug aus exquisiter handgewebter Wolle. An seinem linken Handgelenk schimmerte die Imitation einer Van Cleef & Arpels Uhr von 1924 aus 24-Karat-Gold; das Original hatte Winston Churchill getragen. Sein hellblaues Hemd schien ein maßgeschneidertes Oxford zu sein, mit einer dezenten Hermès-Krawatte. Aber die Manschetten waren etwas zu lang und mit einem zweiten Knopf versehen, ein sicheres Zeichen dafür, dass es wohl für ihn in einem der besseren Warenhäuser in London gekauft worden war. Er schob seinen Stuhl zurück. Er setzte sich und schlug die Beine übereinander. Stand auf. Setzte sich wieder. Als der perfekt gebügelte Stoff seiner Hose nach oben rutschte, weigerten sich die kurzen Socken, das viel zu weiße Fleisch seiner Beine zu bedecken. Es sind wohl doch die kleinen Dinge, die Klasse bedeutungslos machen können, dachte Jansen.

Die Sitzordnung sorgte für weitere Verunsicherung. Die Gäste standen einen langen Moment herum, bevor sie sich niederließen. Marvellis einladende Geste brachte schließlich alle gleichzeitig dazu, Platz zu nehmen. Er hatte ein sehr geschicktes Arrangement getroffen. Der Tisch war rund, sodass die Frühstückskonferenz keinen wirklichen Vorsitzenden hatte. Alle waren gleich. Es war derselbe narzisstische Klassiker wie damals in Paris, als Kissinger und der Vietcong über die steigende Zahl der toten jungen Soldaten zwischen Da Nang und Hanoi gefeilscht hatten. Aber es gab dennoch keinen Zweifel daran, wer hier das Sagen hatte. Höfliches Nicken folgte, ohne dass sich jemand vorstellte. Zögernd ließen sie sich nieder. Den ganzen Morgen über hatten männliche Bedienstete in weißen Jacketts auf ihren Posten gestanden und sichtlich genossen, dass sie nichts zu tun hatten. Jetzt kam Bewegung in sie. Sie hatten an diesem Morgen eine helle weiße Markise über den Tisch gespannt, auf dem fünfzehn Gedecke standen.

Alles schweres Silber. Teller aus Meißener Porzellan, kobaltblau gerändert, mit dem Stempel der gekreuzten Schwerter, auf silbernen Warmhalteplatten ruhend.

Auf den Tellern riesige Omeletts.

Maravelli trank einen Schluck Champagner und behielt ihn für einen Moment im Mund.

»Wirklich hässlich, diese Sache im Crown Hotel gestern Nacht. Ein bizarrer Zwischenfall. Jemand wurde erschossen. Sie werden nicht glauben, wer und wo«, wandte er sich an den

Yakuzi-Mann. Beugte sich zu ihm und flüsterte dem Japaner ins etwas Ohr. Maravelli entlockte der orientalischen Kehle ein hämisches Lachen. Nur einer sprach gutes Englisch. Die anderen zeigten ihr ewiges Lächeln, um zu überspielen, dass sie nur Kantonesisch sprachen.

Den Kolumbianer schien der Vorfall von gestern Nacht mehr zu beunruhigen; er verbarg seinen Abscheu nur schlecht. Maravelli löste die Spannung, indem er radikal das Thema wechselte. Er dominierte das Frühstück und brillierte mit Anekdoten über Speisen, die die Libido anregten.

»Ich habe gestern einen interessanten Artikel gelesen. Wussten Sie«, wandte er sich plötzlich direkt an Jansen, da es sich um ein europäisches Thema handelte, »dass Katharina der Großen nachgesagt wurde, im Bett so unersättlich zu sein, dass sie sich dazu verstieg, sich mit ihrem Pferd einzulassen, einem Hengst?«

»Nein, aber interessant zu hören«, sagte Jansen und lehnte sich auf seinem Stuhl zurück. Unterdrückte ein Gähnen. Du lieber Gott, was sollte das. Dieser alte, abgestandene historische Klatsch. Die zu perfekte Art, mit der er die Geschichte präsentierte, verriet Jansen, dass Maravelli sie schon oft erzählt hatte. Beiläufig eingestreutes neues Wissen, das Maravelli angeblich erst kürzlich erworben hatte und nun bereit war, es mit anderen zu teilen. Er hatte es bestimmt nicht erst gestern gelesen.

Der Mann ist nicht nur eine Gefahr, sondern auch eine Nervensäge, dachte Jansen. Er blickte hinauf zum makellos blauen Himmel. Nicht einmal der Kondensstreifen eines Flugzeugs war zu sehen.

»Omeletts«, sagte Maravelli nun mehr zu sich selbst. »Sie hat morgens Omeletts gegessen. Kaviaromeletts aus fünf frischen Eiern von einer jungfräulichen Henne, mit fein gehacktem Schnittlauch und einigen köstlichen, hauchdünnen Scheiben norwegischen Räucherlachs. Garniert mit einer halben Tasse Belugakaviar vom Baltischen Meer. Alles auf vorgewärmtem Porzellan. Edles Porzellan ist wichtig. Sehr wichtig. Aus ästhetischen Gründen natürlich.«

»Sie hätten Koch werden sollen«, sagte Jansen lächelnd. Für

ihn war ein Omelett nur eine flexible Form von Rührei in vielen Variationen.

»Oh, seien Sie nicht so profan«, meinte Maravelli. Es war das einzige Mal, dass Jansen so etwas wie ein ehrliches vergnügtes Lächeln bei ihm sah.

»Und wissen Sie was? Zu ihrem Frühstück gehörte stets Tee mit Wodka. Was für eine Art zu leben.«

Es klang, als hätte er nichts, für das es sich zu leben lohnte. Maravelli versank in Schweigen, das nur vom gelegentlichen Kratzen einer Gabel oder eines Messers unterbrochen wurde. Alle waren mit dem Verzehr ihrer Omeletts beschäftigt. Die Yakuzis und die Triaden-Männer von Hongkong hatten eine Gemeinsamkeit. Sie schmatzten und rülpsten. Bekleckerten das edle Damasttischtuch. Jansen hatte seine Zweifel, ob die Mär stimmte, dass man als Gast einen Teil seiner Mahlzeit auf dem Tisch verstreuen musste, um dem Gastgeber seine Zufriedenheit mit den servierten Köstlichkeiten zu zeigen. Dass Maravellis Gästen auf dem Weg vom Teller zum Mund verhältnismäßig viele Bissen von der Gabel fielen, deutete jedenfalls auf eine Art überschwängliche Begeisterung beim Genuss der Omeletts hin.

Willi sah Ticia mit Ruler an ihrer Seite durch die Arkade schlendern. Sie blickte nicht zu ihm herüber. Was Jansen eigentlich bei Maravelli beobachtete, war abstoßend und Furcht erregend.

Er war einer dieser letzten *monstre sacré*-Tycoons, die rücksichtslos mit ihren Untergebenen umgingen. In der Gewissheit, dass Geld das Fundament seiner Macht war. Jansen sah Maravelli über den Tisch hinweg an, konzentrierte sich auf den Mann. Eine kleine Anzahl wohlhabender Männer mochten auch mächtig sein, aber nur wenige, zu denen auch Maravelli gehörte, konnten despotenhaft über riesige Privatvermögen, weltweite Firmenkonglomerate, Legionen von loyalen Angestellten und Speichelleckern gebieten. Mit dem, was Maravelli vorhatte, war er zweifellos dabei, die Kontrolle über seinen privaten Dämon zu verlieren. Aber, wenn Männer wie Maravelli etwas nicht kontrollieren konnten, zerstörten sie es, vernichteten es. Er war ein Mann, der selbst jenen Distanz entgegenbrachte, die sich ihm nahe wähnten. Er hatte alles erreicht, was man sich nur erträumen konnte. Jetzt wollte er den gesamten Handel mit allem, was unter dem Begriff Drogen firmierte, unter seine Kontrolle bringen. So größenwahnsinnig der Plan auch war, so absurd er klang, das Potenzial war da. Die Hiwis des Drogenhandels mit ihren »Health Care Shops« in Kalifornien waren bereits die Speerspitzen der neuen Industrie. Sie traten bereits dafür ein, dass man sich ganz legal das Gehirn zu Brei schnupfen konnte. Wenn er Erfolg hatte – und alles deutete im Moment darauf hin, dass es möglich war – würden Drogen in Zukunft als legale Produkte verkauft werden können. Erhältlich in jeder guten Drogerie. Die große Hoffnung der Benutzer war natürlich, dass eine Regierung die verblödenden Nebenwirkungen medizinisch betreuen, sprich mit dem Geld der Steuerzahler begleichen würde. Einmal legalisiert, würde Maravelli das totale Drogenmonopol haben.

Nachdenklich betrachtete Jansen den Mann, bei dem er immer noch nicht wusste, wie er ihn töten sollte. Maravelli, in ein Gespräch mit einem Yakuzi vertieft, musste Jansens forschenden Blick gespürt haben. Er drehte seinen Kopf zu Willi, und für einen langen Moment trafen sich ihre Blicke, während Maravelli seine Unterhaltung fortsetzte.

Jansen hob die Augen zum Himmel, als würde er die Aussicht genießen. Als er sie wieder senkte, waren Maravellis Augen noch immer auf ihn gerichtet. Willi schenkte ihm ein freundliches Lächeln, das Einverständnis mit ihm signalisierte. Maravelli war sich nicht sicher, was er davon halten sollte, lächelte kurz zurück und nickte.

Schriftliche Notizen waren nicht erlaubt.

Der Bolivianer eröffnete die Besprechung mit einem Vortrag. In seinem Land sahen sich die Bauern des Chapare-Tals erneut unerträglichen Restriktionen durch die Regierung in der Hauptstadt La Paz ausgesetzt, die wiederum von den *nortamericanos* unter Druck gesetzt wurde. Ein neues Cocagesetz war verabschiedet worden. Die Bauern protestierten dagegen, und die UMOPAR (Unidad Móvil de Patrullahe Rual), die mobile Landpatrouille, musste eingreifen. Aber die 3.000 Cocabauern umstellten die UMOPAR-Einheit, bewarfen sie mit

Steinen und zerstörten zwei Laster und Polizeiwagen. Weiter südlich im Tal nahmen 200 bewaffnete Cocabauern eine UMOPAR-Patrouille gefangen, um die Beschlagnahmung von 15 Tonnen Cocapaste zu verhindern. Helikopter. Tote Bauern. Und alles nur, weil sie sich mit dem Anbau von Cocasträuchern den Lebensunterhalt verdienten.

Giberto Rodriguez kannte seine Zahlen. Die Endfassung des neuen Cocagesetzes in Bolivien erlaubte eine Anbaufläche von maximal 12.000 Hektar zur Deckung der *legalen* Nachfrage. Maravelli lachte in sich hinein. Wie bedauerlich. Bolivien hatte ein Anti-Coca-Programm aufgelegt, den so genannten Dreijahresplan. Bauern erhielten für jeden Hektar, den sie freiwillig vernichteten, eine Entschädigung von 2.000 Dollar sowie technische Hilfe und Sonderleistungen wie Bankkredite. Das Gesetz sah außerdem vor, weitere Cocasträucher zu vernichten und die Hektarzahl in den nächsten Jahren auf 8.000 beziehungsweise noch weniger zu verringern. Die Cocalobby hatte bereits gegen die 12.000 Hektar protestiert, da sie für die Maximalproduktion von legalen Cocablättern zu wenig waren. Jetzt das. Alle würden glücklich sein und die freiwillige Vernichtungsaktion subventioniert werden.

Dies war ein aussichtsloses Unterfangen. Erstens konnte auf dem Boden in den abgelegenen Gebieten nur Coca angebaut werden und sonst nichts. Und die Bauern mussten etwas verkaufen, um ihren Lebensunterhalt zu bestreiten. Die Behörden erhoben Einwände, da die Summen für die Subventionierung der freiwilligen Vernichtung von Cocasträuchern Schwindel erregend hoch waren. Die Ausgleichszahlungen für die Aufgabe von Coca-Anbauflächen betrugen pro Hektar zwischen 7.000 und 8.000 Dollar. Um die vorhandenen 50.000 Hektar zu vernichten, musste man zwischen 350 und 400 Millionen Dollar aufbringen. Es gab praktisch keine Chance, dass ein westliches Land mit seinen eigenen Finanzproblemen und Haushaltsdefiziten derartige Programme finanzieren würde, um die Cocablätter und damit das Kokain loszuwerden. Die *americanos* hatten einen Unterstützungsfond in Höhe von mageren 7,3 Millionen Dollar eingerichtet. 70 Prozent weniger, als gebraucht wurde. Maravelli lachte amüsiert.

Theoretisch genügte dieser Betrag, um pro Jahr 3.650 Hektar zu vernichten. Aber es würde rund 14 lange Jahre dauern, um die 50.000 Hektar Cocablätter zu eliminieren. Gilberto Rodriguez meinte, das es schon deprimierend sei, dass im letzten Jahr 1.470 Cocalabors zerstört worden seien. Doch die Produktion wurde dadurch nicht verringert. Die Mafia ... Maravelli unterbrach verärgert.

»Es klingt, als hätte jeder in Ihrem Land seine eigene Produktionsstätte. Wie die Chinesen vor einigen Jahren. Jeder hatte seinen kleinen, von der Partei zur Verfügung gestellten Hochofen, um Eisen für den Großen Vorsitzenden herzustellen. Eisen, das niemand gebrauchen konnte.«

Maravelli fuhr fort. Und was war das? Die Preise für die Blätter waren von 25 auf 130 Dollar pro Ladung gestiegen. Man stelle sich vor, dass 3.100 Familien an der Verarbeitung und dem Vertrieb beteiligt waren. Was für ein Chaos. Ihr Kolumbianer – Maravelli zeigte mit dem Finger auf sie – mit all eurer romantischen Selbstverklärung. Die *narcotrafficantes* (Mafia galt als Ausdruck der Respektlosigkeit) konnten nicht genug Publicity in den Medien bekommen. Die Wahrheit war, dass die Cali-Medellin-Organisation – und wage es ja niemand, sie als Kartell zu bezeichnen! – die Rohmaterialien, die Kokainpaste und Kokainbase, sogar aus Peru und Bolivien importieren musste. Der nächste Schritt war *dann,* diese Zwischenprodukte zu Kokainhydrochlorid (KHCL) zu veredeln und zum Großhändler zu verschiffen, der das reine Kokain auf den internationalen Markt brachte.

Und wissen Sie warum? Maravelli zeigte wiederum mit dem Finger.

Die Kolumbianer kannten die Antwort bereits. Das Wissen allein war schon beunruhigend genug, aber jetzt mussten sie es sich auch noch laut und deutlich von einem Außenseiter anhören. Die kolumbianischen Cocablätter hatten ganz einfach einen Alkaloidgehalt, der bis zu fünfzig Prozent höher war als der Sorten in Bolivien oder in Maravellis Heimatland Peru. Deshalb waren die Produktionskosten in Kolumbien viel höher, sie zu *gutem* Kokain zu verarbeiten. Und was sollte dieser Unsinn, dass kolumbianische Guerilleros, die *Fuerzas Armadas*

Revolucionarios, viele der Cocabaselabors beschützten und kontrollierten? Dem musste ein Ende gemacht werden. Er, Maravelli, und alle Anwesenden, brauchten keine ungebildeten minderjährigen Revolverhelden.

»Der Grund, warum ich Sie alle eingeladen habe, und das ist meine Überzeugung, dass nur die perfekte Industrialisierung eine kontinuierliche Kokainproduktion und -versorgung sichern kann.«

Zuerst sprach Maravelli über die außergewöhnliche Macht, die er so sehr an der Mafia, pardon, den *narcotrafficantes* bewunderte. Maravelli zeichnete ein klares Bild davon, wie man schnell und wirksam eine politische Elite heranbilden konnte. Was eine Regierung nicht tun konnte, würde er, Maravelli, übernehmen. Wohltätigkeitsprojekte, Arbeitsbeschaffungsmaßnahmen und, am wichtigsten, die Finanzierung von Präsidentschafts- und anderen politischen Kampagnen in einem viel größeren Rahmen.

Er, Maravelli, würde sich am Präsidentschaftswahlkampf beteiligen und gewinnen. Er hatte sogar ein klares Konzept, wie man die Regierung von ihren finanziellen Verpflichtungen gegenüber westlichen Banken und dem IWF befreien konnte. Der Schritt zur Legalisierung von Drogen war klein. Das Rezept war einfach. Ankauf, Verarbeitung und Vertrieb unter dem Dach eines weltweit operierenden, angesehenen Unternehmens, das bei respektablen Banken oder Regierungen über jeden Verdacht erhaben war. Die Andean Chemical Inc. verfügte über alle nötigen Einrichtungen, um die Rohstoffe zu verarbeiten und das fertige Produkt zu vertreiben. Maravelli skizzierte sogar, wie man die Massen erreichen konnte, die Tausende von Bauern in den Dörfern und die armen Slumbewohner, die man, wie die derzeitige Regierung behauptete, nicht erreichen konnte.

Warum?

Bauern, die Plebejer, waren wichtig. Zum Beispiel gab es in seinem Land während der Saat- und Erntezeit in der traditionellen Landwirtschaft immer einen Mangel an Arbeitskräften – sofern man nicht bereit war, unvernünftig hohe Löhne zu zahlen. Wie die Cocabauern, die so den gesamten Arbeitsmarkt leer fegten. Der Cocajob brachte einen Tageslohn von 50.000 bis 100.000 Soles ein im Vergleich zu den 15.000 bis 20.000 Soles, die in der traditionellen Landwirtschaft gezahlt wurden. Maravelli würde dies mit der Industrialisierung ändern.

Eine andere Sache. Die Zahlung von Kriegssteuern an die Guerilleros.

Dem würde er ebenfalls ein Ende machen. Den Kolumbianern gefiel dies. Sie mussten pro Jahr 2,8 Millionen Dollar an irgendwelche Freiheitskämpfer zahlen, um *irgendwelche* großen Hydrochloridlabors zu »schützen«. Was für eine Verschwendung. Diese Art von Ökonomie, sagte Maravelli, war nahezu lächerlich und musste aufhören. Kein Wunder, dass der Profit von einer Milliarde im Jahr nahezu lächerliche Ameisenpisse waren.

Was außerdem für uns und zu unseren Gunsten arbeitet, Señores, ist die Charta der Menschenrechte. Sie verbietet alle Anti-Coca-Kampagnen und jede Anti-Drogen-Politik, da jeder Angriff auf die Cocabauern gleichbedeutend mit einer Verletzung ihrer Menschenrechte ist. Schon im Jahre 1987 hatte Maravelli als ein führendes Mitglied der Medizinisch-Pharmazeutischen Forschungsgesellschaft von Südamerika, in einem Presseinterview erklärt *(Presencia, 15. November 1987):* »Ob Cocadollar nun gut oder böse sind, sie gehören uns. Die Nationalisierung und Legalisierung von Coca wird dafür sorgen, dass Geld von geheimen Bankkonten zu den Nationalbanken zurückfließt.«

Das war der Punkt. Was für ein Segen für alle. Keine Armut mehr. Nur Paradies.

Maravelli skizzierte und konzipierte die Zukunft der Produktion, Vermarktung und des Verkaufs von Drogen, als wäre es ein Geschäft wie jedes andere, das er regulierte, kontrollierte und beaufsichtigte. Er sprach über den steigenden Verbrauch von Kokain, und wie lukrativ es sein würde. Und wie die finanzielle Potenz logischerweise die Ökonomie vieler Länder kontrollieren würde. Die Kolumbianer räumten ein, dass es definitiv ein faszinierendes Konzept war. Man stelle sich vor, einen Staat zu besitzen, nein, nicht zu kontrollieren, ihn direkt zu regieren. Maravelli bemerkte erste Anzeichen von Bereitschaft, ihm zu folgen.

Aber nur, wenn jeder seinen gerechten Anteil bekam, erklärte der Bolivianer. Er drückte seinen Respekt vor Señor Maravellis Wissen und Weisheit aus. Bat um die Erlaubnis, ihn Don Zarro nennen zu dürfen. Ob er von der großen allgemeinen Verknappung von Kokain auf dem internationalen Markt wusste? Ob er vielleicht sogar den Grund dafür kannte?

Maravelli machte ein nachdenkliches Gesicht. Zog für einen Moment die ehrenvolle Anrede in Betracht und entschied sich dann dagegen. Er wollte sich kein lauwarmes Unterweltimage zulegen und wies zutiefst gerührt, im freundlichen Ton, die versuchte Idolisierung zurück. Er war über das Verknappungsdilemma durchaus informiert und gerne bereit, ihm die Hintergründe in zwei Tagen zu enthüllen.

Noch etwas anderes, sagte Maravelli. Es wird nie eine ernsthafte militärische Intervention aus dem Norden geben. Erinnern Sie sich noch an die Operation »Blast Furnace« der *americanos* mit ihren Blackhawk-Hubschraubern? Ihr Angriff galt dem nächsten Glied in der Kette – den Laboratorien im Dschungel. Die Labors wurden zerstört, so dass der Preis für Cocablätter von einem Tag zum anderen steil abstürzte. Der Preis pro Cocaballen fiel von 125 auf 20 Dollar und sogar noch weniger. Fiel unter die Produktionskosten. Alles schien vorbei zu sein. Die Zerstörung der Labors führte dazu, dass niemand mehr Cocablätter kaufte. Die Blackhawks zogen ab, und raten Sie mal, was dann passierte – der Preis stieg wieder auf 100 Dollar. Die Geschäfte gingen weiter. Der entscheidende Faktor war natürlich, dass die amerikanischen Helikopter *nicht* bleiben konnten. Auf keinen Fall. Dies war plötzlich eine politische Frage.

Maravelli erinnerte daran, dass die bolivianische Regierung beispielsweise in ernste Schwierigkeiten geriet und dass die Männer der Regierung um ihr persönliches und politisches Überleben kämpfen mussten. Da war der COB, der *Central Obera Boliviana,* der Gewerkschaftsbund. COB organisierte eine Demonstration von 20.000 Arbeitern, Studenten, Bauern, Lehrern und Hausfrauen, die den Abzug der US-Truppen und

-Militärberater forderten. Gleichzeitig vertrieben in der abgelegenen Stadt Santa Ana de Yacuma wütende Einwohner die US-Soldaten und einige bolivianische Polizisten aus der Stadt und vereitelten die Verhaftung von Drogenhändlern. Nicht ein Wort in der Presse.

Da standen sie nun, Maravelli schmunzelte, Polizei, US-Soldaten und Blackhawks, umringt von einer aufgebrachten, steinewerfenden Menge. Hätten sie auf sie schießen sollen? Das hätte nur eine schlechte Presse gegeben.

Paris AFP schrie dazu: »Die Polizisten und Blackhawks verließen die Stadt unter dem Druck einer feindseligen Menge von 3.000 Leuten, die ›Yankee, go home‹ schrien.«

So viel zur Wertschätzung der US-Behörde für Internationale Entwicklung. Sogar Guerillagruppen wie die *Ejército de Liberatión Populare* drohten mit einem zweiten Vietnam. Cocabauern ohne Ernte? Sie würden zweifellos den Aufstand proben. Sie alle hatten das Geld, um sich das Modernste und Beste kaufen zu können, was der Waffenmarkt anzubieten hatte.

Da war der Präsident der Deputiertenkammer, ein Gaston Encinas, der die US-Intervention als illegal und eine Bedrohung der nationalen Sicherheit kritisierte und verdammte. Personen des öffentlichen Lebens beschuldigten selbst die Regierung des »Hochverrats«, weil sie die US-Special Forces ins Land gelassen hatte. Die bolivianische Regierung sah sich außerdem den geharnischten Protesten und Verurteilungen durch andere südamerikanische Staaten ausgesetzt, weil sie diese augenfällige US-Militärpräsenz zugelassen hatte. Dieser politische Entrüstungssturm führte zum überstürzten Rückzug der US-Einheiten. Nicht ein Wort in der Presse.

Maravelli lachte und war echt amüsiert. Sein Industrialisierungsplan würde sich mit derartigen Möglichkeiten gar nicht erst befassen müssen. Die meisten dieser Probleme hatte die Geschichte erledigt. Drogenbarone hatten in der Vergangenheit ein Narcosozialprogramm aufgelegt und Gelder für Obdachlosenheime, Schulen, Straßen, Krankenhäuser und sogar Sportstadien zur Verfügung gestellt.

War das nicht der Job einer Regierung?

Willi Jansen war für einen Moment in Gedanken versunken. Dann verstand er. Maravellis Plan war längst viel weiter gediehen, als selbst Kyrilienkow sich hatte vorstellen können. Alle hier am Tisch versammelten Männer waren Ganoven, Tagediebe und gerissene Gauner. Vermutlich sah Maravelli in *ihm,* Jansen, eine Art Intellektuellen mit kriminellem Hintergrund und Ambitionen, empfohlen von einem Mann, der das Department einer einst riesigen politische Organisation mit gigantischen kriminell-politischen Zielen geführt hatte. Wer würde dieser Art von Einfluss glauben?

Wie?

Wer?

Wo fing die Zusammenarbeit zwischen der Regierung und ihnen an? Banken redeten und wollten mit schmutzigem Geld nichts zu tun haben. Schön. Wenn die Banken um ihrer selbst auferlegten Ehrlichkeit willen nichts mit dieser Art von Geld zu tun haben wollten, nun – man konnte 3 Milliarden Dollar schlechterdings in Schuhkartons aufbewahren und sich davon Häuser kaufen. Oder? All das würde sich jetzt ändern.

Maravelli in den Medien bloßstellen?

Wer sollte das tun?

Er, Jansen?

Man brauchte keine Horden von hervorragenden nervösen Anwälten, um ihn, Jansen, als Attentäter, als Hitman bloßzustellen.

Wer würde Maravelli schon seinen ungeheuerlichen Plan glauben?

Niemand. Kyrilienkow hatte Recht gehabt.

Maravelli musste sterben.

Messer, Pistole, Garrotte – egal wie.

Die Besprechung ging noch zwei Stunden weiter.

»Mister Jansen«, hörte er, »vergessen Sie bitte nicht Ihre Verpflichtung. Miss Ticia war so freundlich, mich zu informieren, dass Sie beide heute Nachmittag einige vergnügliche Stunden miteinander verbringen wollen.«

Der Mann war wirklich voller Scheiße, aber Willi rang sich ein verstehendes Lächeln ab und nickte.

Maravelli klatschte in die Hände. »Nun, meine Herren, das wäre es für heute.«

Er nahm Jansen beiseite. Die Leibwächter hielten sich nur einen Meter entfernt und hatten wie gewöhnlich eine Hand am Pistolengriff liegen. Ihre Gesichter schienen nicht in der Lage zu sein, irgendeinen erkennbaren Ausdruck zu zeigen. Nicht eine Gemütsregung. Maravelli spürte Jansens Widerwillen. Probeweise trat er auf Maravelli zu. Mit einer blitzschnellen Bewegung stellte sich der ohne Waffe zwischen Jansen und Maravelli. Stand einfach da und würde seinen Körper im Bruchteil einer Sekunde zum Gegenangriff übergehen lassen.

»Sie haben in der Zwischenzeit vielleicht bemerkt, dass es unmöglich ist, mir *zu* nahe zu kommen. Ich hoffe, Sie vergeben dem Mann seinen vorbildlichen Diensteifer. Sehen Sie, beide arbeiten jetzt schon seit, ohhaah, siebzehn Jahren für mich. Treu wie Hunde. Wissen Sie warum, Mr Jansen?«

Maravelli deutete auf sein linkes Ohr.

»Ohren.« Maravelli legte eine Kunstpause ein. »Ohren. Sie können nicht hören. Beide. Taub. Aber sie können Lippen lesen. Sie berichten mir alles, was da von Interesse sein könnte. Verstehen Sie, was ich meine? So einfach ist das. Ich bin sehr stolz auf sie wegen ihrer phänomenalen Stärke und Kämpferqualitäten.«

Maravelli sah Jansen mit seinen bleichen Augen an.

»Ich erzähle Ihnen dies natürlich nicht, um Ihnen zu drohen.«

»Warum hat dann nicht einer von ihnen den Butow-Job erledigt?«

»Ich versichere Ihnen, dass es die reine Wahrheit ist. Beide würden mich keine Sekunde aus den Augen lassen. Nebenbei«, wechselte Maravelli das Thema, »ich muss Ihnen irgendwann das neue Flugzeug zeigen, das ich mir gekauft habe. Eine Kings vom Typ 44 A Angel.«

Er senkte seine Stimme zu einem verschwörerischen Tonfall.

»Ihnen ist sicherlich etwas aufgefallen, nicht wahr?«

Jansen war von dem erneuten Themawechsel nicht überrascht. Beide sahen sich in die Augen.

»Was ich heute Morgen über Omeletts und Katharina gesagt habe – das war alles Quatsch – Unsinn.«

Maravelli legte leicht den Kopf zur Seite.

»Ich nehme an, dass ich auch in dieser Hinsicht Recht habe?«

Es waren die Augen, die Maravelli unverwechselbar machten: stechend, erbarmungslos, die Augen eines Mannes, der sein Opfer nur ansah, um seine Schwäche zu erkunden. Die Augen eines Willkürherrschers, der seine Staatseinkünfte in der Tabellenkalkulation des Lebens suchte, zwischen Schein und Wirklichkeit – dem menschlichen Faktor.

Jansen wandte den Blick nicht von Maravelli ab. Es war das erste Mal, dass er den *wahren* Maravelli sah – fähig, mächtig, kalt und konzentriert.

»Ich möchte, dass Sie – für mich arbeiten, Mr Jansen. Ich glaube, dem General wird die Idee gefallen.«

Die Sonne stand hoch am Himmel, versengte das Land.

3. Teil

Junshi

Die Kunst des Selbstmordes

Satsujin no ken

Das Leben nehmende Schwert

Die Morgendämmerung hatte noch einen langen Weg vor sich, ehe sie den Horizont erreichte.

Es war zwei Uhr morgens.

Das Klingeln des Telefons weckte ihn. Seine Hand tastete über den Nachttisch. Kippte das Glas Wasser um. Nach dem vierten Klingeln hatte er den Hörer an seinem linken Ohr.

»*Ola*«, sagte Rasit mit schlaftrunkener Stimme und wollte schon hinzufügen, wer zum Teufel es wagte, ihn zu dieser nachtschlafenden Zeit anzurufen. Er sagte es nicht.

»Hier ist Paul Corvin. Wie geht es Ihnen?«

»Wissen Sie, wie spät es ist?«

»Das ist der Grund, warum ich Sie anrufe. Morgenstund hat Gold im Mund.«

Paul Corvin gestattete sich ein hörbares Lachen.

»Was macht Ihre Hand? Nur ein Scherz. Ich will Ihnen keine Angst machen. Ich bin ein fürsorglicher Mensch. Ich werde sie in zwei Stunden anrufen. Exakt. Sie wissen wo.«

Ein Klicken, dann war die Leitung tot.

Rasit begann zu schwitzen.

Die Furcht zwang ihn zu gehorchen.

»Wer war das?«, fragte Suncia, seine Frau, verschlafen.

»Ein unerwartetes Geschäft. Schlaf weiter«, murmelte er.

Um vier Uhr parkte Rasit am Zentral Park in der City. Seine Hände zitterten, als er die Tür der Telefonzelle öffnete. Es klingelte.

»Pünktlichkeit ist eine Ihrer bekanntesten Eigenschaften. Gute Arbeit«, hörte Rasit Paul Corvins Stimme aus dem Hörer dröhnen.

»Danke«, sagte Rasit, der sich jetzt besser unter Kontrolle hatte.

»Ich brauche fünf Pfund Semtex samt Zubehör. Oh, ehe ich's vergesse, auch einen Sender.«

Rasit war erleichtert. Wenn das alles war, was Paul wollte …

»Wann?«

»Sie werden alles bis morgen organisieren. Sagen wir, dieselbe Zeit?«

»Unmöglich.«

Der höfliche Ton verschwand aus Corvins Stimme.

»Nein? Morgen, dieselbe Zeit, werde ich Ihnen auch mitteilen, wohin Sie das Zeug bringen sollen. Dann werden Sie es erfahren. Nicht früher.«

Nachdem Rasit die Anweisung bekommen hatte, war er für einen Moment wie betäubt. Fünf Pfund Semtex. Jesses. Semtex. Wer auch immer die fünf Pfund brauchte, er wollte eine Menge in die Luft jagen. Fragte sich für einen Moment aus professionellem Interesse, was wohl das Ziel des Anschlags war.

Rasit hatte noch eine Menge Nummern im Kopf. Er wählte. Er brauchte einen Gefallen und es war dringend, sagte er.

Wie dringend?

Sehr.

Was brauchte er?

Fünf Pfund Semtex.

Für einen Moment herrschte höfliche Stille. Dann: Das war alles? Die Stimme schien über die geringe Bestellung doch etwas enttäuscht zu sein.

Er brauchte sie bis fünf Uhr Nachmittags. Ob das möglich war?

Kein Problem. Rasit gab die Bestellung auf.

Der Morgen dämmerte und überflutete den dunklem Himmel mit Licht.

Jansen traf dreißig Minuten früher als verabredet ein, um Ticia abzuholen. Die Tür stand halb offen. Zögernd trat er ein.

Musik schlug ihm entgegen.

Er hörte sofort, dass es Mozart war. *Le nozze di Figaro.* Cecilia Bartoli sang den Cherubino.

»Non so più.«

Als Nächstes bemerkte er die Bücher. Einige verströmten den Geruch von Alter und Weisheit. Bücherregale säumten die südliche Wand. Da standen Nixon, John Jakes, Toffler, Hancoff, Simon de Beauvoir, Reau Tannahill und Cleefer. Sie war eine Leserin. Dieser Raum war ein Heiligtum. Ihr Tribut an den Intellekt.

»Hallo, jemand zu Hause?«, sagte Jansen mit erhobener Stimme.

Ticia kam durch die hohe Hintertür, mit ausgestrecktem rechten Arm, als wollte sie ihn begrüßen. Dann deutete sie auf den Boden. Ein schwarzes Kaninchen folgte ihr.

»Für den Fall, dass du dich über mein Kaninchen wunderst – es heißt Mucki«, sagte sie und lächelte. »Es hält sich für einen Hund. Es kümmert sich um Ruler. Du weißt schon, mein Rottweiler. Es sorgt gut für Ruler. Warte ab, bis du siehst, wie es die Ohren des Hundes säubert.«

Jansen warf ihr einen Wo-ist-der-Hund-Blick zu.

»Er wartet bereits im Wagen«, fügte Ticia entschuldigend hinzu. »Wir können eine Menge von den Tieren lernen.«

Was zum Teufel machte *diese* Frau hier?

»Zuerst brauchst du ein Paar feste Schuhe an den Füßen«, sagte sie mit einem Blick auf seine leichten Bally-Halbschuhe. »Wir machen einen Ausflug. Bist du hungrig?«, wechselte sie das Thema.

Jetzt fiel ihm ein, dass er während der Besprechung am Morgen nur etwas deutschen Pumpernickel geknabbert und italienisches, in Salsasoße getunktes Brot gegessen hatte. Er konnte sich nicht einmal mehr an den Geschmack erinnern. Sein Magen teilte ihm plötzlich mit, dass er hungrig war, und er wurde verlegen, weil er wusste, dass sie vielleicht sein Magenknurren hören konnte.

»Ich habe den ganzen Morgen noch nichts gegessen«, gab er in einem defensiven Tonfall zu.

»Armer Mann. Wir werden als Erstes zu Mittag essen, einverstanden?«, kam sie seinem Vorschlag zuvor.

Jansen nickte und kam sich auf wundervolle Weise töricht vor.

»Okay, es ist besser, wenn wir dir etwas zu essen besorgen«, lachte sie.

Als sie etwas später zu dem Torhäuschen fuhren, drehte Ticia das Fahrerfenster nach unten. Der Wind griff nach ihren

Haaren und ließ es wie Miniaturgespenster um ihren Kopf tanzen. Die Wächterin winkte ihnen kurz und freundlich zu. Ruler döste.

Schon am frühen Nachmittag war das Restaurant *Spanish Eyes* in der Stadt voll mit ernsthaften Trinkern. Es störte sie nicht. Ticia mochte gutes Essen. Das Hauptgericht war Hühnchen *Mole.* So echt, wie man es selten in Restaurants fand, am Vortag vorbereitet. Streng nach Rezept waren die Mandeln, Rosinen und Erdnüsse dann eine Stunde vor dem Servieren hinzugefügt worden. Man konnte es schmecken. Garniert mit Spinat und Tomaten, hatte der Koch es vor dem Servieren eine weitere Stunde auf kleiner Flamme ziehen lassen.

Erst als sie ihren Kaffee tranken, ebbte ihre Unterhaltung allmählich ab und erstarb dann ganz.

Jansen hatte von seiner Scheidung erzählt. Vermied, über seine Geschäfte zu sprechen und erwähnte auch niemanden namentlich, den er so in der Welt kannte. Die ganze Zeit hatte seine Stimme absolut ruhig geklungen. Ticia aber hörte die Leidenschaft in ihr. Leidenschaft zum Leben. Ihre Hände näherten sich seinen, und sie legte ihre Finger um seine Hände. Sie sah in seine Augen mit dem trägen Gleichmut, der seine Wachsamkeit verbarg. Sie hatte früher schon Männer mit ruhigen Augen gekannt. Aber dieser hier – war beispiellos. Diese gleichmütigen Augen und diese ruhige Stimme verrieten nicht, zu welcher Gewalt er fähig war.

Er hätte so etwas noch nie zuvor gesehen, hatte Ticia ihm versprochen. Und seit sie hier waren, hatte er noch immer keine Gelegenheit gehabt, sie auf ihre Bemerkung anzusprechen und zu fragen, *warum* er hier war.

»Weißt du«, sagte Ticia, »Cabo ist ein wundervolles Jagdrevier mit einer Menge nicht gerade glücklicher Menschen.«

Jansen missfiel allmählich das unverfängliche Geplauder, und seine Gedanken irrten ab. Warum war er wirklich hier? Vielleicht hatte sie ihn in der Nacht auch nur angelogen. Für einige Minuten schwiegen sie. Vielleicht war die ganze Sache bereits gelaufen.

»Du bist ein attraktiver Mann«, hörte er sie sagen, »und wichtiger noch, du hast einen natürlichen Charme.«

Er sagte nichts und blickte über ihre Schulter zu dem Schild über der Tür eines Reisebüros auf der anderen Straßenseite. Jansen war versucht, ihr zu sagen, sie solle sich zum Teufel scheren. Ticia bemerkte seinen plötzlichen Stimmungsumschwung.

In ihrer Nähe hatte er von einem Moment zum anderen sein sicheres Gespür dafür verloren, warum er wirklich nach Cabo San Lucas gekommen war. Er musste es sich mühsam ins Gedächtnis rufen.

»Es sieht so aus, als ob du manchmal ziemlich anstrengend sein kannst«, meinte Ticia und sah auf ihre Uhr. Dann aber gab sie sich einen Ruck. »Gehen wir, Liebster«, lächelte sie, und als hätte sie seine Gedanken gelesen, fügte sie hinzu: »Mach dir keine Sorgen wegen der ganzen Sache. Wir brechen jetzt auf. Du brauchst feste Schuhe.«

Der Hummer war durch zwei Dörfer mit staubverkrusteten Häusern gefahren und in einen Weg gebogen, der kaum breit genug für den großen Wagen war. Es ging weitere viereinhalb Kilometer schnurgerade nach Norden. Ein riesiges Felsplateau mit verwitterten Kanten und vom Wind geformten felsigen Strukturen erschien. Der Weg schrumpfte zu einem Pfad, der fast nicht mehr befahrbar war. Sie fuhren bergauf und lenkten den Hummer um Felsen. Die nächsten anderthalb Kilometer ging es bergab. Es war eine Landschaft wie auf einem anderen Planeten. Er hielt an, weil er keine Ahnung hatte, wohin er fuhr und was er tat. Und der Pfad endete hier.

Achthundert Meter weiter erhob sich eine Felsformation.

»Siehst du diese Felsen? Fahr hinauf und umrunde sie auf der rechten Seite«, sagte sie.

Jansen zuckte die Schultern. Sie wusste offensichtlich, was sie tat. Es war, als hätte vor langer Zeit ein trutziger Steinmetz hier eine Mauer errichtet, die sich perfekt in die Umgebung aus Hitze und verwittertem Gestein einfügte. Ihre Form erinnerte an ein Nest, erbaut von einem riesigen Adler. Minuten später steuerte Jansen den Hummer um eine scharfe linke Biegung. Langsam brachte er den Wagen um die Mauer, die bis jetzt die Illusion erzeugt hatte, dass es dort nicht das Geringste gab. Nur erodierte Felsen und toten Staub.

Hinter der Mauer.

Da war ein Loch. Drei Meter hoch und zwei Meter vierzig breit.

Es war der Eingang zu einer Höhle.

Sie zog aus ihrer Hemdtasche einen eleganten dünnen Kugelschreiber und führte ihn wie suchend am Armaturenbrett entlang. Es war ein leistungsfähiger Detektor. Am Ende des Stiftes leuchtete eine kleine rote Diode auf. Ticias Hand verschwand hinter dem Brett und fand einen Sender mit einem winzigen Loch darin. Eingelagert in das winzige Loch war der Schalter. Mit der Spitze des Kugelschreibers presste sie in die kleine Öffnung und schaltete den Sender aus.

»Zarro wird dem Sicherheitsdienst die Schuld geben«, erklärte Ticia einem entgeisterten Jansen. »Ich muss meine Privatsphäre schützen«, grinste sie. »Jetzt, Krieger, beweg dich.«

Sie legte ihm die Hand auf den Arm und sah ihn wieder mit diesem prüfenden Blick an.

»Weißt du noch, was ich gesagt habe? Ohne dich schaffe ich es nicht. Fangen wir hier damit an.«

Jansen widersprach nicht. Er fuhr hinein. Das helle Tageslicht wurde abrupt von der Dunkelheit der sich erweiternden Höhle verschluckt. Seine Gedanken waren abstrakt geformt wie die Wände des Stollens, über die die Scheinwerferstrahlen tanzten. Als die rechte Wand verschwand, hielt er erneut an.

»Wie kommen wir hier wieder raus?«, fragte er.

»Dreh hier um und halt an.«

»Du kennst dich hier wirklich aus, nicht wahr?«

»Ja«, sagte sie kurz. Es war die nüchterne Bestätigung einer Tatsache.

»Von hier aus gehen wir zu Fuß weiter. Ruler, komm.«

Die sich erweiternde Höhle selber war das Ergebnis von Jahrhunderttausenden konstanten Wasserdrucks. Wo der Fußweg begann, hatte das Wasser einst gewaltigen Druck auf ein horizontales, sechs Kilometer langes Kalksteinbett ausgeübt und es in relativ kurzer Zeit ausgewaschen, verglichen mit den Jahrtausenden, in denen es entstanden war. Die erodierende Wirkung des ins Bett gezwungenen Wasserstroms hatte Wände mit einer bemerkenswert uniformen Oberfläche geschaffen. Es war fast wie ein glatt geschliffener Tunnel. Von oben tropfte ständig Wasser, perlte an den schrägen Teilen der Decke entlang. Das Wasser hatte aber hier nicht zur Entstehung eines einzigen Stalaktiten, Stalagmiten oder Flusssteins beigetragen. Feuchte, kalte, tropfende Wände, die wie eine chinesische Wasserfolter mit ihrem rohen Echo klangen.

Ticias Hand führte ihn. Ihre Hand zu halten, machte ihn gedankenverloren, denn er fühlte sich sicher bei ihr. Sie kannte sich in der Dunkelheit tatsächlich aus. Sie führte ihn mit ihrer warmen, trockenen Hand in einen sternenlosen Teil des Universums. Die Nähe, die er spürte, ging über in die Erwartung, nie wieder von ihr getrennt zu werden. Es musste noch vor ihrer Geburt von den Kräften des Lebens so bestimmt worden sein. So fühlte es sich an. Seine Augen suchten im Dunkeln nach ihr. Nichts. Ihre Gegenwart zu spüren, war genug. Die Luft in der Grotte war so still, dass Jansen den Hauch ihres Atems aufnahm. Zum Teufel, wo wollte sie hin? Er gewann nicht den Eindruck, dass sie ins Stolpern geriet oder mit dem Fuß in die Dunkelheit vor sich tasten musste. Manchmal schaltete sie kurz die große Taschenlampe ein. Instinktiv verstand er jeden Druck ihrer Hand, der ihm bedeutete, sich nach links zu wenden, seine Schritte zu verlangsamen oder stehen zu bleiben. In sehr kurzer Zeit hatte er ihre leichten, nach unten gerichteten Zugbewegungen deuten gelernt; zog sie beispielsweise drei Mal, dann bedeutete dies, dass die Decke niedriger wurde. Woher wusste *sie* das nur? Seit 35 Minuten wanderten sie nun durch diese unterirdische Landschaft, als würden sie einen Spaziergang machen. Nie mussten sie sich bücken, kriechen oder durch eine Engstelle zwängen. Das letzte Drucksignal verriet ihm nun, dass der Platz über ihren Köpfen knapp wurde. In den nächsten zwanzig Minuten bewegten sie sich teils gebückt, teils kriechend durch einen engen Tunnel und mussten hin und wieder danach über unsichtbare Hindernisse steigen. Das schmale Felsbett ging in ein verzweigtes Netzwerk aus engen, niedrigen Gängen über. Ticia wusste, wo sie war. *Und* sie wusste zweifellos, was sie tat. Im Moment krochen sie durch einen ausgewaschenen Gang parallel zu einem bequemeren zwei Meter hohen Tunnel.

Ruler, der Rottweiler, ließ sie nie im Stich. Er blieb immer in ihrer Nähe. Ruler übernahm die Führung. Kroch vor ihnen durch den Gang. Schützte sie mit seinem Körper und seinem Leben. Der Tunnel öffnete sich wieder und ging in eine Höhle mit hoher Decke über.

Jansen und Ticia, die bis jetzt auf den Knien gerutscht waren, richteten sich auf. Ruler drückte seinen großen, weichen Kopf gegen ihre Hände und bettelte um Streicheleinheiten. Vier Hände gaben sie ihm. Jansen sah auf die Leuchtziffern seiner Bertolucci-Uhr. Es war zwanzig nach sechs.

Draußen musste es inzwischen dunkel sein.

»Wie viel Uhr ist es?«, fragte sie flüsternd.

»Zwanzig nach sechs.« Jansen wunderte sich, dass sie flüsterte.

Dicht an seinem Ohr: »Jetzt beweg dich nicht. Steh ganz still. Ich habe dir etwas Besonderes versprochen.«

Sie spürte, wie er nickte.

Plötzlich hing ein hallendes Gemurmel in der Luft. Ein endloses, fast unerträgliches Rauschen baute sich auf. Es verwandelte sich in eine plötzliche Lärmeruption. Das Tosen von einer Million schlagender Flügel war fast ohrenbetäubend. Sie würden jetzt zum Hauptausgang fliegen und landeinwärts in Richtung La Candelaris verschwinden, um Beute zu suchen, Nahrung für eine Million von ihnen. Einige würden vielleicht schon nach einer halben Stunde zurückkehren. Andere würden zwei Stunden oder länger brauchen, um sich satt zu fressen. Da war es, plötzlich in der feuchten Umgebung dieser Nacht.

Sie waren aufgeregt wie immer, wenn die Dunkelheit draußen die marineblaue Decke der dämmernden Nacht über die Umgebung des Landes, der Höhle und die Menschen legte, die in der Nähe sein mochten. Sie waren unruhig und vom Jagdfieber getrieben. In den nächsten Stunden der Nacht würde jede Einzelne von ihnen auf Jagd gehen und die Hälfte ihres Körpergewichts in Form von Insekten fressen.

Man nannte sie *Tadarida brasiliensis,* oder laienhaft ausgedrückt Guanofledermäuse. Ihre Nistplätze lagen sieben oder acht Kilometer von den Touristenrouten entfernt und konnten nur kletternd oder kriechend durch wenig benutzte Gänge erreicht werden.

Der Plan, die Höhlen als Touristenattraktion zu vermarkten und Eintrittsgeld zu verlangen, war verworfen worden. Sie stellten für Menschen eine Bedrohung dar, da sie einen Virus übertrugen, der tödlich sein konnte. Tollwut. Das Virus war in ihrem Speichel, und ein harmloser Biss konnte genügen, um einen Menschen mit ihm zu infizieren. Der Tod des infizierten Opfers war die sichere Folge, denn es wurde gelähmt und die Atmung versagte. Was von dem Touristenprojekt geblieben war, war eine Schiene mit sieben noch immer funktionierenden starken 1000-Watt-Strahlern an der Decke, die man nach der Schließung der geplanten Attraktion ganz einfach vergessen hatte. Wenn man sie einschaltete, schickten die sieben Lampen ihre hellen Strahlen senkrecht zum Boden und sorgten dafür, dass die Besucher auch das blaugestrichene Geländer sehen konnten. Drei Strahler warfen *rotes Licht* an die Decke. Das rote Licht störte die Fledermäuse nicht, denn es war für sie unsichtbar. Die sichtbare Konsequenz für das menschliche Auge war ein dramatischer Effekt für die Touristen. Sie sahen all diese Fledermäuse an der Decke hängen. In roten Schein getaucht. All diese kleinen Augen wie rote Reflektoren.

Das Geländer war aus fünf Zentimeter dicken Röhren und aus billigem taiwanesischen Stahl zusammengeschweißt. Man hatte dieses Geländer vor Jahren mit Beton im Steinboden verankert. Es hatte einst die Touristen daran gehindert, tiefer in die Höhle vorzudringen. Außerdem war da noch der wirklich penetrante Geruch von Ammoniak.

Sie hingen an der Decke. Einige ließen sich zu Boden fallen, um dann behände und schnell davonzuschießen. Fort von den Menschen. Es hieß, dass manchen Leuten von dem Anblick wochenlang übel gewesen war. Es ging auch das Gerücht, dass eine von den Medien geliebte schwarze Rapsängerin glaubte, den Verstand verloren zu haben. Zumindest versuchte dies ihr PR-Manager der Öffentlichkeit als Hintergrundstory zu verkaufen, um ihre zurückgegangenen Plattenverkäufe anzukurbeln. Sie jedoch ließ die Welt durch einen inzwischen berühmten Trash-Entertainer wissen, dass sie für einen Moment in der Kakofonie (das war das von ihr benutzte Wort) der Höhle die Nerven verloren hatte. Tatsache war, dass sie nach dem Besuch *dieses* Teils der Höhle nicht wusste, ob sie kotzen oder in Kauf nehmen sollte, dass irgendwelche Paparazzi Fotos von ihrem berühmten Arsch schossen, während sie sich in die Hose machte. Sie reichte eine Klage ein, die außergerichtlich beigelegt wurde. Es war nicht genug. Der beliebte Rapstar drohte öffentlich, Cabo San Lucas' Ruf zu ruinieren. Das war für die unbekannten Mächte hinter dem von ihr inszenierten Spektakel zu viel. Sie erhielt ein FedEx-Päckchen mit einer toten Fledermaus als Inhalt. Der verängstigte beliebte Rapstar, ohnehin nur in der Lage, für die Dauer eines MTV-Clips zusammenhängende Sätze von sich zu geben, schreckte zurück. Sie hatte immerhin genug IQ, um die Botschaft zu verstehen.

Allerdings sorgte eines Tages die *delegacion municipal* von Cabo unter dem Druck des *SECTURE* (Tourismusministeriums) dafür, dass die Höhle für die Öffentlichkeit gesperrt wurde. In Cabo gab es ohnehin Besseres zu tun, als eine Höhle zu besichtigen. Denn diese Grotte war ganz gewiss *kein* Ort für Leute mit empfindlichem Magen und Nerven.

Nicht für einen Moment.

Zunächst einmal war da die Höhle selbst.

Und das was die Höhle wirklich darstellte.

Die meisten Fledermäuse lebten im größeren Teil. Sie hingen dort kopfüber an der fünfzig Meter hohen Decke in einer Kaverne, die Tausende von Quadratmetern maß. Es gab kaum einen Fleck, der von ihren Nistplätzen verschont blieb. Sie waren so zahlreich, dass ihre Kolonien Millionen Köpfe zählten, die sich wie ein einzigartiger Teppich über Tausende von Quadratmetern Decke zogen. Experten schätzten, dass vielleicht 30 Millionen von ihnen in dieser Höhle lebten.

Dann war da der ständige niemals versiegende Regen aus Fledermausexkrementen. Sterbende und tote Fledermäuse, die nicht mehr die Kraft hatten, sich festzuklammern, fielen herunter. Die meisten, die herunterfielen, waren zu schwach oder zu jung zum Fliegen.

Es war Darwinismus in Reinkultur.

Das Geländer hätte außerdem die Touristen davor bewahrt, auf etwas zu treten, das wie der solide Boden der Höhle aussah. Es wirkte wie ein unebener, aber solider Betonboden. Aber es wäre ein großer Fehler gewesen, einen Fuß darauf zu setzen. Dieser Teil des Bodens war sechsundzwanzig Meter lang und sechs Meter breit. Es war eine feuchte und klebrige Substanz, die im Lauf der Jahre eine Mulde mit einer Tiefe von fast zwölf Metern gefüllt hatte. Was von der Wissenschaft als Guano bezeichnet wurde, war schlichte Fledermausscheiße. Dieser gewaltige Teppich aus Guano war außerdem von eigenem Leben erfüllt. Schwärme von blinden Fliegen, Käfern und Larven, dort geboren, ernährten sich von den Kadavern der heruntergefallenen jungen Fledermäuse. Tausende von Fledermausskeletten, vom letzten Fetzen Fleisch befreit, lagen herum. Immer noch unbekannte Mottenlarven hatten sogar die Haarbüschel abgefressen.

Und der feine Nieselregen aus Milben und Urin, der von den hängenden Fledermäusen herunterfiel, hörte niemals auf. Die Luft war dermaßen von Ammoniakdämpfen geschwängert, dass, wäre eine Fledermaus dem hellen Tageslicht ausgesetzt, ihr normalerweise dunkelgraues Fell eine ausgebleichte hellbraune Farbe gezeigt hätte. Menschen konnten sich dort nur sehr kurze Zeit aufhalten.

Es war ein Ort in der Hölle.

Normaler Guano war eine getrocknete bräunliche Substanz. Aber nicht hier. Wasser, der Schöpfer der Höhlen, sickerte ständig durch die Wände der guanogefüllten Mulde und verwandelte diese stinkende Substanz in einen bodenlosen Sumpf. So, auf *diesen* Böden zu treten, hätte bedeutet, in einem zähen braunen Morast zu versinken, der nicht fester war als Schlamm oder Gelee.

Die Fledermäuse wollten, dass man sie allein ließ.

Für einige Sekunden folgten Jansens Augen dem grellen Strahl von Ticias Taschenlampe, wie er über die Decke tanzte. Offene und halb offene Augen reflektierten den Schein von der Decke, wie ein verstörendes himmlisches Schauspiel. Jansen war von dem, was er sah, überrascht. Fledermäuse. Nicht alle waren fortgeflogen.

Sie sahen aus, als würden sie jeden Eindringling angreifen, weil sie jede Störung ihres Lebensraums hassten. Von Natur aus war es nicht ihre Art, anzugreifen. Jansen sah Ticias Gesicht im matten Streulicht. Ihr Gesicht verriet Härte, ja fast Grausamkeit. Er konnte sich nicht vorstellen, was der Grund für diesen plötzlichen Stimmungswechsel war.

»Wenn wir weitergehen würden«, sagte Ticia, »würden wir an einem wunderschönen freundlichen Strand herauskommen. Und ...«

»Woher weißt du das?«

»Ich habe in den letzten zwei Jahren die Höhlen erforscht. Ich mag geologische Geschichte. Es ist großartig. Man sieht sie überall an den Wänden, wenn man Augen hat zu sehen. Es ist eine unheimliche Welt hier unten.«

Ticia schaltete die Taschenlampe aus, und Stille umfing die Dunkelheit. Jansen zog Ticia in seine Arme.

»Er wird hier sterben. Er wird hier in dieser Höhle sterben. Hast du genug Mut?«, fragte sie.

Dann erzählte ihm Ticia in der stillen Dunkelheit eine grausame und fast unglaubliche Geschichte.

In Cabo San Lucas lebte ein sehr attraktives junges Mädchen Sie war jetzt verrückt. Ihr Name war Christina Mundos.

Vor einigen Jahren, und zwei Wochen, bevor sie ihre Jugendliebe heiratete, wurde das Mädchen entführt. Sie widerstand Maravelli und floh. Dann, vier Wochen nach der Hochzeit, wurde das junge Paar verschleppt und auf ein abgeerntetes Feld gebracht. Und dort wurde sie vergewaltigt. Von zwei Leibwächtern und von Maravelli. Als Maravelli über sie herfiel, hielten die Leibwächter den Ehemann fest und zwangen ihn, die Vergewaltigung mitanzusehen. Irgendwie überlebte sie physisch in diesem Schlachten. Ihr Mann starb nicht schnell. Sie zerrten ihn heran. Dann hielten Maravelli und ein Leibwächter ihren Kopf hoch. Sie musste mitansehen, wie ihr Mann mit einer Kettensäge in Stücke zerlegt wurde. Sie fingen mit seinen Händen an, dann kamen seine Füße. Zwei lange Stunden dauerte die

Marter, bis der Tod ihn erlöste. Zu diesem Zeitpunkt war sie bereits wahnsinnig. Man fand sie, wie sie allein über die Schnellstraße wanderte. Sie erinnerte sich an nichts. Von dem Tag an kam niemals ein Wort mehr über ihre Lippen. Sie hörte nie auf zu starren. Sie schlief nur, wenn ihr Körper vor Erschöpfung zusammenbrach. Der zerstückelte Körper des Mannes wurde in diese feuchte Grube geworfen und versank im Guano.

Ticia ging über den Klosterhof, der von einigen Palmen am Weg überschattet wurde. Sie schritt langsam und erwartungsvoll durch die flimmernde Hitze der Mittagssonne.

Schwester Rosa sagte: »Ich weiß nicht, ob sie überhaupt reagieren wird. Die Heilige Jungfrau von Guadalupe ist mit ihr. Sie ist jetzt wie ein Kind, aber man muss ständig auf sie aufpassen.«

Ticia und die Nonne erreichten das Ende des Gartens. Ein Pfad schlängelte sich zu einer kleinen Steinplattform hinunter, einer Art Terrasse, wo die junge Frau saß und hinaus auf das friedliche Land blickte.

»Das ist sie«, sagte die Nonne. »Ich werde dich jetzt verlassen. Gott segne dich, mein Kind.«

Für einen Moment sah Ticia Schwester Rosa nach, als sie zum Hauptgebäude zurückkehrte und folgte dann dem schmalen Weg zu der jungen Frau.

»Ich bin gekommen um dir zu sagen, dass du dir keine Sorgen mehr machen musst. Dir wird kein Leid mehr geschehen Ich werde dafür sorgen, dass diese grausamen Menschen sterben werden.«

Es spielte für Ticia keine Rolle, ob die Frau sie verstand. Aber während Ticia sprach, drehte die Frau ihr das schöne Gesicht zu, und für einen winzigen Moment hatte Ticia den Eindruck, dass ein Funken Intelligenz, fast ein Ausdruck der Freude, in den Augen der Frau aufblitzte.

Aber vielleicht war es auch nur eine Illusion, eine Täuschung, vielleicht hervorgerufen durch eine Spiegelung des Sonnenlichts. Im Nu war alles wieder vorbei, und da war nur der leere, stiere Blick.

Ticia ging langsam den Weg zurück. Sie hatte sie besuchen müssen. Ticia Annabel Velosos überlegte, wie sie diesen menschlichen Abschaum beseitigen konnte, der in der Lage war, so etwas einem anderen Menschen anzutun.

»Woher weißt *du* das?«

»Es ist auf Video. Er hat es aufgenommen.«

»Aufgenommen? Was?«

»Er zwang mich, es mir anzusehen.«

»Wie meinst du das – er zwang dich?«

»Wenn ich meine Augen schließen wollte, wurde ich geschlagen. Du verstehst schon – geschlagen. Brutal geschlagen. Wieder und wieder, bis ich es mir ansah. Wer würde schon glauben, dass dieser Mann ein solches Monster ist«, sagte sie mit bebender Stimme in das Dunkle der Höhle.

»Du hast die Fledermäuse gesehen? Maravelli verabscheut die Fledermäuse nicht nur. Er fürchtet sie. Nachts schaltet er nie das Licht in seinem Schlafzimmer aus.«

Die Stille verlangte eine weitere Erklärung.

»Ich *war* seine Geliebte. Mir wird allmählich kalt. Lass uns zurückgehen. Ruler, komm.«

Was Jansen am meisten erstaunte, war die Autorität und Selbstsicherheit, mit der sich Ticia in dieser feindseligen Umgebung bewegt hatte. Sie hatte gewiss alles getan, um ihn heute zu unterhalten. Aber nein, das war keine Unterhaltung mehr. Sie wollte ihm etwas zeigen, etwas erklären, ohne zu viele Worte machen zu müssen.

»Die Fledermäuse. Ich meine, wann kommen die Fledermäuse zurück?«

»Hängt davon ab, wie weit sie fliegen müssen.«

Ticia erklärte, dass sie eigentlich sehr friedlich und scheu waren und einfach nur in Ruhe gelassen werden wollten. Sie flogen, um Nahrung zu suchen. Jansen durchlebte für ein paar Minuten das Gefühl, dass die Fledermäuse jede Sekunde zurückkehren, auf ihm landen und ihn angreifen würden. Kratzend und beißend. Jansen war verstört.

»Keine Angst, Krieger, sie kommen nicht vor zwei Stunden zurück.«

Er war sich sicher, dass er diese Höhle unter keinen Umständen ein zweites Mal betreten würde. Warum zum Henker sollte er auch? Diese Welt hier unten war nicht sein Element. Aber er hatte ihr nicht den Tag verderben wollen. Sich mit ihr durch die Dunkelheit zu bewegen, war wie eine Reise durch den Weltraum. Und Jansen spürte wieder ihre warme, führende Hand.

Abendessen. Es wurde im westlichen Teil der Terrasse mit Blick auf das Meer serviert, auf dessen Oberfläche das Mondlicht glitzerte. Die Speisen wurden im Licht von zwei Kandelabern und von zwei fackelähnlichen Leuchten in den Wandnischen gereicht, die perfekt senkrecht auf dem leinengedeckten Eichentisch standen. Sie hatten sich für ein Essen mit drei Gängen entschieden, ein *Konsommee Bacchus,* durchscheinend wie eine warme Berührung von Menschenhaut verschiedenen Geschlechts. Das Essen war zu gut, um davon wegzugehen, aber auch zu wunderschön angerichtet, um von seinem Aussehen irritiert zu werden. Willi brach etwas Schwarzbrot ab und tunkte das Stück in eine rote, milde Salsasoße. Aß es langsam und betrachtete Ticia in ihrer Frische. Seit ihrem Besuch in der Höhle waren sechs Stunden vergangen.

Sie trug ein schlichtes weißes Polohemd mit einem undefinierbaren Wappen an der linken Brusttasche.

Vier Knöpfe offen. Die Ärmel zweifach umgekrempelt, nicht um eine Uhr, sondern um glatte, gebräunte Haut zu enthüllen. Etwas Busen. Bequeme Banana Republic kakhi-Hose und nackte Füße in Cole Han Kirstie-Halbschuhen. Mit einem Gesicht wie ihrem brauchte sie kein Make-up. Ticia hatte nur einen Hauch von Mascara auf den Wimpern, um deren dunkle Fülle zu betonen.

Sie sprühte vor Lebensfreude. Fuchtelte beim Reden mit den Händen, so dass ihr Guerlain Samsara in Atome explodierte und mit ihrem eigenen Duft konkurrierte.

»Diese Suppe soll für das Wohlergehen sorgen und – die Liebeskräfte um Mitternacht stärken«, lachte Ticia in bezaubernder Lautstärke, »so heißt es jedenfalls. Nun, wo war ich stehen geblieben? Oh, ja. Die Menschen sind dumm, sie glauben nicht an Dinge, die sie nicht sehen, fühlen oder berühren können. Es ist eine Schande. Deshalb wissen sie weniger und kommen im täglichen Leben schlechter zurecht. Die Menschen glauben immer, sie könnten ihr Wissen mehren, indem sie jeden Tag fernsehen. Und in dem Moment, wenn sie denken, sie haben das Ziel ihrer ultimativen Suche erreicht ...« Ticia hob ihre beiden Hände gleichzeitig, »zeigt ihnen eine frische und neue Enthüllung, dass sie überhaupt nichts wissen. Prost.«

Sie hob ihr Glas und trank einen weiteren undamenhaft großen Schluck von ihrem Champagner. Dann beugte sie sich über den Tisch und streckte ihre Hände aus. Er nahm beide und küsste ihre Handrücken. Jansen konnte seine Augen nicht von ihrer Schönheit wenden.

Beobachtete die Anmut, mit der sie ihr Glas hob und den dünnen Stil aus Glas in einer erregenden Geste zwischen Daumen und Mittelfinger hielt. Sie stellte das Glas ab.

»Ich möchte dich jetzt auf der Stelle küssen«, sagte Jansen.

»Und warum tust du das nicht?«, gab sie zurück.

»Der Tisch«, lachte er. »Ich kann dich schlecht über den Tisch ziehen.«

»Warum küsst du mich nicht zwischen dem verschütteten Kaviar, dem Brot und den Salatblättern?«, fragte sie. »Fehlt es dir etwa an Leidenschaft? Was ist falsch daran, mich zwischen Krabben und Salat zu nehmen – auf einem Tisch? Ich würde meine Beine nicht verschränken.«

Sie war so verführerisch, dass es ihn fast aus dem Gleichgewicht brachte.

»Ich liebe dich«, sagte Jansen.

»Ich weiß. Lass uns gehen«, sagte sie mit Nachdruck in der Stimme.

An ihrer Tür blieb Ticia stehen und drehte sich zu Jansen um, der sie hierher begleitet hatte. Im silbernen Mondlicht konnte sie Jansens Gesichtszüge nicht erkennen, weil er im Schatten stand. Der Abend war angenehm gewesen, und sie hatte sich versprochen, dass sie es das nächste Mal, wenn sie in der Reichweite seiner Arme war, tun würde. Sie hatte ihre Hand auf dem Türgriff liegen und fragte sich für einen Moment, ob er sie wohl küssen würde. Es war ein törichter Gedanke, als wäre sie ein Schulmädchen. Sie hatte noch nie einen Mann auf diese Art gereizt.

Und dann geschah es.

Jansens Arme legten sich um sie.

Als wäre dies der letzte erfüllte Wunsch des Abends. »Der Geliebte darf über Nacht bleiben«, lachte Ticia leise.

Im Zimmer legte Ticia ihren Finger auf seinen Mund und gab ihm zu verstehen, ruhig zu sein. Sie zog einen Adapter aus einer Steckdose. An seiner Rückseite war ein winziger Schalter, den sie auf »Aus« stellte.

»Es sieht wie ein Zweiwegadapter aus. Es ist aber ein Sender. Rossbund soll überwachen, was zwischen dir und mir hier drinnen geschieht und was wir so reden. Verstehst du jetzt? Er wird dem Sicherheitsdienst die Schuld geben«, erklärte sie ihm erneut.

Sie warf alle Decken vom Bett. Jansen war neugierig und bewegt, dass sie ihn im Licht des Mondes lieben wollte. Ticia legte sich in das Liebesnest, das sie in Sekunden gebaut hatte. Er legte sich zu ihr und küsste sie sacht. Es war kein begehrlicher Kuss. Es war ein Kuss, der mehr ankündigte, ein Vorspiel. Sie streiften sich gegenseitig die Kleidung vom Leib. Sein Mund hörte nicht auf zu wandern. Ihre Lippen begannen zögernd zu reagieren. Sie folgte ihm, überließ es ihren Lippen, ihn ganz sanft zu berühren, ihn sacht zu streifen, während ihre Zungen warteten, wie schlüpfrige Tiere mit eigenem Willen, die sich trauen würden, die Höhle des anderen zu besuchen. Sie hatten keine Eile. Er hatte noch nie zuvor eine Frau so geküsst, oder zumindest nicht seit langer Zeit. Für eine Sekunde tauchte Margit vor ihm auf. Sinnlich und glänzend. Aber nicht wie sie. Dann war sie wieder weg.

Der Kuss hielt an und duldete keine Unterbrechung. Erregt und in der Dunkelheit ihrer Küsse hörte Jansen einen leisen animalischen Laut in ihrer Kehle. Das Mondlicht auf dem Laken umarmte beide. Sie küssten sich, als wären sie am Verdursten, als hätten sie seit Tagen keinen Tropfen Wasser getrunken. Er genoss den Geruch ihrer Haut. Er hielt ihr Gesicht und sagte:

»Ich liebe dich.«

»So?«

Sie legte den Kopf zurück. Da war wieder ihr durchdringender, prüfender Blick. Ticia schob ihn weiter zurück, so dass er ihre schamlose Nacktheit betrachten konnte, die gespreizten Schenkel, die ihm bedeuteten, sie wolle genommen werden. Dennoch verbarg sie etwas, als wollte sie nicht verletzt werden. Sie sahen sich in die Augen, und die Wahrheit zwischen ihnen war fast wie ihre Nacktheit. Jansen küsste sie erneut, als wollte er die Luft von ihr atmen. All seine Sinne, sein Blut und jede Faser seines Körpers sagten ihm, dass dies nicht nur gewöhnlicher Sex war. Er zügelte seine Ungeduld. Es *gab* keinen Grund zur Eile. Sie schmiegten sich wieder aneinander, verloren sich allein in der Lust, die Haut des anderen zu spüren. Plötzlich wollte er wieder ihr Gesicht sehen. Er kniete vor ihr und sagte: »Ich möchte dich sehen.«

Er streichelte ihr Gesicht, ließ seine Hand über die Wölbung ihrer Hüfte gleiten und ließ seine Augen wandern. Waren da Tränen in ihren Augen? Wenn ja, dann waren sie kein Zeichen von Traurigkeit. Als sie sich diesmal in die Augen blickten, war es eine letzte Prüfung. Es war nicht nur Wahrheit zwischen ihnen, sondern rohe Emotion, die von einem zum anderen übersprang wie Sturzbäche in ein Flussbett der Leidenschaft. Mit ihren halb geschlossenen Augen sah sie dennoch friedlich aus.

Ticia bewegte sich. Hob ihre Beine hoch, ihre Oberschenkel umklammerten seine Hüften. Sie hob die Knöchel und verschränkte sie hinter Jansens Rücken. Ihre langen, schlanken Beine zogen ihn herab. In derselben Bewegung glitt seine Erektion tief in sie hinein. Er betrachtete sie durch einen Schleier aus Verlangen. Sie hielt sein Gesicht und betrachtete ihn mit einer Leidenschaft, als hätte sie Fieber. Ticia war über sich selbst überrascht, als sie es schon nach wenigen Sekunden fühlte, in denen er in ihr war.

Jansen sah es und konnte es spüren, als in ihre Augen ein Ausdruck trat, der an Panik erinnerte, eine großäugige animalische Emotion, die sie über die Grenze stieß, so dass er wusste, dass sie kam. Ticia bemerkte nicht, dass sie ihre Fingernägel in die Haut an seinem Rücken bohrte und an der Wirbelsäule entlang nach unten zog. Es fühlte sich wie säureähnliche, scharfe Tränen an. Willi spürte das Erdbeben in ihrem Körper in dem Moment, als auch er eruptierte. Er blickte nach unten und sah ihren weit geöffneten Mund, als sie nach Luft schnappte. Als ob sie Schmerzen hätte. Die Lust überwältigte Jansen und Ticia.

Und Ticia schrie.

Nachglühen.

Er hatte sein Gesicht in ihrem Haar vergraben. Küsste ihren Hals. Ließ seinen Mund zu ihrem Gesicht wandern, und die Küsse, schlüpfrig und feucht, hörten nicht auf. Sie streckte spielerisch ihre Beine in die Luft und gab ein sirenenhaftes, kehliges, leises Lachen von sich. Es war ein zufriedenes Lachen, gemischt mit leichter Überraschung, dass sie so überwältigt und dieser Mann so real war.

Ihr Körper verriet ihr, wie zufrieden sie war. Sehr zufrieden mit der Art, wie er sie geliebt hatte. Nein, dies war keine klinische Vögelei mit einem vorzeitigen Ende gewesen, bei dem zwei zornige Seelen zurückblieben.

Als seine Hände durch ihr Haar wanderten und sein Mittelfinger eine Art Furche in ihrer Schädeldecke berührte, versteifte sie sich für einen Moment. Jansen fühlte, es war wie eine Narbe, wie wucherndes Narbengewebe.

»Was ist das?«

Ticia versteifte sich erneut, aber dann tat sie es mit einer »Es-ist-nichts«-Phrase ab.

»Was ist das?«, wiederholte Jansen, der ihr die Geringschätzung nicht abkaufte. Er hatte den veränderten Tonfall ihrer Stimme bemerkt. Ihre Stimme hatte bei den drei Worten belegt geklungen. Bei jedem dieser drei Worte – es ist nichts – schien sie plötzlich den Tränen näher und näher zu sein. Es ist nichts! Sie war nie ein besonders weinerlicher Mensch gewesen. Ihr privates Dilemma und der plötzliche unvorhergesehene Zorn auf ihre persönliche Katastrophe, das erbarmungslose Kismet und die größte aller Ungerechtigkeiten in der ungerechten Geschichte ihres Lebens brachten sie den Tränen nahe. Aber weinen?

Nein. Vielleicht.

Sie war dem Lebensglück immer so nah gewesen, dass sie einen Kloß in der Kehle bekam, wenn sie von dem Glück und den Errungenschaften anderer hörte. Diese Lebensfreude war, ungeachtet der Umstände, in denen sie sich befand, die treibende Kraft gewesen, die sie dazu gebracht hatte, die Liebe zu suchen, die sie brauchte und wollte.

Und sie hatte sie gefunden.

Der tödliche Teil.

Um sie wieder zu verlieren.

Um plötzlich die grausame Realität zu erkennen, dass sie *ihn* verlieren würde. Er drückte sanft ihr Gesicht an seine starke Schulter. Es war eine einfühlsame, Geborgenheit vermittelnde Kraft.

»Niemand hat mich je so gehalten«, sagte Ticia mit leiser Stimme.

Jansen nahm sie noch fester in die Arme, hielt sie. Er spürte ihre Tränen an seinem Hals. Sie begann zu reden.

Warum erzählte sie es *ihm?*

Er lässt dich so sein, wie du ihn sein lässt.

Sie erzählte von den Schmerzen in ihrem Kopf, der Ursache für die Narbe. Vertraute ihm das letzte Gespräch mit dem Gentleman-Arzt in Mexico City an und die Qualen der vergangenen Jahre an. Zuerst hatte die Hoffnung bestanden, dass der Tumor nach der Operation nicht zurückkehren würde.

Jansen verstand.

Aber unglücklicherweise war er erneut gewachsen und zurückgekehrt.

Jansen verstand.

Und sie hatte vielleicht noch fünf Wochen zu leben.

Jansen verstand *nicht,* was sie da gerade gesagt hatte.

Wie war es möglich, in nur fünf Minuten von der lebensbejahenden Lust zur Konfrontation mit der ultimativen Trennung zu gelangen – dem Tod?

Wie?

Für einen kurzen Moment beschlichen ihn Zweifel, ob dies eine reale Wahrheit war, was sie ihm gerade erzählt hatte. Jansen fing an unbewusst für eine unwirkliche Lösung und Entschuldigung zu suchen, um nicht diese Realität anerkennen zu müssen. Sanft löste er sich von ihr und lehnte seinen Kopf an die Kopfstütze des Bettes. Verschränkte die Arme auf seiner Brust, wie um sich in Erwartung weiterer »Lügen« zu schützen, zu verteidigen.

Sollte sie nicht in einem Krankenhaus sein?

Sie erzählte weiter. Sie hatten alle Nervenbahnen vom Gehirn bis wer weiß wohin überprüft. All diese Untersuchungen ihres Kopfes sollten feststellen, warum sie noch nicht zusammengebrochen und gestorben war. Die Ärzte sagten, es hätte keinen Sinn, sie im Krankenhaus zu behalten.

So hieß es.

Der Grund, warum es ihr so außerordentlich gut ging, besser als jeder anderen Person mit diesem rätselhaften medizinischen Leiden, war ihre positive Geisteshaltung.

Und die entzog sich aller ärztlichen Macht. Dennoch. Verflucht, all diese teuren Worte, für die sie bezahlen musste, hatten ihr am Ende nicht geholfen.

Gott weiß warum.

Jedenfalls würde sie ihr Leben in vollen Zügen bis zum Ende genießen.

»Ich bin ein richtiges Wrack«, sagte Ticia. »Aber vielleicht ist es Armando, der mich durchhalten lässt. Vielleicht ist es das, was ich tun *muss.*«

Sie öffnete sich ihm weiter.

Jetzt nahm sie eine Menge Dope, erzählte sie ihm. Kokain. Es half ihr durchzuhalten.

Jansen wartete, bis sie sich wieder beruhigt hatte. Seine Stimme klang nervös.

»Wer ist Armando?«

Und plötzlich wimmerte sie, verzerrter, schrecklicher seelischer Schmerz ihrer Stimme, so dass sie kaum zu verstehen war.

»Mein Sohn.«

Jansen rührte sich noch immer nicht. In der Kunst seines Gewerbes gab es im Grunde nichts, was ihn überraschen würde oder konnte. Seine Gedanken wirbelten. Er nahm die gekreuzten Arme herunter und starrte sinnlos seine Hände an, dann Ticia, dann wieder seine Hände. Sie drehte sich auf die linke Seite und vergrub ihr Gesicht im Laken. Ticia weinte plötzlich, als hätte sie seit ihrer Kindheit keine Tränen mehr vergossen.

Jansen konnte noch immer nicht verstehen, was er gerade

erfahren hatte. Dass sie sterben würde, war unmöglich. Er hörte zu.

Ticia A. Velosos.

Für ihre Freunde war es ein Rätsel, warum das Leben einer Frau wie sie, die über so viele unzweifelhafte Qualitäten und Fähigkeiten verfügte, in der Blüte ihrer Jahre in einer derartigen Katastrophe münden konnte. Vor allem, da sie das atemberaubende Aussehen einer exquisiten Dame mit Klasse hatte, kombiniert mit einem scharfen Intellekt.

Als das Vermögen der Velosos von den Steuern und den Forderungen der Kreditgeber aufgefressen wurde (der Rest wurde von Männern abgegriffen, die anderen Leute Glauben machten, sie könnten ihr Geld verwalten), klopfte das Leben mit einem »Du-musst-etwas-tun« an Ticias geistige Tür.

Zuerst New York.

Sie wurde sofort als Model engagiert. Sie arbeitete regelmäßig für Calvin Klein, Marciano, aber auch häufig für Lancôme und Armani. Dank Ticia fabrizierte Gianni Versace mit seiner »Signature Line« die ultimative Illusion, ein Star zu sein.

Ticia A. Velosos galt als etwas ganz Besonderes in der Diktatur der Modeindustrie, weil ihre ganze Erscheinung die sexuellen Fantasien von Männern und Frauen jeden Alters verkörperte. Ihr Gesicht und ihr Körper etablierten ein Markenzeichen in der Modebranche. Sie hatte die perfekten Augen, den perfekten Körper, herrliches Haar und einen vollen, sinnlichen Mund, der nicht die umformenden Hände der Schönheitschirurgen brauchte. Der Erfolg hielt an. Die fein geschnittenen Züge ihres Gesichts und die feine muskelbetonte Symmetrie ihres Körpers ließen die Welt glauben, dass sie die Quelle der ewigen Jugend war. Sie war zwischen Düsseldorf, Köln und New York als das Topmodel bekannt. In den Modemagazinen nannte man sie *Blue noir.* Sie war ständig ausgebucht. Sie liebte all das, die Alles-inklusive-Trips nach Rom, Rimini und Nassau. All den Glimmer, Stil und Glamour. Eine wichtige Sache aber vergaß sie nicht, das Element des Lebens – erwachsen zu werden. Sie schickte alles Geld, die Zehntausende Dollars, die sie manchmal pro Tag bekam, nach Hause. Und am Wichtigsten, sie nahm das Geschäft nicht zu ernst.

Zum Beispiel.

Da gab es Anweisungen, wie man seine Arme und seinen Hintern auf dem Laufsteg bewegen sollte, erteilt von Frauen, die niemand auch nur im Traum vögeln würde. Himmel, es war, als würde Gott einem befehlen, in Schuhen voller glühender Kohle zu gehen. Sie nannten sich selbst Models. Frauen, die wie auf Wolken schwebende Träume aussahen und Kraftfahrerflüche murmelten, die keine Hure in Rios Branca-Maura-Viertel benutzen würde. Ticia gab zu, das es im Grunde ein sehr alberner Beruf war, auf dem Laufsteg hin und her zu spazieren, mit Kostümen am Leib, die kein vernünftiger Mensch tragen würde. Ganz davon zu schweigen, wer sich so etwas leisten konnte. Als sie nach Jahren zum ersten Mal zwei Tage frei hatte, bemerkte sie recht schnell, dass die Engagements weniger wurden. Zum ersten Mal war ihr Terminkalender, der sonst mit Fototerminen gefüllt war, teilweise leer. Sie war realistisch genug, um zu erkennen, dass es nicht mehr lange dauern würde, bis das Telefon nicht mehr klingelte, um ihre Aufträge zu bestätigen.

Jetzt waren dreizehnjährige Models mit blau und schwarz bemalten Lippen und Fingernägeln gefragt, die aussahen, als könnten sie jeden Moment umkippen und ins Gras beißen. Auschwitz lässt grüßen. Mädchen, die nach dem Essen die Finger in den Hals steckten, um auszukotzen, was sie soeben, wie überfressene Römer, zu sich genommen hatten. Schlüsselbeine, die hervorstanden, als wären sie soeben aus einem finsteren Gulag hinter dem Polarkreis entlassen worden. Richtige Frauen mit Klasse, Geschmack und Kurven, die ihr attraktives Geschlecht mit echten Hintern, Hüften und Brüsten unterstrichen, waren plötzlich nicht mehr »in«. Die Herren und Damen der Laufstegindustrie hatte genug von ihr, und sie hatte genug von ihnen.

Sie wechselte in eine andere Branche, die einen ähnlich sinnlichen Peep-Effekt auf die Masse hatte. Ging dorthin, wo sich Mitleid erregende Verlierer sammelten, um die Verluste, die sie sich selbst und ihren Familien zufügten, mit einem sorgfältig verborgenen Schauder zu leugnen. Da waren diese oh, so Vierteldollar einwerfenden Automatenjunkies aus Kentucky und Michigan mit der im Mundwinkel hängenden Zigarette und der Wahnvorstellung, das Haus schlagen zu können. Leute, die völlig ausgenommen wurden, um dann nach Hause zu fahren und ein Jahr lang zu sparen, damit sie nach dorthin zurückkehren konnten, wo sie wieder ausgenommen werden würden. Keiner schlug das Haus. Gott, die verwässerten Drinks auf Kosten des Hauses, serviert von Trinkgeld abhängigen Hausfraublondinen. Es war der Ort, wo Leute auf derartigen Mist abfuhren.

Die Lichter. Der Strip.

Las Vegas.

Ticia mit ihrer Schlankheit und ihrem Talent zu tanzen wurde ein Showgirl mit einem unbestreitbar hinreißenden Körper. Sie war plötzlich eine jener beweglichen menschlichen Ausstellungsstücke in dünnen, transparenten Uniformen. Eine riesige Feder oder zwei waren an der silbernen Schnur ihres String-Tangas befestigt, der ihr Hinterteil teilte und betonte und das verlangte.

Sie bezeichnete dies als persönliches Anusmanagement, weil es die Illusion erzeugte, als würden die Federn in ihrem Arsch stecken.

Ticia lachte kurz und schüttelte den Kopf. Es war eine Art selbst geißelnde, traurige Heiterkeit.

Sie war ein geistig entrücktes sexuelles Ausstellungsstück, und die Zuschauer, ob nun männlich oder weiblich, träumten davon, mit ihr zu kopulieren. Ihr riesiger exotischer Federkopfschmuck und die angeklebten Wimpern gaben ihr das Gefühl, zu viel angezogen zu haben.

Ticia war ehrlich zu sich selbst. Sie hielt Ausschau nach dem Sugar Daddy, dem perfekten Partner. Jemand, der in ein paar Jahren in den Sechzigern sein würde, aristokratisch aussehend und nicht zu viel von ihr verlangend. Und natürlich außerordentlich vermögend. Sie würde dann in den Vierzigern und so abgesichert sein, wie sie es sich wünschte.

Ticia schwieg und zuckte die Schultern.

Was für ein klassisches, stattliches Paar hätten sie abgegeben. Und, wichtiger noch, eins, das verliebt war, für alle Augen sichtbar. Sie konnte bereits sehen, wie sich die Münder vor Neid verkniffen, wenn sie ihren Auftritt hatten. Mann, war sie naiv und makellos. Zu dieser Zeit war sie beim Tanzen die Hauptattraktion, präsentierte schwingende Beine und zeigte genug frisiertes Schamhaar. Sie war nicht zu übersehen.

Fünf Dutzend Rosen und eine Karte wurden in ihrem Umkleideraum abgegeben. Der Absender bat sie um das Vergnügen, mit ihr zu Abend essen zu dürfen, und würde entzückt sein, ihre Gesellschaft bei einem Spiel mit hohem Einsatz genießen zu können. Die Karte aus japanisch handgewebten Büttenpapier war von jemand mit dem Namen Zarro Maravelli unterschrieben.

Aber ungeachtet der Wortwahl war es keine Einladung. Es war ein Befehl, der Gehorsam verlangte.

Sie sah ihm zu, wie er die ganze Nacht Bakkarat spielte und zwei Millionen verlor. Einfach so. Was für ein kaltblütiger Bastard er doch war. Ticia war stolz auf ihn. Konnte er sie noch mehr beeindrucken? Er drängte sie, mit ihm zu kommen.

Nach Cabo San Lucas.

Sagte, er käme mit amerikanischen oder westlichen Frauen nicht zurecht. Ticias Entschluss fiel schnell. Sie hatte erlebt, wie ältere Tänzerinnen plötzlich ohne Vertrag dastanden, Umstände, die sie unbedingt vermeiden, denen sie ausweichen wollte, bevor sie mit ihnen konfrontiert wurde. Mit ihm zu gehen, würde sie retten.

Und in Cabo hatte sie plötzlich alles. Am wichtigsten war, dass sie wieder in ihrem geliebten Mexiko war. Ticia wurde Jenny vorgestellt, einer alten Dame, die Maravelli wie ihren Sohn behandelte. Sie gingen etwas zu zärtlich miteinander um, stellte Ticia fest. Es wurde gesagt, sie sei eine alte Freundin der Familie.

Eine Ehe mit Maravelli war zu dieser Zeit kein Thema.

Sie unterschrieb einen Vertrag, der besagte, dass ihr aller erdenklicher Luxus zur Verfügung stand, sie aber nichts mitnehmen durfte, wenn sie ging, abgesehen von ihrem persönlichen Besitz. Und das war nicht viel. So gut wie nichts. Hatte sie Las

Vegas nicht nur mit ihrem knöchellangen Abendkleid am Leib an Bord seines Lear Jets verlassen?

Aber ihr würde nichts passieren. O nein, ihr nicht. Es war die Tatsache, dass beide Seiten zu nichts verpflichtet waren, die das Arrangement so angenehm machte. Sie erwarb ihren Pilotenschein, lernte als Sport mit den besten Waffen zu schießen und Golf zu spielen. Zur Eröffnung der Herbstsaison besuchte sie New York, um die Kreationen von Madam Grès zu kaufen, Gewänder, die die Brüste verhüllten, aber all das sinnliche Fleisch unter dem Stoff betonten. Ticia kümmerte sich um die Zucht der achtzig Rennpferde auf Maravellis Gestüt in Kentucky, die mehrere Hundert Millionen Dollar wert waren. Er besaß ein Château, ein Haus aus dem siebzehnten Jahrhundert in der Normandie, ein Chalet in Sankt Moritz, und ein Haus in Lyford Cay auf den Bahamas.

Willi Jansen fragte, warum er nie ein Wort über Maravelli gehört hatte (das Dossier hatte bloß trockene Fakten enthalten.) Einiges war gewiss bei den Redaktionen der verschiedenen Printmedien durchgesickert. Ein cleverer Journalist stellte einst Nachforschungen an, um *die* Story über Zarro zu schreiben. Nur um eines Morgens mit gebrochenen Beinen und bedeckt von menschlichen Exkrementen aufzuwachen. Maravelli tat alles, um sein Firmenimperium und sein Privatleben aus den Schlagzeilen herauszuhalten. Maravelli hatte noch nie ein Interview im Fernsehen gegeben. Er wurde gefürchtet, und das genügte ihm. Aber wie die meisten reichen, mächtigen Männer, ganz gleich, wie skrupellos und schwierig sie sind, war er für Charme empfänglich. Maravelli kümmerte es nicht, dass einige Leute, die seinen Weg einst kreuzten, ihn als unangenehm arrogant und distanziert bezeichnet hatten. Ihm war es völlig egal, ob er seine Mitmenschen verärgerte oder nicht. Die Folge war, dass viele ihn Furcht erregend, sehr stur und nicht sehr menschlich fanden. Maravelli ging nie auf die Bedürfnisse anderer Menschen ein. Und bestimmt nicht auf die von Ticia.

Aber das Leben schien großzügig zu Ticia zu sein. Schöne Kleidung mit berühmten Etiketten. Autos. Ein Drittel von *La Hacienda* stand ihr zur Verfügung, der Rest des Anwesens blieb ihr versperrt.

Eine Sache war seltsam, sagte sie. Trotz der Tatsache, dass sie die perfekte Figur einer Glamourtänzerin hatte und dank ihrer körperlichen Geschmeidigkeit Stellungen einnehmen konnte, von der die meisten Männer nicht einmal zu träumen wagten, rührte Maravelli sie niemals an. Sie trug den winzigsten und durchsichtigsten aller brasilianischen Bikinis, mit oder ohne Oberteil. Mit und ohne hochhackige Sandalen. Trug in seiner Gegenwart Dessous in den verschiedensten Farben. Setzte sich im weichen Kerzenlicht mit gespreizten Beinen vor ihm hin, die Absätze der beiden einzigen Dinge, die sie trug – hohe mexikanische Stiefel – auf die Kante des breiten Lehnsessels gestützt. Zusammen lasen sie die unzensierte Fassung von Marcus Van Hellers »Seduction of Suzy«. Die Lektüre machte ihm aufrichtig Spaß. Sie spielte mit sich in seiner Gegenwart. Maravelli genoss es, ihr zuzusehen. Er unternahm nicht einen einzigen Annäherungsversuch, sie mal ganz einfach in einem einzigen Ausbruch von Geilheit zu packen, in sie einzudringen und zu ejakulieren.

Nichts.

Die Enthüllung folgte.

Ticia erinnerte sich noch genau an das groteske Ereignis. Es war ein bizarrer Zwischenfall, bei dem man sich hinterher fragte, ob es wirklich passiert war oder der Verstand einem nur einen Streich gespielt hatte. Es war etwas, das sich nur die denkbar blühendste Fantasie ausmalen konnte. Aber es war real.

Eines späten Abends.

Es passierte, nachdem sie das Licht ausgeschaltet hatte und ans Fenster trat, um den Vorhang zu schließen. Dort waren sie. Auf der weiten Veranda. Maravelli und die alte Dame namens Jenny. In einem riesigen Lehnsessel. Maravelli – die Hose heruntergelassen, auf ihre rechte Hand starrend, die sich an seinem steifen Schwanz hinauf und hinunter bewegte. Sie masturbierte ihn mit ihrer rechten Hand mit den dunkelrot lackierten Fingernägeln, dabei zärtliche Worte murmelnd. Ticia hätte sie nicht verstanden (es war Ungarisch). Die achtzig Jahre alte Frau war wie Lysistrata in einem Aubrey-Beardsley-Porträt gekleidet. Es war wie eine Szene aus dem Skizzenblock des ungarischen Meisters der Erotik, Mihail Zichy, die »Studien der Hände«.

Selbst in dieser Situation waren Maravellis Leibwächter bei ihm und standen wachsam hinter dem Lehnsessel.

Jetzt verstand Ticia.

Es war eine bittere und gleichzeitig amüsante Erkenntnis. Es ging so ein oder zwei Jahre lang. Sie wusste, dass sie nicht jünger wurde. Tief in ihrem Inneren wusste sie, dass sie dieses Leben nicht ewig führen konnte. Oh, wie sehr wünschte sie sich ein Kind. Mit vierundzwanzig war der stärker werdende Wunsch nach einem Kind gerechtfertigt. Es war das erste Mal, dass sie riskierte ihm zu sagen, sie würde ihn verlassen.

Es war ein genau berechneter, grausam harter Schlag in ihr Gesicht. Er benutzte seinen Handrücken, und die überraschende Wucht seines Schlages schleuderte sie quer über die Terrasse.

Sie stand auf, kehrte in den wütenden Radius seiner Hand zurück und sagte ganz ruhig, mehr zu sich selbst: »Du schlägst keine Velosos. Tu dies niemals wieder. Niemals.«

»Das gilt auch für meinen Stammbaum. Niemand verlässt einen Maravelli. Denk nicht einmal daran. Nur mit meiner Erlaubnis oder tot. Und ich gebe dir nicht die Erlaubnis, mich zu verlassen.«

Und dann, an dem Tag, als die alte Jenny starb, änderten sich die Dinge.

Zarro wusste nicht mehr, wie oft im Lauf der Jahre er sich nach der Lust gesehnt hatte, die sie ihm in den einsamen Jahren seiner Kindheit bereitet hatte. Für ihn war es immer wie gestern gewesen. Jenny, die süßeste aller *opáres,* die er je gehabt hatte. Das Gefühl konnte er nie vergessen. Ihre Hände so sauber und schön. Er hatte geweint und seinen kleinen Kopf in ihrem Nacken vergraben. Hatte den Duft ihrer Haut gerochen. Wie Aprikosen.

Liebliche Jenny. Mädchen aus dem ungarischen Ackerland Mezöfalvas. Sie trug ihn als Kind in der Wärme des Abends herum. Sie hatte eine Art selbstkomponiertes Lied gesummt und ihn damit getröstet, wenn er weinte. Er hatte nie vergessen, wie sacht und sanft ihre Hand unter sein Nachthemd glitt. Er hatte nie wieder ein derartiges Gefühl empfunden. Kaum dass sie ihn berührte, flößte ihm die plötzliche Erkenntnis Angst ein, dass ihre Hand seine fleischliche Begierde weckte. Vergrub sein kleines Gesicht zwischen ihren Brüsten. Ihr zärtliches Reiben ließ ihn sich in ihre fordernde Hand ergießen. Dachte, er würde sterben. Er tat es nicht, aber es beruhigte ihn. Und es fand kein Ende. Die Lust, die ihm ihre reibende Hand bereitete (und später ihre feuchten, warmen Lippen), war frisch and meisterhaft inszeniert. Die Erinnerung war unendlich und einfühlsam. Sie war das beste Kindermädchen, das er je hatte.

Süße, warmhändige Jenny. Selbst wenn sie ihm pflichtgemäß den nackten Hintern versohlte, hatte dies einen entspannenden Effekt auf beide. Ihre Hände hatten sein Liebesleben von der Kindheit an bis zur Reife eines Mannes für immer verbogen und somit geformt. Mit anderen Worten, für ihn war es diese Mischung aus Sentimentalität, Körperlichkeit und Zynismus, die seiner Meinung nach die Liebe nur war. Später lebte Maravelli in der irrationalen Überzeugung, dass er sich nicht irrte, dass sie ihr Leben ihm gewidmet hatte, ihrem beiderseitigen Vergnügen. Das Leben trug sie fort, und sie sah ihn nie wieder. Er war wütend, und ein katatonischer Zorn fraß sich auf lange Zeit in ihm fest. Oh, die Kompliziertheit, das unendliche Mysterium seiner wahren sexuellen Vorlieben. Er hielt es für richtig. Was sie hinterlassen hatte, was sie für alle Zeit in seine Sinne eingegraben hatte, war die ultimative, sexuell begründete Überzeugung, wofür eine Frau da war und wie sie es zu tun hatte.

Der Lauf der Jahre verringerte seine Sehnsucht nach Jenny nicht. Sein Sicherheitsdienst hatte fast ein Jahr gebraucht, um sie in Ungarn aufzuspüren, und weitere sechs Monate, um die Regierung in Budapest dazu zu bringen, sie gegen eine großzügige Spende Maravellis an das Opernhaus in Budapest ziehen zu lassen. An dem Tag, an dem Jenny starb, in die Ewigkeit reiste, geriet Maravelli in Zorn. Es war, als würde er es ihr verübeln, dass sie ihn nicht um die Erlaubnis zum Sterben gebeten hatte.

Er stürmte in Ticias Schlafzimmer, warf sie durch den Raum und vögelte sie wütend auf dem Terracottaboden. Nun, um es kurz zu machen, sie kam, kaum dass er in sie eingedrungen war und vorzeitig ejakuliert hatte, und sie *wusste* einfach im selben Moment, dass sie schwanger war und – glücklich.

Es war ein Sohn. Sie stillte ihr Bündel des Glücks für drei Monate.

Maravelli nahm ihr den Jungen weg. Er gehörte ihm.

Dies war der Tag, an dem sie innerlich ganz kalt wurde.

Dies war der Tag, an dem er sie *seine* Zuchtstute nannte.

Dies war auch der Tag, an dem sie zu planen begann, Zarro Maravelli umzubringen.

»Und wann ist all das passiert?«, fragte Jansen.

»Vor sechzehn Jahren«, sagte sie tonlos. »Ich musste die Adoptionspapiere unterschreiben. Ich habe keinerlei Rechte. Einmal im Jahr darf ich ihn sehen. An seinem Geburtstag.«

»Und wo ist er jetzt?«

»In Cuernavaca. Im Emaus-Kloster. Zarro hat ihn dorthin gebracht.«

»Warum?«

»Damit er seinen Schulabschluss macht. Dann wird er ihn … ich weiß es nicht. Vielleicht erweist er sich als brillanter Nachfolger.«

Die Nacktheit fühlte sich plötzlich nicht mehr richtig an, und Jansen hatte sich angezogen, während sie die Geschichte erzählte. Bevor er sich setzte, hob er das Betttuch vom Boden auf. Sie verstand seine Geste und bedeckte sich. Er setzte sich auf die Bettkante, sah sie lange an und räusperte sich.

»Ich liebe dich«, sagte Jansen, »ganz gleich, was geschieht. Ich werde bei dir sein. Du und ich, wir stehen diese Sache gemeinsam durch.«

Da war noch der niederschmetternde Teil, mit dem er fertig werden musste. Dass sie sterben würde, hatte ihn schockiert, hatte ihn mit Unglauben erfüllt und irgendwie seine Gefühle verkrüppelt. Er fühlte sich leer.

»Warum bist du nicht einfach gegangen, um Gottes willen?«

»Ich habe ihn zwei Mal verlassen. Rossbunds Männer haben mich zurückgebracht.«

Ticia stand auf, öffnete eine Schublade und warf Willi ein Videoband zu.

»Hier, schau es dir in deinem Zimmer an, wenn du kannst. Ich habe dies als Mahnung von ihm bekommen. Du wirst sehen, was Rossbund mir angetan hat.«

»Warum bist du nicht vor Gericht gegangen? Hast gekämpft?«

Er konnte sich nicht vorstellen, dass das nicht möglich gewesen wäre.

»Du bist süß und sehr naiv. Man kämpft nicht privat gegen einen Mann, der sich Politiker gekauft hat … Senatoren, selbst einen Kardinal. Ein Mann, der über genug Geld und Leute verfügt, um dich an jedem Flughafen, jeder Tankstelle und in jedem Kaufhaus in dieser Welt zu suchen und umlegen zu lassen. Sieh mal, ich habe vielleicht noch zwei oder drei Wochen zu leben …«

Das Gefühl des Irrealen stieg wieder in ihm hoch.

Warum die Veränderung nach der Geburt des Jungen? Warum?

Maravellis Verhältnis zu Ticia war mehr das eines geduldigen Tiertrainers zu einem Hund. Er belohnte Gehorsam überschwänglich und ahndete das leiseste Anzeichen von Ungehorsam hart und mit der Drohung, auch den Sohn zu bestrafen. In den letzten Monaten hatte es einen Punkt erreicht, an dem er sie wie ein zurückgebliebenes Kind behandelte. Wie ein Psychiater seine Familie in seinem eigenen Haus behandeln mochte. Jansen erinnerte sich noch deutlich, wie Maravelli ihm seinen Rottweiler vorgestellt hatte, aber nicht Ticia.

Jansen war sich noch immer nicht über den Wahrheitsgehalt der Geschichte im Klaren.

»Warum hat er *dich* nicht abserviert? An irgendeinen anderen Ort verfrachtet? Warum nicht?«

Ticia war ruhig und geduldig.

»Der Bastard hätte mich liebend gern abserviert … es ist wegen meinem Sohn. Armando«, lächelte sie. »Ich weiß, wenn mir irgendetwas zugestoßen wäre, hätte er ihn verloren. Ich bin mir jetzt sicher, dass Maravelli Armandos Leben schon vor seiner Geburt geplant hat. Aber Maravelli ist zu intelligent, um das starke Band zwischen mir und Armando *nicht* zu sehen. Wenn es zerstört wird, könnte er ihn möglicherweise nicht mehr kontrollieren.«

»Und wenn es doch geschähe?«

»Er würde sich absetzen. Maravelli würde ihn an die Kirche verlieren. Armando liebt das Ingenieurwesen, aber er würde vielleicht auch Abt werden.«

Inzwischen war es drei Uhr morgens.

Fünf Stunden später saß Maravellis Sicherheitsmann Nummer eins, Rossbund, auf der Terrasse und überlegte erneut, was mit dem Sender im Hummer und, noch wichtiger, dem in Ticias Schlafzimmer passiert war. Es konnten nicht beide in so kurzer Zeit versagt haben. Rossbund hielt es durchaus für möglich, dass sein Landsmann an den installierten Abhörgeräten herumgepfuscht hatte. Morgen, wenn Maravelli aus Montreal zurückkehrte, wollte er eine Erklärung dafür haben. Rossbund konnte Maravelli seine Effektivität nur auf einfache und überzeugende Art beweisen, indem er einen abschließenden Bericht über seine Beobachtung verfasste hatte.

Der eigentliche Grund, warum er einen leicht frisierten Lagebericht für Maravelli verfertigt hatte, war die Tatsache, dass das Versagen von zwei Sendern binnen vierundzwanzig Stunden und das indirekte schriftliche Eingeständnis dieses Fehlers Maravelli zweifellos zu einer nahe liegenden Schlussfolgerung veranlassen würde. Und zwar der, dass er, Rossbund, ineffizient und inkompetent war. Maravelli war ein Mann, der nicht den kleinsten Schnitzer vergab, wenn es um Sicherheitsfragen in seinem Imperium kam. Rossbund wusste, dass Maravelli nicht mit Begeisterung auf solch einen Schnitzer reagieren würde. Zweifellos würde er ihn auf der Stelle feuern. Die Schlampe und dieser Jansen waren für Rossbund viel zu unbedeutend, um seinen Job zu riskieren. Nein, Rossbunds Meinung nach verdiente er dies nicht. Aber dennoch, er musste irgendetwas tun, um seinen Arsch zu retten.

Der Bericht enthielt Einzelheiten über die Rundumüberwachung, die allerdings vage gehalten waren, nichts Eindeutiges, denn Jansen war nur ein Leibeigener, ein gut gekleideter Kurier, den irgendein Russe geschickt hatte, um Befehle von Mr Maravelli zu empfangen und Pläne nach Russland zu bringen. Er war ein Nichts. Es war fast peinlich, so das Resümee des Sicherheitsberichts, Herrn Maravelli damit zu belästigen. Die aufgezeichneten Gespräche der beiden Subjekte lieferten keinen Anhaltspunkt für Illoyalität oder Verrat. Da der Sender versagt hatte, war sich Rossbund darüber im Klaren, dass er das, was auf den Bändern war, ein wenig verändern und strecken musste für den Fall, dass Mr Maravelli, der auf triviale Details ganz versessen war, sie sich anhören wollte. Er fügte ein paar Fotos bei, geschossen mit einem 740mm-Nikon-Objektiv. Jansen und die Frau am Strand. Jansen und die Frau Händchen haltend beim Mittagessen im *Spanish Eyes* in der Stadt.

Rossbund las den Bericht ein letztes Mal durch. Der Rapport schloss mit den Worten, dass eine Prioritätsobservation des Mannes und der Frau nicht länger notwendig war. Der Bericht schlug aber vor, dass während des Tages stichprobenartige Kontrollen durchgeführt werden sollten, um die Sicherheit von Mr Maravelli zu garantieren. Rossbund war zufrieden mit der eleganten Art, mit der er seine Tüchtigkeit präsentiert hatte. Aber eins war sicher.

Er musste dieser Sache auf den Grund gehen, selbst wenn sie nichts darüber wusste. In seiner Fantasie bearbeitete er die Frau wieder mit der Peitsche. Maravelli würde ihn umbringen, wenn er es ohne seine Erlaubnis tat. Er musste Stillschweigen über den Sender bewahren und einen seiner Männer damit beauftragen, ein Wörtchen mit ihr zu reden und festzustellen, ob sie das Rätsel des defekten Senders aufklären konnte. Man wusste nie.

Die Stille in diesem Zimmer war bedrückend. Willi Jansen war wütend auf das Leben. Unter dieser Wut verbarg sich noch immer eine große Portion Hoffnung. Und unter der Hoffnung eine schwelende Melancholie, in der die Frage schmorte, was er mit seinem Leben anfangen sollte, wenn sie nicht mehr war. Nur wenn er tief ein- und laut wieder ausatmete, hatte er das

Gefühl, dass *er* noch irgendwie am Leben war. Er konnte nicht damit fertig werden, da er mit so etwas nicht gerechnet hatte. Wenn er daran dachte, was Ticia ihm enthüllt hatte, versuchte sein Verstand verzweifelt, die Tatsache zu rekapitulieren, dass sie bald sterben würde. Es war, als läge sein Geist im Koma. Willi erinnerte sich.

»Dein Verstand, dein Intellekt wird einfach betäubt ... uhh, wird anästhesiert, wenn du weißt, dass eine dir nahe stehende Person sterben wird. Ob Mann oder Frau. Es spielt keine Rolle. Überraschenderweise fährt man fort, sein Tagewerk zu erledigen. Diese geistigen Zustände sind schwer zu erklären, weil Mutter Natur einen nicht die Gesamtheit der Dinge erkennen lässt, damit man nicht vorzeitig den Verstand verliert. Kannst du dir vorstellen, wie viele Sterbliche sonst jeden Tag verrückt werden würden?«

Dies war die Einstellung seiner Mutter zum Umgang mit dem Tod anderer. Vielleicht wollte er die Wahrheit auch noch nicht wissen. Jansen hatte bereits düstere Vorahnungen, als er das Band in den Videorecorder schob.

Und dies war es, was der Bildschirm ihm zeigte.

Man hatte Ticia ihre Bluse bis zur Hüfte heruntergerissen und mit Handschellen an den Pfosten ihres Himmelbetts gefesselt.

Maravellis treuer Diener.

Rossbund holte mit einer zweischwänzigen Peitsche aus und ließ sie auf ihren Rücken niedersausen.

Willi hatte geglaubt, dass es ein stummes Band war, und schaltete nach Ticias zweitem gellenden Schrei, dem ein gequältes Wimmern folgte, den Ton aus. Ihm gefror das Blut in den Adern, während er zusah ...

Seine Augen wanderten zum Hintergrund des Bildes. Durch die offene Verandatür sah Jansen Ruler, dessen Leine an den kunstvollen Eisenzaun gebunden war. Das kräftige Tier riss und zerrte an der Leine, um sich zu befreien. Bellte, knurrte und tobte. Hätte er sich befreien können, wäre Rulers Tag des großen Zerfleischens gekommen.

Jetzt begann Jansen zu verstehen, warum das Tier an seinem Ankunftstag so wütend auf Rossbund reagiert hatte. Ruler hatte nicht vergessen.

Jansen schaltete den Videorecorder aus.

Trat auf den Balkon und betrachtete geistesabwesend für ein paar Minuten die flache blaue Decke des Meeres. Maravelli, dieser Privat-Stalin, hatte also alle gierig auf Andean Chemicals gemacht. Er hatte allen eingeredet, er wäre unantastbar, niemand könne ihm ans Bein pinkeln. Der Mann war offenbar wahnsinnig. Es gab jetzt kein Zurück mehr. Jansen spürte eine bedeutungsvolle Erleichterung, als er plötzlich wusste, was zu tun war. Er war bereit. Alles würde jetzt fein säuberlich zusammen kommen.

Willi Jansen fuhr in die Innenstadt und machte einen Anruf.

Cuernavaca, Emaus-Kloster

Monsigñor Adolfo Reñas hielt sie zuerst für späte Besucher, die den Weg nach draußen nicht finden konnten, als die beiden Männer sein Büro betraten. Dann vermutete er, dass sie vielleicht Männer mit einem Forschungsauftrag waren, da einer von ihnen einige Papiere unter den Arm geklemmt hatte. Doch im nächsten Moment fühlte sich Reñas mit etwas konfrontiert, das ihm unbekannt war.

»Könnten wir mit dem Vorsteher dieses Hauses sprechen, Bruder Adolfo Reñas?«

Jetzt wusste er, dass es sich um etwas Wichtiges handeln musste, denn sie erwähnten seinen Namen, auch wenn sie sich bei seinem Titel Monsigñor geirrt hatten. Der Mann Gottes, Reñas, bemerkte das Fehlen des respektvollen, mit leichter Unterwürfigkeit gemischten Tones, mit dem er normalerweise angesprochen wurde. Die Art, wie sie ihre Bitte vortrugen, ärgerte ihn. Ihre Unhöflichkeit verriet sich sogar in dem Fragezeichen am Ende.

»Ja? Und wer sind Sie?«

»Mein Name ist Paul Corvin, und wir sind im Auftrag von Señor Maravelli hier.«

»Können Sie sich in irgendeiner Form legitimieren?«, konterte Monsigñor Reñas schnell, während er Paul Corvin mit den Augen eine Wer-ist-das-Frage stellte und auf den zweiten Mann wies. Abgesehen davon, dass er kahl war und sich den Kopf rasiert hatte, zeichnete er sich durch gewaltige Muskelpakete aus. Kein Anzug konnte diese Tatsache verbergen. Trug eine Menge silberner Ohrringe.

»Das ist mein Assistent, Arthur. Arthur, sag hallo.«

Der Glatzkopf reagierte mit einem knappen Nicken und grunzte etwas.

Der Monsigñor bedachte die Männer mit einem letzten abschätzenden Blick.

Sie trugen maßgefertigte dreiteilige Anzüge, makellos saubere Hemden. Teure Krawatten. Schuhe. Sie verrieten eine Menge über einen Menschen. Aber ihre Schuhe hatten viel Geld gekostet. Möglicherweise Enzo Angilinis neueste Kollektion. Monsigñor Reñas spürte, dass hier irgendetwas nicht stimmte, aber er konnte nicht genau sagen, was ihm an der Situation nicht behagte. Paul Corvin zeigte einen Ausweis, in Plastik eingeschweißt und mit einem Farbfoto von Corvin, das Reñas anlächelte. In das Ausweispapier war ein gut sichtbares Wasserzeichen eingelassen.

M.

»Nun, wie kann ich Ihnen helfen, Señor Corvin?«

»Wir, äh, mein Partner und ich sind gekommen, um den jungen Armando Maravelli abzuholen. Es handelt sich um einen Notfall …«

»Sie werden verstehen, dass ich dies mit Señor Maravelli abklären muss.«

Während er sich zum Telefon drehte, fuhr er fort: »Es stört Sie sicherlich nicht, wenn ich anrufe, um Señor Maravellis Bestä …«

Als er auf seinen Schreibtisch blickte, um den Hörer abzunehmen, entdeckte er eine Hand mit einer Pistole, die beiläufig den Hörer nach unten drückte. Der Monsigñor wusste nicht, um was für ein Waffenmodell es sich handelte. Aber sie sah gefährlich aus und war recht wuchtig. Und zweifellos war es eine Pistole. Als er in Paul Corvins Augen sah, begriff er, dass es besser war, all seine Anweisungen zu befolgen. Corvin sah kurz auf seine Armbanduhr.

»Sehen sie, Monsignor, ich bin ein Mann ohne Glauben«, sagte Corvin leicht lächelnd, »und ich werde für das bezahlt, was ich tue.«

»Schließt das vielleicht auch Mord ein?«, fragte Reñas. »Ja – wenn es sich nicht vermeiden lässt – ja. Ich gebe Ihnen eine Minute, um darüber nachzudenken. Es ist mehr als genug Zeit, wenn von einer so kurzfristigen Entscheidung das eigene Leben abhängt.«

Der Kirchenmann überlegte schnell und fieberhaft. Warum zur Hölle sollte er, Reñas, ein bescheidener Monsignor und Diener Gottes, für den verzogenen Sprössling eines Maravelli sterben (ja, er dachte »zur Hölle«). Bevor er sich entschlossen hatte, die Glaubensleiter hinaufzusteigen, war die Reinheit seiner Seele befleckt worden, als er ein Semester irdischen Lernens am Polytechnischen Institut für Ingenieurwissenschaft in Mexicali verbracht hatte. Er, Reñas, nun ein auserwählter und handverlesener Diener des Herrn, der einmal in Mexico City an der Seite des Papstes gestanden hatte, hatte keine Verpflichtungen gegenüber Maravelli.

Keine. Null. Nada.

Und die großzügigen Spenden waren auch kein Grund dafür zu sterben. Man hatte ihn wissen lassen, dass der Vatikan ein wohl wollendes Auge auf ihn geworfen hatte. Von Beförderung war die Rede gewesen. Nur Gott wusste, wohin. Vielleicht nach Rom. Die rote Robe eines Kardinals. Die Welt stand ihm offen. Und jetzt das.

Eine Pistole vor Augen.

»Ich kann wohl davon ausgehen, dass Sie ihn sofort mitnehmen wollen?«, fragte Monsignor Reñas in dem sicheren Gefühl, nur einen Schritt vom Abgrund des Todes entfernt zu sein. Er redete mit ihnen, als hätten sie gerade ein Auto gekauft. Er wollte diese Leute so schnell wie möglich loswerden.

»Das ist richtig.« Paul Corvin nickte dem zweiten, schweigsamen Mann zu. »Arthur wird Ihnen natürlich bei der Suche nach Armando behilflich sein. Sie müssen wissen, Vater, dass ich eine sehr geringe Toleranzschwelle habe, wenn es um Verzögerungen geht. Noch etwas, Reñas«, fügte Corvin hinzu.

Nur mit seinem Nachnamen angesprochen zu werden, empfand der Monsigñor zwar als eine ungeheure Beleidigung, aber machte ihm klar, dass die Sache noch nicht ausgestanden war. »Wir alle machen Fehler, wenn wir jung sind. Sie haben vielleicht vergessen, dass Sie in sehr jungen Jahren der MAR* angehörten. Sie haben es vielleicht vergessen. Wir nicht. Wenn ich sage ›wir‹, Monsigñor, dann meine ich meinen früheren Arbeitgeber, den KGB. Er hatte Dutzende von Helfershelfern in Mexiko. Wir haben immer noch eine Registratur-und Archivabteilung. Zwar jetzt offiziell geschlossen, aber immer noch sehr ordentlich geführt. Es wird Sie vielleicht nicht überraschen, dass die Aufzeichnungen bis ins Jahr 1930 zurückreichen. Und dann die Sache mit ›the Colonal‹**. Wissen Sie was? Ihre Akte …« Paul Corvin sah, wie Reñas erbleichte. Er wusste, dass er den Mann in der Tasche hatte.

»Wir haben noch immer Ihr Dossier«, fügte er freundlich, fast behutsam, hinzu.

»Was verlangen Sie?«, fragte Monsigñor Reñas mit bebender Stimme. Die Furcht ließ sie etwas zu schrill klingen.

»Ganz einfach. Sie müssen nur für 72 Stunden Stillschweigen bewahren.«

Wenn *sie* das in der Öffentlichkeit verbreiteten oder zu den Medien durchsickern ließen, was da vor so vielen Jahren geschehen war, konnte er, der Mann Gottes, nichts dagegen tun. Er war erledigt. Aber solange sie es nicht taten …

Monsigñore Reñas hatte nie das Haus in der Guadalupe Victoria 21 in diesem kleinen Bergdorf Jalapa vergessen. Das Ausbildungslager, in dem er zu einem Guerillakrieger trainiert wurde, der für Mexiko kämpfen sollte. Fünfzehn Jahre alte Straßenkinder, aus der Gosse der großen Stadt geholt, um Freiheitskämpfer zu werden, sangen *»Seremos como el Che …«*

---

* Movimiento de Action Revolcuonaria. Eine vom KGB bezahlte kommunistische Bewegung, die um ein Haar 1970 die mexikanische Regierung durch einen geplanten Partisanenkrieg gestürzt hätte.

** Es ist bis heute noch nicht der eigentliche Name von »the Colonal« bekannt, der mit einer kleinen auserwählten Gruppe von Agenten die Pläne des KGB und MAR durchkreuzte und zum scheitern brachte.

(»… Wir werden wie Che Guevara sein.«) Mit Che war es von Anfang an so gewesen, als wollte man einem toten Mann einen Furz entlocken. Castro und der KGB wollten diesen Argentinier loswerden, der nur seine ostdeutsche Stasi-Tussi aus Dresden, Erika Bunke, vögeln wollte. Am Ende, als der Kampf gegen Batista auf Kuba gewonnen war, stellte er plötzlich ein politisches Ärgernis für die Russen und Castro und den Rest des roten Auditoriums dar. Ja, in Bolivien tobte ein Guerillakrieg. Vielleicht sollte er, Che, losziehen und die Fackel der Revolution durch den bolivianischen Dschungel tragen. Er wurde mit dieser Idee verkauft.

Mit vierzig Jahren war Che nicht nur zu alt für diese Art revolutionärer Absurditäten, sondern auch ein sehr kranker Mann, der ständig Medikamente gegen sein Asthma brauchte. Außerdem liebte er Drogen. Wieso zum Henker sollte jemand mitten in einem *echten* Dschungel eine Revolution auslösen wollen? Che hatte nie eine Chance, die Revolutionsarmee aufzubauen, die er brauchte. Die Bolivianer erwarteten ihn bereits. Wer hatte das wohl arrangiert. Es gab niemals einen Kampf. Da war kein Kugelregen, der Märtyrer schuf. Kein *Patria o Muerte**. Che feuerte keinen Schuss ab. So viel Loyalität zur exportierten Revolution. Er wurde einfach wie ein kleiner Dieb verhaftet und eingesperrt. Die Bolivianer brachten ihn in das einzige Gefängnis von Cochabamba und erschossen ihn ganz einfach in seiner Zelle. Che hätte es von Anfang an besser wissen müssen, denn schließlich kannte er die Mentalität seiner Leute.

Die einzige gute Sache, die aus seinem Tod entstand, war der weltweite Verkaufserfolg der T-Shirts mit seinem aufgedruckten Konterfei, ein gut aussehender Mann mit verträumtem Blick, Bart und Baskenmütze, zu fernen imaginären Horizonten sehend. In den KGB-Annalen war nicht einmal ein vollständiger Bericht über ihn zu finden. Aber die Welt hatte einen neuen Märtyrer für die nächsten Generationen bereit. Nur tote Helden haben einen Wert. Die lebenden sind nicht glaubwürdig.

---

* Vaterland oder Tod

»Der Colonal« versprach Stillschweigen über Reñas Kooperation zu bewahren und hatte sein Wort gehalten. Die Kooperation hatte einige hundert Leute zwar das Leben gekostet, aber Reñas hatte seines gerettet. Nur eine alte KGB-Akte konnte nun Jahre später sein Leben in peinliche Schwierigkeiten bringen.

»Wieso sollte ich Ihnen trauen?«

»Das müssen Sie nicht, Monsigñor. Aber wenn Sie uns helfen, werden Sie in 72 Stunden ihre Originalakte bekommen. Wenn nicht sind Sie so oder so erledigt. Ein faires Angebot?«

»Sie haben mein Wort«, sagte Monsigñor Reñas, dem die brutale Ehrlichkeit des Mannes doch irgendwie gefiel. »Der Junge wird in fünf Minuten hier sein.«

»Ist er okay?«

»So gesund, wie ein Junge seines Alters nur sein kann.«

»Wenn es ihnen nicht unangenehm sein sollte, werde ich hier auf sie warten«, sagte Corvin und schaute erneut auf seine Armbanduhr. Sobald die beiden Männer das Büro verlassen hatten, rief Juri Naprawnik eine Nummer in Cabo San Lucas an.

Mexico City

Acht Stunden früher erhielt Bruder Claude Santino Velosos, Hirte der Iglesia de San Lopez in Mexico City, einen Anruf und lauschte für zwei Minuten. Er hatte keine Chance, eine Frage zu stellen, denn der Anrufer legte auf. Padre Claude Santino Velosos flog nach Cuernavaca, mietete ein Auto und fuhr in die Innenstadt. Dann weiter zur Calle Laurel Ecke Boulevard Zapata. Sein geparkter Wagen, grau wie verlangt, fiel in den Vorbereitungen einer lokalen Fiesta, dem Blumenfest, nicht weiter auf. Padre Velosos verließ auch sein Auto nicht, wie der Anrufer es verlangt hatte.

Er wartete.

Cabo San Lucas

Zuerst wischte Willi Jansen den Schweiß von seiner Stirn, dann von seiner Oberlippe und sah schließlich auf seine Uhr. Er hatte die letzten zehn Minuten in und vor der öffentlichen Telefonzelle verbracht. Die Sonne brannte schon den ganzen Tag von einem wolkenlosen Himmel.

Es klingelte. Willi nahm ab.

»Es ist erledigt«, hörte er Juris Stimme, »er ist unterwegs. Sie kümmern sich um ihn.«

Das Letzte, was Willi von Juri hörte, war das Klicken, mit dem die Verbindung unterbrochen wurde.

Er hatte nicht einmal Zeit, Danke zu sagen.

Cuernavaca

Padre Claude Santino Velosos war nervös. Und er dachte, sobald der Schöpfer die Dinge in Bewegung gesetzt hatte, ließen sie sich nicht mehr stoppen. Padre Claude dachte an seinen Neffen Armando und dessen Vater, Zarro Maravelli. Würden die Sünden der Väter auf ewig an die Söhne weitergegeben werden? Die Sünden der Mütter an die Töchter? Er würde bei diesem beschränkten Aberglauben dieses alttestamentarischen Spieles vielleicht nicht mehr lange mitmachen.

Er schüttelte den Kopf.

Das große Leid war gekommen. Das Endergebnis dieser wilden Jagd nach Macht über andere, die er beobachtet hatte, würde ein bestialisches und brutales Königreich totalitärer Kontrolle sein, dachte er. Es würde früher oder später jeden Einzelnen auf dieser Welt niederwerfen. Die Macht dieses Bösen würde in erster Linie auf seiner absoluten Kontrolle aller kommerziellen Aktivitäten beruhen. War diese höllische Endzeit vielleicht schon angebrochen? Der Antichrist als der schrecklichste aller Diktatoren in der Geschichte? Wer würde es sein? Ein Mann wie Maravelli? Männer mit diesem pathologischen Hunger nach Macht und der absoluten Kontrolle über andere? Die Hochzeitsgespräche über die globale Ökonomie hatten bereits begonnen.

Padre Velosos schüttelte den Kopf und schlug die kleine Bibel auf, die er überall mit hin nahm. Es war Offenbarung 13:16–17. Dort hieß es: »… Und es macht, dass die Kleinen und die Großen, die Reichen und die Armen …« Seine Augen sprangen ein Stück weiter im Text. »… allesamt sich ein Malzeichen geben an ihre rechte Hand oder an ihre Stirn, dass niemand kaufen oder verkaufen kann, er habe denn das Malzeichen, nämlich den Namen des Tiers oder die Zahl seines Namens.«

Sie existierte bereits, diese nationale ID-Karte mit ihrem Magnetstreifen, die auf einem einzigen Mikrochip sämtliche Daten über jeden Bürger von der Geburt bis zum Tod enthielt. Wurde nicht schon darüber gesprochen, jedem Neugeborenen einen Mikrochip in die Schulter einzupflanzen? Wie weit war dies von einem »Malzeichen geben an ihre rechte Hand oder ihre Stirn« entfernt? Welche Zukunft erwartete sie, sinnierte der Bruder.

Während er seinen Gedanken nachhing, sah er in den kleinen Rückspiegel und fuhr etwas erschrocken zusammen. Da es nun Realität wurde, machte sich doch etwas Furcht in ihm breit. Es musste sehr einfach gewesen sein. Er beobachtete, wie sich die beiden Männer näherten, die er nie zuvor in seinem Leben gesehen hatte, mit Ticias Sohn, seinem Neffen, in ihrer Mitte.

Eine Sache war sicher. Niemand würde Ticia jetzt noch retten können, dachte er. Zu dreist, zu unverfroren, zu tollkühn war, was sie getan hatte. Kidnapper anzuheuern. Aber es kümmerte sie nicht, solange ihr Sohn gerettet war.

»… Ich werde beten, dass mir Hilfe geschickt wird, damit ich mein Ziel erreichen kann«, erinnerte er sich.

Die beiden Männer nickten, und Padre Claude Santino lächelte. Er öffnete die Tür und ließ seinen Neffen einsteigen. Der Mann, der offensichtlich der Anführer war, beugte sich zum offenen Fenster.

»Er gehört jetzt Ihnen. Hier sind seine Papiere. Vergessen Sie nicht, ihm zu sagen, dass er seine Kutte anziehen soll. Hier ist eine Karte, damit Sie auf dem kürzesten Weg die Stadt verlassen können.«

Der Padre betrachtete die einfache Karte mit ein paar handschriftlichen Vermerken. Er verstand.

»Hier sind tausend Dollar. Damit sollten Sie beide eine Weile auskommen. Nun, Padre, fahren Sie los, verschwinden Sie von hier und passen Sie auf sich auf.«

Eine Minute später waren sie fort.

»Wohin fahren wir?«, fragte der Teenager.

»Nach Hause.«

»Was heißt das?«

»Dir wird Yucatan gefallen.«

»Besuchen wir Mom? Du weißt gar nicht, Onkel Claude, wie sehr ich das Leben in dem Kloster gehasst habe. Es wurde Zeit, dass man mich da rausholt.«

Dem Padre gefiel es, mit »Onkel« angesprochen zu werden.

»Ehrlich gesagt, ich weiß nicht, ob wir deine Mutter heute noch sehen. Es wird eine lange Fahrt, Armando.«

»Warum fliegen wir nicht?«

»Das, mein liebes Kind, ist eine lange Geschichte.«

La Hacienda

Nachdem Jansen den Hörer aufgelegt hatte, fuhr er zum Melia San Lucas Hotel und holte ein Päckchen an der Rezeption ab. Es wog fünf Pfund. Die beste Lösung wäre gewesen, in die Höhle zurückzukehren und das ganze Ding in die Luft zu jagen. Es würde den Mann mit Sicherheit ruinieren. Der Effekt würde für Maravelli verheerend und katastrophal sein. Er würde den Verlust niemandem, nicht einer Menschenseele auf der ganzen Welt, erklären können.

Die Männer im Drogengeschäft sind mehr als nur ein wenig abergläubisch. Maravelli würde sich von diesem Gesichtsverlust bei den Peruanern und Kolumbianern nie mehr erholen können. Er hatte sich ihrer Zusammenarbeit auf dieselbe Weise versichert wie die Kyrilienkows.

Eine Sache war sicher. Im Drogengeschäft hatte man schon aus geringeren Gründen getötet.

Sie würden ihn umbringen, ganz gleich, wie kompliziert es auch sein mochte. Vielleicht würden sie ganz einfach losmarschieren, bis an die Zähne mit Maschinengewehren bewaffnet, und die gesamte beschissene *La Hacienda* mit jedem, der sich dort aufhielt, in Schutt und Asche legen.

Die Kolumbianer würden es bestimmt tun. Keine Gnade. So wie das Massaker, das sie in La Florida unweit des Cordoba-Dorfes La Mejor Esquina angerichtet hatten. Es war während des Osterfestes passiert. Eine Gruppe von zehn schwer bewaffneten Männern hatte 15 Prozent der Dorfbewohner mit Maschinengewehren niedergemäht, weil sie in irgendeiner Form mit der *Unión Patriótica* in Verbindung standen, die Kriegssteuern von den Cocabauern erhob. Oder wenn sie die Nerven hatten, Anwälte, Armee- und Polizeigeneräle *und* selbst einen Richter am Obersten Gerichtshof zu erschießen, würden sie auch einen Maravelli möglicherweise nicht verschonen. Das war ihre Schlächtermentalität.

Dennoch, es blieb eine Spekulation.

Als Jansen aus der City zurückkehrte, empfing ihn eine seltsame Ruhe. Es war eine Art nervöser Stille, wie man sie oft vor dem Ausbruch eines Erdbebens bemerkte oder wie Soldaten sie vor einem Angriff empfanden, der den Frieden eines neuen Tages in ein Schlachtfeld verwandeln würde.

Seltsam.

Er hatte am Tor angehalten und ein wenig mit der Dienst habenden weiblichen Wache geplaudert. Sie mochte den deutschen Gast in seiner Höflichkeit. Jedes Mal stieg er ungefragt aus dem Auto, damit sie ihn besser durchsuchen konnte. Höflich und zuvorkommend. Das gefiel ihr. Er zeigte nicht das arrogante Benehmen mancher anderer Gäste, die sie durchlassen musste. Jene, die sich aufbliesen und wichtig taten. Sie machte es diesen Arschlöchern mit ihrer geldbefeuerten Unreife immer schwer. Am schlimmsten war es, wenn sie die Leibwächterin für die Frau eines Großdealers spielen musste. Teuer gekleidete Schlampen ohne Klasse. Liefen mit acht Zentimeter großen Ohrringen mit falschen Klunkern herum, die sie vielleicht bei einer Straßenveranstaltung erstanden hatten.

Die Männer.

Sie glaubten, sie hätten den Gipfel des Lebens erreicht, wenn ihr Tisch mit einhundert Dollar teuren Aguardiente-Flaschen übersät und sie betrunken waren. Sie wusste, was auf dem Anwesen vor sich ging, das sie bewachte. Manchmal bereute sie es, den Polizeidienst verlassen zu haben, weil sie hier mehr Geld bekam.

Jansen sagte ihr, wie beeindruckt er von der Art war, mit der sie an vorderster Front für die Sicherheit des Landguts sorgte. Ja, man kann nie vorsichtig genug sein. Vor allem, da Señor Maravelli nicht in der Stadt weilte. Jansen gab vor, nicht zu wissen, wann Señior Maravelli zurückkehrte. Irgendwann morgen, sagte sie. Willi drückte sein ehrliches Bedauern aus, das wunderschöne Anwesen in zwei Tagen verlassen zu müssen. Er hoffte, dass er sich dann von ihr verabschieden konnte. War sehr mit sich zufrieden, als er der Auffahrt zum Hauptgebäude folgte. Ein Gefühl des Erfolges erfüllte ihn. Er konnte es kaum erwarten, Ticia alles zu erzählen. Parkte neben Ticias Hummer. Als er einen Blick hinein warf, wunderte er sich, wie viele Taschen sie gepackt und ordentlich verstaut hatte. Als würde sie auf eine Reise gehen. Widerstand der Versuchung, das Auto zu öffnen.

Ein Schrei.

Jansen erstarrte. Erneut ein lauter Schrei. Nicht unbedingt vor Schmerz. Nein, er klang eher protestierend. Es war ohne den geringsten Zweifel Ticia. Er rannte über die menschenleere Terrasse und erreichte den Eingang zu Ticias Zimmer. Jansen stieß die halb offene Tür auf. Die Tür zum Balkon war geschlossen und Ruler ausgesperrt. Ruler tobte.

Willi sah einen Mann, der gerade mit dem Handrücken ausholte, um Ticia ins Gesicht zu schlagen.

Jansen fing die Hand auf wie er eine Fliege fangen würde.

Es war einer der Männer, die Rossbund an diesem Morgen losgeschickt hatte, um sie über das Versagen des Senders zu befragen. Der Mann wusste nur, dass es für Rossbund eine lebenswichtige Angelegenheit war, und er hatte keine Anweisung bekommen, die Dame nicht ins Gesicht zu schlagen.

»Lassen Sie mich los. Sind Sie verrückt?«, schrie Ticia.

Er drehte sich um, und Jansen erkannte, dass es einer der Stewards war, der ihm Omeletts und Champagner serviert hatte.

Jansen schleuderte den Mann mit einem Schlag vier Meter durch den Raum und schaltete ihn dann mit einem Hieb mit der Handwurzel für die nächste Stunde aus. Jansen meinte, dass er das Brechen von Zähnen gehörte hatte und sie einzeln aus dem Mund des Mannes fliegen sah. Der Mann würde in den nächsten Monaten Schwierigkeiten beim Sprechen haben. Von dem Kiefer ganz zu schweigen, der vierfach gebrochen war. Jansen war sich sofort darüber im Klaren, dass es jetzt unmöglich sein würde, Maravelli zu töten. Jetzt war alles aus. Da gab es keinen Ausweg mehr. Er musste verschwinden.

Die Geschichte von den beiden Kidnappern in Cuernavaca würde nicht lange halten; bald würde bekannt werden, wer dahinter steckte. Rossbund war nicht *so* dumm und blind. Er würde zwar die Entführung streng geheim halten, sie zu einer Angelegenheit von »Geheimer Verschlusssache« machen. Er würde sogar Maravelli ein oder zwei Tage lang im Ungewissen lassen. Als Chef des Sicherheitsdienstes von Andean Chemicals verfügte Rossbund über ein internationales Netzwerk von Informanten, Spionen und Leuten aus den verschiedensten Tätigkeitsbereichen der Unterwelt, die besten Werkzeuge, um alle (auch seine) Probleme zu lösen. Sobald Maravelli informiert worden war, wer hinter der arrangierten Entführung steckte, würde die richtige Jagd beginnen. Und dies ganz offiziell. Presse, Polizei, Interpol, internationaler Haftbefehl. Das ganze Spiel der Macht. Rossbund würde seinen gesamten Sicherheitsapparat in Bewegung setzen, und das wahrscheinlich mit dem größten Erfolg. Er würde Maravellis Sohn zurückbringen. Maravelli, dankbar für immer.

Jansen glaubte, dass die Chance eins zu einer Million stand, dass Rossbund den Jungen bald aufspüren würde. Er war in dem Haus auf der Isla Contoy sicher. Und dort lebte *sie*. In einem alten Haus aus Adobeziegeln mit heimeliger Atmosphäre. Bescheiden, aber mit verschwenderischer *mudéjar*-Dekoration, die Wände mit bunten Kacheln verkleidet und einer Küche in den herrlichsten Farben aus demselben Material.

Pueblo-Stil, ein Ort, wo man sich richtig zu Hause fühlen konnte. Das alte, treue und zuverlässige Hausmädchen des untergegangenen Velosos-Clans. Rosiá Mendez war ihr Name. Lebte dort mit ihren Kochkünsten. Sie betrieb jetzt am kleinen Hafen einen Imbissstand auf Rädern, mit dem sie durch die Straßen und vorbei an den Docks fuhr und ihre schmackhaften Burritos und Kaffees mit verschiedenen Aromen an die Fischer und Straßenarbeiter verkaufte, die schon früh am Morgen auf den Beinen waren. Willi erzählte hastig, was er für Armando vorbereitet hatte.

Ticia wollte weinen, während sie packte, alles Dinge, die Willi für nutzlos hielt. Es wurde Zeit, dass Jansen und Ticia von hier verschwanden. Ticia war überglücklich, alles hinter sich lassen zu können. Jetzt würde ihr das Sterben nicht schwer fallen.

Aber zuerst Maravelli.

Denn er würde nicht ruhen, bis er seinen Sohn gefunden hatte.

Dreißig Minuten später näherte sich der Hummer mit Ticia und Jansen dem Tor, das aufschwang. Die Wache winkte Jansen kurz und gelangweilt zu. Er hielt an und erklärte ihr, dass sie eine kleine Besichtigungsfahrt durch die nähere Umgebung machen wollten. Das Letzte, was Ticia in ihre Tasche gestopft hatte, war eine Schachtel mit HPJ-Pistolenmunition gewesen, 9mm-Hohlladungspatronen. Vor mehreren Monaten hatte Ticia die Messingkugeln umgewandelt, indem sie die Halbmantelhohlpatronen mit flüssigem Teflon gefüllt hatte. Geschossen, rasten die Messingmantelhohlgeschosse mit einer Geschwindigkeit von 342,90 Metern pro Sekunde aus dem Pistolenlauf. Traf die Kugel ihr Ziel, kam sie im Körper zum Stillstand, nachdem sie sich durch Nerven und Gewebe gebohrt, sie zerrissen und zerfetzt hatte. Hier kam der zweite Impuls des vorwärts getriebenen flüssigen Teflons ins Spiel, das sich noch weiter ausdehnte. Während sich das Projektil unter der Wucht des Einschlags bis zur Unkenntlichkeit verformte, spritzte das flüssige Plastik mit derselben Wucht und mit der Zerstörungskraft einer Granate weiter in alle Richtungen im

Körper. Die vorwärts getriebene Plastikflüssigkeit breitete sich dann mit der durchschnittlichen Einschlaggeschwindigkeit des Geschosses explosionsartig weiter im Körpergewebe aus, mit katastrophalen Folgen für das getroffene Ziel. All das würde sich natürlich im Bruchteil einer Sekunde abspielen. Einmal getroffen, hatte das Opfer keine Überlebenschance. Ticia hatte die Spitzen der Patronen mit heißem flüssigen Blei versiegelt. Dann nahm sie ein elektrolytisch beschichtetes 220 GRIT-C-Weight-Sandpapier und schmirgelte die Projektile ab, bis die Kugeln wieder ihre ursprüngliche spitz zulaufende Form hatten. Jansen öffnete vorsichtig die Tür einen Spalt und spähte nach draußen. Da war kein Scharfschütze auf dem Dach zu sehen. Aber man wusste nie in diesem Haus. Mit schnellen Schritten erreichte Willi seinen Leihwagen und glitt unter den Rahmen, schnitt das Paket los, das er vor ein paar Tagen mit schweren Klebeband an dem Chassis installiert hatte. Dann wartete er draußen im Schatten der Arkade, um abzusichern.

Als sie abfahrbereit waren, war Ticia so aufgeregt, dass es so schien, als wäre alles, was er ihr gerade über Armando erzählt hatte, ins eine Ohr hineingegangen und aus dem anderen wieder heraus. Armando war in Sicherheit. Was Jansen jetzt für sie war, würde von dem Moment an, wenn sie *La Hacienda* verließen, von extremer Wichtigkeit sein. Ein Geliebter, ein Freund, der absolut loyal war. Als er daran dachte, wie viel von ihrer Zukunft bereits verstrichen war, drehte er sich zu Ticia um und nahm sie in die Arme. Sie hielten einander für einen langen Moment umschlungen.

»Was wirst du mit deinen Tieren machen?«

»Das ist sehr aufmerksam von dir. Ich habe sie schon freigesetzt.«

Manfred Rossbund war in Cabo San José, als er den Anruf erhielt. Der Anrufer war erst gar nicht und dann schlecht zu verstehen. Es dauert eine Ewigkeit. Rossbund filterte aus der schmerzgefüllten lallenden Stimme seines Mannes, was da in Ticias Zimmer passiert war. Rossbund rief über sein Kurzwellenradio die *securidad* von Cabo San Lucas an und bat um einen kleinen Gefallen im Namen von Señor Maravelli.

Es war früher Nachmittag, als sie mit dem Hummer auf der Mex 19 Richtung Norden rasten. Ruler, der Rottweiler, war in letzter Sekunde in den Wagen gesprungen. Ticia versuchte zwei Mal, ihn hinauszuwerfen. Dachte, er würde ihnen nur im Wege sein. Ruler weigerte sich. Knurrte sogar. Störrisch blieb er an seinem Platz. Sie gab schulterzuckend auf und ließ ihn gewähren. Ruler rollte sich zu ihren Füßen zusammen. Wie immer atmete das Tier aus, legte seinen wohl geformten Kopf auf die Pfoten und ließ die Augen wandern. Passte auf.

Jansen saß am Lenkrad des Hummers und fuhr konzentriert. Weder Jansen noch Ticia sprachen ein Wort. Der schwere Wagen schleuderte um Schlaglöcher herum, aber er nahm nur selten den Fuß vom Gaspedal. Auf der Windschutzscheibe glitzerten die Lichtreflexe des Ozeans.

Eine Kurve tauchte auf. Und mit ihr der weiß-rot gestreifte Plastikbock einer Straßensperre. Dahinter standen sie, blockierten mit einem Kleinwagen seine Fahrspur. Männer in Zivil richteten Waffen auf den heranbrausenden Hummer und hoben lässig die Hand, um den Fahrer zum Anhalten zu bewegen. Jansen drückte das Gaspedal durch. Der Hummer machte einen Satz nach vorn, völlig überraschend für die Waffen schwenkenden Männer, schleuderte die Plastikbarriere zur Seite, verwandelte den Kleinwagen in Schrott und schob ihn wie einen Pappkarton beiseite. Jansen hörte die kettenähnliche Salve einer Maschinenpistole. Sie traf nicht. Der Hummer rutschte zur Böschung. Bremste und hielt an. Jansen drehte das Lenkrad, fuhr zurück und war wieder auf der Straße. Der Hummer schoss vorwärts, die Reifen wirbelten den Kies der Böschung auf. Wieder drückte sein Fuß das Gaspedal durch, bis das metallene Ungetüm eine Geschwindigkeit von 160 Kilometern pro Stunde erreicht hatte.

»Meinst du, ich sollte langsamer fahren?«, rief er und lockerte den Griff um das Lenkrad ein wenig.

»Nein, die Polizei weiß, dass der Wagen Maravelli gehört. Sie wird es nicht wagen, uns anzuhalten.«

»Und was war das gerade? Kindergartenspiel? Ich glaube die sind schon hinter uns her.«

Ticia dachte einen Moment nach: »Ja, vielleicht hast du Recht.«

Er fuhr langsamer. Fünfzehn Minuten später. Sie sahen eine weitere Straßensperre. Diesmal war es ernst. Diesmal war es die Polizei. Zwei Männer in Uniform. Einer mit einem gezückten 1958 Single-Six Bearcat Revolver. Jesses, damit konnte man nicht einmal eine Wand treffen, wenn man anderthalb Meter davor stand. Jansen fuhr an den Straßenrand und hielt an.

»Jetzt werden wir herausfinden, wie tüchtig wir wirklich sind«, sagte Ticia und setzte ihr strahlendstes Lächeln auf. Es war ein gutes Zeichen.

»Buenos dias, señor.«

»Buenos dias, capitano.«

»Kann ich bitte Ihren Führerschein sehen?«

Jansen gab ihm seinen Führerschein.

»Ihren Ausweis, bitte.«

Willi gab ihm seinen Pass.

Er warf einen langen Blick in den Pass und nickte.

»Aleman, gut. Vooolkswagggen Mechiko guut. Sehrrrr gut.«

Er lachte und wurde wieder ernst. Starrte Jansen fordernd an und wedelte ein wenig nervös mit Jansens Pass. Jansen verstand nicht, was er wollte. Der mit der Vorliebe für deutsche Autos fuchtelte mit der Hand und versuchte jetzt gefährlich auszusehen. Jansen sollte den Wagen verlassen.

»Vamos.«

Jansen stieg nicht aus und fragte: »Warum?«

Seine rechte Hand tastete nach der Pistole.

»Nicht«, warnte Ticia. »Du brauchst nicht auszusteigen. Der arme Kerl will *mordida.*«

»Er will was?«

»Gib ihm hundert Dollar. Nein, mach zweihundert daraus. Wir haben keine Zeit, verdammt.«

Jansens zwei Einhundertdollarscheine zauberten wieder das Lächeln auf die mexikanischen Gesichter und den Pass zurück in Jansens Hand.

»Beim nächsten Mal werden wir nicht mehr so viel Glück haben. Wir müssen die Straße verlassen. Ich sage dir wo.«

Ticia erklärte es ihm.

Cabo Pulmo tauchte auf. Hier verließ Jansen die leere

Schnellstraße und bog auf eine unbefestigte Straße, die sich kilometerweit wand und schlängelte wie eine tote Eidechse. Folgte der sich nach unten windenden Bergstraße mit ihrer unregelmäßigen Böschung auf der rechten Seite. Ticia lehnte sich zurück und gab sich der Aussicht auf das Meer hin. Der leuchtend blaue Ozean, der sich zu einem unsichtbaren Horizont erstreckte, war so ruhig, dass man immer noch bis auf den Grund sehen konnte. Der Tag begann sich langsam zu neigen. Im Nordosten nahm der Himmel bereits ein erstes dunkleres Blau an.

Sie waren jetzt seit über einer Stunde unterwegs, aber es wollte kein Gespräch aufkommen.

»Wie weit ist es noch?«, fragte Jansen.

»Nicht mehr weit«, sagte Ticia.

Plötzlich verzog sie für einen Moment das Gesicht. Die quälenden Schmerzen kehrten allmählich zurück. Ruler rückte näher zu ihr und gab ein Winseln von sich. All diese Laute machten wieder der Stille Platz, den Gedanken daran, dass jede Stunde ihres Lebens zählte, die letzte sie aber umbringen würde. Beide hatten eine Gelassenheit, durchsetzt von der Ungewissheit, was als Nächstes geschehen würde. Die Flanke des Berges wich der breiten Ebene des Ozeans. Jansen behielt wachsam die Böschung im Auge und warf Ticia einen Seitenblick zu. Sie hatte die Augen geschlossen und wirkte plötzlich zerbrechlich. Eine neue Schmerzwelle schlug über ihr zusammen. Konnte ein Stöhnen nicht unterdrücken. Sie versank in Qualen und driftete davon, als würde sie einen riesigen Kristall betreten. Sie sah die Reflexion eines weiblichen Profils in schnell verschwindenden Wolkenwirbeln. Wollte ihnen folgen. Sterben. Aber ein geistiger Vorhang senkte sich.

Noch nicht. Bitte. Der Zeitpunkt war nicht richtig. Die Minuten des Leidens kosteten sie große Kraft. Sie schlief ein wie ein Kind, mit ihrer linken Hand unter Jansens Arm. Es spendete ihr Trost. Jansens Gesicht wirkte erschöpft, Sorgen trübten seine Augen. Er schaltete herunter und überprüfte aus Gewohnheit die Temperatur.

Die Sonne war nun fast verschwunden und es begann von einer Sekunde zur anderen dunkel zu werden. Jansen sah vor sich eine neue Abzweigung. Eine behelfsmäßige Straße. Hier bog er ab.

Plötzlich kniff sie die Augen zusammen und verzog das Gesicht. Jansen hörte ihr Stöhnen. Sie lehnte sich zurück.

Jansen musste sich auf den unsicheren Untergrund konzentrieren, der selbst für einen robusten Hummer schwer zu bewältigen war. Es war ein heikler Weg mit einem 17-Grad-Gefälle und unbekannten Alters. Der Untergrund, weich und von der kurzen, aber heftigen Regenzeit mit ihren Springfluten ausgewaschen, war kaum stabil genug, um das Gewicht des Wagens zu tragen. Jansen musste drei Mal anhalten und geriet mehrfach in gefährliche Nähe des kiesbestreuten Randes der Böschung. Das Heck des Hummers rutschte über die Kante. Steuerte den Wagen über den Rand und zurück auf den bröckelnden Weg. Jansen bemerkte, dass seine Knie zitterten. Der Weg war auch weiterhin eine Herausforderung. Mit ihren Schlaglöchern und tiefen Rillen war die vor ihnen liegende Strecke fast unberechenbar. Der Wagen bewegte sich mit dreißig Kilometern vorwärts, wie der Tachometer verriet, rutschte aber in Wirklichkeit schneller mit fast sechzig. Schaltete, um dann abzubremsen, so dass er fast zum Stehen kam, aber weiterrutschte. Mit dem Fuß stützte er sich am Boden ab, bereitete sich auf den Schock vor, endgültig den Boden unter den Rädern zu verlieren und in die Bodenlosigkeit auf der rechten Seite zu stürzen. Die Karosserie ächzte protestierend und gab knackende Laute von sich. Er kämpfte sich durch Biegung um Biegung dieses Weges, der sich wie eine Schlange um diesen Felsen wand. Konnte die Scheinwerfer nicht länger eingeschaltet lassen, um nicht ihre Position zu verraten. Er konnte nicht mehr riskieren. Als der Weg etwas in eine Gerade ging, hielt Jansen an. Stellte den Motor ab.

Handbremse.

Er zog den Reißverschluss seiner Schultertasche auf und entnahm das Paket. Klebeband hielt es etwas in der Tasche zurück, entschied sich dann für Jansens Finger. Das Paket enthielt zwei Dinge. Etwas, das wie ein Fotoapparat mit Klettriemen aussah (ein paar Tage zuvor war das Gerät im Schaufenster eines Ladens am Codogan Place in London ausgestellt gewesen). Er legte den Riemen um seinen Hals. Es war ein MPN-35-Nachtsichtgerät mit Vergrößerungseffekt. Das 40-Grad-Sichtfeld zeigte Jansen deutlich, was vor ihm in absoluter Finsternis lag. Zwei weiche Gummiringe legten sich sanft um seine Augen. Das Nachtsichtgerät verstärkte das Restlicht 60.000fach und konnte in totaler Finsternis Objekte bis in eine Entfernung von 330 Metern ausmachen. Ein Bildverstärker mit Faseroptikverbindung übertrug ein gestochen scharfes Bild auf den grünlich phosphoreszierenden Sichtschirm in den Okularen. Das zweite war eine Pistole. Eine 9mm Millennium PT-111.

Fertig.

Drückte den Anlasser. Der Motor, noch immer warm, sprang sofort an.

Kupplung. Erster Gang.

Schaltete die Differenzialsperre ein, so dass die Vorder- und Hinterdifferenziale gleichzeitig griffen. Jetzt hatten alle vier Räder dieselbe Haftung auf dem unsicheren Berghang.

Löste die Handbremse.

Der Hummer klammerte sich an das plötzlich extrem steile Gefälle. Auf den nächsten drei Kilometern der zerfurchten, instabilen, abschüssigen Strecke trat er die Bremse durch. An manchen Abschnitten des Abhangs rutschte der Hummer nur, angetrieben von dem zunehmenden Schwung seines Eigengewichtes. Jansen wusste, dass es auf seiner rechten Seite, nur Zentimeter vom Rand des Lenkrads entfernt, 85 Meter in die Tiefe ging. Dies entsprach den achtundzwanzig Stockwerken eines passablen Hochhauses. Er wagte nicht, näher darüber nachzudenken.

Ticia wimmerte mit geschlossenen Augen.

Dann verriet das grüne Bild Jansen, dass der Weg flacher wurde. Minuten später, nach einer letzten Biegung, erreichte der Hummer einen kleinen Strand und kam parallel zu einem natürlichen Deich aus Felsen zum Halt.

Kaum hatten sie diesen kleinen Küstenstreifen erreicht, war Jansen klar, dass da nur eine sehr geringe Chance bestand, von hier wieder wegzukommen. Er nahm das Nachtsichtgerät von seinem schwitzenden Gesicht und stellte den Motor ab.

Dann hörte er es wieder.

Ticias mühsames Atmen.

Das schmerzerfüllte Keuchen.

Mit den geschlossenen, flatternden Lidern wirkte ihr Gesicht noch blasser, zerbrechlicher und durchscheinender. Sie öffnete die Augen und begann zu weinen. Der Schmerz musste inzwischen ein unerträgliches Maß erreicht haben. Jansen wünschte, der Schmerz würde sie ohnmächtig werden lassen. Er stieg aus und ging um den Hummer herum. Öffnete die Tür auf ihrer Seite. Vorsichtig und sanft hob er sie heraus, während sie ihre Arme um seinen starken Hals legte.

»Biiitte, es tut so weh«, wimmerte sie zusammenhangslos in sein Ohr.

Er fühlte sich schrecklich hilflos, als er ihre Tränen an seiner Kehle spürte. Ihr Hals hatte plötzlich nicht mehr die Kraft, ihren Kopf zu tragen. Sank matt an seine Brust, pendelte von rechts nach links. Wieder das angestrengte Atmen. Es war das erste Mal, dass Ticias gequälter Körper den Dienst versagt hatte. Er trug sie zu einer Stelle, wo weicher Sand lag. Die Hitze des vergangenen Tages war noch immer im Boden gespeichert. Dort legte er sie hin und streckte die Glieder ihres ohnmächtigen Körpers. Ging wieder zum Wagen. Kehrte eilig mit einer flauschigen grünen Wolldecke zurück und deckte sie zu. Ticia rührte sich nicht. Er strich über ihre mit kaltem Schweiß bedeckte Stirn.

Es schien kein Leben mehr in ihr zu sein.

»Wer immer du auch bist, lass sie hier nicht sterben«, dachte er.

Jansen hatte sich oft vorgestellt, wie er als Attentäter enden würde. Erschossen, erstochen. Vielleicht würde eine Garrotte sein Leben beenden, dieses so einfache und primitive Werkzeug des Todes mit seinen beiden kleinen Holzgriffen und dem dünnen, starken Stahldraht dazwischen. Vielleicht würde der, für den er arbeitete, auch schlauer vorgehen. Da er zu viel wusste, würde er vielleicht eines Tages ein Frühstück zu sich nehmen, das mit einer bestimmten Dosis an Thromboxan versetzt war.

Die richtige Menge würde jeden Gerichtsmediziner davon überzeugen, dass er eines natürlichen Todes gestorben war.

Dann holte er aus ihrer Tasche einen Beutel, in dem sich das weiße Pulver befand. Er bereitete es auf einem Stück Karton vor. Zwei weiße Linien. Ticia schnupfte beide.

Hinterher legte er sich neben sie, hielt und wiegte sie in seinen Armen, als wäre sie ein Kind. Von irgendwoher hörten sie das Rauschen der Brandung.

Das Meer.

In dem Äonen langen Ringen zwischen Land und Wasser hatte das Meer das Land geformt. Während Millionen von Jahren hatte das Wasser des Cortez-Meers geduldig, gelassen und entschlossen einen mächtigen, fünf Meter hohen und dreieinhalb Meter breiten Tunnel durch eine vierundzwanzig Meter dicke Wand aus weichem Fels gebohrt, die einen kleinen Streifen Sandstrand von den tiefen Wassern der See trennte. Der Tunnelbau durch die Natur hatte in grauer Vergangenheit begonnen, als der Faktor Zeit noch nicht erfunden war. Dass das Wasser diesen Tunnel gegraben hatte, war das Ergebnis eines schöpferischen Geistes, der den zukünftigen Bewohnern etwas zum Erholen und Verweilen schenken wollte. Der Homo sapiens war da noch nicht einmal eine Idee im Plan der Schöpfung gewesen.

Der sandige Streifen war nur dreiundfünfzig Meter lang und zwölf Meter breit und bildete eine kraterähnliche Vertiefung. Das Bemerkenswerte an diesem Stück festen Bodens war, dass die Natur es mit zwölf Meter hohen Wänden eingefasst hatte, die es vom Meer oder Land aus unsichtbar machten. Die Natur hatte sich dagegen ausgesprochen, diesen Ort der Welt bekannt zu machen, und so hatten nur einige wenige Sterbliche mit einem kurzlebigen Interesse an Kuriositäten je ihren Fuß auf diesen unsichtbaren Flecken Erde gesetzt.

Wenn man den Geschichtenerzählern glauben konnte, hatte der Tunnel sogar die große Flut überstanden, die der Große Geist geschickt hatte, auf Grund derer jeder Indio später behauptete, dass sein Land die Wiege der Zivilisation war. Die Eiszeit war verantwortlich für den plötzlichen Anstieg des Meeresspiegels. Sie trennte die See von der Unwirtlichkeit des höher gelegenen Landes. Nach der Zerstörung der Barriere (durch ein Erdbeben) überspülte das Wasser des Golfes die Felsen und begrub das Land unter sich.

Als das Land verschwunden war, formte die Natur den Planeten durch Erdbeben neu. Flammen schossen aus der Oberfläche der Erde hoch in den Himmel. Gewaltige schwarze Wolken aus schlammiger Substanz stiegen bald darauf auf und verhüllten die Sonne, so dass das Ende aller Tage gekommen zu sein schien. Dunkelheit beherrschte den Planeten, und das Panorama wurde noch prophetischer gemacht durch Blitze, das Grollen der Erdbeben und Flutwellen.

Der Streifen versank im Meer, nur um von einem Vulkanausbruch auf einem Kissen aus geschmolzener Lava wieder angehoben zu werden, die diese umarmende Barriere aus Felsen um diesen sandigen Flecken an der Nordküste der *Terra Finis terre* bildete. Und dort blieb er dann, Jahrhunderte lang unberührt und unbekannt.

Dies war der Ort, an den es die Frau und den Mann verschlagen hatte.

Es war eine milde Nacht, aber der Wind erzeugte noch immer hohe Wellen mit weißen Kämmen, deren Kraft sich erschöpfte, wenn sie mit einem Zischen an den samtenen Strand brandeten. Sie blickten hinaus auf die aufgewühlte See. Wellen erhoben sich, während die Gischt peitschte, wie weiße Pferde, die ihre perlmuttfarbenen Mähnen schüttelten. Einige Stunden waren vergangen. Ruler kam herüber. Ließ seinen schweren Körper in den Sand sinken und schmiegte sich an Ticia. Wärmte sie. Zu seiner Überraschung verhielt sich Ticia wieder normal. Die Angst und das Gefühl der Hoffnungslosigkeit waren verschwunden. Die Atmung hatte sich wieder normalisiert und der Schmerz war gewichen. Er beobachtete sie. Bis der Schlaf sein Recht forderte.

Die kühle Morgendämmerung erhellte den Horizont, machte die dunklen Umrisse des Berges erkennbar. Der Tagesanbruch war gekommen wie ein Bote eines neutralen Bulletins, das in einem Memorandum eine endgültige Entscheidung verlangte.

Eine Stunde vor Morgengrauen war Jansen erwacht. Seine Gedanken irrten für einen Moment ab. Gedanken über Ticia.

Er konnte nicht verstehen, woher sie die Kraft für ihre Gelassenheit und Klarheit nahm. Ticia hatte geweint, als sie ihm von ihrer Vergangenheit erzählt hatte. Aber sie hatte seit gestern nicht mehr geweint. Offensichtlich durchlitt sie den Schmerz ohne Tränen.

Hatte der Schmerz sie gefühllos gemacht?

Der Tod war etwas, dem sie sich stellen konnte, ohne sich zu verstecken, denn sie war früher schon mit dem Tod konfrontiert worden. Für sie gehörte er zur natürlichen Ordnung der Dinge.

Einsam? Würde er einsam sein, wenn sie fort war?

Warum suchten ihn derartige Gedanken heim, fragte sich Jansen. Einsamkeit, *das* war die eine Sache. Niemals wieder würde er eine so rührend schöne Zuneigung empfinden, wenn sie fort war. Jansen spürte, wie sich der Druck von Ticias Hand auf seiner in einem plötzlichen Gefühlsausbruch verstärkte.

»Ich habe dich beobachtet. Du bist wunderschön. Ich liebe dich«, flüsterte sie mit einem Lächeln.

Er streichelte zärtlich ihr Gesicht und war dankbar, dass sie es gesagt hatte. Als er auf sie hinuntersah, bemerkte er auch die plötzliche Ruhelosigkeit in ihren Augen. Ticia lauschte wie ein Tier, das unsichtbare Gefahr witterte. Ruler hob gleichzeitig den Kopf und sah sie an. Jansen registrierte es als Veränderung der Wahrnehmung.

Er sinnierte weiter. Versuchte sich vorzustellen, wie sein Leben ohne sie aussehen würde. Sie hatte eine Kühnheit, die bei allem, was sie in Angriff nahm, verhinderte, dass sie versagte. Eine Frau, die gelernt hatte, ihren Verstand zu nutzen. Wenn all das hier vorbei war, würde er sie – nein, unmöglich. Wie viel Zeit blieb ihnen noch? Er sah auf seine Uhr. Es war 6:15.

»Liebster, lass mich einen Moment allein, ja?«

»Ja, aber …«

»Du hast mich offenbar nicht verstanden. Ich möchte eine Weile allein sein.«

Der Unterton ihrer Stimme verriet Ungeduld.

Ticia rollte sich unter der Decke zusammen. Ruler blieb bei ihr. Jansen wandte sich ab und ging durch den Tunnel zu dem winzigen Strand. Die Ebbe hatte eingesetzt. Willi Jansen betrat den kleinen Strand, der nur bei Ebbe sichtbar war. Er schaute über das Meer.

Er hing dort.

Dicht über dem Horizont.

Willi entdeckte den Punkt am Himmel.

Ein sich bewegendes Korn, wie ein Fleck an der blauen Decke des Himmels. Jansen erstarrte. Der Punkt stoppte.

Hing dort einfach. Jansen suchte hinter einem Felsen Deckung und behielt ihn im Auge. Er hoffte, dass es ein Hubschrauber mit ein paar Touristen auf Sightseeing-Tour war. Der Punkt setzte sich wieder in Bewegung. Beschrieb einen Kreis und kam in seine Richtung. Kreiste niedrig und bedrückend nahe. Jansen konnte nur hoffen, dass sie ihn nicht gesehen hatten. Sein Soldateninstinkt sagte ihm bereits das Gegenteil mit einer Welle des Unbehagens, die an die Küste seines Geistes brandete. Der Hubschrauber kam zu dem Felsen, hinter dem sich Jansen versteckte, stoppte für einen kurzen Moment, stieg mit knatternden Rotorblättern steil in die Höhe und war fast außer Sichtweite. Jansen rührte sich noch immer nicht. Der Agusta MkII mit seinem wunderschönen breiten Rumpfdesign machte über dem Meer kehrt, beschrieb eine scharfe Kurve und unternahm einen weiteren dichten Vorbeiflug. Diesmal parallel zur Küste. Er folgte Willis Fußabdrücken, die im feuchten Sand deutlich sichtbar waren.

Folgte ihnen bis zum Ende, wo sie hinter einem Felsen verschwanden, ohne auf der anderen Seite herauszukommen.

Der Copilot drückte das Fernglas an die Augen und justierte es.

»Sehen Sie etwas?«, rief der Pilot namens Mike Soundso.

»Negativ. Moment … können Sie vielleicht … anderthalb Meter tiefen gehen?«

Es bedeutete, sich der steilen, senkrechten Felsenküste zu nähern. Sie waren bereits verdammt nah dran. Der Pilot drückte sein Missfallen aus, indem er zischend durch die Zähne einatmete. Spürte den kalten Luftzug an seinem oberen linken Backenzahn Nummer drei. Fast schmerzhaft. Schwor sich, ihn endlich behandeln zu lassen, nachdem er den Zahnarztbesuch seit Monaten verschoben hatte.

Er war ein erfahrener Pilot. Vor diesem Job in Mexiko hatte er für die SAS Ihrer Majestät Einsätze in Nordirland und dem Nahen Osten geflogen. Wurde bei einem Kontrollflug in geringer Höhe über dem Kosovo von einer Rakete vom Himmel geholt, abgeschossen von jemand mit dem Ehrgeiz, ein Held zu werden. Entschied, dass es nicht das Ziel seines Lebens war, für ein albanisches Reich oder die NATO zu sterben. Für England, ja. Er hatte auch in diesem Punkt bereits seine Zweifel.

Aber für den Süden des Balkans? Bestimmt nicht.

Er war gut in seinem Job und spielte mit den Pedalen, um fünf Meter näher heranzufliegen, in den Untergang, sollte ein unerwarteter Windstoß den schnittigen Agusta gegen die Felsenküste drücken.

»Beeilen Sie sich. Sehen Sie was?«

»Ja. Gute Arbeit. Da ist er.«

»Was macht der Kerl?«

»Drückt sich an den Felsen.«

»Das war's, Kumpel. Verschwinden wir von hier.«

Der MkII flog vorsichtig davon und stieg dann in einer scharfen Kurve in die Höhe.

Der Copilot gab per Funk eine kodierte Nachricht durch.

Der Agusta schwebte für eine Minute in der Luft, flog dann wieder hinaus aufs Meer und verschwand endgültig. Das Knattern seiner Rotoren verklang. Der mattsilbern lackierte Rumpf war an beiden seitlichen Schiebetüren mit einem Kennzeichen versehen.

Es war deutlich als ein verschnörkelter Buchstabe zu erkennen.

Es war ein *M*.

Es stand für Maravelli.

Jansen war auf seinem Weg zurück durch die feuchte Höhle und wollte Ticia sagen, dass sie verschwinden mussten. Sie waren hier nicht mehr sicher. Willi erstarrte.

»Ticia«, hörte Jansen.

Es verwirrte Willi. Es ergab für ihn in seinem überwachen Zustand keinen Sinn. Vielleicht spielte ihm sein Verstand einen Streich, vielleicht schlief er noch immer.

Irgendetwas stimmte nicht. Es war von der anderen Seite des Tunnels gekommen. Auf halbem Weg durch den Tunnel hörte er es wieder.

»Ticia.«

Jetzt fordernder, mit einem zornigen Unterton.

Jansen sah ihn. Er bewegte sich. Gelassen, aber kräftig.

Der hoch gewachsene, durchtrainierte Manfred Rossbund.

Trug ein hellblaues Golfhemd, eine dazu passende Hose und Nike-Schuhe. Rossbund trug außerdem ein Doppelschulterholster mit zwei Hochleistungspistolen und sechs Reservemagazinen. In seiner linken Hand hielt er lässig ein Heckler und Koch 5A3. Ein Block aus fünf Magazinen war mit Klebeband daran befestigt. Jedes mit 40 Kugeln. Die HK konnte sechshundert Schüsse pro Minute abgeben. Rossbund schleppte zu viel Artillerie mit sich herum. Dies machte ihn weniger gefährlich. Weniger flexibel. Und nachlässiger.

Jansens Kopf wurde wieder klar.

Rossbund und seine Männer hatten sich nicht um Heimlichkeit bemüht, was zu ihrer Arroganz passte. Sie waren zu selbstsicher. Rossbunds äußere Erscheinung war die eines Mannes, der einige Runden auf einem 18-Loch-Golfkurs spielen wollte, nachdem er das »Geschäftliche« hier erledigt hatte. Er würde das Holster einfach in seinen Wagen werfen, als wäre es eine Golftasche. Dennoch, da sie beide aus derselben Lebensschule kamen, unterschätzte Jansen Rossbund nicht.

Willi bezweifelte, dass Rossbund in seinem ganzen Leben auch nur eine einzige Kugel in einer echten Schießerei abgefeuert hatte. Er hatte zweifellos nicht gegen die Regel verstoßen, die besagte, dass ein schießender Agent oft ein toter Agent war, der ein Schlamassel hinterließ. Rossbund war ein hervorragender Organisator und ein loyaler, schneller Denker. Aber er war ein lausiger Schütze. Wie so viele Leute in den Regierungsbehörden hatte er keine Ahnung von der Realität, dem wirklichen Leben. Er wusste nicht, dass die auf dem Papier geplanten Details einer Operation im Einsatz immer anders verlaufen würden. Und zwar immer durch den menschlichen Faktor.

Die Waffen wirkten an dem Mann irgendwie unecht.

Willi schätzte seine Chancen ab und trat einige Schritte näher.

»Wo ist die Fotze?«, fragte Rossbund.

Jansen ignorierte die beleidigende Frage und machte drei weitere Schritte auf Rossbund zu.

»Ich würde das nicht tun, Herr Jansen.«

Die Stimme klang kühl und höflich.

»Sehen Sie«, fuhr Rossbund fort, während er mit einem kleinen, kämpferischen Lächeln auf dem Gesicht den linken Arm in einer großzügigen Demonstration bewegte, als wäre er auf einer Bühne, und mit seiner HK auf Jansen zielte. »Sie müssen zugeben, dass Sie ziemlich im Nachteil sind. Und nebenbei, mehrere meiner Männer warten oben auf der Straße.«

Für Willi war dies eine Information, die sein Gegenüber unfreiwillig verraten hatte.

Es war Rossbunds erster Fehler. Willi Jansens Verstand verarbeitete jedes Wort und filterte die Informationen heraus. Drei Meter über ihm auf dem Felsen, auf jeder Seite, stand ein weiterer durchtrainierter Schütze. Sie traten erst in Jansens Leben, als sie leicht ihre Armalite-15 hoben. Eines war mit einem angeflanschte 40mm-CGL-Granatwerfer versehen. Ausdruckslose Gesichter mit der strengen Warnung, keine Dummheiten zu machen. Jansen kannte diese Sorte Männer. Sie waren darauf trainiert, bei der kleinsten falschen Bewegung in einem kurzen Ausbruch von Aggressivität zu töten.

Rossbund übernahm das Reden und wurde plötzlich, aus welchem Grund auch immer, persönlich.

»Ich nehme an, Herr Jansen, Sie möchten wissen, *wie* ich Sie hier gefunden habe. Ausgerechnet Sie. Wissen Sie, es ist immer das Dossier. Das Dossier, das man über jemand anlegt. Meinen Sie nicht auch, Jansen? Fragen Sie mich, wie ich Sie gefunden habe«, verlangte Rossbund.

Jansen bezweifelte, dass *dieser* Gegenspieler ein Dossier über ihn hatte. Er bluffte.

»Was wollen Sie?«

»Natürlich Sie töten.«

Rossbund genoss seinen Auftritt immer mehr.

Das Schweigegebot aus seiner dubiosen Zeit als Spion hatte zweifellos in ihm einen psychologischen Widerstand dagegen geweckt, den Mund zu halten und nicht über das zu reden, was er vorhatte. All die Jahre hatte er still sein müssen. Er konnte nie mit jemand darüber reden, wie brillant er war. Jetzt konnte er es. Das Problem war, dass er nicht glaubte, dass er ein Problem hatte, und Willi Jansen als guten Zuhörer schätzte.

Rossbund hatte für die Hauptabteilung II und General Kratsch gearbeitet (Stasi-Spionageabwehr). Er, Rossbund, war ein guter Mann mit hervorragenden internationalen Verbindungen. Aber er hatte nie jemanden getötet.

Jansen glaubte ihm.

Der nächste Schnitzer, dachte Jansen. Es wäre für Rossbund nicht einfach, mich zu töten. Aber es gibt für alles ein erstes Mal im Leben, mahnte er sich zur Vorsicht, selbst für einen Mord.

Rossbund redete weiter.

Er hatte schon immer Karriere machen wollen. Oh, ja, gestand er, Berlin, die Normannenstraße, an der Seite von Erich Mielke, dem General, dem klügsten aller Männer, und in seinem Kollegium, dort und nur dort hätte er hingehört. Wo die Genossen von Idealen erfüllt waren und *seine* Klugheit im Klassenkampf zu schätzen gewusst hätten. Dort ist sein Platz, dort gehört er hin. Jansen bemerkte den plötzlichen Wechsel von der *Vergangenheits-* zur *Gegenwartsform.* Berlin.

Wechselte wieder zur *Vergangenheit.*

Aber dann, 1989, war die fragile politische Hingabe der Parteiführer an den Arbeiterstaat nur noch einen Fliegenschiss wert. Rossbund war noch immer überrascht, dass niemand den Mumm zu kämpfen gehabt hatte. Sehen Sie, sogar dieser Hurenbock Honecker hatte sich nach Chile abgesetzt. Nach all den Jahren. Und die Genossen *waren* schließlich auf die Partei vereidigt.

Wechselte zur Gegenwart.

Er würde kämpfen. Ob Jansen das nicht auch meinte?

Die Stimme hatte einen bitteren Unterton, gemischt mit Selbstmitleid.

Sage nichts, warnte sich Jansen, nicke nur.

Jansen nickte mitfühlend.

»Ich glaube, *ich* schulde Ihnen eine Erklärung, wie ich Sie gefunden habe. Wollen Sie mich nicht danach fragen?«, wiederholte Rossbund.

Nicke, dachte Jansen.

Ohne auf die Frage einzugehen, nickte Jansen.

Er wusste, dass ihn Rossbund als guten Zuhörer akzeptieren würde, solange er das machte. Das war alles, was Rossbund in diesem Moment brauchte: Jemand, dem er erzählen konnte, was für ein Weiser und Denker er doch war. Danach würden sie ihn töten. Wo war Ticia?

»*Ich* werde die Frau finden. Keine Sorge.«

Jansen war überrascht, wie empfindlich Rossbunds geistiges Radar war und wie mühelos er seine Gedanken erraten hatte.

»So, wie die Dinge im Moment für Sie liegen, bleiben Ihnen nicht viele Möglichkeiten. Wissen Sie, *ich* hätte längst Ihren Tod befehlen können. Sie werden später sterben. Aber« – er legte eine berechnende Kunstpause ein – »*ich* möchte, dass Sie verstehen …«, wiederholte Rossbund zum dritten Mal.

Jansen entschloss sich, etwas zu sagen.

»Danke, Herr Rossbund.«

Es gefiel ihm.

Die Jahre der ständigen Unterdrückung, der Verleugnung seiner Persönlichkeit (der wahren) durch sich selbst und andere, etwa die Tatsache, dass er unter vier verschiedenen Namen lebte (mit vier verschiedenen Pässen), vier (glaubwürdigen) Biografien, begann ihren Tribut zu fordern.

Und es begann hier, in eben diesem Moment, an diesem kleinen mexikanischen Strand. Rossbunds mentale Fähigkeit zur Kontemplation versagte. Dass er in der Vergangenheit vier Leben derart intensiv gelebt hatte, nahm Rossbund die Möglichkeit zu verstehen, wer er wirklich war.

Die Paranoia war bis jetzt noch nicht an die Oberfläche gekommen.

Jansen schien der Katalysator zu sein.

Das ununterbrochene Reden war eine solche Erleichterung, dass Rossbund für volle zwei Minuten nicht auf seine Umgebung achten wollte (oder konnte). Willi registrierte die Veränderung sehr genau. Aber es gab keine Möglichkeit für ihn, etwas zu unternehmen.

Die beiden Männer oben und der hinter Rossbund. Keine Chance.

Wo war Ticia?

Der ehemalige ostdeutsche Agent befand sich jetzt in einem milden Stadium einer latent beginnenden Logorrhö (krankhafte Geschwätzigkeit). Er hätte mehr im Leben erreichen können. Sie hatten ihn und sein Gewissen und seine Werte manipuliert. Richtig?

Nicke.

Jansen nickte.

Sie, *seine* feinen Genossen, hatten ihn dazu gebracht, Dinge zu tun, die er normalerweise nie getan hätte. Wusste Jansen, was er meinte?

Jansen hatte keine Ahnung, was der Mann meinte.

Sage nichts.

Jansen nickte.

Wie oft hatte *er* und *niemand anders* in all den Jahren für die Freiheit der Menschen auf der ganzen Welt gekämpft, die von den Kapitalisten unterdrückt wurden. Er musste aus den 747 BBC News erfahren, dass die Berliner Mauer geöffnet worden war und die Leute darauf standen, Champagner schlürfend. Er fühlte sich betrogen und verraten. Diese beschissene Novembernacht im Flugzeug nach Mexiko City, als würde er der Mexican Airline die Schuld daran geben, dass sein Staat den Betrieb eingestellt hatte. Er war nur ein Werkzeug gewesen, ein Instrument, während sie ihm eingeredet hatten, er wäre der Verschwörer. Und in einem Geschäft wie dem seinen ist *(Gegenwart)* Betrug gleich bedeutend mit Tod. Ob Jansen verstand, wovon er sprach?

Rossbunds Stimme war um einen Halbton schriller geworden. Er wartete die Antwort nicht ab.

»Also, jetzt wissen Sie, wie ich Sie *gefunden* habe.«

Jansen wusste es immer noch nicht und für einen Moment war er versucht, Rossbund zu widersprechen.

Aber warum sollte er?

Der Mann war bereits mit den Nerven am Ende.

Der ehemalige ostdeutsche Agent hob seine Heckler & Koch 5A3.

Rossbund hatte das Ende der Fahnenstange erreicht. Jansen hatte das Gefühl, schwerelos zu treiben, als er sah, wie sich das kleine, stählerne schwarze Loch hob und auf ihn richtete. Dies muss die Mündung einer Waffe sein, dachte er. Erwartete jeden Moment das Aufblitzen des Mündungsfeuers und war überrascht, dass Rossbund es nun doch tun würde. Er spürte Bedauern, dass er keine Gelegenheit mehr gehabt hatte, Ticia noch einmal seine bedingungslose Liebe zu gestehen. Er war froh, dass er für die Zukunft von Ticias Sohn gesorgt hatte. Fragte sich einen Moment, wohin sie geflohen war. Er wappnete sich für den Einschlag der Kugel.

Unter dem Auto. Aus der Stille. Ein schwarzer Schatten reagierte auf die Bewegung eines kleinen Fingers. Ticias kleinem Finger.

Ruler sprang.

Nein, das Tier sprang nicht. Einhundertzwanzig Pfund tödlichen Tieres machten einen gewaltigen Satz. Flogen gegen den Mann hinter Rossbund. Die Wucht des Aufpralls riss den Mann zu Boden. Rulers Instinkt, seine tiefsten, von der Natur programmierten Wurzeln, brachen sich Bahn und eruptierten an die Oberfläche. Es war der Instinkt eines tödlichen Jägers in einem Rudel.

Er reichte bis zu seinen Ahnen zurück, bevor sie von den Menschen gezähmt und domestiziert, ein Teil ihrer Stämme geworden waren.

Lautlos schnappten die kräftigen, aufgerissenen Kiefern zu. Schlossen sich um den unteren Teil des Gesichtes. Die wuchtig zubeißenden Zähne trafen auf den Ringknorpel, der den inneren Kehlkopf von der Rachenhöhle trennt. Ruler hielt die Kiefer fest geschlossen. Schüttelte mit ungeheurer Kraft den Kopf hin und her, als wollte er Fleischbrocken für das Rudel vorbereiten.

Riss alles mit einem Knurren heraus.

In einer protestierenden Geste hatte die menschliche Beute die Hand mit der Waffe gehoben. Sie war zwischen Rulers Körper und dem Killer eingeklemmt. Die Waffe entlud sich, die Kugel drang in Rulers Körper ein, pulverisierte das Rückgrat und hinterließ beim Austritt ein fünf Zentimeter großes Loch im schwarzen Fell.

Ruler starb zuerst.

Wie in Zeitlupe nahm Jansen wahr, wie Ticia hinter dem Hummer auftauchte.

Sie lächelte ihm zu, fuhr herum und nahm eine perfekte Schießhaltung ein. Sie hielt mit beiden Händen eine Ruger KMK-10. Es schien fast so, als hätte sie lange Zeit darauf gewartet, dass dieser Tag kam. Man konnte den Eindruck gewinnen, dass Ticia nicht mit der fünfunddreißig Zentimeter langen Pistole plus Schalldämpfer zielte. Sie feuerte aus dem Magazin, dass mit neun Hohl- und zwei mit Quecksilber gefüllten Geschossen gefüllt war, nur drei Kugeln ab. Ihre Schüsse trafen präzise.

Die beiden Killer drei Meter über dem Boden.

Der erste Schuss drang durch den Wangenknochen, blieb in der dicken Schädeldecke stecken und fügte irreparable Hirnschäden zu. Unter dem Einschlag der Kugel hob der Mann beide Hände und ließ das Gewehr fallen. Es war, als wollte er die Stelle berühren, wo sein Gesicht zerschmettert worden war. Der Einschlag trieb ihn zurück. Er machte zwei Schritte wie ein Stepptänzer, tappte ins Nichts hinter dem Felsen und verschwand. War tot, bevor das Meer ihn verschluckte. Der nächste Schuss ging direkt durch die linke Herzkammer von Rossbunds zweitem und letztem Mann auf dem Felsen. Das Herz blieb sofort stehen. Doch der Sauerstoffgehalt in seinem Blut spendete gerade noch genug Leben, um den Killer erkennen zu lassen, dass er im Begriff war zu sterben. Es zauberte so etwas wie Überraschung auf sein Gesicht, bevor er die fünf Meter in die Tiefe stürzte.

Rossbund, mit sich selbst beschäftigt und nicht auf der Hut, konnte nicht schnell genug vom Reden über seine persönlichen Qualitäten zurück zur Realität schalten. Sein Verstand war nicht in der Lage, mit der veränderten Situation fertig zu werden. Er nahm es nur wahr, aber sah nicht.

Erst elf Sekunden waren seit Ticias Erscheinen vergangen. Sie richtete ihr ruhiges Gesicht auf Rossbund und wartete.

Ihre Blicke trafen sich.

Ticia hatten schon immer Furcht auf Rossbunds Gesicht sehen wollen. Jetzt sah sie die Furcht. Der Mann machte sich vor Angst fast in die Hose.

Ticia drückte zwei Mal den Abzug. Aus dem Lauf schossen die beiden Kugeln mit dem Quecksilber.

Wie viel Zeit genau vergeht von dem Moment, in dem ein Mann getroffen wird, bis er anfängt, den Schmerz zu spüren?

Vielleicht eine Sekunde.

Vielleicht eine Stunde.

Vielleicht eine Ewigkeit.

Rossbund starrte fast neugierig Ticias dunkle, polierte Pistole an, bemerkte den Blitz (eigentlich waren es zwei, da sie schnell hintereinander feuerte). Jemand musste ihm gegen den Knöchel des linken Fußes getreten haben. Gegen den, auf dem er stand.

Es war seltsam. Einen Meter weiter entdeckten seine Augen *einen* Nike-Schuh, der von roten Flecken überzogen war und einen Fuß *enthielt*. Das war nicht richtig. Wieder trat ihm jemand gegen das Bein. Blickte nach unten, und das Bein ohne Fuß war nur noch ein Knie. Der Traumaschock wich. Im Fallen begriff Rossbund, was diese Kugeln ihm angetan hatten.

Seinem Bein.

Sein Herz pumpte Blut auf den Strand.

Er schrie, bis sein Körper keinen roten Lebenssaft mehr enthielt.

Im Bruchteil einer Sekunde wechselte Ticia das Magazin. Sie stand noch immer breitbeinig da, in perfekter Schießhaltung, hielt die Waffe mit beiden Händen und drehte den Oberkörper stakkatoartig hin und her. Vergewisserte sich, dass kein weiterer Gangster in der Nähe war. Willi Jansen war wie betäubt. Das letzte Mal, dass er einen derartigen Feuerzauber gesehen hatte, war in einem alten Clint-Eastwood-Film gewesen.

Er hätte sich nie träumen lassen, sie einmal so zu sehen, so destruktiv und tödlich. Das eiskalte, ruhige Gesicht. Keine Gnade. Sie würde kein Ziel verfehlen. Schoss nur auf das Herz oder andere Körperteile, wo ein Treffer absolut tödlich war. Sie *waren* einander ebenbürtig.

Sie sah die Fragen in seinen Augen.

»Ich wusste, dass sie auf dem Weg hierher waren«, sagte sie einfach. Ticia erwähnte auch den sehr berühmten Schießlehrer in New Mexico, der sie ausgiebig trainiert hatte.

Jansen erinnerte sich an die plötzliche Erregung in ihren Augen und wie sie gelauscht hatte. Ruler, der so abrupt den Kopf gehoben hatte. Ticia legte ihre Hand an seinen Hals und zog ihn zu einem zärtlichen Kuss zu sich hinunter.

»Lass uns von hier verschwinden.«

»Wie? Wir können nicht zurück. Du hast ihn gehört.«

Sie drückte ihn fester an sich, und er spürte ihre beruhigende Energie.

»Hab Vertrauen.«

Als Jansen sie losließ, sah er, wie sich plötzlich ihr Gesicht verzerrte. Eine Welle aus sengendem Schmerz dröhnte durch ihren Kopf. Von Schmerzen überwältigt, gaben ihre Beine unter ihr nach.

Ticia ruhte sich aus, um Kräfte für die Flucht zu sammeln. Jansen hatte Rossbunds Doppelholster überprüft. Er hatte alle Waffen eingesammelt und vor sich liegen, die der »Fußlose« mitgebracht hatte. Willi gefiel die Heckler & Koch des toten Mannes. Er hätte sich für das Armalite-Automatikgewehr mit dem angeflanschten XM203-Granatwerfer entschieden, aber das und die H&K waren ganz einfach zu viel Artillerie. Jansen nahm die schwere GLS-630 Pistole sowie die vier Magazine. Dann entdeckte er das leistungsstarke Sprechfunkgerät in einem Lederetui an Rossbunds Gürtel. Damit hatte Rossbund Kontakt mit dem britischen Piloten gehalten. Willi nahm und überprüfte es. Die Batterien waren voll. Es war auf eine Landfrequenz eingestellt. Aber es ließ sich sehr einfach auch auf Luft-Land-Frequenzen umschalten. Er schaltete das Sprechfunkgerät aus und konnte nur hoffen, dass in den letzten zwanzig Minuten niemand auf dieser Frequenz mitgehört hatte.

Jetzt nahm er sich die Zeit, die Felsen entlang des schmalen Strandes zu erkunden. Der Tag war still und friedlich. Es gab keinen Windhauch, und selbst das ständige Murmeln der Wellen hinter dem Riff war zu einem mürrischen Flüstern herabgesunken. Eine gleißende Sonne stand tief am Himmel. Vor allem hier, erkannte Jansen, war der Strand mit den Felsen, der ihm Deckung gegeben hatte. Blickte hinunter auf das kristallklare Wasser, durch das die Felsen schimmerten, die seit Tausenden von Jahren dem unvorstellbaren Gewicht der anbrandenden Meereswogen standhielten, die ihre labile Stabilität erschüttern wollten. Das Gewicht des Meeres übte enormen Druck auf sie aus. Und vor drei Wochen hatten die Felsen ihm etwas nachgegeben.

Waren ins Rutschen geraten.

Die starken Spannungen in der Felsformation hatten sich in einem einzigen kurzen und plötzlichen Ausbruch in einem etwa zehn Meter breiten Küstenstreifen senkrecht entladen. Die Erschütterung war so schnell wieder abgeklungen, dass nicht einmal ein in nächster Nähe installierter Seismograf diese Veränderung registriert hätte. Kein Nachbeben. Nichts. Die Oberfläche des Meeres hatte sich nicht einmal gekräuselt. Nichts Ungewöhnliches war geschehen, sah man davon ab, dass dieser geologische Vorfall einen unregelmäßigen senkrechten Riss von etwa drei Metern Höhe hinterlassen hatte. Hundertachtzig Zentimeter waren von feuchtem Sand verdeckt. Hundertzwanzig Zentimeter lagen über dem Sand, eine kaum sichtbare Allerweltsspalte. Sechzig Zentimeter breit und nur erkennbar, wenn die Ebbe ihren tiefsten Stand erreichte. Ticia hatte ihm alles darüber erzählt. Jansen schüttelte den Kopf. Ohne sie wäre er wahrscheinlich schon tot. Dieser Spalt war ihr Fluchtweg aus dem Tageslicht, ihre Rettung vor dem menschlichen Abschaum, der darauf wartete, ihn und sie erledigen zu können. Jansen konnte sie sich vorstellen. Stämmig, in T-Shirts zweifelhafter Farbe, vom zu vielen Waschen ausgebleicht. Kurze, breite Hälse, an denen ein halbes Dutzend billiger vergoldeter Ketten hing. Sie waren Nichtpersonen – Gesindel aus den Slums, wo es jedes nur erdenkliche Verbrechen und verbotene Geschäft gab. Ihr einziges Lebensziel war es, so viel Geld wie möglich mit einem Minimum an Arbeit zu verdienen. Menschlicher Abfall, Mietlinge, die sich an jeden verkauften, der bereit war, ein paar Dollar zu zahlen. Schlimmer noch, sie konnten ihre vorgetäuschte Wichtigkeit durch Waffen untermauern.

Jansen war sicher, dass das Narbengesicht zu denen gehörte, die da oben an der Straße warteten. Vor allem auf ihn. Narbengesicht würde möglicherweise sein Handy zurückverlangen, das Jansen vom Armaturenbrett genommen hatte? Willi war überzeugt, dass er es tun würde. Was würden sie mit ihr machen? Er wollte nicht von ihr getrennt werden. Jansen entschloss sich, nicht mit ihr über die deprimierende Tatsache zu reden, dass sie nur eine sehr geringe Chance gegen …

»Bist du bereit, Liebster? Wir müssen los.«

»Fast.«

Jansen musste sich eingestehen, dass er ganz und gar nicht bereit war, und zwar ihretwegen. Er war absolut nicht im Einklang mit der Realität, selbst wenn er direkt in das Lächeln auf ihrem Gesicht sah. Mein Gott, wie sehr er sie liebte. Er würde mit ihr überall hin gehen, ob nun aus den richtigen oder den falschen Gründen. Wichtig war nur, bei ihr zu sein. Bei ihr zu sein bis zum Ende, wo immer dies auch sein mochte.

»Ja, gehen wir. Was ist mit Maravelli?«

»Wir werden sehen.«

Ticia zuckte nur die Schultern.

Willi hatte einige Vorbehalte, was diese Art von Vorhersage anging, aber er behielt es für sich. Die Flut setzte ein und mit ihr der Wind vom Meer, der spielerische Wellen aufbaute, die an dem schmalen Streifen Sand leckten, auf dem sie beide standen, und ihn zurückforderten. Außerdem wischte das Meer ihre Fußabdrücke weg.

Ein letztes Mal überprüften sie, was sie mitnehmen würden. Unter den benötigten Dingen waren Magnesiumfackeln, siebentausend Dollar in bar, fünf Pfund Semtex mit Zündkapseln, zwei Pfund Kokain und ihre Waffen. Als sie mit dem Packen fertig waren, senkte Ticia mit geschlossenen Augen den Kopf und betete. Jansen fühlte sich dabei sehr hilflos. Er konnte sich nicht erinnern, wann er in den letzten dreißig Jahren zum letzten Mal gebetet hatte. Dann warf Ticia einen letzten langen Blick auf den toten Ruler.

Ticia und Willi sicherten sich mit dem starken dünnen Seil. Dann zwängten sich beide durch den Spalt im Felsen. Ticia zuerst. Jansen folgte. Der lange Marsch durch die Dunkelheit begann.

Eigentlich war es eine sehr einfache Entscheidung, die sie hatten treffen müssen, da ihnen keine andere Wahl blieb. Zumindest nicht in diesem Moment. Abgeschnitten von der Zeit und vom Leben. Ihre Chancen, diesen steil nach oben führenden Schacht zu bezwingen, der in einem Dreißig- oder Fünfundvierzig-Grad-Winkel anstieg, waren gut, solange sie bereit waren zu kämpfen und zu klettern. Bevor sie in dem senkrechten Küstenfelsen verschwanden, hatte Willi Ticias ernstes Gesicht gesehen. Jansen hatte erst gezögert, sich dann aber einverstanden erklärt. Er würde die Führung Ticia überlassen. Kein Macho-Mist, hatte sie ihn gewarnt. Ticia mit ihrem ausgeprägten Orientierungssinn würde die Führung übernehmen. Sie kannte dieses unterirdische Labyrinth lange genug, hatte es jahrelang als Hobby erforscht und war mit den kleinsten Details dieser Unterwelt bestens vertraut.

Zuerst führte der Schacht nach oben. Zu Beginn der Flut wurde der Lärm des Ozeans durch die Spalte im Gestein zu ihnen übertragen. Das beruhigende Rauschen wurde leiser und leiser, um dann in einem gurgelnden Geräusch zu verklingen. Das steigende Meerwasser hatte die Öffnung im Felsen geschlossen, durch die sie geschlüpft waren. Der aufwärts führende Schacht flachte nach einer Stunde Klettern ab. Jansen spürte hier, dass die Wände und der Boden der Höhle wie leer gefegt waren. Im Lauf der Zeit hatte der unterirdische Fluss jeden Stein und jeden Kiesel aus diesem Teil der Höhle gespült. Sie waren von den Wänden eines Kalksteintunnels umgeben. Maravellis Kalkstein. Ein Teil seiner zukünftigen Mine.

Als sie sich weiterbewegten, verengte sich der Schacht. Jansen war sicher, dass er den Weg niemals allein gefunden hätte. Über eine Stunde lang arbeiteten sie sich Meter für Meter durch diesen schmalen, nun sanft abfallenden Gang, während die Decke des Tunnels immer niedriger wurde. Sie hörten als hohles Echo das Donnern des unterirdischen Flusses. Weitere zwanzig Minuten verstrichen, als sie den Fluss erreichten. Jetzt folgten sie dem schmalen Felssims, dem schlüpfrigen Pfad entlang der strudelnden, aufgewühlten Fluten. Ticia zündete die erste Magnesiumfackel an. Das Licht brach sich glitzernd an der Oberfläche des Flusses. Der Strom war nur vier Meter breit, aber die Geschwindigkeit und der Schaum auf seiner Oberfläche ließen keinen Zweifel zu – die Strömung würde selbst den besten Schwimmer sofort verschlucken und in den Tunnel vor ihnen saugen, der den schmalen Sims von dem tödlichen Mahlstrom trennte. Dort gurgelte der Fluss und verschwand donnernd. Ertrinken wäre nicht das Problem. Viel schrecklicher wären die reißenden Fluten, die einen gegen die Felsen schmettern würden.

Der Schacht war breit genug, verengte sich aber allmählich, bis sie mit gesenkten Köpfen und gekrümmten Rücken marschieren mussten. Es war das erste Mal, dass Jansens Herz etwas schneller als normal schlug. Ein Gedanke schoss ihm durch den Kopf. Was, wenn Ticia hier stürbe? Er wollte *hier* nicht sterben. Verdammt. Es wäre eine Ironie des Schicksals, wenn der abfallende Schacht irgendwo in einer Sackgasse enden würde. Aber Ticia bewegte sich in diesem unangenehmen Irrsinn wie ein Tier, total ihrem Instinkt vertrauend. Der Gang bog unmerklich nach rechts ab. Beide arbeiteten sich durch die Biegung des Tunnels und erreichten wieder den brausenden Strom, der diesmal nur sechzig Zentimeter vor ihnen entlang donnerte. Ihr Leben hing davon ab, dass sie sich an die Wand pressten und sich praktisch nun Meter für Meter vorwärts tasteten. Der kleinste Ausrutscher …

Er hörte Ticia schreien.

»Es wird gleich breiter. Ich kenne eine gute Stelle, wo wir uns einen Moment ausruhen können.«

Aber sie tasteten sich weiter entlang an der sich nach rechts windenden Wand. Zumindest sagte ihm das sein innerer Kompass. Ticia zündete die nächste Magnesiumfackel an und schwenkte sie, als würde sie nach dem unausgesprochenen

Fluchtweg suchen. Jetzt ließ sie die Fackel brennen, bis sie zwei Tunnel sah. Es wurde nicht breiter.

Sie spürte Jansen in Gedanken.

»Dahinter ist die Stelle, um Rast zu machen.«

Aber dann kam der vom Wasser angelegte Pfad zu einem abrupten Ende. Wände. Steinerne, unbezwingbare Wände mit zwei Löchern darin wie von Minenstollen. Breit genug, aber so niedrig, dass sie kriechen mussten. Ticia nahm den linken Tunnel. Nach fünf Minuten hörte Jansen wieder Ticias mühsames Atmen. Es war eine hässliche Situation. Er fühlte sich in all diesem Geröll, vom Fels umgeben, wie ein Insekt. Sie ruhten sich für einen Moment aus. Willi hatte seinen Kopf auf den Unterarm gelegt. Seine Füße und Händen fühlten sich wund und zerschunden an. Als er vorsichtig mit den Händen tastete, entdeckte er, dass der Tunnel hoch genug war, um umzukehren, zurück zu der Kaverne, in der sie erst gewesen waren. Aber es würde bedeuten, Münzen gegen das Kismet zu werfen, wobei das Kismet Hand und Fuß hatte. Ticias Körper schrie nach einer Pause. Beide spürten, dass sie keine Zeit für eine Rast hatten. Aber es war zu viel. Jansen richtete sich als Erster wieder auf, zuerst auf den Knien, um dann ganz aufzustehen, die Augen schließend und öffnend. In der Finsternis waren sie gegen so viele harte Felskanten gestoßen, dass es Zeit für ihn wurde, den Schmerz zu verdrängen und wieder einen klaren Kopf zu bekommen. Sie mussten umkehren. Er zog an dem Seil, mit dem er an sie gebunden war, und spürte Widerstand. Ticia wollte seinen Plan nicht befolgen. Jansen gab nach.

»Ich bin okay«, hörte er ihre gedämpfte Stimme, »Machen wir weiter, verdammt.«

Sie krochen ungefähr dreißig Minuten weiter, bis sie erneut den Fuss erreichten. Jansen stürzte fast hinein. Als Erstes fiel Ticia und Jansen auf, dass der Fluss jetzt viel ruhiger geworden war. Das Brausen war verstummt. Als sie die Taschenlampe auf ihn richteten, enthüllte das Licht die enorme Macht des fließenden Wassers, das sich so schnell bewegte, als würde es irgendwo in eine unsichtbare Wand gesaugt werden. Es erinnerte an dahinjagendes geschmolzenes Blei. Der Sog der Strömung war eine unsichtbare Kraft, von der Größe des Bettes komprimiert. Das Wasser bewegte sich extrem schnell *ohne* Lärm, und diesmal auch ohne Schaum und Blasen. Wie die Flüsse, wenn sie nach Überschwemmungen ihrem Ziel entgegenrasen.

Sie tasteten sich weiter über den Sims durch die Höhle, stießen gegen dicke Felsen und spürten, wie das Wasser an den Wänden herunterrann. Da war nur Finsternis, durchbrochen vom Lichtstrom ihrer Taschenlampen. Jansen richtete die Lampe zur Decke und fragte sich, ob die Kalksteinbrocken an der Decke nicht auf sie niederstürzen würden. Was ihn am meisten störte, war der Umstand, dass sie so viel Energie mit Kleinigkeiten zu verschwenden schienen. Der Schacht wurde breiter.

Schacht und Fluss trennten sich immer mehr, und das schon leise Rauschen des Flusses ebbte noch mehr ab und verlor sich mehr und mehr in der Dunkelheit. Die dahinrasenden Wassermassen knickten plötzlich ab und hinterließen nur ein beruhigendes, regelmäßiges leises Zischen, das durch die Reibung des Wassers am Felsen entstand und durch die Wand übertragen und weitergegeben wurde. In die Höhle.

Es machte sich eine lähmende Stille breit.

Ticia stand kurz vor dem Zusammenbruch, als er sie in seine Arme nahm. Er hob sie hoch und trug sie stolpernd durch die Dunkelheit. Diesmal bergauf, eine leichte Steigung. Nach etwa anderthalb Kilometern blieb Jansen stehen und zwang sich zur Ruhe. Stolperte weiter. Tastete sich um haushohe Felsblöcke herum, die ihn sich klein und zwergenhaft vorkommen ließen. Er zwängte sich mit Ticia zwischen wackeligen Steinplatten hindurch und tastete sich vorbei an schief liegenden Steinbrocken, die jederzeit beim leisesten Geräusch zusammenbrechen konnten. Jansen konnte nicht mehr. Er musste Ticia zwingen, wieder zu gehen. Erschöpft legte Jansen sie hin und brach erschöpft in die Knie. Legte sich neben sie auf den Bauch, während eine Seite seines Gesichts auf dem kalten, feuchten Boden ruhte. Mit weit offenem Mund schnappte er nach Luft. Sie ruhten sich für zwanzig Minuten aus. Er schloss und öffnete seine steifen Hände, bis das Blut wieder normal zirkulierte und die Verkrampfung wich. Sein Herz, das so hart und wild gegen seinen Brustkasten gehämmert hatte, fing sich an zu beruhigen. Willi berührte sanft Ticias Gesicht.

»Liebste … Schatz, du musst wieder gehen … oder wir sterben hier … Ich schaffe es ohne dich nicht … Bitte … geh … bitte.«

Sie nickte. Er half ihr hoch. Ein rollendes Echo ihrer Schritte war zu hören. Jansen richtete seine Taschenlampe nach oben, wo die Decke sein musste. Dieser Teil der Höhle war riesig in seinen Ausmaßen. Der Lichtstrahl verschwand in der Dunkelheit, im Nichts. Richtete den Strahl auf den Boden und sah eine Wasseroberfläche vor sich.

Er verlor die Hoffnung.

»Keine Sorge«, hörte er Ticias schwer atmende Stimme, »es ist bloß ein seichter See, nur zehn Zentimeter tief. Lass uns weitergehen. Von jetzt an ist es leicht.«

Er glaubte ihren Versprechungen nicht mehr. Jansen fragte sich erneut, woher sie trotz ihrer Schmerzen die Kraft nahm. Ticia zog eine weitere Fackel heraus und zündete sie an, indem sie sie gegen die wasserdichte Kappe strich, die sie abgenommen hatte. Die Fackel zischte und eruptierte dann in einem grellen, harten weißen Licht, das von der fernen feuchten Wand reflektierte. Sie wateten durch den See und Jansen hatte das Gefühl, als würde er auf dem Wasser wandeln. Es war mehr ein Vorwärtstasten, bei dem der vorwärtstretende Fuß über den wasserbedeckten Boden rutschte. In eine Spalte zu fallen und unterzugehen, würde den sofortigen Tod bedeuten. Die nächsten anderthalb Kilometer zu überwinden, kostete sie eine weitere Stunde ihres Lebens. Aber dann hatten sie die andere Seite erreicht. Hier ließ Jansen den hellen Strahl seiner 100-Watt-Quarzhalogenlampe über die sorgfältig auf Paletten gestapelten Pakete tanzen. Maravelli hatte es sein »Lagerhaus« genannt.

Und hier war es.

In reißfestes Plastik verpackt.

Vakuumversiegelt und absolut wasserdicht.

Das Endprodukt der verschwundenen peruanischen Cocablätter.

Kokain.

Viertausendfünfhundert Tonnen.

Das feuchte Plastik reflektierte das Licht und ließ Jansen sich fragen, wie es möglich war, eine derartige Menge an Drogen zu verstauen, ohne entdeckt zu werden.

Dann nahmen sie die Rucksäcke von den Schultern. Ihre Körper bettelten um eine Ruhepause. Schlafen könnte in solcher Erschöpfung vielleicht den Tod bedeuten. Nur für einen Moment ausruhen. Nur für einen Moment. Nein, nicht schlafen. Schließ deine Augen ... für einen Moment. Willi erwachte. Düstere Gedanken vertrieben seinen nervösen, leichten Schlaf. Er sah auf die Leuchtziffern seiner Uhr. Sie waren jetzt sieben Stunden unterwegs und in diesem Höhlenlabyrinth. Er lauschte in den kurzen, mühsamen Rhythmus ihrer Atemzüge. Jansen schaltete die Taschenlampe ein. Ticia saß dort mit an die Brust gezogenen Knien, auf denen ihr Kinn ruhte. Sie hatte die Arme um die Beine geschlungen, als würde sie sie umarmen. Fröstelnd und schwitzend unterdrückte sie ein Stöhnen. Sie atmete durch den offenen Mund. Die Lider ihrer Augen flatterten. Er setzte sich an ihre Seite und fühlte ihren Puls. Schwach. Ihre Haut war kalt. Hätte er ihr die Schmerzen nehmen können, hätte er es getan. Er hätte ihr all seine Kraft gegeben, all seine Lebensenergie, damit sie leben konnte. Es war der Schmerz, der quälende, dumpfe Schmerz in ihrem Kopf, der sie lähmte. Er nahm das Kokain und bereitete drei Linien vor. Ihre Hände zitterten, und er half ihr beim Schnupfen. Vielleicht war es besser, sich zusammen mit ihr hinzulegen und in Würde auf den Tod zu warten, statt wie gejagte Tiere gegen das Schicksal in dieser nasskalten Dunkelheit anzukämpfen.

Welche Chance hatten sie wirklich?

Nein, sie waren noch nicht tot. Nein, sie würden nicht auf ihn warten. Jansen legte sich neben sie und schlang seine Arme um sie, um sie mit seinem Atem und Körper zu wärmen. Er streichelte zärtlich ihren Rücken. Und sie schlief ein.

La Hacienda, Sicherheitskontrollraum

Sieben Stunden *vor* dem Moment, an dem Ticia am Strand eingeschlafen war, hörte sich einer von Maravellis Sicherheitsleuten namens Pedro Luegos, der gerade Dienst hatte, mit zunehmender Gleichgültigkeit Rossbunds endloses Gerede an, das aus seinen Kopfhörern drang. Der Sicherheitsmann wusste, dass es Deutsch war, wenn er auch nicht die Sprache verstand. Luegos arbeitete seit drei Jahren für Rossbund und hatte hier und da ein Wort aufgeschnappt, vor allem die vulgären und obszönen. Er verstand außerdem die Worte *Ich, Herr* und *Danke, bitte.* Luegos war auch sehr stolz darauf, dass er einen ganzen Satz beherrschte, den ihm Rossbund in einem Anfall von Großzügigkeit beigebracht hatte. Der Satz lautete: *Ich bin blöd.* Pedro wusste nicht, was er bedeutete, aber er benutzte ihn laufend, um Bildung vor seinen eigenen Leuten zu demonstrieren und zu zeigen, wie gut er sich mit dem europäischen Vokabular auskannte.

Das spielte auch keine Rolle. Jedenfalls wusste Luegos, dass es sich um Rossbunds Stimme handelte, die aus seinem Kopfhörer drang, da Rossbund zu oft das erste Personalpronomen *Ich* benutzte. Pedro Luegos hörte außerdem einige Hintergrundgeräusche. Er hörte Wellen. Zweifellos Meereswellen. Keine starken Geräusche, eher spielerisch. Er lebte hier. Pedro kannte das Meer und wusste, wann es sanftmütig, zornig oder aufgeregt war. Jetzt hörte und verstand Luegos die Worte *Danke, Herr Rossbund.* Es war ohne Zweifel der andere Deutsche, der Besucher. Verflucht, was ging dort vor? Wichtiger noch, *wo* ging es vor und *warum?*

Luegos war für einen Moment wie betäubt, als er zwei rasch hintereinander abgegebene Schüsse hörte.

Stille. Zwei weitere Schüsse folgten.

Und dann gab jemand einen lang gezogenen, heulenden Schrei von sich.

Der Sicherheitsmann sah, wie die »Auf Sendung«-Nadel an seiner Kontrollpultskala die »0« an der linken Seite überlagerte. Zweifellos hatte die andere Seite das Sprechfunkgerät abgeschaltet. Etwas Ungewöhnliches war irgendwo passiert, und er, Luegos, war sehr stolz, Teil des Geschehens zu sein. Er fühlte sich für einen Moment auch sehr einsam, da er nicht wusste, ob es die richtige Entscheidung sein würde. Aber die Kommandokette befolgend, griff Pedro Luegos nach dem Telefon und versuchte, Rossbund zu erreichen. Er hatte dann ein unwohl es Gefühl, weil er von dort keine Antwort bekam. Luegos überwand seine Angst und beschloss Maravelli anzurufen.

Während der Mann in seinem Kopfhörer die Schüsse hörte, spielten Maravelli und der Kolumbianer einen Ball gegen die beiden Triaden-Männer. Die Yakuzis waren am Morgen bereits unter einer Menge Verbeugungen und Artigkeiten abgereist und inzwischen auf dem Weg nach Tokio.

Golf. Die Treibschläge waren recht zielsicher gewesen und hatten den Ball in der angenehm windstillen Luft weit getragen. Die meiste Zeit im Jahr gab es ohnehin keinen Tau auf dem Kurs. Während Maravellis Achtzehn-Loch-Kurs wollten die Triaden-Männer über das Geschäft reden und verbargen ihre Ungeduld kaum.

Wann würden sie die Ware sehen?

Morgen.

Alles?

Alles.

Maravelli schlug vor, schon sehr früh morgens aufzubrechen. Alle stimmten zu. Allgemein konnte man sagen, dass Maravelli ein durchschnittlicher Golfer war, stark schwankend in seinem Spiel, da es etwas war, das er *nicht* kontrollieren konnte. Meistens ließen seine Mitspieler ihm durchgehen, dass er die Regeln brach, indem er den Ball anstieß, kratzte oder löffelte. Die Hindernisse waren eine andere Sache. Zum Beispiel entfernte Zarro lose Hindernisse wie einen Zweig, indem er ihn unter dem Ball hervorzog, ohne sich darum zu kümmern, ob der Ball sich bewegte. Seine Spezialität war es, den Ball hochzuheben und neu zu positionieren, wenn er im Sand des Bunkers festsaß. Dann tat er so, als würde er seine Schnürsenkel zubinden, wenn er auf das Loch trat. Aber er zeigte Stil, wenn er sich in Position stellte, um den Ball mit seinem Schläger in einer eleganten Vorwärtsbewegung zu schlagen. Maravelli stand dann auf Zehenspitzen da, in der Bewegung erstarrt, mit erhobenen Armen, den Schläger hinter seinen Schultern. Man konnte in dieser Haltung erkennen, wie schlank er sich gehalten hatte, und er hatte in der Vergangenheit häufig Komplimente bekommen, die sein vorgebliches Können in diesem noblen Spiel lobten. Seine weißen Golfschuhe mit den Spikes gaben ihm einen festen soliden Halt im Gras, wenn er das Eisen schwang. Trotzdem gestand Maravelli sich selbst ein, dass er ein nur durchschnittlicher Spieler, vor allem aber ein noch lausiger Verlierer war.

Sie hatten den sechsten Fairway erreicht. Maravelli legte den Ball auf das Tee und machte einige Übungsschwünge. Trat näher, ging in Position und traf ihn genau in dem Moment, als das Handy eines seiner Leibwächter laut und fordernd klingelte. Es lenkte ihn ab und ließ ihn das Eisen in seinen Händen um eine Winzigkeit verreißen. Der orangefarbene Ball segelte in einem konkaven Bogen in den blauen Himmel und verschwand hinter der Begrenzung zwischen grünen Büschen. Als er sich wutentbrannt umdrehte, sah er das Gesicht seines Leibwächters. Er kannte ihn nun schon seit fünfzehn Jahren, und Maravelli wusste sofort, dass da etwas Ernsthaftes geschehen sein musste.

»*Si*«, brüllte er in das Handy. Nachdem er zehn Sekunden zugehört hatte, wurde er sehr still. Maravelli war nie ein guter Zuhörer gewesen, da sein analytischer Verstand zu schnell arbeitete, um viel Geduld mit seinen Gesprächspartnern zu zeigen. Aber diesmal hörte er konzentriert zu, saugte jedes Wort ohne Unterbrechung auf.

»Nein, nein, keine Sorge. Sie haben hervorragende Arbeit geleistet.«

Die Person am anderen Ende der Leitung hatte sich offenbar für irgendetwas ausgiebig entschuldigt. Maravelli betrachtete für einen Moment ungläubig das Handy in seiner Hand. Dann schüttelte er geistesabwesend den Kopf, bevor er es dem Wächter zurückgab. Er sah die prüfenden Blicke der Kolumbianer. Nickte und lächelte sie dann an. Aber das Lächeln änderte nichts an der plötzlich lastenden Stille. Irgendetwas war passiert, das Maravellis Stimmung ernsthaft getrübt hatte. Die beiden Kolumbianer ließen Maravelli nicht aus den Augen. Als Maravelli einen neuen Ball auf das Tee legte, war sein Gesicht maskenhaft starr. Es löste sich, als er einige prüfende Schwünge vollzog und das Spiel fortsetzte. Die Konversation verlief, als wäre nichts passiert, oder zumindestens nichts gewesen. Das Handy klingelte wieder. Diesmal vor dem nächsten Schlag. Die Stimmung wurde sofort wieder angespannt. Dieses Klingeln ruinierte den Rest, was da an Stimmung für dieses Spiel geblieben war. Maravelli nahm das Handy, machte eine entschuldigende Geste zu seinen Mitspielern, trat einige Meter zur Seite und sprach mit gedämpfter Stimme. Dieses Verhalten erstaunte die Kolumbianer noch mehr. Sie kannten Maravelli lange genug. Dies war ungewöhnlich, dass Maravelli solchen Ärger zeigte, nur weil er während des Spiels angerufen worden war. Es war Michael O'Sharnessy, sein Hubschrauberpilot.

»Ich glaube, Mr Maravelli, es ist besser, wenn Sie sofort zurückkommen. Verzeihen Sie, aber ich möchte Ihnen vorschlagen, dass Sie ohne … ähhh, Ihre Gäste zurückkehren. Es ist wirklich dringend.«

Für Maravelli klang es wie: Kommen Sie besser ohne diese Clowns zurück.

»O'Sharnessy, was ist los?«

»Wir haben vielleicht ein Sicherheitsproblem.«

»Warum kümmern *Sie* sich darum? Was geht sie das an? Wo ist Rossbund?«

»Ich hielt es für besser, Sir, es Ihnen zu melden. Aber das ist ein Rätsel, Sir, niemand weiß, wo Mr Rossbund ist. Wir können ihn nicht über sein Radio und seine Frequenz erreichen. Und wie Sie wissen, ist das äußerst ungewöhnlich. Außerdem ist Mr Jansen nicht hier und … ähh, Ms Velosos ist auch verschwunden.«

Es klang für Maravelli wie … die Clunte ist verschwunden.

»Ich habe diesen Deutschen das letzte Mal am Rondos-Strand gesehen. Mr Rossbund gab mir den Befehl, den Strand abzufliegen.«

O'Sharnessy erzählte von gestern. Sprach über den Radiokontakt mit Rossbund und die plötzliche Radiostille.

»Und das war alles gestern, Sir. Irgendetwas stimmt nicht, Sir«, fügte O'Sharnessy hinzu.

Das ständige »Sir« ging Maravelli auf die Nerven. »Ich bin in zwanzig Minuten zurück. Machen Sie den Agusta startklar.«

»Er wird für Sie bereit sein, Sir.«

Maravelli starrte in den blauen Himmel des Nachmittags, durchbohrte ihn mit seinen Blicken für einen kurzen Moment und überlegte, wie er ohne große Entschuldigungen verschwinden konnte.

Die Agusta war warm gelaufen, als er erschien. Nein, ein Maravelli tauchte nie bloß auf.

Ein Maravelli materialisierte. Pilot O'Sharnessy brauchte nur eine Minute, um den starken Helikopter in tausend Meter Höhe zu bringen. Maravelli wollte persönlich nachvollziehen, was sich gestern vielleicht abgespielt hatte. O'Sharnessy dachte, dass es Unfug war, aber ... Er zuckte mit den Schultern. Es war der silberne Hubschrauber mit seinem berühmten schwarzen *M*-Kennzeichen.

Maravelli hatte sich nicht umgezogen, weil dazu ganz einfach keine Zeit war. Er trug immer noch sein weißes Polo-Golf-T-Shirt und eine beigefarbene Hose. Und Maravelli trug nie eine Waffe. Er hatte in seinem ganzen Leben noch keine getragen, weil er nie eine gebraucht hätte. Seine Leibwächter erledigten unangenehme Dinge für ihn mit Lichtgeschwindigkeit. Außerdem hatte niemand außer ihnen die Erlaubnis, in seiner Gegenwart eine Waffe zu tragen.

Zuerst flogen sie mit 129 Knoten hinaus aufs Meer. Nach sechzehn Kilometern drehte der Pilot über dem Wasser bei und richtete den Bug des Kopters auf das breite gelb-weiße Panorama der Küste. Hier hing der Kopter bewegungslos in der Luft, und Maravelli suchte mit einem starken Fernglas das Ufer ab.

Der Pilot wartete auf weitere Befehle. O'Sharnessy sah, dass sein Boss mit den Gedanken woanders war. Und dies waren Maravellis Gedanken. Er war von Rossbund enttäuscht. Es zeigte Maravelli erneut, dass er die Kontrolle an niemanden delegieren konnte, nicht einmal in Sicherheitsfragen. Rossbund hatte sich als unqualifiziert und unfähig erwiesen. Jetzt erforderte die Lage sein, Maravellis, Eingreifen. Seine Sensitivität und seinen Scharfsinn in derartigen Angelegenheiten. Sein abgrundtiefes Verständnis für Kontrolle wurde benötigt. Jemand, der fähig war, so wie er, musste die Situation meistern.

Vielleicht war Rossbund sogar desertiert. Aber warum sollte er auf all die Vorteile verzichten, die er hier genoss? Um nach Deutschland heimzukehren? Das war unwahrscheinlich. Und wenn doch, aus welchen Gründen? Er wurde gut bezahlt. Hatte alle Freiheiten, die er wollte. Maravelli verstand es nicht.

Dieser Jansen und seine Ticia. Maravelli betrachtete sie nicht als »seine« und gab zu, dass es ein Fehler gewesen war, sie miteinander bekannt zu machen.

Sicher war, sie würden nicht weit kommen.

Oh, er *würde* sie leiden lassen. Maravelli machte im Geiste einen Vermerk. Jansen hatte die Kettensäge verdient. Wenn er zurückkehrte, würde Maravelli einen Telefonanruf machen und mit General Ortegas in Mexico City sprechen. Maravelli würde ihn höflichst bitten, seine Zollbeamten anzuweisen, nach beiden Ausschau zu halten. Ortegas hatte keinen Grund, nicht zu gehorchen, denn schließlich stand er auf Maravellis Lohnliste. Vielleicht war dieser Jansen klug genug, sich zu ergeben. Die Mexikaner würden ihn rauswerfen. Und er, Maravelli, würde dafür sorgen, dass *sein* General Kyrilienkow in Russland sich auf seine Weise um die Angelegenheit kümmerte. Verrat und Doppelspiel. Er, Maravelli, hatte nur eine Antwort darauf.

Tod.

So einfach war das.

Eigentlich machte es ihn aber ärgerlich. Warum musste *er* sich mit derart trivialen Dingen beschäftigen? Maravelli kochte innerlich, aber er zeigte es nicht. Er stand kurz vor einem Wutanfall. Noch war nichts wirklich Schlimmes passiert. Aber etwas war außer Kontrolle geraten. Er spürte es. Maravelli bewunderte seine eigene innere Klugheit, eine kritische Situation zu erkennen und mit ihr fertig zu werden. In all den Jahren war ihm nie der Gedanke gekommen, eine Firma zu engagieren oder zu konsultieren, die auf die Bewältigung einer derartigen Situation, also auf Sicherheitsfragen spezialisiert war. Dies würde sich sofort ändern. Maravelli sah das Ganze bis jetzt noch als Privatangelegenheit. Eine Sache, die *er* klären musste.

Mike O'Sharnessy, der den Hubschrauber bewegungslos in der Luft hielt, wartete geduldig. Als nüchtern denkender Soldat hatte er bemerkt, dass Maravelli bei diesem Flug kein Ziel vor Augen hatte. Staatsmänner hatten dies nicht, wenn sie in unerklärte Kriege zogen. Warum also sollte er, Maravelli, eins haben? Selbst seine beiden Roboter rührten sich nicht. Verflucht, er hatte noch nie gehört, dass sie ein Wort sagten. Vorsichtig ergriff O'Sharnessy das Wort. Er konnte ja nun nicht stundenlang am Himmel kleben.

»Ähh, Sir, dürfte ich vorschlagen, dass wir zum Rondos-Strand fliegen und dort weitersehen?«

Maravelli nickte zustimmend. Es war ein genicktes Einverständnis, eine Geste, eine führergleiche nickende Ermächtigung. Plötzlich war Maravelli froh, dass jemand für ihn dachte. Das blaue Meer hatte seinen niedrigsten Stand erreicht und die Luft war windstill. Die Agusta schob sich langsam vorwärts und nahm fast träge Kurs auf die Küste. Scherte nach links aus und schwebte wieder bewegungslos. Maravelli war einverstanden. Er stimmte zu, den schmalen, fast unbekannten Küstenstreifen abzusuchen. O'Sharnessy ging langsam tiefer, bis der Hubschrauber knapp anderthalb Meter über dem Strand schwebte, um Maravelli und seinen beiden Männern den Ausstieg zu ermöglichen. Maravelli wies O'Sharnessy an, in zwanzig Minuten zurückzukehren.

Die Leibwächter folgten ihm, als er durch den feuchten, tropfenden Tunnel marschierte. Maravelli blieb stehen, bevor er die kleine, versteckte, von Felsen umgebene sandige Lichtung erreichte, und ließ seine Blicke wandern.

Da war Ruler mit weggeschossenem Rücken. Ein Loch, das bereits von Sandflöhen und winzigen Krabben attackiert wurde. Fliegen, fett und grünlich schimmernd, umsummten den leblosen Kadaver des Tieres.

Weiter.

Ein Mann, einer von seinen, Maravellis, Leuten, lag mit dem Gesicht im Sand. Er ruhte dicht neben einem steilen Felsen. Ein großer dunkler Fleck, der unter seiner Brust entstanden war, hatte den Sand verfärbt. Offensichtlich war es getrocknetes Blut.

Und dann sah Maravelli einen Nike-Schuh.

Er blickte genauer hin. In dem Schuh steckte ein Fuß. Krabben fraßen an dem Inhalt. Er drehte sich herum und entdeckte Rossbund. Leichenstarre hatte bereits vor Stunden eingesetzt. Rossbunds Gesicht war aufgedunsen und hatte eine rosa-violette Farbe. Maravellis Blick wanderte zu Rossbunds halb geschlossenen Augen. Sein Mund war weit geöffnet, als hätte ihn der Tod mitten in einem Schrei zum Verstummen gebracht. Maravelli entschuldigte sich im Geiste bei Rossbund. Abgesehen von seinem halben Bein fehlte noch etwas anderes an dem toten Rossbund.

Es war jetzt gegen zwei Uhr, die Zeit, wo die Sonne am heißesten brannte. Unerträgliche Hitze lastete über dem kleinen Strand und ließ den Gestank der beginnenden Verwesung nicht abziehen, der über dem Ort hing. Maravelli warf seinen Leibwächtern einen forschenden Seitenblick zu. Sie hatten ein unterwürfiges Lächeln auf den Gesichtern, das nicht von innen kam. Es war mehr ein gezwungenes Grinsen mit Sorgenfalten an den Winkeln ihrer Augen.

Für ihn war es das erste Mal in fünfzehn Jahren, dass er sie verängstigt erlebte. Nein, hier waren eher Dämonen am Werk gewesen. Sie konnten das abergläubische Erbe ihrer westindischen Vorfahren nicht verleugnen. Er warf einen Blick in den Hummer, der direkt an dem steilen Felsen geparkt war. Der Schlüssel lag auf der Flurmatte. Er schüttelte den Kopf.

Dann traf es Maravelli wie ein Blitz.

Er hatte Rossbund noch nie ohne gesehen. Niemals. Nicht einmal bei einem Dinner zwischen Ballkleidern und Frack oder in Badehose am Strand. Rossbunds leistungsstarkes Sprechfunkgerät war verschwunden.

Maravelli bedeutete einem seiner Leibwächter mit einem Wink, die toten Männer und den Hund zu beseitigen. Sie einfach ins Wasser zu werfen. Die Flut würde sich bald von der Küste zurückziehen und die Leichen mit hinaus aufs Meer nehmen. Die Mantas konnten sich in *ihrem* Wasserrevier um die Entsorgung kümmern.

Der andere Leibwächter wurde zurück zum Hubschrauber geschickt, um ein Sprechfunkgerät zu holen, dasselbe Modell wie Rossbunds. Er brachte außerdem zwei Maschinenpistolen mit. Zwei Walther MP5A3. Jede war nur achtunddreißig Zentimeter lang, aber mit einer Feuerkraft von 550 Kugeln pro Minute. Jede Kugel verließ den Lauf mit einer Geschwindigkeit von 335 Metern pro Sekunde. Rossbund hatte diese Waffe wegen ihrer extrem geringen Größe für den Hubschrauber als »Bordwaffen« gewählt.

Rossbund existierte nicht mehr. Der Sicherheitsmann verstand nicht, warum er ein Sprechfunkgerät und zwei weitere Waffen besorgen sollte. Er hörte, wie der Helikopter startete, als sie mit dem Hummer hinauf zur Straße fuhren. Maravelli hatte die Situation analysiert, und nur er wusste, wohin er sich wenden musste. Maravelli sah aus dem Fenster und dachte an Ticia. Er bedauerte jetzt, sie nicht schon vor Jahren rausgeworfen, sie mit einem Fußtritt in die Gosse befördert zu haben, wo sie hingehörte. Seine Männer hätten dies im Nu erledigt. Und heute würde es getan werden. Es war schon lange überfällig. Er hatte in der Vergangenheit ehrlich gehofft, dass sie bald an dem Tumor in ihrem Kopf sterben würde. Die Ärzte hatten ihn immer über den Verlauf ihrer Krankheit informiert. Allerdings hatten sie nicht herausfinden können, wie sie ihm bei seiner heuchlerisch besorgten Nachfrage erklärt hatten, warum es ihr noch immer so gut ging, als wäre nichts passiert, nichts in Ihrem Kopf physisch abnormal. Maravelli war es selbst ein Rätsel, warum er sie seit dem Tod seiner geliebten Jenny so sehr hasste. Warum? Er verabscheute alles an Ticia, aber er konnte nicht erklären, warum er sie bei sich behalten hatte. Aber das war jetzt alles Vergangenheit.

Maravelli hatte die skeptischen Blicke der Kolumbianer nicht vergessen, als er übereilt hatte aufbrechen müssen. Vielleicht hätte er nicht so plötzlich sein Spiel beenden sollen. Es war vielleicht auch nicht klug gewesen, sie alle allein zu lassen. Er verstand ihre Skepsis. All die ungeheuren Summen, die sie in Andean Chemical gepumpt hatten. Sie waren zweifellos empfindlich. Und all das für diese verheißungsvolle Zukunft, wenn die Regierungen Drogen legalisiert hatten, so dass in ihren Ländern Amphetamine so billig erhältlich waren wie Schnaps. Er, Maravelli, und der Rest der Südamerikaner waren bereit, die dann sprunghaft ansteigende Nachfrage von Leuten zu befriedigen, die sich mit Drogen verblöden wollten. Es fing auch an in Maravelli zu dämmern, dass kein einzelner Mensch auf der Welt, auch er nicht, in der Lage sein würde, mit derart riesigen Mengen an Kokain und Geld fertig zu werden. Gerissene Männer in den westlichen Regierungen mit hervorragenden finanziellen Kenntnissen hatten bereits das monetäre Potenzial der Legalisierung von Drogen erkannt und angefangen, auf den Busch zu klopfen. Drogen zu legalisieren würde einen endlosen Geldsegen bedeuten, der auch nicht während einer der rätselhaft entstehenden Depressionen versiegen würde. All diese Milliarden von Dollar. Großer Gott, was für ein Potenzial. Drogen zu legalisieren, würde natürlich noch ein paar andere Vorteile bringen, beispielsweise würde man Milliarden von Dollar sparen, die man jetzt für die Verbrechensbekämpfung ausgab. Brachten nicht allein die USA rund 8 Milliarden Dollar für alle Aspekte der Drogenbekämpfung auf?

Und Steuereinnahmen.

Der Staat konnte den Drogenhandel mit einer Verkaufssteuer belegen. So wie es die Peruaner vor Jahren getan hatten. Außerdem summierten sich die Nettoeinnahmen durch verringerte Kosten der Verbrechensbekämpfung. Dazu kam die Besteuerung des Drogenkonsums und der Drogenherstellung auf *Milliarden* Dollar pro Jahr, die dann in den Staatshaushalt flossen. In diesem »Kampf« ging es nur um Märkte, die entweder von Regierungen in Zukunft kontrolliert wurden, oder Kartellen in Südamerika und Südostasien, die ihre bereits etablierten Märkte gegen Regierungen verteidigen mussten. Ein kluger Kopf würde schon das richtige Argument liefern, damit eine Regierung die Finger in die Honigtöpfe des Drogenhandels bekamen.

Maravelli hätte wetten können, dass einige der Wunderhirne von Georgetown das absurde Konzept bereits ausgebrütet hatten, dass durch die Legalisierung von Drogen die Zahl der Gewaltverbrechen zurückgehen würde. In ihren Elfenbeintürmen sitzend, dem Leben weit entrückt, behaupteten sie, dass die Legalisierung auch die Drogenpreise senken und der Gesellschaft verschiedene Vorteile bringen würde. Sie fantasierten, dass Schwerverbrechen, Prostitution und Diebstähle zurückgehen würden, wenn Drogen merklich billiger wurden. Sehr überzeugend, diese Shangri-la-Schlussfolgerung.

Und das Wichtigste, was Maravelli von den klugen Männern der großen Politik gelernt hatte, war – *kriminelle Organisationen* (was immer das auch bedeuten mochte) würden keinen finanziellen Anreiz mehr haben, Drogenhandel zu betreiben. Alles unter einem Dach. Am Ende würde der Handel *allein* in den Händen der Regierung liegen. Natürlich zum Wohle der Gesellschaft. Die Ernte der Cocablätter, Verarbeitung, Vertrieb und Einzelhandel. In den Händen einer neuen Weltordnung.

Alle wären glücklich.

Maravelli wollte der Erste sein, der die Nachfrage befriedigte *und* kontrollierte. Er verfluchte sich dafür, dass er Ticia einmal, aus Eitelkeit heraus, von seinem Ziel erzählt und ihr anvertraut hatte, wo die Quelle der Macht versteckt war. Ticia wusste zu viel. Wenn sie dort war – und seine Intuition sagte ihm, wo sie sich im Moment befand –, würde er sie persönlich töten. Dieser Gedanke bereitete ihm vorübergehendes Vergnügen. Ja, er würde sie ohne zu zögern umbringen. Er stellte sich vor, dass er sie lange leiden lassen würde, sehr lange. Von allen Folterfantasien, denen er sich je hingegeben hatte, erschien ihm das Skalpieren als ideal für sie geeignet. Natürlich würde er dabei nur zusehen und sich nicht die Hände an ihrem Blut schmutzig machen. Es sollte schon einige Stunden dauern, so wie er es mit der jungen Frau von Cabo einst getan hatte. Und er würde dafür sorgen, dass sie so lange am Leben blieb, wie er wollte. Maravelli war sich nicht ganz sicher, was er mit diesem Jansen tun würde, diesem verräterischen Stück Scheiße. Maravelli schmunzelte. Es war eigentlich eine sehr einfache

Sache. Er liebte das Geräusch einer Kettensäge. Sah auf die Uhr am Armaturenbrett.

Es war 15:20.

Sein Sprechfunkgerät gab ein kurzes statisches Rauschen von sich.

Die Stimme von O'Sharnessy drang aus dem Lautsprecher: »Wir haben eine Nachricht in Mr Jansens Zimmer gefunden. Soll ich sie Ihnen vorlesen, Sir?«

»Machen Sie schon.«

»Die Nachricht lautet: Triff mich in deinem privaten Depot und lass uns reden. Sie ist mit der Hand geschrieben, Sir.«

Jetzt war Maravelli in der Stimmung, jeden für das Desaster verantwortlich zu machen. Aber das musste warten. Er konnte nicht dem falschen Mann die Schuld geben, denn er brauchte O'Sharnessy und sein rationales Denken zu dringend.

»Ich bin sehr beeindruckt, O'Sharnessy, wie Sie diese Situation handhaben. Jetzt hören Sie bitte genau zu. Rossbund ist tot. Sie übernehmen jetzt sofort die Sicherheit.«

Er wollte ein »vorübergehend« hinzufügen, entschied sich aber dagegen. Maravelli wusste, dass er jetzt Männer mit professionellem Hintergrund brauchte. Jansen hatte also ein Doppelspiel getrieben. Dieser doppelzüngige Ischariot. Maravelli hatte es gespürt. Er erinnerte sich an das Frühstück. Wie er ihn angesehen hatte. Der Hurensohn hatte genau beobachtet, welche Entscheidungen er traf und wie. Der Deutsche würde mit ihr sterben und im Depot verschwinden. Jansen war jetzt schon ein toter Mann. Andere waren vor Jansen diesen Weg gegangen. Verschwunden. Hatten ihr Ende im Depot gefunden.

»Vielen Dank, Sir, ich werde mein Bestes tun. Over.«

Plötzlich entschied sich Maravelli, Ticia gegen seinen ursprünglichen Plan doch nicht zu quälen. Er sah seine Leibwächter an. Sie lauschten und lasen von seinen Lippen.

»Wenn ihr sie beide seht, erschießt sie auf der Stelle. Tötet sie.«

Sie nickten.

»Beide.«

An dem Tag, als man die Höhle für die Öffentlichkeit sperrte, wurde eine dicke Kette vor den Eingang gelegt. Ein großes weißes Schild mit dunkelroten Buchstaben informierte in fünf verschiedenen Sprachen

LEBENSGEFAHR. STEINSCHLAG.
BETRETEN STRENG VERBOTEN

Nachdem der Leibwächter die Kette entfernt hatte, fuhr der Hummer in die Höhle. Maravelli spürte Furcht, als der Wagen in die Dunkelheit rollte. Aufgewühlt starrte er die feuchten Wände an, die das Scheinwerferlicht des Wagens reflektierten. Er blickte hinauf zur Decke und konnte kein einziges der Tiere entdecken, nach denen seine Augen so fieberhaft suchten. Da war nichts. Er fühlte sich sofort besser. Als Rossbund noch am Leben war, hatte er den Kanal 12 als abhörsichere taktische Frequenz für sein Radio benutzt. Nur der konnte mithören, der das gleiche Sprechfunkgerät besaß und es auf dieselbe Frequenz eingestellt hatte. Rossbund war immer irgendwie stolz auf seine ostdeutsche Schlichtheit. Die Sprechfunkgeräte funktionierten nur auf zwei Kanälen. Wenn die Frequenz aus welchen Gründen auch immer, nicht mehr sicher war, wechselten er und seine Leute nach einem Kodewort auf einen Alternativkanal.

Maravelli betrachtete das Sprechfunkgerät in seiner Hand lange Zeit, bevor er es auf »Ein« schaltete. Er sah seine Hände an und musterte sie für einen Moment. Die Finger waren entspannt, die Hände ruhig und verrieten keine Emotionen. Zumindest keine sichtbaren.

»Ticia? Mr Jansen? Wo sind Sie? Lassen Sie uns reden. Over«, drang seine leise Stimme durch die Dunkelheit der Höhle, eine Antwort verlangend.

Ken-Jutsu

Die Kunst des Schwertes

Willi hatte soeben die Installierung der fünf Pfund Semtex entlang der Wand und Decke vollendet. Zwischen der Decke und der obersten Lage der aufgeschichteten Päckchen befand sich ein Zwischenraum von sechzig Zentimetern. Dort hatte Willi vorsichtig den biegsamen Sprengstoff in die Unebenheiten der Decke gedrückt. Die Explosionsenergie würde mit furchtbarer Gewalt in die Kalksteinformation treiben, diese erschüttern und die poröse Decke zum Einsturz bringen, die dann die Paletten unter Zehntausenden von Tonnen Gestein begraben würde. Das Depot würde für immer verschwinden. Um den Kreis der geplanten Zerstörung zu vollenden, drückte er die Zünder in das weiche Plastik. Das Feuerwerk war vorbereitet.

Als er den Zünder auf »Ein« stellte, gab Rossbunds Sprechfunkgerät an seinem Gürtel statisches Rauschen von sich. Jansen war nicht überrascht, Maravellis Stimme zu hören.

Maravelli wollte wissen, wo Ticia und er waren.

Jansen nahm das Sprechfunkgerät von seinem Gürtel und drückte die Empfangstaste.

»Hier ist Jansen. Over.«

Maravellis Stimme bebte vor Erregung.

»Was hat das alles zu bedeuten, Jansen? Was wollen Sie?«

»Kommen Sie zum Depot. Ich habe Ihnen ein Angebot zu machen. Over.«

»Ist Ticia da?«

»Ja.«

»Kann ich mit Ihr reden?«

»Kommen Sie zum Depot. Over und out.«

Maravelli lächelte. Er hatte sie. Eiskalt. Er war von Jansen ein wenig enttäuscht. Wie konnte der Mann nur so leichtsinnig sein? So unvorsichtig in einer Umgebung, in der er sich überhaupt nicht auskannte? Maravelli begann diese Jagd allmählich zu genießen. Er würde dafür sorgen, dass Jansen und Ticia in dem Depot endeten, wie andere vor ihnen.

Wie all diese Lastwagenfahrer, die die Container angeliefert und dann um Gnade gewinselt hatten, bevor sie von seinen beiden Leibwächtern einfach über das Geländer geworfen worden waren.

Es dauerte ein paar Sekunden, bevor sie angsterfüllt und mit einem »Warum« in den Augen verschwunden waren. Er hatte es zutiefst genossen. Es war einer dieser seltenen Momente im Leben, in denen er über Leben und Tod entscheiden musste. Mann, er hatte fast in seine Hose ejakuliert. Wie sie geschrien und um ihr Leben gebettelt hatten. So musste sich auch Nebukadnezar damals im alten Babylon gefühlt haben, oder Berija oder Koch, die in einer friedlichen, zivilisierten Umgebung mit ihrer Unterschrift festgelegt hatten, wie viele in den nächsten Stunden sterben würden. Maravelli hatte dieses ultimative Gefühl der grenzenlosen Gewalt, anderen Menschen das Weiterleben zu verweigern, genossen. Was Maravelli in diesem Prozess immer wieder erstaunte, waren all die menschlichen Mietlinge, die so eifrig seinen Willen, den des einzelnen Mannes, so bestimmt ausführten. Sie töteten in dem Wissen, dass sie dafür nicht legal zur Rechenschaft gezogen werden würden. Was für ein Segen, was für ein Trost, sagen zu können, dass sie nur Befehle ausgeführt hatten.

Das menschliche Verhalten hatte sich in Tausenden von Jahren nicht groß geändert. Nur die Äußerlichkeiten, die Kleidung, die Mode wechselten.

Maravelli freute sich auf den Moment, wenn der Mann und

die Frau darum betteln würden, sie laufen zu lassen. Mit einer Entschuldigung auf den Lippen, mit tiefstem Bedauern für den Schmerz, den sie *ihm,* Maravelli, zugefügt hatten. Es würde keine Rolle spielen. Sie mussten auf jeden Fall sterben. Im Scheinwerferlicht des Hummers winkte Maravelli seinen Leibwächtern zu. Dieser Jansen und Ticia würden bestraft werden. Angemessen und hart. Maravelli würde die extreme Strafe für ihren Ungehorsam, der ihn so tief getroffen hatte, indirekt delegieren.

Da waren die klatschenden, abprallenden Laute.

Es war wie auf einer alten Theaterbühne, wenn der Hauptschalter umgelegt wurde, die Scheinwerfer schlagartig aufflammten und eine Aufführung, einen Tanz oder ein Theaterstück illuminierten, in Licht tauchten, Illusionen erzeugten.

Das metallische Klappern hatte sich wie ein lautes, kaltes Klirren von aufeinander schlagenden Metallstangen angehört. Die Helligkeit der sieben Tausend-Watt Quarzscheinwerfer und der drei roten, gegen die Decke gerichteten Strahler rissen die Umgebung aus der Dunkelheit. Es geschah unerwartet und aus dem Nichts.

Maravelli zögerte einen Moment und blickte hinauf zur Decke. Kein Grund zur Besorgnis. Er lauschte. Als es keine hörbare Reaktion auf das eingeschaltete Licht gab, ging er weiter. Seine Golfschuhe fanden für einen Moment keinen Halt, und er rutschte auf dem feuchten, unebenen Kalksteinboden aus. Von da an bewegte er sich vorsichtiger. Es war ein unsicherer Gang. Langsam, wie ein sehr alter Mensch, der auf vereister Straße lief, und der um die Gefahr eines Sturzes wusste.

Er trat an das Geländer.

Es war *seine* Bühne.

Er hatte dies so oft in den alten historischen Schwarzweiß-Dokumentaraufnahmen von Benito Mussolini gesehen. Der Duce in Uniform mit schwarzer Fellmütze.

Maravelli legte beide Hände um das kühle, feuchte Geländer und lehnte sich leicht dagegen. Breitete daran die Arme aus, als würde er vor Publikum eine Rede halten. Das Geländer gab für einen Moment nach und schien dann wieder zurückzufedern. Es verunsicherte ihn für einen Moment, als er bemerkte, dass er nicht erkennen konnte, was hinter dem Vorhang aus Licht lag.

Es war auch nicht weiter wichtig.

Maravelli schrie wütend Jansens Namen.

Als die Scheinwerfer in der Nähe von Jansen aufflammten, blickte er hinauf zur Höhlendecke und sah den sich ganz sacht bewegenden Teppich aus Fledermäusen. Das rote Licht spiegelte sich in ihren Augen wie in unzähligen Rubinen.

Das rote Licht störte sie nicht.

Natürlich waren sie ein wenig aufgeregt durch die plötzliche Helligkeit, aber alles in allem sahen sie darin keinen Grund zur Sorge.

Sie beruhigten sich wieder.

Aber ihr Geduldsfaden war sehr dünn.

Jansen war immer noch in kalten Schweiß gebadet, und sein Herz schlug schwer von den Anstrengungen der letzten Stunden. Schweiß rann an seinen Armen und Beinen hinunter, und er atmete durch den weit geöffneten Mund, um seine Position nicht zu verraten. Aus der Dunkelheit hinter Maravelli traten zwei Schatten ins Licht.

Beide hielten schwarze längliche Gegenstände in den Händen.

Maschinenpistolen.

Jansen registrierte es erleichtert.

Die mit derartigen automatischen Mordspielzeugen bewaffneten Männer, mit denen er es in der Vergangenheit zu tun hatte, waren größtenteils lausige Schützen gewesen. Großmäuler, die nie trainiert hatten. Glaubten, sie könnten ihre armselige Trefferquote verbessern, indem sie einen Kugelhagel über eine Straße schickten, in das Schaufenster eines Geschäftes oder, aus nächster Nähe, in ein Auto, in der Hoffnung, dass eine der vielen Kugeln ihr Ziel treffen würde. Aber nur wirklich erfahrene Veteranen konnten eine Maschinenpistole effektiv einsetzen, ohne das Magazin zu verschwenden.

Und.

Es verriet sie.

Sie waren in tödlichem Selbstvertrauen hinter Maravelli ins Licht getreten. Hier in der Höhle war dies eine lebensrettende Information für Jansen. Willi bewegte sich lautlos und spähte hinter dem Felsen hervor. Er drückte seinen Rücken an den kalten, verwitterten Stein und blickte zu dem fünfundzwanzig Meter entfernten Geländer hinüber.

Wartete.

Er fragte sich, ob dieses Indianerspiel überhaupt einen Sinn machte.

Maravelli schrie Jansens Namen.

Willi unternahm den ersten Versuch.

»Ja«, sagte er und trat für einen Moment aus den Schatten ins Licht. Für Maravelli sah es so aus, als hätte Jansen keine Waffe. Jansens Augen nahmen Maravellis Bild auf, wie er in voller Positur dort stand, die Arme ausgebreitet, gegen das schmale Geländer lehnend. Der Schatten auf seiner rechten Seite eröffnete das Feuer.

Es war eine kurze Salve von sechs Kugeln. Jansen ließ sich auf den feuchten Boden fallen und rollte zur Seite, während die zweite Maschinenpistole loshämmerte. Plötzlich waren überall Kugeln. Sie bestrichen die Stelle, wo er soeben gestanden hatte, suchten nach einem Opfer. In der Feuerpause verschwand Willi blitzartig hinter dem Felsen. Es hatte ihn näher zum Depot gebracht. Zwei weitere donnernde Salven. Kugeln trafen den Boden und pfiffen als Querschläger in die dahinter liegende Dunkelheit. Kugeln heulten durch die Luft und trafen etwas Metallisches. Erzeugten Funken.

Ein Splitter riss Jansens Ohr auf. Er spürte, wie warmes Blut über seine Wange rann.

Er wartete.

Bis jetzt hatte er noch keinen Schuss abgegeben.

Provozierend hechtete er zum nächsten Felsen. Diesmal hielt der Schütze die Maschinenpistole tiefer. Die Kugeln zerfurchten den Boden. Beide Killer waren ganz auf Jansen konzentriert, den sie zuerst erledigen wollten. Die Frau würde die Nächste sein, eine einfachere Sache. Es war nur eine Frage von Sekunden, bis sie mit dem Mann fertig waren. Sie ließen Jansen nicht hochkommen. Für sie war es wie auf dem Schießstand. Maravelli genoss das Spiel. Er fand es äußerst unterhaltsam.

Eine Pause trat ein.

Jansen horchte in die plötzliche Stille.

Wechselte da nicht gerade einer ein leeres Magazin gegen ein volles?

Ja.

Eine Serie metallischer Geräusche.

Jansen war jetzt in seinem Element, das er so gut beherrschte. Er hörte, wie einer von ihnen ein leeres Magazin fallen ließ. Der Mann ließ es offenbar sorglos auf den steinernen Boden fallen. Die anschließende Pause signalisierte Jansen, dass der Schütze aus seiner Tasche das nächste Magazin fischte. Er hörte, wie das neue Magazin in die MP gerammt wurde. Die Pause, das Klappern des fallenden Magazins, das metallische Klacken, mit dem das neue eingesetzt wurde, all das gab Informationen über den Schützen preis, seine Position, ihn selbst und was er machte.

Was für eine Bande von Amateuren.

Jansen rannte durch die Höhle.

Nächster Felsen. Er war ihnen jetzt so nahe, wie es überhaupt möglich war. Sein Stellungswechsel hatte beide Schützen mindestens sechs kostbare Sekunden gekostet, bis sie sich auf das neue Ziel umorientiert hatten. Der eine Schütze mit dem neuen Magazin trat weiter vor und wurde für einen Moment sichtbar. Vielleicht hatte er zu lange in das Mündungsfeuer seiner Waffe gesehen und brauchte jetzt besseres Licht. Er feuerte prompt in die alte Richtung, wo sich Jansen noch vor Sekunden befunden hatte.

Maravellis Mann hatte vor, das neue Ziel anzuvisieren und sich darauf einzuschießen. Nach dem dritten Schuss klemmte die Maschinenpistole.

Es war eine bittere Lehre. Diese beiden kleinen, aber leistungsstarken Maschinenpistolen hatten an Bord des Helikopters gelegen, seit Rossbund sie vor vier Jahren gekauft hatte. Aus jeder war nur einmal zur Probe ein Magazin verfeuert worden. Ohne sie zu reinigen, zu ölen oder einzufetten, hatte man sie zurück in ihre grauen Plastikbehälter gelegt und im

Hubschrauber verstaut. Überrascht und ungläubig starrte der Killer seine Waffe an.

Jansen nutzte die Pause, legte den taktischen Schalter des Laserzielsystems an seiner Glock GLS-630 um und richtete sich auf.

Streckte den Arm aus und stützte die rechte Hand mit der linken, indem er mit den Fingern seiner linken Hand sein rechtes Handgelenk umfasste.

Er zielte sorgfältig.

Das Zielerfassungssystem im Griff aktivierte den Laserstrahl.

Jansen sah den roten Punkt an seinem Ziel, den Mann mit der klemmenden Automatik. Drückte langsam den Abzug durch. Spürte den anfänglichen Widerstand der Mechanik, gab aber der Versuchung nicht nach, den Finger zu heftig zu krümmen. Sonst hätte er den Schuss vielleicht verrissen. Jansens Zeigefinger übte gleichmäßigen Druck aus.

Die GLS-630 entlud sich. Jansen wusste, dass es ein Treffer war. Maravellis Mann riss den Kopf nach hinten, ließ die Maschinenpistole fallen und sank langsam auf die Knie, als hätte er sich zögernd zu einem Gebet entschlossen. Dann kippte er nach vorn und landete auf seinem Gesicht.

Die Luft war vom schweren Geruch des Cordits erfüllt. Eine neue Serie von Blitzen von rechts. Bevor die Salve endete, erfasste Jansens Laserstrahl den nächsten Mann. Jansen gab nur einen einzigen weiteren Schuss ab.

Ticia.

Sie trat aus der Deckung des nächsten Felsens und feuerte in einer schnellen Salve sechs Kugeln in einem langen Winkel gegen die Decke. Ticia traf sechs Scheinwerfer. Sie explodierten in einem Schauer aus heißen Glassplittern über dem wie vom Donner gerührten Maravelli. Der gesamte Schusswechsel hatte nicht länger als fünfundvierzig Sekunden gedauert. Die Helligkeit der Lampen hatte plötzlich einem gespenstischen Rot Platz gemacht.

Es war jetzt 18:20.

Das Peitschen der Schüsse versetzte Millionen von Fledermäuse in einen Zustand der Panik.

Und dort war es wieder.

Jansen hatte es vor Tagen bereits gehört.

Das vibrierende Murmeln. Das endlose, unerträgliche Rauschen. Und es wurde lauter. Das plötzliche Brüllen von einer Million Fledermausschwingen, die zum Hauptausgang flogen, um landeinwärts in Richtung La Candelaris zu verschwinden. Die plötzlichen unbekannten Geräusche der Schießerei hatten sie aufgescheucht und sie aggressiver gemacht.

Ticia stürzte sich auf Jansen und warf ihn auf den feuchten Boden. Man konnte nicht aufrecht in einer fliegenden Wolke von über einer Million Fledermäuse stehen.

Oder doch?

Maravelli stand noch immer unter Schock, nachdem er gesehen hatte, wie sein zweiter Mann getroffen worden und zusammengebrochen war. Als er den Lärm hörte, das Zischen und das Wispern, stieg die alte Furcht in ihm hoch und er wandte sich zur Flucht. Die Gespenster seiner Kindheit kehrten zurück. Er fuhr schnell herum und wollte zum Hummer rennen.

Sie erreichten ihn.

Die *Tadarida brasiliensis,* die Guanofledermäuse.

Die erste traf Maravelli. Er stieß einen unmenschlichen Schrei aus. Tief aus seinem Inneren, lang, einsam und qualvoll.

Er lehnte sich gegen das Geländer, schirmte sein Gesicht mit den Armen ab, erkannte, dass er den Kampf verlieren würde, und wartete auf ein Wunder.

Das Geländer.

Dort, wo der billige taiwanesische Stahl am schwächsten war.

Am Boden. Dort waren die Stahlmoleküle zu lange den Umwelteinflüssen ausgesetzt gewesen. Der Feuchtigkeit, dem herunterfallenden Guano, den alkalischen Ausdünstungen, die den Betonsockel zerfressen hatten, und dem Ammoniakgas. All das hatte dem Geländer von innen her die Stabilität und die Integrität seiner Struktur geraubt. Wo die Rohre in den Boden verschwanden.

Große, fette Rostblasen.

Das Metall hatte die letzte Widerstandskraft eingebüßt, als sich Maravelli zuvor leicht angelehnt hatte. Jetzt wurde Maravelli in wilder, unkontrollierter Furcht und mit seinem ganzen Gewicht dagegen geworfen.

Es gab nach.

Zerbrach wie Streichhölzer unter seinem Gewicht. Die Metallspikes seiner Golfschuhe waren keine Hilfe, und er rutschte auf dem feuchten, schlüpfrigen Boden aus. Während Maravelli unschlüssig schrie, griff er in seiner Verzweiflung wieder nach dem Geländer. Er rutschte erneut aus. Der uralte Schrecken seiner Kindheit verwehrte ihm jegliches rationale Denken.

Er sah die nächste Welle kommen.

Diese kleinen Kreaturen, die ihm mit ihren teuflisch geformten Schwingen und ihren kleinen hervorstehenden Dornen ins Gesicht schlugen. Prallten kreischend gegen ihn, bevor sie hochflatterten und ihn umflogen. Das auseinander brechende rostige Geländer konnte ihm nicht länger Halt geben.

Zuerst, aus einer Drehung heraus, kippte Maravelli nach vorn. Seine Hose verfing sich an den abgebrochenen Stahlrohren, und er wurde herumgerissen. Er fiel nach hinten.

In die Kloake.

In das Guano.

Er glaubte noch immer, gegen die enormen Fledermausschwärme anzuschreien.

Er tat es nicht. Konnte es nicht.

Er begann das Ammoniakgas einzuatmen, und es verbrannte ihm die Lunge.

Es brachte ihn zum Husten und ließ ihn gierig nach frischer Luft schnappen.

Aber es gab keine.

Dann versank er.

Im Morast.

Unter die Oberfläche, wo das zähe, flüssige Ammoniak war.

Maravelli erhaschte einen letzten Blick auf das rote Licht über ihm, ohne zu verstehen, was passiert war.

Und Maravelli verschwand.

Dort lagen sie in der plötzlichen unwirklichen Stille auf dem feuchten, kalten Boden. Sie hatten es nicht gesehen, aber sie hatten seine Schreie gehört.

Maravelli war tot.

Jansen gestattete sich erst jetzt, die Anstrengung zu fühlen, und sein erster klarer Gedanke war, wie Ticia es überstanden hatte. Im unteren Teil seiner Lunge spürte er ein mildes Brennen. Sie mussten von hier verschwinden, weg von dem Ammoniak, das das Guano ausströmte.

»Bist du okay?«

»Hab mich nie besser gefühlt«, antwortete Ticias mit einem erschöpften hörbaren Lächeln.

»Was jetzt?«

Willi lag leise lachend mit der rechten Seite seines Gesichtes in einer Wasserpfütze. Es fühlte sich gut an.

»Zuerst kehren wir zu *La Hacienda* zurück. Von dort aus verschwinden wir«, sagte sie in einem nüchternen Ton.

Sie hatte offenbar den Verstand verloren.

»Wir – was?«

»Was glaubst du, wie weit wir kommen, so wie du und ich aussehen? Hm?«, fragte sie. »Du, mein Krieger, dein Gesicht völlig verdreckt. Meine Haare voller Kokain, als wäre es gepudert. Du, der Superstar, unrasiert und mit einem blutenden Ohr. Vielleicht haben wir Löcher in unseren nassen Hosen. Was für ein Paar. Jetzt sag mir, mein heldenhafter Klugscheißer, wie weit werden wir wohl kommen?«, kicherte sie. Sie hatte Recht. Sie waren beide völlig abgerissen.

Aber warum *La Hacienda*, dachte er.

Sie erriet seine Gedanken.

»Liebster, kommst du mit dieser simplen Logik nicht klar? Trotz des ganzen Lärms, den wir veranstaltet haben, weiß niemand, was passiert ist. Weeeiiil …? Sie alle tot sind.«

Sie lachte.

Sie fanden den Hummer mit dem Schlüssel im Zündschloss. Es dauerte zehn Minuten, bis sie mit dem Wagen den Höhlenausgang erreichten hatten.

Kaum waren sie im Tageslicht, hielt Jansen an.

Zog den Funkzünder aus der Tasche.

Da war noch eine Sache zu erledigen. Das Semtex hatte geduldig auf seine eigentliche Aufgabe gewartet. Im Hohlraum zwischen der Felswand und der Decke und über den viertausendfünfhundert Tonnen *blanca verde* war der Sprengstoff bereit für sein Zerstörungswerk. Die Zündkapseln wurden nur einmal gebraucht, wenn sie aus der Entfernung *den* Auslöseimpuls empfingen.

Jansen drückte den Knopf.

Mit Lichtgeschwindigkeit raste der Funkstimulus zu den Zündkapseln.

Da war der Impuls.

Es klang wie ein unschuldiges, kurzes, fernes *Chchumpp*.

Schätzungsweise zweihunderttausend Tonnen Kalksteindecke und -wände stürzten ein und begruben viereinhalbtausend Tonnen Kokain unwiederbringlich unter sich.

Jansen blickte zu Ticia hinüber und sah, dass der Schmerz zurückzukehren begann. Ihr Gesicht war plötzlich aschfahl geworden. Aber sie lächelte noch immer.

Ihre Arme und ihr Körper zitterten. Ihr mühsames Atmen klang diesmal wie schweres Asthma. Plötzlich rann Schweiß über ihr Gesicht. Er hatte es vorher noch nie bemerkt. Ihre Augen lagen tief in ihren Höhlen. Oder war es das erste Mal? Trotzt des Sieges fühlte er sich verloren und klein, als er das Kokain aus seiner Tasche nahm.

Ticia schnupfte drei Linien.

La Hacienda

Der Halbmond hing am Himmel und sorgte dafür, dass es nicht ganz dunkel im Zimmer wurde. Sie wollten nicht im Dunkeln miteinander schlafen. Sie wollten sich auch mit ihren Augen lieben. Es half ihnen, sich dem anderen nahe zu fühlen. Es fühlte sich gut für Willi an, als Ticia ihn entkleidete, als seine Hände spielerisch die Kleidung von ihr streiften.

Das fahle Licht des Mondes sickerte durch den dünnen Vorhang, während sie sich liebten, langsam und des anderen jetzt so sicher. Beide hatten die Augen halb geschlossen, um das Gefühl zu erzeugen, miteinander zu schweben. Sich dabei wahrzunehmen und zu beobachten. Ihre Art zu lieben war erfinderisch, und der Höhepunkt war total und erfasste ihren gesamten Körper. Später legte sie ihren Kopf in die Wölbung seiner linken Schulter, und die seidigen Strähnen ihres Haares bedeckten sein Gesicht. Wie in einer Geste übertriebener Fürsorge hatte sie ihren Arm über seine Brust gelegt, das linke Bein angezogen und auf seinem Becken ruhend.

»Ich liebe dich«, murmelte sie im Halbschlaf. Es war eine starke Erklärung. Eine Tatsache.

»Weißt du, wenn ich sterbe, werde ich mit den Göttern aushandeln, dass sie mich auf einem Stern nahe der Erde auf dich warten lassen. Damit wir zusammen weiterziehen können, wenn deine Zeit kommt. Einverstanden?«

Er lachte leise in die Dunkelheit.

»Einverstanden. Ich verlasse mich darauf. Ich werde dasselbe tun. Ich liebe dich.«

Sie änderte die Position und lag zusammengerollt in seinem Schoß. Er hatte seine Arme um sie geschlungen und hielt sie fest.

Er hörte, wie der Rhythmus ihrer Atemzüge gleichmäßig wurde, und sie rührte sich leicht, offenbar im Schlaf, wie er glaubte.

»Willi Jansen?«

Er war überrascht, dass sie doch noch wach war.

»Ja?«

»Wusstest du, dass sich Löwen in der Brunftzeit alle zwanzig Minuten lieben? Ich komme mir vor wie in der Brunftzeit. Du weißt, dass wir zehn Kinder gehabt hätten. Alle mit Leidenschaft gezeugt. Alle zwanzig Minuten.« Seine Hand strich über die glatte, ansteigende Wölbung ihrer Hüfte.

»Nein. Gute Nacht, Ticia.«

»Gute Nacht, Liebster.«

Es war das erste Mal, dass Ticia davon gesprochen hatte, auf einem Stern auf ihn zu warten, und von den Kindern, die sie gehabt *hätten.* Die Angst, sie zu verlieren, nicht nur als Möglichkeit, sondern als grausame Realität, vergiftete für einen Moment seine Gedanken. Was er im Lauf der letzten Tage über sie erfahren hatte, brachte ihn zu der Schlussfolgerung, dass die Gefahr sie bis zu einem Punkt reizte, wo sie rücksichtslos und gleichzeitig mutig war. Es war, als würde sie sich mit dem Tod messen. Andererseits verriet die Art, mit der sie die Schießerei und den gefährlichen Marsch durch das Höhlenlabyrinth gemeistert hatte, eine enorme Kaltblütigkeit. In ihrem Zustand musste es ihr Spaß gemacht haben, so geschickt mit der Todesgefahr zu spielen. Jansen fühlte noch etwas anderes.

Egal wie lange sie noch hatten. Er wollte mit ihr verheiratet sein. Jansen legte den rechten Fuß über den linken. All das ist nur eine Zeitfrage, dachte er. Wir haben im Moment nichts zu tun, was wir nicht tun wollen, sagte er sich. Wir könnten sofort aufbrechen und in die warme Sicherheit eines Zuhauses zurückkehren. In die Geborgenheit unseres Zuhauses.

Und mit dieser Illusion schlief Willi Jansen ein.

Ordentlich, aber leger gekleidet wanderten Ticia und Jansen am nächsten Morgen über den Rasen zur Startbahn. Jansen mit etwas Gepäck über der Schulter. Das Flugzeug, die King's Model 33 Angel, stand dort mit offenen Türen. Willi hatte das mulmige Gefühl, dass sie die Gefahr noch nicht ganz überstanden hatten, und hielt seine GLS-630 mit dem Lauf nach unten in der rechten Hand.

Entsichert.

»Mann, was für ein fantastisches Flugwetter«, freute sich Ticia. Nichts an ihr verriet, dass es keine Rückkehr geben *würde.* Jansens skeptische Augen inspizierten die Startbahn. Er schätzte die Länge der Runway auf zweihundertvierzig bis dreihundert Meter.

Vermutlich war das Flugzeug für Ticias Begeisterung verantwortlich. Es wartete im Schatten einer Palme. Irgendwie wünschte er, er hätte am Morgen darauf bestanden, dass sie mit dem Wagen flohen. Dann läge *La Hacienda* jetzt schon 120 Kilometer hinter ihnen.

Komisch, nachdem sie gestern Nacht zurückgekommen waren, hatten die Kolumbianer ihre Überraschung nicht verborgen, als sie ihn und Ticia gesehen hatten. Sie waren völlig verdreckt gewesen. Die Kolumbianer amüsierten sich sichtlich über ihren Ausflug in die Natur. Über die stinkenden kleinen Klumpen einer unbekannten Substanz an ihrer Kleidung, Mitbringsel aus der Höhle. Es sah außerdem so aus, als hätten die Kolumbianer ihre Koffer gepackt, um mit den beiden Limousinen abzureisen. Sie plauderten einen Moment miteinander. Jansen machte einen Scherz übers Golfspiel. Sie sollten besser Gummistiefel tragen, da sie nicht wussten, was ein Wasserhindernis war. Sie revanchierten sich gutmütig mit der Bemerkung, dass er nicht den Unterschied zwischen einem Driver und einem Besenstiel kannte. Man war in bester Laune. Die Kolumbianer erzählten Jansen, dass sie nicht mehr länger bleiben würden. Mussten zu Hause wichtige Geschäfte erledigen. Ja, sie würden am Nachmittag abreisen.

Sie fragten ihn außerdem, ob *er* vielleicht Maravelli gesehen hatte. Willi zuckte die Schultern und drückte sein Bedauern aus. Er war gerade von einem Ausflug zurückgekehrt, wie sie sehen konnten. Es täte ihm Leid, dass er Ihnen nicht helfen könnte, aber eigentlich sollten sie mehr wissen als er, denn er war bloß ein Emissär, der bei diesem Geschäft die Russen vertrat. Man verstand und nickte. Sie mochten diesen Deutschen. Vielleicht sollten sie erwägen, ihn an ihrem Unternehmen mitwirken zu lassen? Sie lamentierten, dass Maravelli sichtlich nicht bereit gewesen war sie darüber zu informieren, was da wohl geschehen war. Waren sie jetzt nicht Partner, nach allem, was sie für Andean Chemicals getan hatten, nach ihren großen Investitionen? Viele angesehene Männer in Bolivien und Kolumbien, hochrespektable Banken mit ihrem gewaschenen Geld, das angeblich keins war, hatten dasselbe getan. Da war immer noch die leichte Verwirrung, warum Maravelli ohne weitere Erklärung ganz einfach das Spiel unterbrochen hatte und verschwunden war. Danach hatten die Kolumbianer ihre Eisen zurück in die Golftaschen gesteckt, die Reißverschlüsse bis zu den Schlägerköpfen zugezogen und waren in ihrem kleinen Golfkarren zurückgefahren.

Sie konnten in Maravellis Interesse nur hoffen, dass er nicht versuchte, sie um *ihr* Geld zu bringen. Männer in höheren Positionen waren schon für weniger gestorben. Sie erklärten Jansen, dass es überaus unhöflich von Maravelli war. Jansen heuchelte Zustimmung. Vielleicht wusste noch jemand von der Höhle und stellte Nachforschungen an. Der Gedanke bereitete Jansen Unbehagen. Aber andererseits, niemand wusste irgendetwas. Er hatte die Absicht, so schnell wie möglich mit Ticia von hier zu verschwinden.

Als sie fünfzehn Meter von dem Flugzeug entfernt waren, trat jemand aus dem Schatten der Palme.

»Haben Sie einen Moment Zeit, Kollege?«, fragte der Mann. »Mein Name ist Mike O'Sharnessy. Ich bin Mr Maravellis Pilot und von ihm mit der Sicherheit beauftragt worden.«

Die 9mm Liama-Pistole zielte auf Jansen. Ticia trat ein paar Schritte zurück. O'Sharnessy kümmerte es nicht, da sie bloß eine Frau war. Im horizontalen Dienst Seiner Majestät Maravelli, dachte O'Sharnessy.

»Nett, Sie kennen zu lernen«, sagte Jansen. »Was gibt es?«

O'Sharnessy wies auf Jansens rechte Hand. »Zunächst geben Sie mir Ihre Waffe. Dann fällt das Reden leichter. Und dann werden Sie mir verraten, wo Mr Maravelli sein könnte. Niemand verlässt das Anwesen ohne meine Erlaubnis. Also, Kollege, entweder geben Sie mir jetzt ihre Waffe, oder Sie beißen ins Gras.«

O'Sharnessys knapper Wink verlangte Gehorsam und Fügsamkeit. Es war das einzige Zeichen von Autorität, das er im Moment hatte. Die Wachen hatten seine, wie sie glaubten, eigenmächtige Ernennung nicht akzeptiert. Sie wollten es aus dem Mund des Bosses hören. Seine Situation war zweifelhaft und umstritten.

»Okay«, seufzte Jansen und streckte den Arm aus, »hier ist die Pistole. Aber dann machen Sie es kurz, was sie von mir wollen. Ich muss mein Flugzeug noch bekommen.«

O'Sharnessy behielt die Waffe in Jansens Hand im Auge. Er war sich seiner sehr sicher, dass Jansen keine Schwierigkeiten bereiten wollte. Jansen reichte ihm die Waffe mit dem Griff zuerst. Es sah alles sehr korrekt aus. Und genau das hatte O'Sharnessy auch erwartet. Jansen hatte seinen Finger am Abzugsbügel. O'Sharnessy wollte den Griff nehmen, als alles rasend schnell ging. Jansen wedelte mit dem Handgelenk, und das Gewicht der Waffe und die Schwerkraft des Pistolengriffes sorgten dafür, dass sich die Waffe nach vorn drehte und seine Hand jetzt den Griff umfassen konnte. Das Gewicht des Zeigefingers drückte nun automatisch gegen den Abzug. Jansens GSF-630 feuerte. Willi hatte die schnellste Variation einer klassischen »Straßenagentdrehung« vollbracht, die er in Fürstenfeldbruck gelernt hatte, neben anderen ausgefallenen Waffentricks. Er hatte diesen Trick wieder und wieder geübt, bis er ihn im Schlaf beherrschte, überzeugt, dass er ihn eines Tages gebrauchen würde.

Und hier war nun dieser Tag gekommen.

Alles dauerte weniger als eine Sekunde. Die Kugel traf O'Sharnessy am unteren Teil seines Oberschenkels, dicht über dem Knie, und durchtrennte eine Sehne, die die Kniescheibe mit etwas anderem Wichtigen verband. Das Knie gab nach und sein eigenes Gewicht warf O'Sharnessy zu Boden. Er krümmte sich für einen Moment zusammen und stöhnte. Er wollte aufstehen und auf Jansen losgehen. Es sah grotesk aus, als sein Knie erneut nachgab. Und jetzt hielt ihn der Schmerz unten. Sein Gesicht war weiß geworden, und seine Hände umklammerten das verletzte Knie. Während er sich langsam hin und her wiegte, gab er eine lange Serie von Obszönitäten von sich.

Jansen dozierte.

»Sie haben noch eine Menge zu lernen, Kollege. Hat man Ihnen nicht beigebracht, dass zuerst das Flugfeld zu sichern ist? Wo sind Ihre Männer, Kollege? Denken Sie immer daran – Männer mit Waffen in den Händen benutzen meistens ihr Gehirn nicht. Noch etwas. Seien Sie dankbar. Ich hätte Sie töten können. Kommen Sie, lassen Sie mich Ihnen helfen. Wir sind beide – Samurai.«

Jansen griff O'Sharnessy unter die Arme und schleppte ihn in den Schatten. Dort setzte er ihn auf den Boden und lehnte den Verwundeten an die Palme. Jansen untersuchte die Wunde. O'Sharnessy war wie betäubt. Die ganze Szene hatte etwas Comichaftes an sich.

»Es ist nur ein Kratzer. Tut mir Leid, dass ich Sie verletzt habe. Man wird Sie schon wieder zusammenflicken. Passen Sie auf sich auf. Und verschwinden Sie so schnell wie möglich von hier.«

Ticia winkte ihm durch das Cockpitfenster zu.

Willi stieg die kurze Aluminiumleiter hinauf, zog die Tür hinter sich zu und verriegelte sie. Ließ sich auf den Copilotensitz fallen. Während Jansen nach dem Sicherheitsgurt griff, hörte er das Winseln des anlaufenden Generators, gefolgt vom Summen des Anwurfmotors. Zuerst sprang der Steuerbordmotor an, dann der Backbordmotor. Ticia blickte aus dem Fenster und beobachtete, wie die Propeller sich drehten, bis die Umdrehungen beider Motoren so schnell waren, dass die Blätter wie silberne Wirbel in der Vormittagssonne aussahen. Sie justierte die Motoren und erhöhte die Drehzahl. Die Temperatur der Motoren war noch nicht hoch genug. Aber manchmal musste man Risiken eingehen. Sie hielt die 44 Angel mit den Bremsen zurück. Ließ los. Steuerte zum Ende der nahen Runway und gab mehr Gas. Das Flugzeug rollte vorwärts und gewann an Geschwindigkeit. Die King's Model 44 Angel war für den Start auf weichem und rauem Untergrund entwickelt worden. Andean Chemicals hatte eine ganze Flotte von ihnen geordert, da sie hervorragend für den Transport sperriger Güter geeignet waren. Bei diesem Modell waren die Motoren noch auf den Pylonen über den Tragflächen angebracht. Bei den neueren Typen würden die Motoren direkt an den Tragflächen hängen, was die Durchschnittsgeschwindigkeit um 13 Knoten erhöhte.

Beide spürten, wie die Maschine etwas die Nase hob. Sanft zog Ticia den Steuerknüppel an sich, und bei 183 Metern hob das Leichtflugzeug seine Nase in den Himmel.

Sie waren in der Luft.

Waren entkommen.

Kein *La Hacienda* mehr.

Kein *Hasta mañana* mehr.

Kein *Hasta luego* mehr.

Im Sicherheitsraum wunderten sich die zwei wachhabenden Männer über die frühen Aktivitäten auf dem Flugfeld, die die

Morgenroutine mit dem Lärm eines startenden Flugzeugs störten. Es lagen zwar keine Sicherheitsspezifikationen und Flugpläne für diesen Morgen vor, aber Señor Rossbund wusste bestimmt, was er tat. Die beiden Sicherheitsmänner fragten sich außerdem, warum Señor Rossbund nicht gekommen war, um die Wachbücher abzuholen, wie er es normalerweise um diese Uhrzeit machte. Beide waren keine besonders scharfsinnigen Männer, und man konnte mit Gewissheit sagen, dass sie nicht gerade zum Elitekorps gehörten. Einen Job wie diesen hätten sie in jedem Einkaufszentrum ausüben können. Sie mussten nur zwischen verschiedenen Kameras hin und her schalten und auf verschiedene Bildschirme starren. Feststellen, ob auf *La Hacienda* alles in bester Ordnung war oder nicht. Nach dem, was sie sah, war alles in bester Ordnung.

Unmittelbar nach dem Start des Flugzeugs ging Ticia in die Querlage nach rechts, wo das Meer lag. Flog direkt darauf zu und folgte dann der Küste. Als die Chilepo Bay auftauchte, wiederholte sie das Manöver und brachte die Maschine dicht über das Wasser. Sie flog in einer Höhe von sieben Metern direkt nach Osten und zog zwei sehr dünne Dunstspuren hinter sich her, die von den Propellern mit ihrer Saugwirkung erzeugt wurden.

Sie hatten den Radarbereich verlassen.

Nur auf den Radarschirmen des Cabo San Lucas International Airports tauchte ein kurzer grüner Reflex auf, den man einer technischen oder wetterbedingten Störung zuschrieb und keine Bedeutung beimaß. Als die Küste außer Sichtweite war, änderte Ticia den Kurs des Flugzeugs erneut auf 75,3 Nordost. Wie gewöhnlich wehte von der Westküste her ein Seitenwind, der sie vom Kurs abbrachte. Sie wollte die Richtung beibehalten und brauchte nur zwei Versuche, um den Windkorrekturwinkel einzustellen. Drückte den Automatikknopf und wünschte, sie könnte die nächsten dreißig Jahre mit dem Mann an ihrer Seite verbringen.

Ein Flug ohne Rückkehr hatte begonnen.

Von ihr aus konnte die gesamte beschissene *La Hacienda* im Meer versinken. Einige Wolken voraus deuteten auf schönes

Wetter hin. Die Luft war ein wenig dunstig. Sie ging noch niedriger mit dem Flugzeug, bis es so gut wie unsichtbar war.

Um sechs Uhr an diesem Morgen, als die Sonne gerade im Begriff war, ihre Tagesschicht anzutreten, war Juri Naprawnik vom Klingeln des Telefons auf seinem Nachttisch geweckt worden.

»*Ola*«, sagte er.

Es war Jansens Stimme.

Juri hörte den vorher abgesprochenen Kode.

»Blasen Sie es ab. Es ist alles erledigt.«

»Kommen Sie nach Hause?«

Die Stille dehnte sich verräterisch.

»Ich weiß es nicht, Juri. Ich weiß nicht, wo ich enden werde. Ich bin verliebt.«

»Gut für Sie, Willi. Gut für Sie. Ich nehme an, sie ist eine feine junge Dame. Es ist nicht gut, allein zu sein. Ein guter Mann braucht eine gute Frau. Diese Weisheit ist so alt wie die Berge.«

Juri dachte für einen Moment an sein eigenes Leben in Russland und schwor sich, nie wieder in der Gosse zu leben.

»Leben Sie wohl, Juri. Druga.«

»Leben Sie wohl, *druga.*«

Sie legten auf. Juri wählte die Nummer der Rezeption und erklärte, dass er abreisen würde.

Eine Stunde später verließ Juri das Melia San LucasHotel. Auf dem Weg zum Flughafen warf er einen fingerdicken Umschlag in einen Briefkasten. Der Brief traf zwei Tage später im Emaus-Kloster ein. Er war an Monsigñor Reñas adressiert. Reñas, der Diener des Glaubens, verbrannte das Dossier, ohne es zu lesen.

Die Angel 44 war jetzt für die nächsten elfhundert Kilometer auf nord-nord-westlichem Kurs. Ticia warf einen Blick auf die Treibstoffanzeige. Der Tank war über 3/4 voll. Das war mehr als genug, um El Golfo de Santa Clara mit seinem *Grand Desitiero* im Osten zu erreichen.

Sie waren zweieinhalb Stunden in der Luft, als sie die Isla San Eastaban überflogen. Ticia hielt das Flugzeug sorgfältig in einem Abstand von vierzig Kilometern von der Pazifik-Zeitzone, um nicht in Konflikt mit der Bergzeit-Ost zu geraten, an der sie sich orientieren musste, um sich nicht selbst zu verwirren. Ticia und Willi waren die ganze Strecke geflogen, ohne miteinander zu reden.

»Liebster?«, brach Ticia schließlich das Schweigen und legte ihm sanft die Hand auf den Oberschenkel, ohne die Augen von den Instrumenten zu wenden.

»Hmm?«

»Ich habe mich die ganze Zeit etwas gefragt. Sag, hast du in Köln diesen Wladimirow erschossen?«

»Ja, er war ein Tier. Er hat gestreckte Drogen verkauft. Ein Freund von mir hat dadurch seinen Sohn und seine Tochter verloren. Eine Menge Leute sind durch ihn gestorben. Soldaten.«

»Soldaten?«

»Ja, in Afghanistan. Und ...«

Er wollte nicht darüber reden. Sie akzeptierte es und wechselte das Thema.

»Das war ein verrückter Schuss. Du hast mein gutes Kostüm versaut.«

»Was hast du dort gemacht?«

»Maravelli wollte ihn als einen zweiten Großhändler für Osteuropa gewinnen. Aber du hast Recht. Dieser Wladimirow war einen Dreck wert.«

»Und er hat dich rübergeschickt, um die Verhandlungen zu führen?«

»Ja.«

»Er war wahnsinnig.«

»Ja, das war er.«

Sie verfielen wieder in Schweigen und lauschten dem Dröhnen der beiden Textron-Motoren. Eine neue Wolke aus Dunst tauchte auf. Sie verschwanden in ihr.

Diesmal verlor Jansen die Orientierung und wusste nicht mehr, was oben und was unten war. Wieder tätschelte sie sein Knie. »Hab Vertrauen, Liebster. Ich weiß, dass diese Art räumlicher Desorientierung verwirrend ist. Wenn du im Dunst fliegst, versuche ihn nicht zu unterfliegen. Dann tauchst du vielleicht darunter auf. Natürlich meistens zu nahe am Boden. Viele reißen den Steuerknüppel an, um wieder aufzusteigen, und überziehen. Das Flugzeug stürzt mit der Nase zuerst ab, wie ein Vogel nach einem Herzanfall. Peng. Tot. Warum? Angst.«

Jansen wollte sie daran erinnern, dass man auch ihnen mangelnde Planung vorwerfen konnte. Aber er überlegte es sich anders, hielt es im Moment für unfair, ihre Begeisterung zu dämpfen. Sie waren einfach ins Flugzeug gesprungen, und weg waren sie.

»Aber es ist ganz einfach. Du tust gar nichts. Behältst den Kurs, die Höhe und die Tragflächenlage bei. Verstanden? Sieh auf die Anzeigen. Hier, du übernimmst jetzt, Krieger.«

Er nahm den Steuerknüppel und entwickelte sofort ein Gefühl für die Maschine. Ticia zog ihre Bluse aus. Wie immer trug sie darunter keinen BH. Sie war tatsächlich wie eine Katze, dachte Jansen, die mit ihrem Duft, der schwer in der heißen Kabine hing, ihr Revier markierte.

»Liebster, weißt du, wie viele ›zwanzig Minuten‹ wir bereits verpasst haben? Ich bin heiß.«

Er betrachtete sie in ihrer Nacktheit und sah den dünnen Film aus Schweiß auf ihrem Körper.

»Flieg«, sagte sie leise lachend dem Mund dicht an seinem Ohr, »heute Nacht wirst du mein Dessert sein. Du schuldest mir eins.«

Dann überprüfte sie die Höhe.

»Du bist zu hoch. Ich meine das Flugzeug. Lass uns wieder runtergehen, wo wir waren.«

O'Sharnessy hatte es in den Sicherheitsraum geschafft. Es war eine schmerzhafte Prozedur gewesen, zu dem dreißig Meter entfernten Golfkarren zu kriechen. Grausamer noch, in den Karren zu steigen.

Aber jetzt wählte er eine Nummer, um mit einem der Kolumbianer zu sprechen. Ihr Flugzeug würde in dreißig Minuten starten.

»*Si?*«, fragte eine Stimme.

»Ich bin der Pilot von Mr Maravelli.«

»Und Sie denken, das berechtigt Sie dazu, *uns* anzurufen?«

»Du arroganter Macho-Scheißer«, fluchte O'Sharnessy im Stillen und bedauerte bereits, nicht Jansens Rat befolgt und sich einfach verdrückt zu haben. Wenn er konnte.

»Sir, es ist überaus wichtig, dass Sie zu *La Hacienda* zurückkehren. Es handelt sich um eine ernste Krise.«

»So? Was haben wir damit zu tun?«, fragte die bissige Stimme.

O'Sharnessy wurde wütend.

»Hör zu, Arschloch. Hör zu, was ich dir jetzt sage. Ich bin im Moment der Einzige, der in diesem Schlamassel noch übrig ist. Du kannst deine Sicherheitsleute hier nehmen und in einer Pfeife rauchen. Wertlos. Und um deine Frage zu beantworten – Señor Maravelli ist offenbar verschwunden. Das ist nicht seine Art. Normalerweise bin ich morgens der Erste, den er aufsucht, weil *ich* seinen Terminplan bekomme, damit ich weiß, wann ich gebraucht werde. Und ich habe die Maschine vorzuwärmen, um sofort starten zu können, und …«

»Senior, ähhh …«

»O'Sharnessy. Mike O'Sharnessy. Er ist spurlos verschwunden.«

»Mr O'Sharnessy, das ist nichts Neues. Wir wissen das. Aber wir glauben, dass er zu einer dringenden Geschäftsreise aufgebrochen ist.«

»Ach ja?«

Er legte eine Kunstpause ein, um seine nächsten Worte zu unterstreichen.

»Ich scheiß drauf, was Sie glauben. Señor Maravelli ist möglicherweise tot.«

Das war ein Volltreffer. Diese Sprache signalisierte eindeutig Dringlichkeit.

»Wie sicher sind Sie?«

»Das habe ich Ihnen gerade gesagt. Warum? Verdammt. Fast hundertprozentig sicher, Sir. Ich habe da einige Informationen, die ich nicht am Telefon besprechen möchte.«

»*Un momento.*«

Der Pilot hörte im Hintergrund den Lärm des Flughafens. Die Kolumbianer besprachen sich offenbar kurz.

»Señor? Wir kommen zurück. Halten Sie sich bitte zur Verfügung … äh, im Sicherheitsraum.«

Die Kolumbianer entschieden, dass es angebracht war, *La Hacienda* einen weiteren Besuch abzustatten und herauszufinden, was geschehen war. Schließlich ging es um ihr Geld. Die Sorge, vielleicht einen monströsen Verlust erlitten zu haben, beunruhigte sie. Ein Verlust, der so ungeheuerlich war, dass sie möglicherweise Jahre brauchen würden, um sich davon wieder zu erholen. Vielleicht auch nie wieder. Die Kokainverknappung auf den Straßen in Paris, New York, Berlin oder Tokio war bereits eingetreten und nicht künstlich erzeugt worden.

Viertausendfünfhundert Tonnen Kokain fehlten.

Heilige Scheiße. Sie mussten herausfinden, wohin die vierhundert Millionen (Straßenverkaufswert) verschwunden waren. Und sie würden es herausfinden. Nein, mussten es herausfinden. Und mit der Rückkehr der Kolumbianer wurde zur Jagd auf Ticia Velosos und Willi Jansen geblasen. Es war der Beginn einer Jagd, von der sie beide noch nichts ahnten und die noch nicht einmal angefangen hatte.

Ticia und dieser Jansen waren der Schlüssel. Die Kolumbianer hatten den Sicherheitsmann der Morgenschicht freundlich gebeten, den Raum zu verlassen und auf weitere Anweisungen zu warten. Sie dachten nicht einmal eine Sekunde darüber nach, dass er hier der Verantwortliche war und sie nur die Gäste. Der Sicherheitsmann ging hinunter zum Tor und beschwerte sich, auf Mitgefühl und Verständnis hoffend, bei der weiblichen Wache darüber, dass er kalt gestellt worden war.

Die drei Kolumbianer sahen O'Sharnessy mit maskenhaft starren Gesichtern an.

Sie trauten ihm nicht.

Und warum sollten sie auch?

O'Sharnessy musterte einen ihrer Leibwächter und entschied, keinerlei Informationen zurückzuhalten. Die beiden Leibwächter sahen wie professionelle Wrestler aus, deren Blicke unverhüllte Abscheu allein über seine Existenz ausdrückten. Wenn nötig, würden sie ihn über glühende Kohlen schleifen. Man begann Fragen zu stellen. Freundlich, aber nachdrücklich. O'Sharnessy fühlte sich äußerst unwohl. Es war fast Angst.

Warum glaubte er, dass Señor Maravelli tot war?

Weil er am Strand den Hubschrauber verlassen hatte.

Ihn, O'Sharnessy, aber später über Funk anwies, mit dem Kopter nach *La Hacienda* zurückzufliegen. Señor Maravelli erklärte, er würde später mit dem Hummer nachkommen. Am wichtigsten: Einer seiner Männer kam zum zurück zum Kopter, um die zwei Walther-Maschinenpistolen zu holen. Dies fand das ungeteilte Interesse der Kolumbianer.

Sehen Sie, das ist das Problem, erklärte O'Sharnessy. Sehen sie, es mag sich vielleicht im Moment irritierend anhören. Der Mann und die Frau sind mit dem Hummer von *La Hacienda* weggefahren. Einen Tag später fuhr Señor Maravelli mit dem Wagen vom Strand weg. Mit seinen beiden Leibwächtern und den zwei Maschinenpistolen.

Aber nur der Deutsche und die Frau kehrten mit dem Hummer nach *La Hacienda* zurück. Kein Maravelli. Das habe er, O'Sharnessy, heute Morgen festgestellt, nachdem Señor Maravelli nicht erschienen war, um ihm den Zeitplan für den Tag vorzugeben. Glauben sie mir, meine Herren, in dieser Sache war Señor Maravelli pünktlich wie der Mond. Irgendetwas ist passiert. Und nur der Mann und die Frau konnten das Rätsel lösen. Während der nächsten Stunde erklärte er ihnen seine Vermutung im Detail. Erzählte ihnen, wie er von dem Mann verwundet worden war. Wie der Mann und die Frau das Flugzeug geentert hatten. Er würde ein paar Tage lang humpeln, dann aber wieder okay sein. Erzählte ihnen, in welche Richtung die zwei sofort nach dem Start geflogen waren. Der Lärm der beiden Motoren hatte sich nach Norden entfernt. Das bedeutete, dass sie sich nur nach Norden gewandt haben konnten. Vielleicht eher Nord-Nord-Ost.

Warum sollten sie in diese Richtung geflogen sein? Warum nicht nach Süden?

Warum sollten sie zu einem beschissenen Land wie Guatemala fliegen? Sagen Sie mir, warum, Gentlemen. Nach Süden? Niemals. Denn einmal dort angekommen, würde es für sie sowieso nicht mehr weiter gehen.

Nach Norden, ja. Vielleicht würden sie versuchen, über die Grenze in die Vereinigten Staaten zu fliegen, wie so viele Drogenschmuggler. In geringer Höhe.

Warum?

Weil er, O'Sharnessy, Pilot war und in diese Richtung geflogen wäre, um all dem zu entkommen, all dieser verdammten Scheiße. Und einmal in den Vereinigten Staaten, Señores, würde es viel schwieriger sein, sie aufzuspüren.

Richtig?

Widerwillig mussten sie zustimmen.

Wichtige Frage. Ob er vielleicht weiß, wo all das *blanca verde* geblieben ist?

Nein.

Aber er, O'Sharnessy, hatte eine Idee, wo es gelagert sein könnte. Eins war sicher, es war bestimmt unterirdisch deponiert. Und er war überzeugt, dass der Mann und die Frau das Versteck sehr gut kannten. Es konnte sogar in unmittelbarer Nähe *dieses* Anwesens sein.

O'Sharnessys Selbstvertrauen kehrte allmählich zurück, während er redete. Die Kolumbianer hörten aufmerksam zu.

»Eins nach dem anderen. Das bringt uns nicht weiter«, sagte einer der Kolumbianer mit tatendurstiger Stimme. Sein Name war Gustavo Alvarez und er verfügte über beste Verbindungen zur mexikanischen Brigade 2506 und einigen hohen Tieren in den Streitkräften.

»Wann sind sie gestartet?«

O'Sharnessy sah auf seine Uhr.

»Vor fünfeinhalb Stunden. Inzwischen müssten sie zweihundert Kilometer nördlich der Isla Angel de la Guarda sein.«

Vor fünfeinhalb Stunden, *Madre Dios!* Wo zum Henker lag diese verdammte Insel? O'Sharnessy hörte den Ärger in ihren Stimmen und zeigte ihnen auf der Karte, wo sie war.

Gustavo Alvarez dachte lange und konzentriert nach. Er schob alle Sicherheitsparanoia beiseite. Als guter Katholik glaubte er an die Vernunft des Schicksals. Wenn du dir selbst hilfst, hilft dir Gott. Er griff nach dem Telefon und rief *direkt* General Juan de la Mercator von der mexikanischen Luftwaffe an. Mercator war Kommandeur des nordöstlichen Luftverteidigungssektors. Der Kolumbianer bat den General an seiner gesicherten Telefonleitung, natürlich im Interesse der nationalen Sicherheit Mexikos, um einen persönlichen Gefallen.

Luftwaffenstützpunkt Hermosillo, Mexiko

Was zum Teufel dachten sie sich, ihn einfach ohne die übliche Flugplanung loszuschicken? Hatten sie plötzlich den Verstand verloren? Waren sie alle verrückt geworden?

Das waren die Gedanken, die Major Roberto Esquedas bewegten, als seine F-15E über die 2.000 Meter lange Runway donnerte und schon nach dreihundert Metern abhob. Dies war ein STOL-Befehl. Es war eine Kombination aus hoch gestellten Tragflächen und Vektorschubtriebwerk. Riskant und nur von einem erfahrenen Piloten durchgeführt, es reduzierte diese Startoperation der normalen Start- und Landestrecke um drei- bis fünfhundert Prozent. Er schüttelte den Kopf und legte einen kleinen Schalter um, der das Dreirad-Fahrgestell einfuhr. Eigentlich hätte er heute nach dem Bereitschaftsdienst seinen freien Tag gehabt. Leicht verärgert brachte er den Jet sofort nach dem Abheben auf einen nordöstlichen Kurs, um in einer Höhe von viertausend Metern das Meer anzusteuern. Beschleunigte den Jet zwei Minuten lang mit dem Nachbrenner, um die Distanz zu dem zugewiesenen Operationsgebiet in einem Minimum an Zeit zurückzulegen. Dann kreiste er kurz, um sich zu orientieren. Es war eine ungestörte Sicht. Major Esquedas hatte im Moment absolut keine Ahnung, was der Flugbefehl beinhalten würde und warum man ihn ausgewählt hatte in diesem Operationsgebiet zu patrouillieren.

»Flash Sieben-Vier auf Kurs Drei-Null-Vier, durchschnittliche Flughöhe bei Sechs-Null-Null«, meldete Esquedas, nachdem er die Startfreigabe erhalten hatte und in der Luft war.

»Consul. Roger. Flash«, antwortete der Fluglotse sofort, »Ihr Ziel sollte auf ein Uhr bei zweihundertzehn Kilometern sein. Flugplan zählt eine einzige Model Angel-44. Unser Radar zeigt kein Primärziel. Roger.«

»Roger, gehe auf Abfangkurs und …? Was? Roger.«

»Consul. Roger. Flash, I. D. ermitteln und Sichtkontakt herstellen. Auf jeden Fall feindselige Handlungen vermeiden. Nur eine kurze Inspektion. Kurs und Höhe. Das übliche Programm. Achten Sie auf sein Leitwerk. Roger.«

»Flash. Roger.«

»Consul. Roger. Flash, halten Sie sich an die normalen Luftverkehrsbestimmungen. Handeln Sie nach eigenem Ermessen. Fragen? Roger.«

»Flash. Roger. Was ist mit ROE. Roger.«

»Consul Roger. Negative.Bestätigung.Annäherungsgeschwindigkeit fünfhundertzwanzig Knoten. Weiterhin kein Radarbild. Sie sind auf sich gestellt, *amigo*. Roger und out.«

Major Esquedas nahm eine geringe Höhen- und Kurskorrektur vor. Dann aktivierte er das Suchradar. Es zeigte keine Bedrohung an. Der Computer analysierte sofort die Radarreflexe von Flugzeugen in dem Gebiet vor und unter dem Jet. Doch etwas erregte seine Aufmerksamkeit. Der grüne Reflex war fast außerhalb seines Siebentausend-Meter-Radarbereichs. Der Bordcomputer übernahm die Analyse. Daten flimmerten vor seinen Augen.

Es war eine King's 44 Angel.

»Hier ist Flash. Roger.«

»Consul. Roger. Flash, verstanden. Roger.«

»Ich habe eine positive Bestätigung eines unidentifizierten Flugobjekts. Sieht aus wie eine King's Model 44 Angel. Roger.«

»Consul. Roger. Flash, das ist sie. Sichtkontakt herstellen. Melden. Roger.«

»Flash. Roger. Stelle Sichtkontakt her.«

»Roger und out.«

Das heulende Dröhnen traf Ticia und Willi völlig überraschend und schüttelte ihre Maschine. Zuerst zwanzig Meter über ihnen und dann einhundertfünfzig Meter vor ihnen kreuzte ein Kampfjet im Sturzflug ihre Flugbahn, um dann in einer linken Drehung zu klettern und dann wieder in ihre Richtung zu fliegen. Es war ein klassischer Barrel-Roll-Angriff. Der Jet verschwand im feinen Dunst des Nachmittags.

Die plötzliche Annäherung war ein Überraschungsmoment.

»Mist. Da ist Besuch für uns«, sagte Ticia und brachte das Flugzeug fast gefährlich abrupt in die Querlage, ließ es steil über die rechte Tragfläche abschmieren, dem Wasser entgegen. Dann flog sie direkt auf das dunstige Ufer zu. Drehte nach links ab und schmiegte das Flugzeug nordwärts fliegend an die niedrigen Berge der Küste.

Mit seinen 2,5 Mach war Esquedás viel zu schnell und raste mit mehr als doppelter Schallgeschwindigkeit an seinem Ziel vorbei. Er ging in eine G-Schleife, was man früher einen »Immelmann« genannt hatte, und raste zu dem Punkt zurück, wo er das kleine Flugzeug aus den Augen verloren hatte. Nahm die bevorzugte Suchposition ein, wie bei einem Angriff aus den Osten. Sein Radar fand die andere Maschine wieder, und er atmete skeptisch durch die Zähne ein. Mit seiner F15-E konnte er sich nicht *so* dicht an die hügelige Küste wagen und ganz bestimmt nicht so langsam fliegen.

Ticia ging weitere drei Meter tiefer, um ihre Flucht zu verschleiern und besser zu tarnen. So flog sie in einer Höhe von sechs Metern weiter nach Norden, nur drei Meter neben den strauchbewachsenen, sonnenverbrannten Bergen. Ticia begann Max Alpha zu fliegen, die niedrigste Geschwindigkeit, mit der ihre Maschine in der Lage war, sich in der Luft zu halten. Starke Vibrationen machten sich bemerkbar, als sie sich gefährlich dem Punkt näherte, an dem das Flugzeug überziehen würde.

Esquedas hatte sie verloren und drückte den Kommunikationsknopf.

»Consul, hier ist Flash auf Neun. Wie ist der Empfang? Roger.«

»Consul. Laut und klar. Flash, fahren Sie fort. Roger.«

»Flash. Roger. Wer auch immer diese Kiste fliegt, er weiß, was er tut. Ich habe sie verloren.«

»Consul. Roger. Können Sie seine letzte Position bestimmen? Roger.«

»Flash. Roger. Schon erledigt. Roger.«

»Consul. Roger. Haben Sie etwas Ungewöhnliches an seinem Leitwerk bemerkt? Roger.«

»Flash. Roger. Ja, aber ich weiß es nicht genau. Sieht aber wie ein verschnörkeltes ›M‹ aus. Roger.«

»Consul. Roger. Flash, gute Arbeit. Das war's. Kehren Sie zur Basis zurück. Roger und out.«

Esquedas suchte das Wasser unter sich ab und sah die winzigen weißen Flecken, die vom Nachmittagswind auf die Meeresoberfläche gemalt wurden. Esquedas aktivierte den Nachbrenner und zog seine F-15E in einen vertikalen Steigflug. Der Jet sprang nach vorn wie ein Tier ohne Leine. Bei zwanzigtausendsechshundert Metern drückte er die schwere F-15E nach vorn und ging im Sturz gleichzeitig in den Landeanflug über. Er machte den Sturzflug absichtlich steil genug, um den Lotsen in der Basis zu verwirren. Es war seine Spezialität. Er sah darin einen Bonus für seine Arbeit. »Consul« (die Flugkontrolle) brauchte ein paar Sekunden, um festzustellen, was der Major getan hatte. Sie wussten nur, dass die F-15E auf einer von General Juan de la Mercator persönlich autorisierten und als »streng geheim« deklarierten Mission war und kein Flugbericht verfasst werden durfte.

Jansen warf Ticia einen Seitenblick zu, konnte aber nicht erkennen, was sie dachte. Klar war, dass Ticia nicht gewillt war, den Jägern eine andere Gelegenheit zu geben, sich ihnen noch einmal so dicht zu nähern.

La Hacienda

Nach dem Telefonat und der Zusage des Luftwaffengenerals, nach etwaigen Problemen in seinem Verteidigungssektor zu suchen, mussten einige Entscheidungen getroffen werden. Eine von ihnen war, die Bekanntgabe von Maravellis Verschwinden und möglichem Tod so lange wie möglich hinauszuzögern. Vor allem die örtliche Polizei durfte nichts erfahren. Es würde eine Kettenreaktion auslösen. Sobald die Polizei informiert war, würde die Presse Wind davon bekommen. Hatte die Presse erst einmal die Story gebracht, würde sich womöglich eine Pandarobüchse öffnen. Sicher, er hatte noch wertvolle Kontakte zu Miguel Endures, dem Vorsitzenden Richter des Obersten Gerichtshofes und Aufsichtsratsmitglied der Banco Interoceanico, die Maravelli gehörte. Aber dies würde als die letzte Möglichkeit erwogen werden. Wir setzen nur unsere eigenen Leute ein. Finden den Mann und die Frau. Bringen sie zurück.

General de la Mercator konnte ihnen vielleicht auch mit seinem Luftwaffengeheimdienst helfen.

Im Moment, Señores, Schnauze halten und keine Polizei.

General de la Mercator rief Gustavo Alvarez auf *La Hacienda* an und überprüfte die Informationen seines Piloten gegen die, die er früher von *La Hacienda* erhalten hatte.

»Also, um was für einen Flugzeugtyp geht es?«

Alvarez hatte keine Ahnung.

»Ist die Maschine mit einem verschnörkelten ›M‹ gekennzeichnet?«

Das konnte er eindeutig bestätigen.

Somit hatten der General und sein Pilot sie aufgespürt. Sie waren in El Golfo Santa Clara gelandet.

Gab es sonst noch etwas?

Nein, sie würden von jetzt an übernehmen und *Muchas Gracias, General.* Er schlug vor, bald wieder zusammen zu essen. Der General stimmte zu.

Im überhitzten Sicherheitsraum redeten alle aufgeregt durcheinander. Alvarez hob seine Hand.

»Ruhe, bitte, Ruhe.«

Alvarez erkannte, dass sie bereits anfingen, ihn als *jefe* (Anführer) zu akzeptieren. Er rief Colonel i. R. Fernando Sánchez an. Dieser Colonel war ein ehemaliger Mitarbeiter der Administrativen Kontrollbehörde des Präsidenten (DECAP), die mit dem Kampf gegen die Korruption beauftragt war. Er wurde auf frischer Tat dabei erwischt, wie er persönlich 25 Kilo Kokain in ein Verkehrsflugzeug nach Vancouver lud. Das war einfach zu dumm von ihm. Sie mussten ihn entlassen. Während seiner Dienstzeit hatte er die Drogenanklagen gegen zwei Armee-Colonels vom G-2-Geheimdienst und seinen früheren Boss Colonel Hugo Máreño von DECAP fallen gelassen. Und während seiner aktiven Zeit hatte es einen weiteren großen Kokainskandal gegeben, bei dem es um fast eine Tonne und die Verwicklung eines weiteren Armee-Colonels ging. Lächerlich. Er, einer von Verteidigungsminister Hector Gromajos militärischen Protegés, musste gehen. Drei Dinge aber hatten sie alle gemeinsam. Erstens kamen sie alle von derselben Militärakademie und waren daher durch einen starken *ésprit de corps* verbunden. Zweitens waren sie alle gierig. Und drittens schützten sie gegenseitig ihre Interessen mit den Machtmitteln, die ihnen zur Verfügung standen.

Wie hätte man sich mit ihnen anlegen können?

Wie?

Jetzt hatte Sánchez eine Beratungsfirma und war auf dem Gebiet tätig, auf dem er sich so gut auskannte.

Sicherheit.

Er stellte jedem zahlungskräftigen Kunden sein Wissen und seine internationalen Verbindungen zur Verfügung, die bis nach Israel reichten, zu seinem israelischen Freund Harari*, diesem Zauberer des Waffenhandels und des MOSSAD**. Alvarez erklärte nun Sánchez das Problem. Sánchez hörte sich alles an, verstand, um was für einen Einsatz es bei dieser Sache ging, und sagte seine Hilfe zu. Er wurde darauf hingewiesen, dass der Mann und die Frau möglicherweise unbewaffnet waren und lebend gebraucht wurden. Möglicherweise. Also baut keinen Mist, *por favor.*

No problema, garantierte Sánchez.

Sánchez hatte bereits ein klares Profil von den beiden. Es

---

* Michael Harari arbeitete für den israelischen Geheimdienst und war ein bekannter Waffenhändler in Südamerika. Er war Stationschef für ganz Lateinamerika in Mexiko City. Danach war er in Panama Ausbilder der Elitegarde USEAT für General Noriega. Er flüchtete während der U.S.-Invasion nach Israel. Dort erhielt Harari den Rang eines Oberst der israelischen Armee honoris causa.

** Castros erster Geheimdienst unter Guevara benutzte dieselbe Bezeichnung.

war klar, sie hatten Geschmack, mochten Klasse, hatten Stil und liebten die guten Dinge des Lebens. Sánchez und seine Leute würden sie also in einem luxuriösen Hotel ausfindig machen. Dort, wo sie sich sicher wähnten. Die Schwachstelle der beiden war, dass sie möglicherweise ineinander verliebt waren.

Sánchez kontaktierte seine beiden Kumpel beim G-2-Geheimdienst.

G-2 hatte viele wertvolle Unterweltkontakte auf seiner Lohnliste.

G-2 wollte, dass jeder Einzelne von ihnen die Augen nach einem Mann und einer Frau aufhielt, auf die die Beschreibung passte.

G-2 versprach seinen Informanten eine beträchtliche Belohnung. Fügte außerdem die Drohung hinzu, dass das Zurückhalten von Informationen sehr streng bestraft werden würde. Dies bedeutete, eine *squadron de la muerto* am Arsch zu haben, die morgens um drei an die Tür klopfte. Einen verschleppte. Wer wollte schon mit einer Kugel im Kopf in einem schlammgefüllten Straßengraben enden. Von der *squadron* mitgenommen zu werden war immer ein Trip ohne Wiederkehr.

Es dauerte auf die Sekunde genau zwei Stunden, um die Namen und die Beschreibung an fast fünftausend Ganoven jeder kriminellen Couleur weiterzugeben, die die Straßen, die Bars, die guten und schlechten Hotels, die Tankstellen, Flughäfen und Schönheitssalons »überwachten«. Besser gesagt dort einfach rumhingen. Sánchez rief sogar jenseits der Grenze an. Er sprach persönlich mit seinem Schlüsselmann in seinem eindrucksvollen internationalen Netzwerk. Nach dem letzten Telefonat war es Sánchez' feste Überzeugung, dass Ticia und Jansen sich nicht länger als ein paar Stunden in einem Hotel aufhalten konnten, ohne entdeckt zu werden.

Sechzehn Kilometer vor El Golfo de Santa Clara brachte Jansen das Flugzeug wieder auf eine Höhe von dreihundertdreißig Metern und balancierte die Maschine gegen einen leichten Seitenwind aus, bevor Ticia wieder übernahm. Die Landebahn war mit zwei großen gestreckten Ziffern gekennzeichnet. In den letzen drei Stunden hatte sie die Maschine entlang der Berge geflogen. Auf diese Weise hätte man sie nur schwer aus der Luft ausmachen können. Es erschöpfte sie so sehr, dass sie ihn schließlich bat, die Steuerung zu übernehmen. Dann hatte sie drei weitere Linien geschnupft und darauf gewartet, dass der Schmerz aus ihrem Kopf verschwinden würde. Aber nichts geschah diesmal. Der dumpfe Kopfschmerz ließ zwar etwas nach. Das Gefühl der Benommenheit aber blieb. Doch zumindest ließ der pochende Druck etwas nach. Sie atmete durch den offenen Mund, während der Schweiß auf ihre Stirn trat. Sobald die Droge ihren Zustand stabilisiert hatte, übernahm sie wieder das Steuer. Als sie Kurs auf den Flugplatz nahmen, informierte der Tower sie, dass sie noch drei Kilometer entfernt waren. Der Fluglotse wünschte, dass sie einen angenehmen und normalen Flug gehabt hatten.

Nachdem der Kampfjet wieder verschwunden war, begann Jansen zu ahnen, wer jetzt hinter ihnen her war, was für eine enorme unbekannte und gemeine Kraft. Vermutlich wussten sie im Moment noch nicht, wo sie nach ihnen suchen sollten. Aber sie waren ihnen auf den Fersen. Die brutale Realität drängte sich mehr und mehr in sein Bewusstsein.

Er und Ticia waren auf der Flucht.

»Hier ist Señor. Kann ich von links anfliegen?«

»Negativ. Fliegen Sie in Windrichtung an.«

Irgendwo dort draußen waren jetzt Männer des Kartells auf der Suche nach ihnen. Sie konnten überall sein. Selbst nach seinem Tod schien Maravelli noch in der Lage zu sein, ihnen eine F-15E hinterher zu schicken. Vielleicht warteten noch mehr böse Überraschungen auf sie. Ein Anflug von links wäre für Ticia der schnellste Weg gewesen, die Maschine auf die Landebahn zu bringen. Willi saß nur da und fühlte sich hilflos. Jetzt musste sie das Flugzeug nach Osten drehen und eine lang gezogene Schleife fliegen, um das Ende der Landebahn anzusteuern. Drehte in einem weiten Bogen bei. Verringerte vorschriftsmäßig Geschwindigkeit und Höhe, als sie die Runway nun in Windrichtung anflog. Brachte die Maschine sanft auf die Landebahn, rollte aus und blieb auf der linken Seite des Towers stehen. Stellte die Motoren ab. Sie konnten kein Taxi in der Nähe des Gebäudes entdecken. Normalerweise wurden hier die Piloten der Privatflugzeuge, die hier landeten, zusammen mit ihren Passagieren von gestreckten Limousinen oder Hubschraubern abgeholt. Sie mussten sich beeilen und das Flugzeug und die Region so schnell wie möglich verlassen. Sie hatten noch immer den Vorteil, im Unbekannten zu sein, einem Niemandsland. Jansen angelte das Gepäck von den Rücksitzen. Der Luftwaffenjet war eine wirklich böse Überraschung gewesen.

Das einzige Transportmittel von dem kleinen Flughafen in die Stadt war ein Bus. Nicht einer dieser schnittigen und sauberen Flughafenzubringer mit Klimaanlage und getönten Scheiben. Nein, es war ein Nahverkehrsbus. Ein lautes, dröhnendes schmutzig-blaues Fahrzeug, aus dessen Auspuff fetter schwarzer Rauch quoll. Er war staubverkrustet und seine Reifen waren von zu vielen Kilometern auf schlechten Straßen malträtiert. Aber mit *diesem* Bus blieb ihnen das Glück hold. Es war der einzige Bus, der am Tag in die Stadt fuhr. Pflichtbewusst beförderte er die Einheimischen zu ihren Arbeitsstellen am Flughafen oder auf die Zwiebelfelder der Umgebung und wieder zurück. Vom Flughafen war es selbst für die Einheimischen zu weit, um zu Fuß nach Haus zu gehen.

Ticia und Willi stiegen ein. Der Busfahrer sah sie leicht überrascht an, entschied dann aber, dass er sie mochte. Der Mann und die Frau waren zu gut angezogen, um mit seinem Bus zu fahren. Und so verhehlte er nicht sein Erstaunen. Der Bus rollte an, als Jansen durch das staubige Fenster ein Auto vor dem kleinen Flughafengebäude halten sah. Ein Auto, das nicht in diese Gegend passte. Der Wagen war schwarz, sehr sauber und mit zwei verchromten Suchscheinwerfern am Rahmen der vorderen Türen ausgerüstet. Zwei Männer stiegen aus und verschwanden mit großen Schritten in dem Gebäude. Der selbstbewusste Gang der Männer verriet Jansen sofort, wer sie waren. Er korrigierte sich im Geiste – sie wussten offenbar doch, wo sie suchen mussten.

Aber wer interessierte sich schon für einen staubigen, klapprigen Nahverkehrsbus, dessen Motorabdeckung fehlte? Der alle diese rotierenden Räder und Keilriemen enthüllte?

Sie hatten sie nicht gesehen. Willi hatte jetzt keine Zweifel mehr, dass sie nach ihnen suchten. Sie würden nur Minuten brauchen, um das Flugzeug zu finden und festzustellen, dass die Motoren noch warm waren. Das verschnörkelte *M* am Leitwerk würde ihnen, wer immer sie auch waren, den Rest verraten.

Begleitet vom aufgewirbelten Staub und dicken schwarzen Abgasschwaden fädelte sich der Bus gemächlich in den Verkehr ein. Ticia lehnte sich mit geschlossenen Augen zurück und keuchte mit offenem Mund. Jansen spürte die Stahlfedern unter seinem Hintern und hatte das Gefühl, sich in Zeitlupe in die Hose zu pinkeln. Der Plastikbezug des Sitzes war auch bestimmt keine große Hilfe gegen das Schwitzen. Während seine Hose mehr und mehr durchnässt wurde, starrte er den überquellenden Aschenbecher an der Rücklehne des Vordersitzes an. Er senkte den Kopf und betrachtete die Gummimatten auf dem Boden, von verschütteten Flüssigkeiten wie Sprite oder Tequila befleckt, voller Staub und alten Zigarettenkippen. Gedanken über sein Taxi in Mexico City kehrten zurück. Wie viel Tage war das her? Waren es Ewigkeiten?

Die eine Stimme redete ihm ein, dass alles besser werden würde, sobald sie für ein oder zwei Tage in einem guten Hotel unterkamen. Ticia würde sich etwas ausruhen müssen, bevor sie weiter nach Norden ziehen konnten. Die andere Stimme warnte ihn. Die Männer am Flughafen waren ein schlechtes Zeichen. Willi entschied, die Flucht zunächst fortzusetzen. Sich vielleicht mit viel weniger zufrieden zu geben, einem einfachen Hotel, wo die Gefahr, entdeckt zu werden, geringer war.

Kurz nach sieben erreichte der Bus die Innenstadt. Ein Mann in einem weißen Hemd wollte gerade das Mietwagenbüro schließen. Er sagte zu ihnen *mañana.* Jansen konterte diese strikte lateinamerikanische Lebensphilosophie mit zwei Fünfzigdollarscheinen in seiner Hand. Er sagte ihm, er könnte das Geld für die Bekämpfung des Hungers in seiner Stadt spenden. Der Mann nickte und meinte, es wäre eine wundervolle Idee, als er den Schein aus Jansens Hand nahm, ohne Jansen dabei in die Augen zu sehen. Es war, als könnte er es kaum erwarten, der Welt damit etwas Gutes zu tun. Sie mieteten einen neuen Nissan Pathfinder und fuhren auf die Interstate 40 Nord.

Die Sonne war inzwischen untergegangen.

Links spiegelte der Rio Colorado einige Minuten lang das Mondlicht, bevor die Straße abbog. Sie fuhren durch Riito, das außer einigen erleuchteten *cantinas* und dem Schatten einer Kirche nichts Aufregendes zu bieten hatte. Zwanzig Minuten später machten sie in einer Stadt namens Coahuila Halt. Es gab dort einige nette Hotels mit Namen wie El Agua Marina und Pueblo Bonito. Jansen widerstand der Versuchung. Er wollte nicht das Risiko eingehen, sich an der Rezeption einzutragen.

Sie begnügten sich mit viel weniger. Ein Zimmer mit Frühstück in einer Art ›Hüttenpension‹ und dem Versprechen des zahnlosen lächelnden Wirtes auf *aqua caliente* (heißes Wasser) am Morgen. Ja, eine heiße Dusche würde ihnen am Morgen gut tun. Das Zimmer enthielt ein Bett mit durchgelegener Matratze, einen Stuhl, ein Waschbecken und eine Duschkabine ohne Wasseranschluss. Etwas Rohr schaute aus der Wand und eine Rohrzange lag am Boden. Das Bettlaken war schon lange nicht mehr gewechselt worden und wies alte Flecken auf. Jansen bekam zwei kleine Handtücher, die sich wie Sperrholz anfühlten. Er bat um zwei weitere und musste dafür bezahlen. An einigen Stellen an der Wand war der Anstrich von Luftblasen durchsetzt und blätterte ab. Am Ende des Flures gab es eine dunkelfleckige Toilettenschüssel ohne Sitz und Tank. Eine Kanne mit Wasser an der Seite. Kein Toilettenpapier, aber sauber in Quadrate geschnittenes Zeitungspapier. Irgendwo bellte ein Hund. Jansen konnte das Licht nicht einschalten, da es keins gab. Zwei Kerzen von der Rezeption mussten genügen. Er war zu erschöpft, um sich zu beschweren. Aber seltsamerweise fühlten Ticia und Jansen sich sicher hier. Sie liebten sich diese Nacht nicht, sondern hielten sich nur in den Armen. Und in dieser Nacht schliefen sie tief und gut.

Früh am nächsten Morgen entschädigte der Wirt sie mit der versprochenen heißen Dusche und einem sättigenden Frühstück von *chile en nogada* und einer Suppe mit Huhn und dem Fleisch vom Nopal Kaktus. Ticia strahlte, als gäbe es nichts in ihrem Innern, das sie langsam tötete.

Sie fuhren weitere zweiundfünfzig Kilometer nach San Luis Rio Colorado. Das weite Land bot ein Bild des Friedens. Er sah sie an und bemerkte, dass sie wieder ihre Augen geschlossen hatte und lautlos weinte. Ungefragtes hing in der Luft.

»Ja?«, fragte er.

»Fahr rechts ran, Liebster«, bat sie.

Er gehorchte.

Sie schlang ihre Arme um seinen Hals, und dann hielten sie sich lange Zeit fest. In diesem Moment bedeutete es ihnen alles, als er es in den Atem ihres Mundes sagte.

»Ich liebe dich. Oh, *Gott,* ich liebe dich.«

Langsam legte sie den Kopf zurück, während sie seine Schultern hielt, und betrachtete ihn mit demselben durchdringenden Blick wie vor ein paar Tagen. Neue Tränen füllten ihre Augen.

»Wirst du mir etwas versprechen?«

»Was?«

Ihre Augen ließen ihn nicht los.

»Wenn ich den Schmerz in meinem Kopf und all diese Qualen nicht länger ertragen kann …«

»Ja?«

»… wirst du dann mein Leben beenden?«

Mit einer erschöpften Bewegung ließ Jansen seinen Kopf auf die Brust sinken. Er blieb so für einige Minuten sitzen, ohne sich zu rühren. Ticias Hand streichelte seinen Rücken. Er hörte ihre Stimme.

»Ich weiß, Liebster, ich weiß. Ich liebe dich so sehr.«

Sie sprach zu ihm mit sanfter Stimme und einfühlsamer Zärtlichkeit, die verriet, dass sie sich darüber im Klaren war, welches Opfer sie von ihm verlangte.

»Hör zu, Schatz, ich werde so oder so bald sterben. Mein Kopf wird mich töten. Oder die Drogen werden mich umbringen. Der Schmerz ist inzwischen so stark, dass ich ohne das Kokain das Bewusstsein verlieren würde. Es wird bald der Zeitpunkt kommen, an dem ich den Schmerz nicht mehr betäuben kann. Ich werde ohne Unterlass schreien. Und niemand wird mir helfen können.«

Sie schwieg, um tief einzuatmen, und zuckte die Schultern. »Ich glaube, dass der Tod etwas an sich hat. Er muss die ultimative Erfahrung im Leben sein. Eine Menge Leute verstehen nicht zu sterben. Sie liegen einfach im Bett, und ihr Leben versiegt. Dann bekommen die Hinterbliebenen eine Rechnung. Ich will nicht in einem Krankenhaus sterben, zwischen totfarbenen Vorhängen und mit Schläuchen in meiner Nase. Ich will in Freiheit sterben. Verstehst du, was ich meine?«

Sie hatte dies mit einer Hastigkeit gesagt, als wäre da keine andere Minute zu leben geblieben. Für einen Moment war sie still, während ihre Augen nicht aufhörten, ihn zu bitten. Seine Augen wichen ihrem Blick nicht aus. Es war eine quälende Vorstellung für Jansen, und für einen Moment klang das alles hier für ihn nicht glaubwürdig.

»Allein kann ich es nicht tun«, fuhr sie fort. »Ich habe Angst. Ich habe eine Scheißangst. Vielleicht habe ich gar nicht die Kraft oder Intelligenz, es zu tun, wenn die Zeit kommt.«

Was immer es ist, es kommt uns beiden immer näher, dachte er.

»Wirst du es tun? *Bitte*«, fragte sie und schüttelte sanft seine Schulter. Sie sah ihm lange Zeit prüfend in die Augen, und dann wusste sie, dass er es tun würde, ganz gleich, was jetzt folgte.

»Gib mir ein paar Stunden, um darüber nachzudenken. Weißt du was«, sagte er betont ungezwungen, um der Antwort auszuweichen, die von ihm verlangt wurde, »lass uns die Brücke überqueren, wenn wir sie erreichen. Okay? Was ist die nächste Stadt?«

»San Luis Rio Colorada. Warum?«

»Dort, meine Liebste, werde ich dich fragen, ob du mich heiraten willst.«

Minuten vergingen, in denen ihre Augen in denen des anderen schwammen. Sie lachte leise zwischen ihren Tränen und hustete hart zwischen zwei Lachern.

»Ja. Aber eins kann ich dir sagen. Du wirst ein verdammt gut aussehender Witwer sein.«

Während er weiterfuhr, spürte er den leichten Druck ihres Kopfes an seiner Schulter. Sie sah eine Hochzeit als direkten Weg zur Gründung eines Heimes und einer andauernden Liebe, einer Liebe, die sie sich so sehr in ihrem Leben gewünscht und bekommen hatte, nur um sie wieder zu verlieren.

Zwei Stunden später waren Ticia und Jansen in einer winzigen Kapelle am Rand von San Luis Rio Colorado. Ein alter Padre mit der Weisheit des Alters in den Augen traute sie, ohne zu fragen, ob sie Katholiken waren oder welcher Antichrist versucht hatte, sie beide zu trennen.

Schwieg. Dann fragte er Ticia und wartete auf die Antwort.

»Ich will«, sagte sie.

Ein Ich-will folgte von Jansen.

Willi hatte einen breiten, schweren Taxco-Silberring mit Goldrändern gekauft und steckte ihn an Ticias Ringfinger.

Gold, das Metall der Besessenheit, kann schäbig aussehen. Gold hätte an ihrer Hand billig ausgesehen. Sie hatte einen ähnlichen in einem der Silberschmuckläden der Stadt gekauft. Nun standen sie vor dem Altar und nahmen nicht wahr, dass die kleine Zeremonie zu Ende war. Der Padre ließ sie gewähren und nahm später würdevoll Jansens große Banknote entgegen. Er hatte nicht einmal danach gefragt. Im Gegenzug gab er beiden ein kleines, sauberes, handgeschriebenes Dokument.

Der Padre mochte diese beiden verlorenen Seelen.

»Sie müssen jetzt vorsichtig sein«, sagte er. Er fühlte sich dazu verpflichtet, da ihm Ticia von ihrem Bruder und der Iglesias de San Lorenzo in Mexico City erzählt hatte.

»Wissen Sie, die Leute hier reden zu viel. Aber es ist manchmal ein Segen. Einige Fremde sind gestern Nacht in die Stadt gekommen. Sie haben sich umgehört. Nach einem Mann und einer Frau haben sie gesucht und gefragt. Mich fragten sie im Namen Gottes und im Interesse der Stadt und des Landes. Aber die Menschen haben schon immer begeistert das meiste Böse getan, wenn sie vorgaben, aus religiöser Überzeugung heraus zu handeln. *Î no me qusto estos hombres (Ich traute diesen Männern nicht.)*«

Und er segnete sie ein letztes Mal.

Sie wussten jetzt, dass es besser war, die Öffentlichkeit zu meiden, alle Orte, wo man gesehen werden konnte. Aber zur Hölle damit, sie konnten sich schließlich nicht für immer unsichtbar machen.

Sie fuhren weiter und hielten sich auf der äußersten rechten Spur und an die genaue Geschwindigkeitsbegrenzung, während sie vorsichtig die Stadt durchquerten und die nächsten dreißig Kilometer der Mex 2 Richtung Westen folgten. Dann tauchte ein Schild auf.

Los Algadones 3 Kilometer bis zum rettenden Grenzübergang. Zum Tor in die Sicherheit.

Jansen war noch immer von der Hoffnung erfüllt, dass die Ärzte im Krankenhaus in Mexico City irgendetwas übersehen hatten. Er dachte bereits an die Landung in Frankfurt und dass er sie sofort zu den besten Neurologen seines Landes bringen würde. Sie würden zustimmend nicken und ihm sagen, dass es eine sehr gute Chance gab, seine Frau mit der hoch entwickelten Medizin des Landes zu heilen. Es würde keine Komplikationen geben. Dies waren seine Gedanken, als sie Los Algadones erreichten.

»Du siehst sehr süß und schön aus, wenn du dein Haar so trägst«, sagte er.

Ticia hatte ihr Haar zu einer eleganten Frisur hoch gesteckt. Eine Spange hielt sie zusammen und erzeugte auf erregende Weise den Eindruck zerzauster Haare.

Los Algadones.

Diesmal war es mehr als eine weitere dieser kleinen Städte. Zwar gesichtslos wie die anderen, die sie bisher passiert hatten, mit ungepflasterten Straßen, uralten Schlaglöchern, einige mit dem Wasser eines geborstenen unterirdischen Wasserrohrs gefüllt. Algadones war offene zollfreie Grenze zur USA zwischen 6 Uhr morgens und 9 Uhr abends. Jeden Tag, 365 Tage im Jahr, besuchen zehntausende im Ruhestand lebende Amerikaner Algadones von Yuma County aus für ein gutes Essen mit Mariachimusik und Margaritas. Oder nur ein paar Stangen Zigaretten, Tequila oder etwas Schnickschnack zu kaufen. Aus den dunklen Läden vom Inneren der Häuser strecken sich die Verkaufsstände raus zu den Bürgersteigen. Und hier zwischen der Masse bewegten sich Jansen und Ticia.

Wenige Sekunden, nachdem sie das Auto verlassen hatten, war Jansens Hemd durchweicht. Schweißperlen klebten in seinen Brauen. Ticia kaufte bei einem Straßenhändler Schmuckstücke, vier Bee-Bee-Papageien, Spielzeuge mit kleinen Sombreros auf den Köpfen und einem Flaum kleiner Federn. Bezahlte weit mehr dafür, als sie wert waren. Anschließend betraten sie ein Einkaufszentrum, das voller Touristen war. Hier kaufte Willi je eine Flasche Tequila und Bacardi und eine Stange Zigaretten. Bekam alles in einer durchsichtigen blauen Plastiktasche ausgehändigt. In einem anderen Laden kaufte er eine Packung Crazy Glue Klebstoff. Sie setzten sich zu einem älteren Paar an einen Tisch und tranken Corona Bier. Ticia begann die Von-wo-kommen-Sie-her-Unterhaltung mit der Frau. Jansen bemerkte die vier leeren Bierflaschen und spulte die Sind-Sie-in-Vietnam-gewesen-Routine ab. Ihm war die blaue Mütze aufgefallen. Sie verriet allen, dass ihr Träger bei den US-Marines war. Jetzt im Ruhestand. Der Mann war froh, reden zu können. Und prompt erzählte er Jansen, dass er ein pensionierter Major der Marines war. Er begann jeden neuen Satz mit: Als ich bei den Marines war. Schwatzte laut über Da Nang, seine vier Auszeichnungen, General Westmoreland und wie der Kongress den Krieg versaut hatte. Krieg sollte man den Generälen überlassen, nicht irgendwelchen beschissenen Drückebergern von Zivilisten mit Jurastudium, deren einzige Sorge es war, wie gut sie im Fernsehen aussehen würden.

Der Ex-Major rülpste leicht und nahm eine längeren Zug von seiner Bierflasche. Willi entschuldigte sich und ging auf die Toilette. Schloss sich ein. Er öffnete seinen Gürtel und zog eine kleine Pistole unter seinem Hemd hervor.

Es war eine PT-111 Millennium 9mm.

Leerte die Marlboro-Stange zur Hälfte. Die Pistole passte hinein. Legte die Pistole in die Mitte des Kartons und füllte den Rest wieder mit Zigarettenschachteln aus. Nahm den schnelltrocknenden Kleber und verschloss den Karton. Als er die Toilette verließ, stieß er fast mit einem klapperdürren Mann zusammen. Für einen Moment standen sie sich Auge in Auge gegenüber, bis er sich zu abrupt von Jansen abwandte. Jansen fühlte den Feind. Er wusste, sie hatten Algadones erreicht.

Zurück am Tisch, wollte das Paar gehen. Jansen und Ticia hielten es auch für eine gute Idee. Ob sie etwas dagegen hätten, wenn sie zusammen aufbrachen? O nein, ganz im Gegenteil. Jansen hörte, wie Ticia bereits übers Kochen schnatterte und für eine Corbina à la Crème 1/2 Tasse Wodka statt 1/4 empfahl. Nicht nur wegen des besseren Geschmacks. Es wurde dadurch zu einer Art hochprozentigem Gericht, kicherte Ticia. Die Frau des Majors lachte interessiert und gab einen Klingt-gut-Kommentar von sich.

Über die Straße.

Der klapperdürre Mann unterhielt sich mit jemand in einem Auto. Drehte sich und sah Jansen verblüfft an. Konsultierte offenbar noch einmal seinen Kumpel, wobei er in Jansens und Ticias Richtung nickte. Er wusste nicht, was er tun sollte. Dasselbe traf auf den Fahrer zu. Sie waren nicht qualifiziert, jemand aus einer Menge zu entführen. Vor allem nicht hier. Zwischen all diesen Touristen. Und nicht so nahe.

Die beiden Paare mischten sich unter die Hunderte von Schaulustigen, überquerten die Straße und erreichten das Gebäude. Es stand zusammen mit zwei anderen Gebäuden auf einem Grundstück mit einem Parkplatz dahinter und einem Schild an einem acht Meter hohem Maschendrahtzaun *United States of America, Federal Property.* Dieser Ort hat nur *zwei* Gebäude und heißt Andrade. Die amerikanische Seite des Grenzübergang in die USA. Und dort stellten sie sich zu den vielen anderen in die Menschenschlange, die wieder heimwärts drängten.

»Und sind Sie verwundet worden?«, fragte Jansen ungezwungen den Vietnamveteran.

»Gott sei Dank nicht. Aber als ich in Vietnam war …«

Der riskante Moment.

Jansen drehte den Kopf und gab vor, einer neuen Nam-Geschichte zuzuhören, während er die Plastiktasche mit den Flaschen und der Stange Marlboro hochhielt. Direkt vor das Gesicht des US-Zollbeamten.

»Haben Sie etwas zu …?«

Der Mann vom Zoll hörte in die Geschichte über Vietnam. Der Mann vom Zoll war sechs Mal ausgezeichnet worden und hatte unter Major Hackworth als Zugführer in der Pang Rhang-Region gedient. War selber zwei Mal verwundet worden. Er machte sich nicht einmal die Mühe, die Routinefrage zu beenden. Außerdem wurde hier in Andrade, nur eine Straßenbreite von Algadones selten nach Pässen gefragt.

Und er winkte sie alle durch.

Jansen und Ticia betraten die USA. Jansen blickte zurück. Sie hatten alles hinter sich gelassen, was ihnen gehörte. Es fühlte sich gut und richtig an. Er hatte außerdem das *blanco verde* zurückgelassen für den Fall, dass einer dieser Drogenspürhunde in der Nähe gewesen wäre. Willi musste bald einen Straßendealer finden. Winkte dem klapperdürren Kerl auf der anderen Seite der Straße noch einmal jovial zu und zuckte in einer Was-jetzt-Geste die Schultern.

Ein Bus brachte sie in die Innenstadt von Yuma, Arizona. Ticia sah blass aus, aber sie lächelte. Es war wie ein Funke neuer Hoffnung.

Niemand konnte genau wissen, was in der frühesten aufgezeichneten Geschichte geschehen war. Erst im 16. Jahrhundert wurden die entlang dem Colorado lebenden Stammesgemeinschaften der Quechans, Cocopath und Mohaves entdeckt. Die Quechans wurden auch Yumas genannt. Die aufregende Geschichte der Stadt begann 1540, als der spanische Forscher Hernando de Alarcon als erster Weißer die Stelle erreichte, wo sich noch heute die Stadt befindet. Die Flagge von Spanien und Mexiko wehte hier bis 1854. Dann kam es zum *Gadsen Purchase.* Yuma gelangte in den Besitz der Vereinigten Staaten. Die ersten Dampfboote fuhren 1849 vom Golf von Kalifornien aus den Colorado River hinauf und hinunter und versorgten das Militär in Fort Yuma mit Nachschub. Die Wirtschaft blühte und brachte Wohlstand in die Region. Und wie immer in der Geschichte führte der Reichtum zum Konflikt mit Recht und Gesetz. Die Stadt wurde ein integraler Teil des Wilden Westens, Banditen und Renegaten bedrohten die ehrbaren Bürger, die hierher gekommen waren, um ein neues Leben zu beginnen. Die Behörden hatten wenig Geduld mit den Gesetzlosen. Und so wurde 1876 das Arizona Territorial Prison gebaut, das bis 1909 die berüchtigsten und gefährlichsten Kriminellen von Arizona beherbergte. Sozusagen ein Meilenstein der Grenzjustiz. Die Stadt änderte auch ihren Namen wie jemand auf der Flucht. Zuerst hieß sie schlicht Yuma. Änderte ihren Namen dann in Colorado City und wurde 1862 in Arizona City umbenannt. 1873 nannte die Territorialbehörde sie wieder Yuma. Und dabei blieb es dann. Hier endeten Ticia und Jansen.

Ticia und Jansen verließen den Bus und gingen einkaufen. Die wichtigste sichtbare Empfehlung für ein gutes Hotel ist das Gepäck. Stets auf das Unerwartete gefasst, machten sie einen Einkaufsbummel durch die City. Er kaufte sich zwei schlichte Reisetaschen und für sie eine Elizabeth Arden. Sie revanchierte sich im nächsten Geschäft mit einem dreiteiligen Zegna-Anzug, Tommy-Hilfinger-T-Shirts und einem Paar Todd's Schuhe. Sie spielten gegen die Zeit und die ultimative Trennung. Deckten sich mit Dingen ein, an denen sie nicht mehr hingen und die sie deshalb nicht brauchten. In der South Pacific Avenue mieteten sie bei Avis einen Ford Explorer und machten sich auf die Suche nach einem Hotel. Sie fanden es im unteren Teil der Fourth Avenue. Umgeben von hohen, gepflegten Palmen, die wie ein Ehrenspalier dastanden, erhob sich das Radison Suite Inn. Sie checkten ein. Wieder flanierten elegant gekleidete Menschen durch die Lobby, offenbar unterwegs zu einem formellen Dinner irgendwo in der Stadt, wahrscheinlich im *Hunter Steakhouse* oder dem *Crossing*.

Ticia ignorierte ihr aufkeimendes Unbehagen. Aber dann hatte sie das Gefühl, als würde das Innere ihres Kopfes plötzlich in Flammen aufgehen. Sie stellte sich vor, dass an der Innenseite ihres Schädels flüssiges Blei hinunter zu ihrem Nacken rann, sich im oberen Teil ihrer Wirbelsäule ausbreitete und mit leichtem Brennen im Bereich ihrer Schultern erstarrte.

Diese Art Schmerz war neu und viel stärker. Sie stöhnte, riss sich aber zusammen. Als sie die Tür ihres Zimmers schloss, fügte ihr Organismus das Gefühl hinzu, dass ihre Hände und Füße geschwollen waren und der Raum irgendwie in Nebel zu liegen schien. Ihr Kopf ruckte nach hinten und ihr Gesicht lief dunkelrot an. Ihre Augen waren geweitet, mit Pupillen, die sich bis zum Rand der Iris vergrößert hatten. Sie stieß die Luft mit einem Laut aus, der wie ein unterdrücktes Niesen klang. Jansen fing Ticia auf, als sie zusammenbrach, und verhinderte, dass sie auf dem Boden aufschlug.

Als Ticia das Bewusstsein zurückerlangte, löste sie die Spange aus ihrem Haar und fuhr mit ihrer Hand durch die aufgelöste Frisur. Zog ein sorgfältig verpacktes und versiegeltes Plastiketui aus ihrem Haar. Die teure, gravierte Elfenbeinspange hatte das in ihrer Frisur versteckte Viertelpfund Kokain an seinem Platz gehalten. Jansen war sprachlos.

»Siehst du, jetzt musst du nicht losziehen und gestreckten Stoff von irgendeinem Straßendealer kaufen«, lächelte sie matt und bereitete drei Linien vor. Später kam sie in seine Arme. Während er sie sanft wiegte, wusste er, dass er sie niemals loslassen würde. Mehrmals setzte sie sich auf. Es löste den aufgestauten Druck in ihrem Kopf. Sie wirkte entspannt und begann in einer Ausgabe von *Vanity Fair* zu lesen, die sie in der Stadt gekauft hatten. Jansen war unruhig. Er musste ein paar Minuten allein sein. Er gestand sich nicht ein, dass er Schuldgefühle hatte, weil er die Möglichkeit in Betracht zog, sie allein zu lassen. Ohne die Augen von den Seiten zu wenden, sagte Ticia:

»Kannst du mir einen großen Gefallen tun?«

Sein Schweigen verlangte eine Antwort.

»Weißt du, was du tun solltest? Deinen neuen Anzug anziehen, dich richtig in Schale werfen und essen gehen.«

»Ja, aber ...«

»Mach dir um mich keine Sorgen, mein geliebter Krieger. Wir beide brauchen etwas Zeit für uns selbst. Wir haben schon lange genug aufeinander gehockt. Nicht wahr? Also geh schon.«

»Nein.«

»Sei nicht albern. Und wenn *ich* ein paar Minuten allein sein will?«

»Willst du?«

»Eindeutig.«

»Es macht dir wirklich nichts aus, ein paar Minuten allein zu sein?«

»Jetzt hast du dich selbst verraten«, lachte sie, »so wie du das ›wirklich‹ betont hast.«

»Nein, im Ernst. Es macht dir nichts aus?«

»Zum Teufel, nein. Geh einfach. Ich werde lesen und etwas schlafen.«

Plötzlich fing sie an zu weinen. Sie nahm seinen Kopf zwischen ihre Hände und küsste ihn lang und hungrig.

»Oh, Willi, Willi«, flüsterte sie in seinen Atem und murmelte etwas auf Spanisch, das er nicht verstand.

Er berührte mit seinen Lippen ihren Augenwinkel und schmeckte ihre Tränen.

»Willi, ich liebe dich so sehr. Aber wir haben keine Zukunft.« Sie legte ihren Kopf an seine Schulter.

»Du hast Recht. Wir haben keine.«

Er wollte eigentlich leben. Mit ihr zusammen sein. Aber ihm war auf grausame Weise bewusst, dass er sie trotzdem verlieren würde. Später würde er sich vielleicht wünschen, früher gestorben zu sein.

Als er Tränen auf seinem Gesicht spürte, war er sich nicht ganz sicher, ob es seine eigenen waren. Sie hielten einander fest, genossen diese bittersüße Halluzination der Kindheit, einen Kloß in der Kehle zu haben und zu spüren, wie die Augen feucht wurden, einfach aus Freude am Leben.

Sanft stieß sie ihn von sich.

»Geh, mein geliebter Krieger, und amüsier dich.« Sie schwieg für einen Moment. »Ich habe einen Vorschlag …«

Dreißig Minuten später saßen sie im *Lake Restaurant* mit Blick auf den Martinez Lake, in dem sich das letzte Licht des Sonnenuntergangs spiegelte.

Wann hatte er zum letzten Mal ernsthaft eine Speisekarte gelesen?

Er konnte sich nicht erinnern. Immer tat man so, als würde man mit großem Interesse die Karte lesen, obwohl man längst wusste, was man bestellen würde. Er genoss das Lesen, hörte sich aufmerksam an, was der Kellner über die Spezialität des Tages zu sagen hatte (Schweinekotelett in Senfsoße und Kartoffelpüree mit Knoblauch). Entschied sich schließlich für Lammrücken mit Senf, Knoblauch, Rosmarin und Pilzen. Zum Hinunterspülen bestellten sie eine Flasche Cabernet Sauvignon 1972. Nach dem Essen aßen sie schweigend Capuccino Cream auf Eis mit Haselnusssplittern. Hinter ihren Augen arbeiteten die Gedanken.

Jansen sah auf seine Uhr.

23:30.

Er konnte nicht schlafen. Ruhelos wälzte er sich auf dem Laken hin und her. Er stand auf, ging ins Badezimmer und nahm eine lange heiße Dusche. Als das heiße Wasser auf ihn niederrauschte, löste sich seine Anspannung. Er schlüpfte in den Trainingsanzug. Zwei Stunden früher hatten sie sich trotz ihrer Müdigkeit leidenschaftlich geliebt. Ticia schlief tief und fest. Er setzte sich in den bequemen Sessel und wusste für einen Moment nicht, was er mit sich anfangen sollte. Die Anspannung und Gewalt, die Gefahren der letzten Tage ebbten allmählich ab und machten der Erkenntnis Platz, dass es praktisch kein weiteres Ziel mehr für ihn gab. Er nahm einen DIN-A-4-Briefblock, den er bei ihrer Einkaufstour erstanden hatte und dachte minutenlang nach. Der Brief begann mit: »Mein lieber Junge …«

Willi schrieb über eine Stunde lang.

Als er mit dem Brief fertig war, zog er sich aus und legte sich nackt ins Bett. Schmiegte sich an sie. Im Halbschlaf legte sie ihre Arme um ihn, und Haut an Haut schliefen ihre Körper ein. Es war, als würden sie die Welt aussperren, die sie kannten, eine Welt, der sie sich am Morgen wieder stellen mussten. Es war die kostbare Zeit des Alleinseins und der nächtlichen Stille. In Gedanken versuchten sie zu verstehen, was sie jeweils im Lauf der Jahre verloren hatten und warum. Sie hatten einander gefunden und der Gedanke beruhigte sie und sagte ihnen, dass sie das nie wieder verlieren würden.

Als der Morgen seinen ersten Lichtschimmer durch die geschlossenen Vorhänge schickte, wollten sie seine Ankunft nicht wahrhaben. Da war die Welt, von der sie beide wussten, dass sie existierte, eine Welt der Liebe, der tiefen, bedingungslosen Liebe und der schlichten Zuneigung zueinander.

Und da war die andere Welt.

Die Welt der G7, des Establishments, geführt und regiert von Männern und Frauen, die alle glauben machen wollte, dass sie die Vertreter einer neuen globalen Moral und Würde waren, während die Realität bewies, dass es sich bei ihnen um selbstsüchtige, aufgeblasene, machtgierige Versager handelte. Sieben neue Führer. Eine neue Sorte von Kriegsherren in der Politik, die sich vor dem Militärdienst gedrückt und nicht einmal den Mumm hatte, einem anderen Land den Krieg zu erklären. Feiglinge, die nicht die Last der Verluste oder Todesopfer tragen wollten, die sie anderen zufügten. Ehebrecherische Weltführer ohne Sinn für Anstand oder Ehre, die sogar verlangten, dass der Staat die Prozesskosten für ihren Gesetzesbruch übernahm. Falsche Propheten der Freiheit, die die Ressourcen ihrer Heimatländer verschwendeten und endlos für die Unfähigkeit der Schwachen zahlten. Fernsehschirme, die ständig grinsende Politclowns zeigten, die nicht verstanden, dass es einst eine Ära in der Geschichte gegeben hatte, in der das einfache Gesetz Darwins Nationen *und* das Individuum betraf. Nationen, jetzt voller Menschen, die das zu sein versuchten, was sie nicht waren. Dilettantentum wurde jetzt irrtümlich für Professionalismus gehalten. Die hektische Betriebsamkeit monumental inkompetenter Männer in Regierungen, die nicht einmal die Freuden einer »Mañana-Mentalität« eingestehen wollten. Wissenschaftler, zwanglos in Jeans und Polohemden gekleidet, die mit einer Gulag-Mentalität als willfährige Werkzeuge an der Endlösung für die Versicherungs- und Medizin*industrie* arbeiteten, indem sie genetische Probleme erforschten und bewerteten. Sie würden in Zukunft im Namen des allmächtigen Mammon entscheiden, wer es wert war, eine Kranken- oder Lebensversicherung abzuschließen. Sie schauten in die Zukunft eines Menschen, indem sie Punkte und Striche verschiedener Größen auf einem Plastikstreifen analysierten.

Über dies schlief er ein.

Das Denken in seinem Schlaf kehrte zurück.

ES *wusste, dass er schlief, während er dachte. Auf diese Weise entstehen Träume.*

ES *saß auf seinen Händen auf dem Rand einer Federwolke und ließ seine Beine über den Abgrund baumeln.*

»Oh, Willi da sind wir wieder. Erinnerst du dich an dein letztes Traumgespräch mit mir? Oder war ich derjenige, der das Reden übernommen hatte?«

»Wer denkt diese Gedanken? Sind es meine? Ich kann nicht abschätzen, wie lang meine Gedanken sind. Sie paradieren durch meinen Kopf, und ich unterdrücke sie ständig, um mich nicht mit nebensächlichen, nutzlosen Gedanken beschäftigen zu müssen. Ab einem bestimmten Moment ziehe ich wieder und wieder den Tod in Erwägung.«

»Vielleicht sind es zumindest deine unabhängigen persönlichen aber – da hast du Recht – nutzlosen Gedanken«, sagte ES *mit leisem Lachen.*

»Wie kannst du dir dessen so sicher sein?«

»Weil aus Gründen, die du nicht zugeben willst, allmählich zu der Erkenntnis gelangst, dass der Tod nur eine weitere, unbekannte Dimension des Lebens ist«, sagte ES.

»Aber sind dies meine Gedanken? Oder deine?«

»Finde es heraus. Du denkst an etwas Bestimmtes, obwohl du die ganze Zeit an etwas Anderes dachtest. Liebe.«

»Aber nicht seine eigenen Gedanken zu denken, bedeutet Stillstand. Deine Seele würde sterben. Willst du mir einreden, dass der Tod etwas Gute ist? Der Seelentod?«

»Du hast natürlich die Freiheit der Wahl«, sagte ES.

»Vielleicht weiß ich nicht mehr, was Freiheit ist, von der ich dachte, dass ich sie schützen würde.«

»Wenn du dies, mein lieber Willi, noch immer tust, dann, um Gottes willen, schütze die Freiheit. Und dies kannst du nur tun. indem du zurücktrittst und die Bühne der Narren betrachtest. Dies,

Willi ist nicht nur ein Prozess der Reifung, sondern auch ein Prozess, bei dem es darum geht, dir selbst treu zu sein. Aber du musst dich dafür dem Feind in deinem Innern stellen«, sagte ES, *beugte sich zur Seite und furzte auf seine Worte.*

»Du meinst der Weltkrieg reicht bis ins Innere?«

»In Wirklichkeit, mein lieber Willi, wurde er dort geboren«, lachte ES. *»Unternimmst du erneut den bewussten Versuch, dich selbst mit Entschuldigungen neu zu verkabeln, in der Hoffnung, diesmal von* ihr *akzeptiert zu werden?«*

Willi spürte wie kaltes Stahllicht aus SEINEN *durchdringenden, graublau gefleckten Augen in seine Augen fiel und von dort über seine Sehnerven in die Verästelungen seines Gehirns drang, ihn auf molekularer Ebene hypnotisierte und zur Aufgabe brachte.*

Er wollte ES *verlassen, einfach weggehen. Willi warf einen Blick über seine Schulter und sah* ES *bewegungslos in einer Art Mondlicht stehen. Selbst im Traum erfasste ihn ein Gefühl der Unwirklichkeit.*

»Ah, wie gewöhnlich willst du einfach weggehen, sobald du einen Job erledigt hast.«

ES *ballte hinter seinem Rücken die Fäuste, sprang auf eine andere Wolke und blickte auf Willi hinunter.*

»Ich weiß, dass du mit einigen deiner befohlenen und ausgeführten .. nun sagten wir: Eliminationen die Welt retten wolltest. Hätte dieses sinnlose Opfer eine göttliche Bedeutung oder Botschaft gehabt, hätte man aus allem eine säkulare Lehre ziehen können …« ES *zuckte die Schultern. »Schön. Aber du, Willi, du bist in denselben menschlichen Zirkus aus Mut und Feigheit, Gerissenheit und Dummheit, Barmherzigkeit und Herzlosigkeit gesprungen. Nur dass diesmal die Clowns andere waren. Spüre ich jetzt bei dir ein Gefühl des Déjà-vu? Du bist ein starker Mann, Jansen. Ich werde dir sagen, was dein zukünftiges Problem sein wird. An dem du möglicherweise erstickst. Hast du je die Männer und Frauen am Morgen in ihren Autos und Zügen beobachtet? Sicher hast du das. Sie trotten durch ihre kleinen Leben und verpassen es. Die meisten haben sich schon viel früher freiwillig aus dem Leben verabschiedet, indem sie nichts wagten. Sie mögen fünfundneunzig werden, aber ihre Erfahrungen sind nur wenig wert. Das ist der Grund, warum die meisten Menschen so öde Langweiler sind. Willi, für dich* war *es besser,*

dreißig Jahre lang ein Leben als Krieger zu führen und diese Erfahrung zu akzeptieren, statt dich der lebenden Hölle dieser Stereotypen auszuliefern. Hörst du mich?«, fragte ES *mit einer Summe, die wie Donner über den unsichtbaren Himmel rollte.*

»Ich höre dich. Aber was soll ich tun?«

»Nun reden wir über das, was du zusammen mit deiner Ticia erreicht hast. Ticia wird bald in den Pool zurückkehren, wie wir hier draußen zu sagen pflegen. Aber du, Willi?«

ES *schüttelte den Kopf. »Sie werden dich finden, ganz gleich wo du lebst oder wo du dich versteckst. Du kannst sie nicht besiegen. Niemand kann dieses Böse besiegen. Sobald sie dich haben, werden sie dir hässliche Dinge antun. Möchtest du, dass man dir bei lebendigem Leib die Haut abzieht? Du weißt doch, wie das klingt. Erinnerst du dich noch, wie das klingt? Dieser Schrei. Sie haben Experten, die darauf spezialisiert sind, dich zu vergewaltigen, zu erniedrigen und am Ende zu zerstückeln, lange bevor du stirbst.*

Vergiss nicht, Jansen, nur Narren kämpfen, der Weise geht fort.«

»Warte!«, schrie Willi, denn ES *begann zu verschwinden. »Ist es gefährlich, MEHR zu sehen?«*

»Du bist ein Weiser, Willi. Es ist tödlich, nicht GENUG zu sehen«, sagte ES *und verschwand.*

Jansen wachte wieder auf und starrte an die Decke. Die Schwere der letzten Tage schien auf ihm zu lasten. Seine Gedanken waren plötzlich klar und scharf. Der Morgen war gekommen.

Sie fuhren auf dem Highway 95 nach Norden. Die Landschaft huschte wie ein Phantom an ihrem Ford Explorer vorbei. Ticia hatte das Bewusstsein verloren, nachdem sie versucht hatte, das schmerzerfüllte Stöhnen erneut zu unterdrücken. Willi Jansen fuhr ohne einen Gedanken in seinem Kopf. Das Brummen des fahrenden Autos übertönte Ticias mühsames Atmen.

Schon bei seinem ersten Zusammentreffen mit Maravelli hatte Jansen gespürt, dass Maravellis wahres Motiv nicht das Geld war. Sein erster Gedanke war gewesen, dass er die absolute finanzielle Kontrolle über das Kartell der drogenproduzierenden Länder haben wollte. Das in der Höhle gelagerte

Kokain konnte ihm als Hebel dienen, um dieses Ziel zu erreichen. Andererseits besaß Zarro Maravelli bereits Milliarden. Was also hatte den Mann zu diesem Extrem getrieben? Zweifellos war er nicht normal. Zweifellos war er zu alt und zu klug, um sich mit dem mühsamen Tagesgeschäft der Produktion und des Vertriebs zu befassen, das so riesig und fassettenreich war. Er konnte nicht ins Spiel kommen, nachdem eine Regierung in ihrem Land den freien Verkauf erlaubt hatte. Was also hatte Maravelli dazu getrieben, sich in den Besitz von viereinhalbtausend Tonnen Kokain zu bringen?

Es ging um Macht. Es ging um die unerschütterliche Kraft, die einem nicht einmal Geld verleihen konnte. Maravelli war sich bewusst gewesen, wie schnell Menschen vergessen wurden, wenn sie einmal tot waren. Endeten als Ölbild in einem vergoldeten Rahmen an der imitierten Eichentäfelung in irgendwelchen Hochhausbüros. Nach ihrem Ableben schafften es die meisten nicht einmal, dass eine Straße oder ein Einkaufszentrum nach ihnen benannt wurde. Nicht so Maravelli. Er wollte die Welt und die Regierung mit seinen weitsichtigen Visionen beeindrucken, wenn die Zeit kam. Die viereinhalbtausend Tonnen Kokain wären das entscheidende Mittel eines Mannes gewesen, der danach gierte, niemals vergessen zu werden. Maravelli hatte jahrelang diese persönliche Vision verfolgt, ein Übermensch, ein Potentat, der nie mit dem zufrieden war, was er hatte. Einer, der immer weitermachen und die Macht anbeten musste, die Macht, so viel zu zerstören, wie er konnte, als eine Art Sport.

Willi war ein Werkzeug gewesen. Ja, *ES* hatte Recht (wieso erinnerte er sich plötzlich an den Namen?). Er, Willi Jansen, war in denselben Zirkus gesprungen.

Ticia erwachte und sah ihn an. Ihr Gesicht erinnerte an eine wunderschöne Totenmaske. Die Wärme ihrer klaren Augen umarmte ihn mit einem tiefen Ausdruck der Liebe. Sie mussten es nicht aussprechen. Er sah es und er fühlte es. Sie lächelte, als sie wieder das Bewusstsein verlor.

Das flache Land der Wüste huschte vorbei. Jansen bemerkte einen Streifenwagen der Highway Patrol an der rechten flachen Böschung. Sah, wie der Police Officer eine Zigarette anzündete und ihn und Ticia flüchtig ansah. Sie hatten den Streifenwagen passiert, als sich Ticia plötzlich aufbäumte und schrie. Ticia hörte nicht auf zu schreien. Der Schmerz machte sie halb wahnsinnig.

Jansen bog plötzlich rechts ab und steuerte den Explorer von dem Asphaltband in die Wüste. Er fuhr dreihundert Meter und hielt an. Saß dort für einen Moment wie betäubt. Er öffnete die Tür, als könnte dies helfen, sie zum Schweigen zu bringen. Willi Jansen sah, dass sie dabei war, den Verstand für immer zu verlieren. Zog die PT-111 unter dem Sitz hervor. Wusste, wo ihr Herz war und wartete bis sie sich für einen Moment beruhigte. Dann nahm er sie vorsichtig in seine Arme. Es war, als würde der letzte Funke geistiger Gesundheit für einen Moment in ihren Augen aufglimmen. Als er mit seinem Lippen auf ihrem Mund »Ich liebe dich« sagte, erschoss Jansen sie.

Gab ihr den Tod als Geschenk.

Er zog sie an seine Schulter, und plötzlich konnte er sich wieder an das »Vater Unser« erinnern. Er betete es stumm für sie beide und richtete die Waffe auf seine Brust. Er wusste, wohin er zielte. Dorthin, wo sich sein Herz befand. Zwei Sekunden später war Willi Jansen tot.

Epilog

Padre Claude Santino Velosos von der Iglesia de San Lorenzo überführte die sterblichen Überreste seiner Schwester Ticia Anabella Velosos-Jansen und ihres Mannes Willi nach Mexico City. Dort, auf dem El Panteón Friedhof, fand ein schlichtes Begräbnis statt, und sie ruhten Seite an Seite, wie es ihr Wunsch gewesen war.

Einmal im Jahr, am *Dia de los Muertos* (Tag des Todes), kann man einen Priester an dem Grab sitzen sehen, wie er Brot bricht und Wein segnet. Wenn er geht, lässt er zwei gefüllte Weingläser und etwas Brot auf den beiden Gräbern zurück.

General Kyrilienkow in Moskau fragte sich, warum er nie wieder etwas von Willi Jansen hörte. Juri Naprawnik spürte, dass Willi nicht mehr am Leben war. Er behielt es für sich. Juri erinnerte sich noch gut an das letzte Telefongespräch. Er hatte die Stimme eines Mannes gehört, der des Lebens und des Lebens, das er führte, überdrüssig war. Aber vielleicht hätte mehr daraus werden können. Wer wusste das schon. General Kyrilienkow rief Rasit in Mexiko an und bat um seinen Rat. Er brauchte Waffen für einen kleinen schmutzigen Krieg in einer Region namens Bothlik und Tschumadinsky, wo es Unmengen an Öl und Gas im Boden gab. Mehr als in ganz Saudi-Arabien. Diesmal ging es um den Kaukasus. Rasit schüttelte den Kopf. Sollte der General nicht in seinem Garten Blumen pflegen? Oh, Macht! Rasit versprach dem General trotzdem seine Hilfe.

Die Nachrichtensprecher auf der ganzen Welt verlasen eine siebenzeilige Meldung, dass der bekannte Philanthrop Zarro Maravelli vermisst wurde und wahrscheinlich tot war. Laut der offiziellen Version hatte Maravelli zusammen mit seinen beiden Leibwächtern sein Anwesen verlassen und war nicht mehr zurückgekehrt. Man nahm an, dass Zarro Maravelli entführt worden war. Die linke Guerillabewegung FARC (Revolutionäre Streitkräfte von Kolumbien) wurde verantwortlich gemacht. Die FARC wies die Anschuldigung zurück.

Als der Kolumbianer Gustavo Alvarez von *La Hacienda* zu seinem Haus in Medellin zurückkehrte, blinkte die rote Diode an seinem Anrufbeantworter. Er hasste Anrufbeantworter. Für ihn war es, als würde er die Privatheit eines Telefonats einem möglicherweise illoyalen Kammerdiener ausliefern. Alvarez drückte den Knopf. Der Anrufer stellte sich vor. Sagte, sein Name wäre Willi Jansen und Señor Alvarez könnte sich bestimmt noch daran erinnern, ihn auf Señor Maravellis Anwesen getroffen zu haben. Alvarez erinnerte sich.

»Señor Alvarez, wie war die Jagd? Ich nehme an, sie ist nicht allzu erfolgreich verlaufen.«

Der Kolumbianer ballte die Fäuste, bis seine Knöchel weiß waren. Jansens Stimme klang derart selbstbewusst, dass sich der Kolumbianer am liebsten übergeben hätte, denn er wusste, was als Nächstes kommen würde.

»Wissen Sie, ich bin wirklich beeindruckt von dem, was Sie in Bewegung setzen können. Mir und der Frau eine F-15E hinterher zu schicken. War das Ihr Privatjet, Señor?«

Was Alvarez besonders auf die Nerven ging, war Jansens ungezwungener Plauderton.

»Ich nehme an, Sie möchten wissen, wo die viereinhalbtausend Tonnen Kokain sind. Nicht wahr? Vielleicht sage ich es Ihnen. Vielleicht auch nicht.«

Alvarez öffnete die Fäuste und schlug mit der Hand auf die Schreibtischplatte.

»In meinem Beruf habe ich normalerweise sehr wenig Skrupel. Wenn überhaupt. Diesmal hatte ich eine Menge. Okay, Sie wollen wissen, wo sie sind. Das Versteck ist … wie soll ich es Ihnen erklären … nun, für die Frau und für mich ist es ein voller Erfolg. Wissen Sie, warum? Weil es für Sie eine totale Niederlage ist.«

Alvarez spürte Schweiß auf der Stirn, und er kniff die Augen zusammen, als er sich nach vorn beugte. Was jetzt kam, war für ihn fast nicht mehr zu ertragen.

»Ich habe es mir gerade anders überlegt«, erklärte Jansen emotionslos. »Ich werde Ihnen nicht verraten, wo diese viereinhalbtausend Tonnen *blanca verde* sind. Ich möchte Ihnen schließlich keine schlaflosen Nächte bereiten.«

Jansen lachte leise.

»Eins steht fest. Alvarez, sie sind verloren. Unwiederbringlich und unwiderruflich verloren. Sie verstehen? Nicht nur für eine gewisse Zeit, bis Sie und Ihre Kumpanen den Mist früher oder später finden. Ich kann Ihnen versichern, sie sind für immer verloren. Und Ich hoffe, irgendjemand wird Sie für diesen Verlust fertig machen. Noch etwas, Alvarez, wenn Sie all das hören, sind die Frau und ich bereits tot.«

Alvarez empfand über den letzten Teil der Botschaft keine Befriedigung. Seine Hände waren plötzlich kalt und verschwitzt. Wie sollte er den Verlust seinen Partnern erklären? Es war ja schließlich seine Idee gewesen, alles unter Maravellis Dach zu vereinigen. Ihre primitiven, gierigen Seelen würden denken, dass er sie alle abgezogen hatte. Von jetzt an würde die Möglichkeit des Todes eine herausragende Rolle in seinem Leben spielen.

Auf der Insel Contoy im Golf von Yucatan erhielt eine alte Frau namens Rosiá Mendez einen Einschreibebrief. Sie hatte in ihrem ganzen Leben noch kein Einschreiben bekommen. Aber der Brief sah mit all seinen Briefmarken und Stempeln sehr wichtig aus. Der Brief kam von einer Bank in Andorra (Rosiá hatte keine Ahnung, was Andorra war, noch wo es lag). Er informierte sie, dass sie für den Rest ihres bescheidenen Lebens jeden Monat tausend Dollar von einem unbekannten Wohltäter erhalten würde. Willi Jansen, Inhaber des Nummernkontos in Andorra, hatte der Bank zwei Tage vor seinem Tod die Anweisung gegeben.

Armando Maravelli, Ticias Sohn, erhielt zum ersten Mal in seinem Leben unzensierte Post. Der dicke Brief traf in einem braunen Umschlag mit US-Briefmarken ein. Der Name des Absenders, Willi Jansen, bedeutete ihm nichts, da er den Namen noch nie gehört hatte. Das Leben hier auf der Insel hatte ihm gut getan. Er war schlank und hatte jetzt eine herrliche Sonnenbräune. Das Gesicht mit den hohen Wangenknochen schien wie aus edlem Carrera-Marmor gemeißelt zu sein. Mit seinen blaugrünen Augen und seinen schwarzen Haaren, die in der Sonne wie feuchte Kohle schimmerten, hatte er das aristokratische Aussehen seiner Mutter. Er ging hinunter an den Strand und setzte sich in den Sand, für lange Zeit in Gedanken versunken. Er öffnete den Umschlag. Nahm den Brief heraus und begann zu lesen, ohne anfangs zu verstehen, was seine Augen aufnahmen.

Er begann mit:

Mein lieber Junge,

Deine Mutter und ich haben vor zwei Tagen geheiratet …

Ein Jahr später wurde Armando Maravelli zum Alleinerben von Andean Chemicals erklärt. Mögen die guten Geister ihm zur Seite stehen – immer.

Das Leben in der Höhle kehrte zur Normalität zurück. Die Explosion und der Einsturz der Decke stellten für die Fledermäuse nur eine kleine Störung dar. Der ewige Puls der Natur ließ sie wieder fliegen. Jede Nacht.

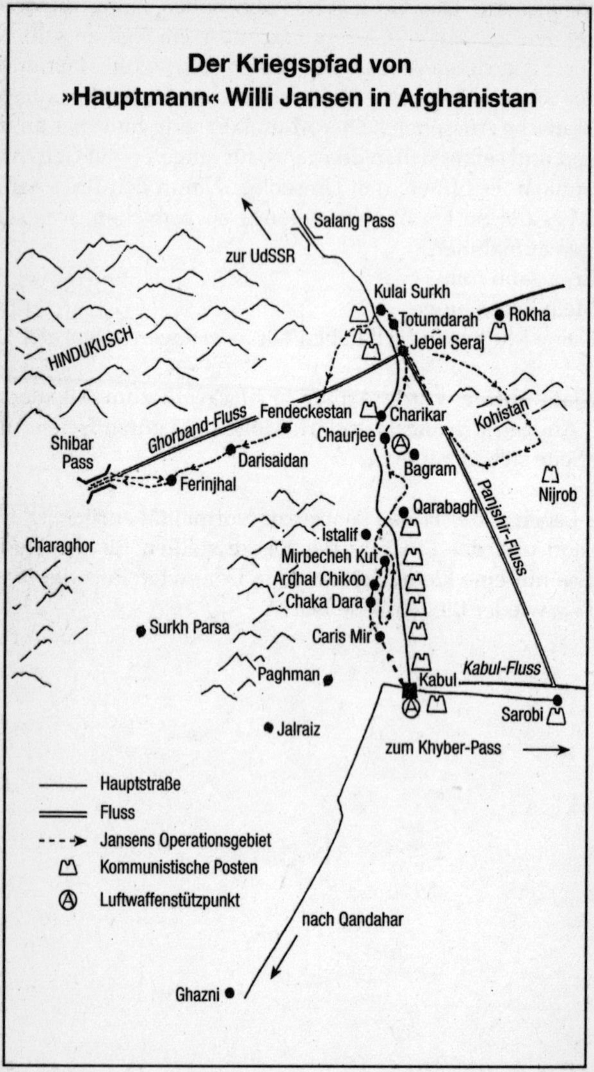

Der Kriegspfad von
»Hauptmann« Willi Jansen in Afghanistan
Salang Pass
zur UdSSR
HINDUKUSCH
Kulai Surkh
Totumdarah
Rokha
Jebel Seraj
Fendeckestan
Charikar
Kohistan
Shibar
Pass
Ghorband-Fluss
Chaurjee
Darisaidan
Bagram
Ferinjhal
Panjshir-Fluss
Nijrob
Qarabagh
Charaghor
Istalif
Mirbecheh Kut
Arghal Chikoo
Chaka Dara
Surkh Parsa
Caris Mir
Paghman
Kabul
Kabul-Fluss
Sarobi
Jalraiz
zum Khyber-Pass
Hauptstraße
Fluss
Jansens Operationsgebiet
Kommunistische Posten
Luftwaffenstützpunkt
nach Qandahar
Ghazni